Renato Olivieri ist einer der wichtigsten italienischen Kriminalschriftsteller und wird auch der »italienische Simenon« genannt: Seinen literarisch anspruchsvollen Romanen liegen perfekt konstruierte Krimihandlungen zugrunde. Olivieri wurde 1925 in Sanguinetto bei Verona geboren und lebt seit 1939 in Mailand, dem Schauplatz all seiner Bücher. Er war unter anderem Herausgeber einiger erfolgreicher Zeitschriften und hat für den *Corriere della Sera* geschrieben. Seit er 1978 seinen ersten Roman mit Commissario Ambrosio, »Il caso Kodra«, veröffentlicht hat, stehen Olivieris Bücher in Italien immer wieder monatelang auf der Bestsellerliste.

Renato Olivieri

CASANOVAS ENDE

Aus dem Italienischen von
Schahrzad Assemi

BLT
Band 92003

© Copyright 1994 by
Arnoldo Mondadori Editore, Mailand
All rights reserved
Deutsche Lizenzausgabe 1998 by BLT.
BLT ist ein Imprint der Verlagsgruppe Lübbe
Printed in Germany, November 1998
Einbandgestaltung: Gisela Kullowatz
Titelbild: Z-Produktion, Dortmund
Autorenfoto: Piera Frai
Satz: KCS GmbH, Buchholz/Hamburg
Druck und Bindung: Elsnerdruck, Berlin
ISBN 3-404-92003-1

Der Preis dieses Bandes versteht sich einschließlich der gesetzlichen Mehrwertsteuer

Unserer höflicher Anton,
der keiner Frau noch jemals nein gesagt,
zehnmal recht schmuck barbiert, geht zu dem Fest,
und dort muß nun sein Herz die Zeche zahlen,
wo nur sein Auge zehrte.

William Shakespeare, Antonius und Cleopatra

(in der Übersetzung von August Wilhelm Schlegel (1797–1810), 5. Aufl. 1994, Berlin – Weimar)

Jeder Bezug zu Personen oder Ereignissen des wirklichen Lebens ist in dieser frei erfundenen Geschichte rein zufällig.

HAUPTPERSONEN

Giulio Ambrosio	Commissario beim Mailänder Morddezernat
Nadia Schirò	Inspektorin
Valerio Biraghi	Möbelverkäufer
Carla Biraghi	seine Frau
Roberta Arcuri	die Frau aus der Via Dezza
Bruno Mainardi	Zahnarzt
Ines Mainardi	seine Frau
Daria Danese	Gymnasiallehrerin
Ermes Danese	Darias Bruder
Giulia Foschini	Schreibwarenhändlerin
Mirella Dotti	Sekretärin
Gustavo, Lucillo und Luigi Moretti	Möbelfabrikanten
Françoise	Lucillos Ex-Frau
William Hunter	Modefotograf

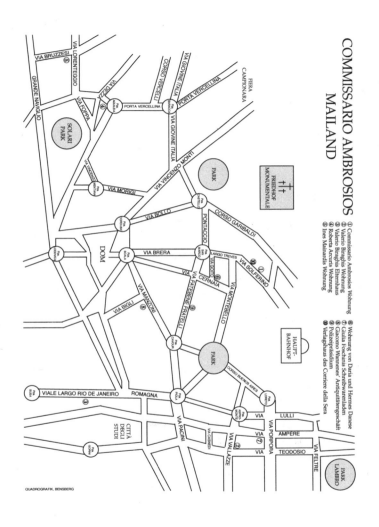

1. Kapitel

An jenem Donnerstag im Oktober

An jenem Donnerstag im Oktober betrachtete Commissario Giulio Ambrosio von seinem Bürofenster aus eine weiße Wolke, die die Form einer Möwe hatte. Er fühlte sich innerlich seltsam ausgeglichen, obwohl er eben erst den amtlichen Obduktionsbefund gelesen hatte. Dieser führte im einzelnen auf, *bei der Öffnung des Brustkorbs des obenerwähnten Valerio Biraghi ein rundliches Loch von einem Durchmesser von etwa eineinhalb Millimeter in der vorderen Brustgegend im dritten Rippenzwischenraum festgestellt zu haben.* Die Leiche des Mannes, die am Montag von der Putzfrau im Schlafzimmer der Dreizimmerwohnung in der Via Casnedi gefunden worden war, hatte den Arzt, der um die Ecke in der Via Pacini wohnte, stutzig gemacht. Er war von der Frau gerufen worden. Als diese Signor Valerio – wie sie ihn nannte – noch um neun Uhr morgens mit wachsbleichem Gesicht inmitten der hellblauen Bettlaken zusammengekauert gefunden hatte und er weder auf ihre Rufe noch auf das helle Tageslicht reagierte, war sie völlig außer sich geraten.

Die Todesursache – hieß es weiter – *ist auf eine einzige Verletzung zurückzuführen, ausgeführt auf der linken Vorderfläche des Brustkorbs und hervorgerufen durch einen spitzen Gegenstand, der in die linke Herzkammer eindrang und eine perikardiale Blutung und akute Herz- und Kreislaufinsuffizienz zur Folge hatte.*

Schon immer hatte Ambrosio die nüchterne Ausdrucksweise der Fachleute, und ganz besonders jene von Professor Salienti, als völlig unpathetisch, in ihrer gewollten Teilnahmslosigkeit manchmal sogar fast als erheiternd empfunden. Er hatte über den Schlußsatz des Berichts gelächelt: *Es konnten keine weiteren Verletzungen festgestellt werden.*

Inspektorin Nadia Schirò kam herein. Sie trug graue Hosen und einen dunkelgrünen Tweedblazer: »Neuigkeiten, Commissario?« fragte sie ihn, als sie die Papierbögen mit dem blauen Briefkopf des gerichtsmedizinischen Instituts erblickte.

»Ich glaube, da habe ich ganz richtig gesehen, meine Liebe.«

»Inwiefern?«

Er wedelte mit den Blättern vor ihrem Gesicht herum.

»Hast du eine Ahnung, womit er umgebracht wurde?«

Sie sah ihn erwartungsvoll an.

»Er war der Sohn eines Chirurgen, erinnerst du dich?«

»Seit langem tot.«

»Wir hatten gedacht, der Mörder hätte die Waffe mitgenommen, hingegen ...«

»Hingegen?«

»In dem kleinen Glasschrank neben dem alten Schreibtisch mit der amarantroten Maroquinlederplatte, der wahrscheinlich dem Vater gehörte, da lagen alte Zangen, Sonden, Scheren, Kanülen. Und dann, erinnerst du dich an die große Spritze mit einer Nadel, die bestimmt zwölf Zentimeter lang ist? Wetten, daß der Durchmesser der Nadel genau dem Loch entspricht, von dem Salienti schreibt?«

»Wir müssen unbedingt noch mal in diese Wohnung gehen, Commissario.«

»Worauf du dich verlassen kannst.«

Deswegen also war er so gut aufgelegt. Trotz allem. Nach drei Untersuchungstagen stand er vor einem Fall, der vielleicht nicht ungelöst blieb wie so viele in dieser schwierigen Phase. Wenigstens hoffte er das.

Und doch war ihm das tragische Ende Valerio Biraghis, der in der Nacht von Sonntag auf Montag wie ein Schmetterling aufgespießt worden war, sofort mysteriös, aber auch zweideutig erschienen. Und dies aufgrund des Bildes, das er sich von ihm, dem Opfer, während der ersten Verhöre und sofort nach der in gewisser Weise peinlichen Entdeckung gemacht hatte, die ihn die Frauen, die fünf Frauen dieses verstorbenen Don Giovanni, *mit anderen Augen*, das mußte man wohl zugeben, betrachten ließ.

Fest stand, daß Valerio Biraghi – am 10. Juni 1940 in Mailand geboren (genau an dem Tag, an dem Italien in den Krieg eintrat), von Beruf Möbelverkäufer für eine Firma in Cantù und von seiner Frau getrennt –, was sein Gefühlsleben anbetraf, ein ziemlich bewegtes Dasein geführt hatte. Das ging aus dem völlig überraschenden Fund einer diesbezüglich äußerst ergiebigen Dokumentation hervor, von der nur wenige wußten und die er in einer Schreibtischschublade gut verschlossen gehalten hatte.

Die Geschichte hatte vor drei Tagen morgens um Viertel nach zehn begonnen, als Dottor Alfonso Rossi beim Polizeipräsidium angerufen hatte, um den Tod eines seiner Patienten zu melden, den er bereits bei anderen Gelegenheiten behandelt hatte. Seine Brust wies eine winzige, unerklärliche Verletzung auf, ein kleines, von den Brusthaaren fast völlig verdecktes *Löchlein*. Nach Meinung des Arztes mußte die Verletzung bereits mit einem mit Alkohol getränktem Wattebausch desinfiziert worden sein.

Später sollte Ambrosio den mit Blut befleckten Wattebausch in einem Papierkorb neben dem Schreibtisch des Toten finden.

Die Putzfrau war eine zierliche kleine Frau mit grauem,

kurzgeschnittenem Haar. Die Stimme, die nicht zu ihrer Statur paßte, war heiser, eine Raucherstimme. Die Schachtel Marlboro steckte erwartungsgemäß in der Tasche ihrer hellblauen Schürze.

Dottor Rossi dagegen war, völlig im Gegensatz zu ihr, kräftig, plump und hatte eine Glatze. Nur die kleinen wachen Augen deuteten auf ein unruhiges, vielleicht sogar streitsüchtiges Temperament hin.

»Ich habe die Verletzung bemerkt, als ich sein Herz abhorchen wollte. Er muß schon vor einigen Stunden gestorben sein, im Laufe der Nacht. Wie hätte ich denn auf dem Totenschein *Herzstillstand* eintragen können? Und der Stillstand, verdammt, wodurch wurde er ausgelöst? Wodurch?«

Er schien sich über irgend jemanden zu ärgern. Über einen allzu leichtfertigen Kollegen?

»Wodurch, Ihrer Meinung nach, Dottore?« fragte Ambrosio ihn, während er seinen Blick auf ihn geheftet hielt.

»Keine Ahnung. Ich weiß nur, wenn Sie es selbst nachprüfen wollen, daß auf der Höhe der dritten Rippe eine winzig kleine Verletzung ist, fast unsichtbar. Das ist alles.«

Sie blieben in dem weiten und hellen Vorraum; auf dem Eichenparkett lag ein großer Perserteppich, zudem stand da ein schöner Glasschrank mit gelben Spanngardinen, wahrscheinlich ein Bücherschrank. An der Wand alte Drucke mit dunklen Holzrahmen, wie sie gewöhnlich in den Wartezimmern von Zahnärzten hängen. Kurz, dieses Haus hatte etwas Vertrautes, aber auch etwas Trügerisches an sich, so als hätte es da etwas Falsches, Betrübliches gegeben. Aber vielleicht lag das an der Leiche im hellgrün gestreiften Pyjama, die auf dem Doppelbett auf dem Rücken lag. War es der erstarrte Körper, der trotz des warmen Herbstlichts dieses Gefühl von Unbehagen verbreitete?

Er wandte sich an die Frau: »Wann sind Sie heute morgen gekommen?«

»Um Punkt neun.«

»Haben Sie einen eigenen Schlüssel für die Haustür?«

»Ja, ich besitze einen.«

»Haben Sie ihn sofort gesehen? Den Leichnam, meine ich.«

»Das war eine böse Überraschung. Armer Signor Valerio ... Ich dachte, daß er bereits weg sei, wie immer. Eigentlich ist er Frühaufsteher ... war er Frühaufsteher. Er stand um sieben auf, und um acht saß er bereits im Auto. Er hatte immer viel zu tun. Außer samstags. Am Samstag schlief er länger und ging dann Tennis spielen.«

»Und so haben Sie dann den Arzt angerufen.«

»Als ich gemerkt habe, daß er nicht antwortete, sich nicht bewegte, hab' ich Angst gekriegt, verstehen Sie? Den Dottore kenne ich, stimmt's, Dottore?«

»Ja.«

Inzwischen waren der Fotograf, Inspektor De Luca und zwei Männer vom Erkennungsdienst eingetroffen. Während sie auf Ambrosios Anweisungen warteten, bereiteten sie ihre Geräte vor. Der Commissario trat zusammen mit dem Arzt und der Inspektorin Nadia Schirò neben das Bett des Opfers.

Die oberhalb der Stirn schon etwas lichten Haare des Toten hatten keine einzige weiße Strähne. Vielleicht waren sie mit einer dieser Tönungen behandelt worden, die die ganz Mutigen um etwa zehn Jahre jünger machen. Um den Hals trug er eine feingliedrige Goldkette. Die ringlosen Hände, die auf dem Bettuch ruhten, schienen aus verschmutztem Gips.

Seine Augen waren geschlossen.

»Die waren auch schon zu, als ich gekommen bin«, sagte der Arzt. »Er muß im Schlaf gestorben sein.«

Ein Viertelstunde später bewilligte der Staatsanwalt, den Körper unverzüglich ins Leichenschauhaus am Piazzale

Gorini zu schaffen. Er war ein rothaariger Typ und wurde vom Commissario wegen seiner bewundernswürdigen, zudem recht seltenen Eigenschaft geschätzt, keine unnötigen Schwierigkeiten zu verursachen.

»Achten Sie darauf, daß Sie keine Fingerabdrücke hinterlassen.« Der Fotograf nickte wortlos.

»Kann ich jetzt gehen?« fragte der Arzt.

»Kannten Sie ihn gut?«

»Seinen Vater kannte ich besser. Ein guter Chirurg.«

»Älter?«

»Wenn er noch am Leben wäre, wäre er jetzt so um die Neunzig herum. Er ist vor etwa zwanzig Jahren gestorben. Und auch die Signora, die Mutter des ...«, er warf einen Blick auf die Leiche, »ist vor vier oder fünf Jahren verstorben.«

»War er verheiratet, hatte er Kinder?«

»Ich glaube, Kinder hatte er keine. Er lebte getrennt von seiner Frau. Ich habe sie nie kennengelernt.«

»Dottore, ich danke Ihnen. Falls ich Sie noch brauchen sollte ...«

Dottor Rossi zog einen Rezeptblock aus der Jackentasche, riß ein Blatt ab, und während er es Ambrosio gefaltet reichte, deutete er auf die Putzfrau: »Sie wird Ihnen wesentlich mehr sagen können als ich.« Der Blick des Arztes ruhte einen Augenblick auf der traubenförmigen Anstecknadel, die Nadia an ihrem Revers trug.

Er ging, ohne sich zu verabschieden.

»Würden Sie uns bitte in das Zimmer führen, in dem Signor Valerio sich gewöhnlich aufhielt, wenn er zu Hause war?«

»An den Zigarettenkippen konnte ich sehen, daß er im Wohnzimmer Fernsehen schaute. Wenn er arbeiten mußte, setzte er sich dagegen an den Schreibtisch, in den Raum neben dem Schlafzimmer.« Sie öffnete die Tür mit den geschliffenen Scheiben zum Nebenzimmer.

Ambrosio ging hinein und setzte sich an den Schreibtisch. Darauf standen in einem Silberrahmen das Foto eines Mannes, wahrscheinlich seines Vaters, ein weißer Keramikbecher voller sorgfältig gespitzter Bleistifte, ein Hufeisen aus Messing, ein rot lackiertes Schälchen, in dem Klebestreifen, ein paar Briefmarken, ein Spitzer, ein Radiergummi, eine Schere lagen. Außerdem standen da eine Lampe mit einem Pergamentschirm und ein malzbonbonfarbiger Glasaschenbecher.

Vor dem Schreibtisch stand ein dunkler Ledersessel. Das Leder war zum Teil abgewetzt. Weiter hinten ein kleines, olivgrün gestreiftes Sofa aus dem neunzehnten Jahrhundert, auf dem ein ziemlich abgenutztes graues Kissen lag. An der Wand hinter dem Schreibtisch ein Regalschrank mit Glastüren: Man sah ein paar alte chirurgische Instrumente.

Die eingerahmte Promotionsurkunde seines Vaters, des Arztes, trug ein altes Datum: Juni 1927. Auf dem Schreibtisch lag ein mit Florentiner Papier eingeschlagener alter Band, *Die Kunst, sein Leben zu verlängern*, des emeritierten Professors Christoph Wilhelm Hufeland. Ambrosio blätterte in dem Buch und las leise vor sich hin: ›Das erschreckendste Ausmaß der Sterblichkeit finden wir heutzutage bei den schwarzen Sklaven Westindiens und in den Waisenhäusern.‹

»Wie heißen Sie?«

»Margherita, Commissario.«

»Margherita, setzen Sie sich bitte in den Sessel. Ich werde Ihnen nur ein paar Fragen stellen. Sie brauchen keine Angst zu haben. Man wird jetzt den Leichnam wegtragen. Also, wollen wir mal sehen: Kannte Signor Valerio Ihrer Meinung nach jemanden, der von seinem Ableben informiert werden sollte? Hatte er Geschwister, Verwandte? Die Eltern, weiß ich, leben nicht mehr.«

»Er war Einzelkind. Er hatte eine Frau, die wohnte aber nicht mehr hier. Sie lebten getrennt.«

»Wo lebt sie jetzt?«

»In der anderen Wohnung, der von Signor Valerios Mutter.«

»In welcher Straße?«

»Hier in Mailand, in der Via Torquato Tasso.«

»Wie heißt die Ehefrau?«

»Carla. Er nannte sie Carlina.«

»Was macht sie? Arbeitet sie?«

»Für eine Modezeitschrift.«

»Kennen Sie sie?«

»Ich hab' sie zweimal gesehen. Oder vielleicht auch dreimal.«

»Was ist sie für ein Typ?«

»Schlank, groß, immer dunkel gekleidet, zumindest die Male, die ich sie gesehen habe. Sie ist eine echte Signora, wenn Sie wissen, was ich meine?«

Nadia saß auf dem Sofa und machte in einem Büchlein Notizen. Hin und wieder sah sie zu Ambrosio hinüber.

»Als Sie bei Signor Valerio zu arbeiten angefangen haben, lebte er bereits allein. Warum kamen die beiden nicht miteinander aus, wissen Sie das?«

Sie wirkte unschlüssig.

»Genau weiß ich das nicht. Aber er hatte mir mal gesagt, daß sie, seine Frau, der Meinung war, er würde sich nicht genügend um sie kümmern, zuviel Tennis spielen, zuviel auf Reisen sein, auch am Samstag oder Sonntag zu Kunden gehen. Dauernd unterwegs eben.«

»Hatte er andere Frauen?«

»Frauen?«

»Eine Geliebte. Eine Freundin.«

»Wer weiß.«

»Versuchen Sie doch bitte, mir zu helfen. Er ist schließlich ermordet worden. Letzte Nacht ist innerhalb dieser vier

Wände etwas Schreckliches passiert, ein Verbrechen, sind Sie sich dessen bewußt?«

»Ja.«

»Ja, und? Wir müssen den Mörder finden, verstehen Sie?«

»Ja.«

»Traf er sich mit einer Frau?«

»Woher soll ich das wissen?«

»Sehen Sie mich an, Margherita.«

Sie hob den Blick, Tränen standen ihr in den Augen.

»Wenn Sie allein hier waren, beim Arbeiten, hat da nie jemand angerufen?«

»Manchmal schon.«

»Und Sie schrieben dann den Namen auf ein Zettelchen und legten es Signor Valerio hier auf den Schreibtisch.«

»Auf den Tisch, in der Küche.«

»Frauen?«

»Normalerweise Männer, von der Firma in Cantù, oder Kunden. Eine Weile lang auch eine Frau.«

»Wie heißt sie?«

»Ein ungewohnter Name. Ich kann mich gut daran erinnern: Daria. Sie hat ein paarmal vor dem Sommer angerufen, dann nicht mehr.«

»Kommen Sie nur morgens zum Saubermachen her?«

»Jeden Tag drei Stunden, auch samstags.«

»Gut. Gibt es einen Safe in der Wohnung?«

»Nein.«

»Hatte Signor Valerio keine Angst vor Dieben?«

»Die Wohnungstür ist ja gepanzert.«

»Wir müssen uns jetzt überall ein bißchen umsehen, wissen Sie das?«

»Ich kenne das vom Fernsehen her. Ich schaue gern Derrick.«

»Bei welcher Zeitschrift arbeitet die Signora?«

Sie stand auf und begann in einem Korb herumzusuchen, der auf dem Boden stand.

»Das ist die Zeitschrift.«

Ambrosio blätterte sie kurz durch. Nadia trat interessiert neben ihn.

»Hast du gesehen, wo die Redaktion ist? An der Piazza Castello. Schau, ob du die Signora ausfindig machen kannst, und bringe sie dann in mein Büro. Wir treffen uns dort. Sag mir rechtzeitig Bescheid.«

»Und wenn sie mich was fragt?«

»Sag ihr nur, daß ich sie wegen einer persönlichen Sache sprechen muß.«

Er wandte sich wieder Margherita zu, die armes Wesen flüsterte.

»Armes Wesen, wer?«

»Na, die Signora Carla, oder? Sie hat ihn gern gehabt, wenn auch ... und dann er, Signor Valerio. An den Samstagen sprach er immer von ihr. Er sagte: Carlina hielt sehr auf meine Hemden. Carlina hat einen ausgesuchten Geschmack, und so weiter. Glaub' ich gerne, es war schließlich ihr Beruf, Geschmack zu haben. Und er, der Arme, tat alles, um immer ordentlich auszusehen. Zweimal im Monat ging er zum Friseur.«

»Ließ er sich die Haare tönen?«

»Also das ... glauben Sie?«

Nadia ging mit der Zeitschrift aus Hochglanzpapier unterm Arm hinaus.

»Schöne Bilder.« Zu der Frau gewandt, deutete er auf zwei mit Äpfeln und Birnen gefüllte Körbe mit einem Passepartout aus Samt in einem vergoldeten Rahmen.

»Die hatte er von seiner Mutter geerbt. Er legte großen Wert darauf, daß ich sie beim Abstauben keinen einzigen Millimeter verschob. Er hatte ein gutes Auge ... sah sofort, wenn sie schief hingen. Dann meckerte er. Aber er war ein guter

Mensch, wissen Sie? Nur ein bißchen ... ein bißchen fanatisch.«

»Zum Beispiel?«

»Er konnte es nicht ertragen, wenn seine herumliegenden Zigarettenschachteln auch nur um einen Zentimeter verrückt wurden. Und das Foto seiner Mutter, das im Wohnzimmer! Das mußte unbedingt rechts neben der Lampe stehen. Wenn ich es auf die andere Seite stellte, wies er mich zurecht.«

»Blieb schon mal jemand über Nacht hier?«

»Frauen?«

»Wäre ja nichts dabei gewesen.«

Sie schüttelte den Kopf.

»Hätten Sie das bemerkt?«

»Und ob! Das hätte ich an den Bettlaken, dem Parfum, vielleicht auch an den Haarnadeln gemerkt, die die Frauen im Bad liegenlassen. Wir Frauen vergessen sie immer dort.«

»Aber?«

»Niemals auch nur eine Haarnadel oder ein Fleck, verstehen Sie mich? Und die Parfums auf dem Waschbeckenrand gehörten alle ihm. Französische Parfums.«

»Also, wenn er denn eine Freundin hatte, dann haben sie sich außer Haus getroffen.«

»Ja.«

»Ging er abends oft aus?«

»Glaub' schon, aus dem einen oder anderen Grund.«

»Und das heißt?«

»Auch geschäftlich, glaube ich.«

»Bekam er Post?«

»Alles aus dem Büro.«

Es klingelte. Der schwarze Leichenwagen war gekommen; es gab ein Durcheinander, dann hörte man Stimmen und Lärm. Ambrosio fragte die Frau: »Wollen Sie ihn sehen?«

»Lieber nicht.« Sie biß sich auf die Unterlippe und atmete

tief durch: »Wenn ich daran denke, daß er noch am Samstag morgen ...«

»Was?«

»Er hat mir gesagt«, sie tupfte sich mit einem Taschentuch die Augen ab, »er hat mir gesagt, daß er in seinem Leben nur Freunde gehabt hätte, das arme Kerlchen.«

»Freunde? Männerfreundschaften?«

Sie schob das Taschentuch in ihre Schürzentasche und verzog dabei leicht den Mund, möglicherweise der Anflug eines Lächeln. »Freunde und Freundinnen.«

»Das heißt also, er glaubte, keine Feinde zu haben.«

»Genau das.«

»In der Tat«, sagte Ambrosio beim Aufstehen.

»Muß ich noch hierbleiben?«

»Nicht mehr lange. Am besten setzen Sie sich in die Küche. Aber Vorsicht, fassen Sie bitte nichts an. Wo bewahrte er den Alkohol, die Arzneimittel auf?«

»In dem weißen Schränkchen im Bad.«

Er schaute in den Papierkorb neben dem Schreibtisch: Genau da entdeckte er den von einigen verknitterten Papierfetzen teilweise verdeckten Wattebausch mit dem Blutflecken. Er rief De Luca.

»Tu ihn in eine Plastiktüte.«

»Ich habe auch eine alte, ungeladene Beretta Kaliber 7,65 gefunden.«

»Haben Sie die schon mal gesehen?« Ambrosio wandte sich an die Frau.

»Ich weiß, daß sie dort, in der Schublade der Kredenz lag, aber ich habe sie nie angerührt. Pistolen machen mir angst.«

»Nahm er sie nie mit, zum Beispiel wenn er mit dem Auto unterwegs war?«

»Ich habe sie immer in der Schublade liegen sehen. Er hatte mir gesagt, sie sei von seinem Vater.«

»Wo bewahrte er seine Anzüge auf?«

»Im Schlafzimmer, im Schrank, und dann noch im Garderobenschrank in der Diele. Er hatte viele. Sie in Ordnung zu halten war meine wichtigste Arbeit.«

»Was ist in dem Schrank mit den gelben Gardinen im Vorraum?«

»Die Bücher seines Vaters, lauter Ärztesachen. Die staubte er lieber selbst ab, hin und wieder. Er traute mir da nicht. Meinte, ich würde dann vergessen, sie wieder an den richtigen Platz zu legen. So als ob dann die Welt untergehen würde.«

In dem riesigen Wohnzimmer standen ein wuchtiges dreisitziges Sofa aus braunem Leder, zwei Sessel, ein flaches Tischchen mit Kristallglasplatte, eine Kredenz im provenzalischen Stil voll mit blau und golden bemaltem Geschirr. Überall gab es kleine Schächtelchen, Tintenfässer, Zigarrenschachteln, Brieföffner, Dosen. Und eine Unmenge von Bibelot aus Silber, wie die Franzosen, Meister in der Herstellung dieser zumeist unnützen Nippsachen, sagen.

»Putzen Sie sie oft?«

»Einmal im Monat. Er legte Wert darauf, sie waren von seiner Mutter. Geschenke von Patienten, die sein Vater behandelt hatte.«

»Jeder Blinddarm ein Silberfigürchen. Was soll man einem Arzt auch sonst schenken?« sagte Ambrosio, während er in den Zimmern umherging. Er zog Schubladen auf, blätterte Bücher durch, schaute in einen Kalender, der auf dem Tischchen neben dem Telefon lag. Nichts. Er fand nichts, was ihm eine Anregung gegeben, ihn hätte aufhorchen lassen. Ausgenommen den blutbefleckten Wattebausch.

»Da werden wir wohl die Autopsie abwarten müssen«, sagte er zu De Luca. Damit versuchte er sich selbst zu beruhigen: »Übermorgen oder am Donnerstag werden wir Genaueres wissen. In der Zwischenzeit unterhalten wir uns mal mit denen, die ihn kannten.«

»Meinen Sie, daß ich zusammen mit Gennari nach Cantù fahren sollte, wo er arbeitete?«

»Gute Idee.« Ambrosio lächelte ihm zu. »Ich verhöre in der Zwischenzeit seine Ex-Frau.«

»Er hat doch bestimmt auch andere Frauen gehabt«, fügte De Luca hinzu. »Sie werden ja das Fotoalbum sehen. Es liegt auf dem kleinen Tischchen im Wohnzimmer.«

»Schöne Fotos?«

»Fast nur von ihm, allein, mit nacktem Oberkörper, braungebrannt, im Boot, am Strand. Ein athletischer Typ, Commissario.«

»Ging er zum Sport, Margherita?«

»Außer zum Tennis ging er noch ins Fitneßstudio, ja. Und dann spielte er Golf.«

»Schau einer an!« sagte Ambrosio, schon von Natur aus skeptisch, ganz besonders aber jenen Sportarten gegenüber, von denen man glaubte, sie würden demjenigen, der sie ausübte, Ansehen verleihen.

Über dem Sofa hing inmitten der alten Landkarten in lackierten Rahmen ein Gemälde, das einen Wald und eine Lichtung voller Blumen zeigte; im Hintergrund sah man zwei weiß gekleidete kleine Gestalten. Eine davon saß inmitten eines Margeritenfeldes. Dann stand da noch eine Standuhr mit Messingpendel. Sie war um fünf nach elf stehengeblieben.

Apropos Uhren: Ambrosio hatte bereits auf dem Tischchen neben dem Bett die Reverso aus Edelstahl des Verstorbenen und ein altes Buch über Banker bemerkt. Später, als die beiden Männer vom Erkennungsdienst gegangen waren, machte ihn ein Satz am Anfang des Buches neugierig: ›Die

Wechsbergs begannen mit Getreide‹ (wie die Ferruzzi, dachte er). ›Der Großvater zog nach bester Tradition ganz oben auf einem Karren voller Weizen sitzend in die Stadt ... als ich ihn fragte, wie er Millionär geworden sei, tippte er sich wiederholt mit dem Zeigefinger an die Stirn und sagte: »Ich habe meinen Verstand benutzt. Vergiß das niemals, mein Junge«.‹

Gegen Mittag waren in der Wohnung im ersten Stock nur noch Ambrosio, Inspektor De Luca und Margherita, die in der Küche in einer Zeitschrift blätterte.

»Was werden Sie jetzt machen?« fragte er sie.

»Ich würde gern nach Hause gehen, wenn Sie mich nicht mehr brauchen.«

»Geben Sie mir doch bitte Ihre Schlüssel, und schreiben Sie hier Ihre Adresse und Telefonnummer auf.« Er reichte ihr das Blatt von Dottor Rossis Rezeptblock.

»Hat man Sie ausbezahlt?«

»Vorgestern, am Samstag morgen. Bevor er zum Tennisspielen ging, hat Signor Valerio mir ein Kuvert mit dem Wochenlohn übergeben.«

»Sie werden sich eine andere Stelle suchen, nehme ich an?«

»Eine Signora möchte schon seit ewigen Zeiten, daß ich zu ihr komme. Aber mir ging es gut hier, niemand, der mir über die Schultern schaute. Ich tat, was ich für richtig hielt.«

Bevor sie ging, warf Margherita einen letzten Blick auf die Wohnung, so als wollte sie sich all die Möbel, die über Monate, ja sogar Jahre hinweg abgestaubten, polierten Gegenstände unauslöschlich einprägen.

De Luca zog die Seitenschublade eines Louis-quinze-Tischchens heraus, das im Schlafzimmer stand, und breitete einen kleinen japanischen Fotoapparat, ein winziges Vergrößerungsglas und einen unbenutzten Notizblock auf der Tischplatte aus. Der Fotoapparat war ohne Film.

Ambrosio trat herbei, fuhr mit der rechten Hand leicht

über das Blumenmuster, welches das Tischchen zierte, als ob er über ein Musikinstrument striche.

»Sonst ist nichts in der Schublade«, sagte De Luca.
»Ein ausgesprochen schönes Möbelstück.«
»Ob es wohl teuer ist?«
»Wenn es echt sein sollte, schon.«
»Und dieses ist echt?«
»Kann ich dir nicht sagen.«

Nachdem er die Dinge wieder in die Schublade geräumt hatte, schloß De Luca sie sorgfältig und blieb dann schweigend daneben stehen.

Auch am nächsten Tag – Dienstag – stellte sich Ambrosio weiter die Frage, ob die Untersuchung, die vor etwa vierundzwanzig Stunden begonnen hatte, inmitten von Zweifeln und Ratlosigkeit steckenbleiben würde. Wie leider so viele andere unglückliche Ermittlungen, wenn ... genau das: wenn er nicht, nachdem er die Ex-Frau Valerio Biraghis verhört hatte, entschieden hätte, in der Via Manzoni ein Stück zu Fuß zu gehen. Und wenn er nicht zufällig vor das Schaufenster des Antiquitätenladens von Giacomo Wannenes geraten wäre, der in der Tür seines in weiches Licht getauchten Geschäftes stand und ihm mit seinem Schnurrbart und dem dreisten Blick eines Musketiers des Königs von Frankreich zulächelte.

Das Schweigen De Lucas, als er vor dem mit Intarsien verzierten Tischchen stand, sollte Ambrosio während der ganzen Untersuchung nicht mehr loslassen. Als ob die Figur des Inspektors, völlig überrascht von dem unglaublichen Wert des kleinen Möbels, das er selbst lediglich als alt betrachtet hatte, eine Art Symbol für diese tragische Geschichte, diesen nach wie vor rätselhaften Tod gewesen wäre.

Eine Stunde später schien ihm auch die Frau Valerio Biraghis als völlig für die Rolle geeignet, die er ihr zugedacht hatte: schwarz gekleidet, langer Rock, weite anthrazitfarbene

Strickjacke über einer cremefarbenen Seidenbluse. Sie legte den kirschroten Wollumhang ab und zusammen mit der großen Prada-Tasche neben sich auf den anderen Armstuhl.

Ihre ziemlich kräftigen Beinen übereinandergeschlagen, fuhr sie sich mit einer Hand durch ihre kurzes dunkles Haar. Ambrosio bemerkte am kleinen Finger den Ring mit einem Topas. Die Mokassinschuhe waren aus Lackleder, schwarz wie die Strümpfe. Sie hatte etwas Nonnenhaftes an sich, eine bis in die kleinste Kleinigkeit gepflegte Eleganz, die geradezu übertrieben wirkte.

»Ich verstehe nicht ganz ...«

»Ich wäre persönlich zu Ihnen in die Redaktion gekommen, Signora, wenn ich nicht gezwungen gewesen wäre ...«

»Was ist passiert?«

Sie schaute ihn an (graue, unruhige Augen) und sah dann zu Nadia hinüber, die neben dem Metallschrank stand.

»Heute morgen war ich in der Via Casnedi.«

»Bei Valerio?«

Sie schluckte, wurde blaß.

»Was ist mit Valerio passiert?«

»Er ist umgebracht worden.«

»Umgebracht? Valerio?«

»Leider ja, Signora.«

»Das kann doch nicht sein«, murmelte sie.

»Wann haben Sie ihn das letzte Mal gesehen?«

»Letzten Monat, im September. Ich kam gerade aus Capalbio zurück. Wir gingen zum Abendessen in ein kleines Lokal am Naviglio, das er gerne mochte.«

Sie legte sich eine Hand auf die Stirn und schloß die Augen.

»Haben Sie mit ihm telefoniert?«

»Er rief mich oft an, mindestens einmal die Woche, auch in der Redaktion, er war ... er war ein dummer Junge.« Sie hielt einen Augenblick inne, nahm die Hand von der Stirn.

Während sie Ambrosio anblickte, fragte sie sich laut: »Aber wer, wer um Himmels willen, kann ihn umgebracht haben? Wer?«

»Wir wissen lediglich, daß er im Schlaf gestorben ist, letzte Nacht.«

»Ja, also dann? Wie können Sie da behaupten, daß er ermordet wurde?«

»Sein Arzt hat uns darauf gebracht. Er hat eine kleine Verletzung in Herzhöhe festgestellt. Sobald der Autopsiebericht da ist, werden wir mehr wissen.«

»Mit welcher Waffe ist er getötet worden?«

»Das wissen wir nicht, Signora.«

»Lieber Himmel, das erscheint mir alles wie ein schrecklicher Traum, wie ein Alptraum. Noch dazu, wo Valerio meines Wissens keinerlei Probleme hatte. Das hätte er mir gesagt. Er war lediglich ein gedankenloser Mann, ging ziemlich skrupellos mit Gefühlen um. Aber er war nicht böse, nein, im Gegenteil. Wir haben uns vor mehr als zwanzig Jahren kennengelernt. Er war damals noch ein ewiger Student, die Verzweiflung seines Vaters.«

»Ein guter Chirurg, hat man mir gesagt.«

»Auf seinem Gebiet war er eine bedeutende Persönlichkeit. Sie wohnten am Largo Rio de Janeiro. Valerio war Einzelkind, von der Mutter verwöhnt, sie hat ihn vergöttert. Sie wissen, wie manche Mütter sind. Und er hat das immer ausgenutzt. Weil er zugleich liebenswert war, das kann ich Ihnen sagen.« Sie lächelte, schien fast gerührt. »Äußerst liebenswert. Und dann war er unterhaltsam, mit ihm langweilte man sich nie. Damals hatte ich einen Freund, Philosophiestudent wie ich. Intelligent, aber er hatte mich mit seiner Kritik der reinen Vernunft völlig fertiggemacht. Ich war noch so jung, wollte im Park spazierengehen, Eis essen, und Schuhe, viele bunte Schuhe ...«, sie warf einen Blick auf Nadia »... zweiundzwanzig,

dreiundzwanzig in etwa, wie Sie.« Eine Stimme wie eine Theaterschauspielerin.
»Haben Sie jemals Schauspielunterricht genommen?«
Sie blickte Ambrosio an: »Warum fragen Sie mich das?«
»Wie ich Sie gerade so sprechen hörte, kam es mir so vor, als ob Sie ...«
»Eine Schauspielerin? Als ob ich schauspielerte?«
»Das wollte ich damit nicht gesagt haben. Es ist einfach ein Vergnügen, Ihnen zuzuhören.«
»Ja, es ist wahr.« Sie lächelte ihn an. »Nach dem Examen habe ich auf einer kleinen Laienbühne gespielt. Dann habe ich dem Theater adieu gesagt, bin in einem Pressebüro gelandet und danach dann in der Redaktion einer Fachzeitschrift, die monatlich erscheint.«
»Fachzeitschrift?«
»Für Strickarbeiten. Ein Hobby, das trotz Achtundsechzig von Frauen jeder Generation ausgeübt wird.«
»Tut mir leid Signora, Sie unter diesen Umständen kennengelernt zu haben. Ich müßte Ihnen einige Fragen stellen. Sie sind für mich bislang die einzige Person, die länger mit Valerio Biraghi zusammengelebt hat, ihn gut gekannt hat.«
»Wir sind zwölf Jahre zusammen gewesen.«
»Dann haben Sie sich getrennt.«
»Vor acht Jahren. Es war meine Entscheidung. Ich konnte nicht mehr mit ihm zusammen sein, wenigstens nicht zu seinen Bedingungen.«
»Was hat Sie dazu gebracht, ihn schließlich zu ... verlassen?«
»Die Lügen, die Leichtigkeit, mit der er alles im Leben nahm. Ich konnte seine Seitensprünge, die obendrein geradezu lächerlich waren, einfach nicht mehr ertragen. Angestellte, Kellnerinnen, Verkäuferinnen ... aber trotz allem gelang es mir nicht, ihn richtig zu verachten. Er hatte auch Seiten an sich, die ich wiederum sehr angenehm fand.«

»Zum Beispiel?«

»Ehemänner sind oft kleinlich, pingelig, schulmeisterlich. Er nicht. Schaffte ich es nicht, das Abendessen vorzubereiten, bestand er darauf, daß wir in die Trattoria gingen. Wenn mir ein Essen mal nicht gelang, kein Problem. Er beklagte sich nie, er lachte darüber. Von daher kann man nichts sagen.«

Sie zuckte mit den Achseln und griff nach ihrer Tasche. Ambrosio reichte ihr das Feuerzeug.

»Signora, Sie wohnen in der Via Tasso.«

»In der Wohnung seiner Mutter. Valerio hat darauf bestanden, daß ich dort hinzog.«

»Nach der Hochzeit haben Sie beide gemeinsam in der Via Casnedi gewohnt?«

»Die Wohnung gehörte seinem Vater. Valerio, als die Mutter gestorben war ...«

»Wann?«

»Vor acht Jahren. Wir haben uns genau vier Monate danach getrennt.«

»Mir sind mehrere wunderschöne Möbelstücke aufgefallen in der Via Casnedi, ein Bücherschrank, ein Tischchen ...«

»Der Bücherschrank gehörte seinem Vater. Das Tischchen hingegen war von meiner Schwiegermutter. Als ich in die Via Tasso gezogen bin, hat er ihn zusammen mit einigen Bildern, die mir nicht gefielen, mitgenommen.«

»Das Tischchen gefiel Ihnen auch nicht?«

»Das war eine Erinnerung an seine Mutter. Es war richtig, daß er es behielt.«

»Vielleicht war es eine Beruhigung für ihn, daß Sie in der Wohnung in der Via Tasso wohnten. Er wird wohl Gewissensbisse gehabt haben.«

»Gewissensbisse, er? Er wußte noch nicht mal, was das ist.«

Sie zündete sich eine Zigarette an. Sie wirkte abwesend, so als ob ihr plötzlich etwas eingefallen wäre.

»Wissen Sie, daß er weiter die Nebenkosten für die Wohnung übernahm? Ein unglaublicher Mensch. Vor acht Jahren hatte er die Wohnung neu herrichten lassen, Maler, Tapezierer, Klempner. Er hatte mir auch ein paar moderne, zudem teure Möbel geschenkt, die ich mir ausgesucht hatte.«
»Schließlich verkaufte er Möbel.«
»Er war sehr geschickt, kannte sich gut aus. Manchmal hätte man ihn für einen Innenarchitekten halten können.«
Durch den bläulichen Rauch schaute sie Ambrosio an: »Er hat mir sehr gefehlt«, sagte sie, »und doch konnte ich unmöglich länger mit ihm zusammenleben.«
»Verstehe.«
»Valerio war unverbesserlich. Er meldete sich bei mir, er hat sich immer bei mir gemeldet. Er rief mich an, als ob wir noch Mann und Frau gewesen wären, erzählte mir von seiner Arbeit, fragte mich nach meiner Meinung, schickte mir rote Rosen, und das nicht nur zu Weihnachten oder an meinem Namenstag, sondern auch am Valentinstag. Verstehen Sie, was für ein ... Schuft er war?«
Sie legte die Zigarette auf dem Aschenbecherrand ab, zog ein Taschentuch aus der Tasche ihres Wollumhangs und tupfte sich die Augen ab. »Was für ein Schuft«, wiederholte sie mit dünner Stimme.
Nadia schaute zu Ambrosio hinüber, fast wie eine ratsuchende Schülerin.
»Ich frage mich, ob Ihr Mann, Ihr Ex-Mann, jemanden kannte, der ihn haßte, der ihm ewige Feindschaft geschworen hatte, wie man sagt, und der ihn dann schließlich, mitten in der Nacht, kaltblütig umbrachte.«
»Wie ... von wem ist er gefunden worden?«
»Von der Putzfrau, heute morgen um neun, zusammengekauert im Bett, im Pyjama, mit geschlossenen Augen.«
»Jemand, der ihn haßte ... scheint mir unmöglich, Valerio

zu hassen. Aber seine Launenhaftigkeit, seine Unbeständigkeit, wenn es um Gefühle ging ... ein Spiel, verstehen Sie? Er könnte damit jemanden herausgefordert haben.«

»Einen Ehemann vielleicht« deutete Ambrosio an.

»Er übte keinerlei Vorsicht oder Zurückhaltung, wenn es darum ging, einer Frau den Hof zu machen, ob sie nun frei war oder verheiratet.«

»Haben Sie eine von ihnen kennengelernt? Entschuldigen Sie, daß ich das frage.«

»Macht nichts.« Sie schüttelte den Kopf. »Einmal hat er mir eine Kundin vorgestellt, nicht mehr ganz jung, aber ganz hübsch. Ich erinnere mich, daß sie Roberta hieß und ihr Mann in der Gemeinde arbeitete. Monate später hat er mir dann von ihr erzählt, wir waren bereits getrennt. Und deiner Roberta, wie geht es ihr? fragte ich ihn. Er antwortete mir, daß sie immer noch mit ihrem Mann, einem Vermessungstechniker, zusammenlebe, sich aber mit ihm zu Tode langweile.«

»War sie seine Freundin?«

»Das ist gut möglich.«

»Wissen Sie, wo sie wohnt?«

»Nein.«

»Kannte er noch andere Frauen?«

»Bestimmt, aber die kenne ich nicht.«

»Sprach er nie von einer im besonderen?«

»Er sagte nur: Ich war mit Freunden in Monza Golf spielen oder: Ich habe eine Bootstour nach Elba gemacht. Immer mit Freunden. Mir war durchaus klar, daß es sich um etwas anderes handelte, aber Genaueres interessierte mich nicht. Wozu auch? Er war so, wie ich ihn mehr als zwanzig Jahre vorher kennengelernt hatte. Für mich war er immer derselbe. Ich stellte mir seine Liebesaffären vor, als sähe ich sie auf der Leinwand: Blumenbuketts, Gedichtbände, Pralinenschachteln, Reisen mit dem Cabriolet nach Monte Carlo, Einladungen zum Abendessen bei Kerzenschein in einem Lokal am Golfplatz, und Ähnliches.«

»Hatte er viel Geld?«

»Er gab praktisch alles aus, was er verdiente. Zudem hatte er mehrere Wohnungen geerbt, und auch ein wenig Bargeld, aber das hatte er zum großen Teil für Autos, Sportausrüstungen und Anzüge, eine Unmenge von Anzügen, ausgegeben.«

»Ich weiß, daß er Tennis und Golf spielte.«

»Er schwamm auch gerne, fischte unter Wasser und segelte.«

»Karten, Schach?«

»Er war kein Spieler. Wie ich schon sagte, das einzige Spiel in seinem Leben waren die Frauen.« Der Schatten eines Lächelns überflog ihr blasses Gesicht.

»Aber warum?« fragte Nadia mit halblauter Stimme. Das war beileibe keine professionelle Frage. »Warum verhielt er sich so?«

»Unsicherheit«, antwortete die Ex-Ehefrau und sah dabei zu ihr auf, »reine Unsicherheit.«

»Wahrscheinlich brauchte er Bestätigung.« Ambrosio wirkte wie Doktor Freud.

»Das ist genau das, was ich immer vermutet habe. Er verhielt sich wie ein blutiger Anfänger, mit dieser unersättlichen Gefallsucht, aber auch der Angst, zurückgewiesen zu werden, kurz, der Sache nicht gewachsen zu sein.«

»Wir haben im Fotoalbum einige Aufnahmen von ihm gesehen. Er war ein gutaussehender Mann, sah jünger aus, als er wirklich war.« Nadia trat an den Schreibtisch: »Stimmt's, Commissario?«

»Vielleicht hat ihm seine Mutter, als er noch jung war, einige Probleme bereitet, ihm womöglich unabsichtlich eine Menge von Ängsten übertragen ... Ängste vor Geschlechtskrankheiten, Todsünden, echten oder eingebildeten Gefahren.«

»Meine Schwiegermutter war intelligent, aber auch besitzergreifend und autoritär. Valerio hat sich immer mit List erfolgreich gegen sie verteidigt, mit Lügen, kleinen Betrügereien. Ja doch, es stimmt, seine Mutter ist an dieser unerfreulichen Geschichte sicher nicht ganz unschuldig. So ist es.«

»Da wäre noch eine Sache, die mir aufgefallen ist«, sagte Ambrosio. »Ungefähr vor zwei Stunden habe ich Margherita, die Putzfrau Ihres Mannes, Ihres Ex-Mannes, gefragt, ob sie jemals irgend etwas, was weiß ich, eine Haarnadel, einen Seidenstrumpf, ein Parfumflakon bemerkt habe, das auf die Anwesenheit einer Frau hätte schließen lassen können.«

»Und?« rutschte es ihr heraus.

»Sie hat es strikt verneint. Wenn eine Frau mehrere Stunden oder ganze Nächte in diesen vier Wänden verbracht hätte, wäre es ihr aufgefallen.«

»Das glaub' ich gern.«

»Wie dann also?«

»Valerio traf sich woanders mit ihnen.«

»Wo, in einer Junggesellenwohnung?«

»Ach, du lieber Gott, das klingt ja fast schon nach Boulevardtheater, verstaubter Pariser Komödie.«

Ambrosio lächelte sie verlegen an, als hätte man ihn auf frischer Tat ertappt: »Signora, entschuldigen Sie, das ist alles so ... unangenehm.«

»Am Largo Rio de Janeiro ist noch die Wohnung der Eltern. Dort hat er gewohnt, bevor wir heirateten.«

»Steht sie inzwischen leer?«

»Nein. Er hatte sie verkauft. Aber im Erdgeschoß des Hauses hatte sein Vater die Praxis. Ich glaube nicht, daß er die auch verkauft hat.«

»In der Via Casnedi habe ich ein paar alte Instrumente in einem Glasschrank gesehen ...«

»Die kenne ich.«

»Auch einen Schreibtisch mit Maroquinlederauflage, ziem-

lich hübsch. Also, Sie meinen, daß er die Praxis benutzt haben könnte als ...«
»Ich weiß nicht, das ist nur eine Vermutung meinerseits.«
»Haben Sie sie jemals gesehen?«
»Nein.« Sie blickte ihn nur kurz an, machte einen weniger distanzierten Eindruck als noch einige Minuten zuvor. »Das heißt, einmal habe ich sie gesehen. Als wir hingegangen sind, um ein paar Möbel, darunter auch den Schreibtisch, auszusuchen, die wir in unsere Wohnung bringen wollten.«
Nadia stellte sich wieder neben den Metallschrank und schrieb einige Notizen in ihr Büchlein.
»Wir haben wenige, äußerst wenige Hinweise, um die Ermittlungen zu beginnen. Vielleicht haben wir mehr Glück, wenn wir seine Kollegen von der Firma in Cantù verhören. Kennen Sie jemand von ihnen.«
Sie schüttelte den Kopf. »Nein, tut mir leid.«
»Wir werden versuchen herauszubekommen, mit wem er in Monza spielte. Übrigens: Wo genau spielte er Tennis?«
»In der Via Feltre, in der Nähe des Parco Lambro. Zumindest ging er dort hin, als wir noch zusammen waren.«
»Sie sprachen von einem Cabriolet. Was hatte er zuletzt für einen Wagen?«
»Einen Saab. Und einen Range Rover.«
»Seit langem?«
»Sie scherzen wohl? Mit seinen Autos war er genauso unbeständig. Wir hatten einen Triumph Spitfire, einen Porsche, dann einen roten Alfa Duetto, kurzum, er wechselte mindestens einmal im Jahr das Auto. Da gab es die Phase mit den Jeeps, immer englische natürlich. Er schätzte die Japaner nur als gute Samurai oder Gärtner.«
»Ein bißchen Snob.«
»Wenn man bedenkt, daß er die Zeitschrift, bei der ich arbeite, das Eldorado der Schneiderinnen nannte.«

»Hatte er eine Garage?«

»In der Via Ampère, in der Nähe der Wohnung, um die Ecke.«

Nadia schrieb sich die Adresse auf.

»Haben Sie sich niemals am Samstag oder Sonntag getroffen?« Er schaute sie mit Unschuldsmiene an.

»Warum gerade an diesen Tagen? Commissario, wollen Sie etwa nachprüfen, wo ich gestern abend gewesen bin?«

»Wo waren Sie?« Er lächelte sie an.

»Ich habe ein Alibi, wenn Sie das meinen. Ich war bei Freunden zum Abendessen eingeladen, Namen und Adresse kann ich Ihnen gerne geben. Falls Sie es nachprüfen möchten: Sie haben mich um Viertel nach eins nachts nach Hause in die Via Tasso gebracht.«

Sie nannte Nadia Namen und Adresse der Gastgeber. Ambrosio erlaubte sich hinzuzufügen: »Die wohnen direkt gegenüber von meiner Mutter.«

»An der Piazza Giovine Italia? Gott sei Dank, dann bin ich ja gerettet.«

(Das Nönnchen hat Witz, dachte Ambrosio.)

»Dottor Rossi war Ihrer beider Arzt?«

»Nein, keinesfalls. Warum fragen Sie mich das?«

»Er war es, der uns heute morgen angerufen hat. Er hat mir gesagt, daß er auch den Vater Ihres Mannes gekannt hat.«

»Er hatte einen guten Namen als Chirurg. Die Ärzte schätzen ihn.«

»Was war er für ein Typ?«

»Soweit ich weiß, ein zerstreuter Mensch. Einmal hat er Frau und Sohn vergessen, die auf ihn warteten, um gemeinsam ins Tantalo zum Abendessen zu gehen. Er ist einfach allein zum Essen gegangen und dann um Mitternacht nach Hause gekommen. So als ob nichts wäre.«

»Und mit den Frauen?«

»Spielen Sie auf Valerios Liebschaften an?«
»Wenn möglich.«
»Seinem Vater war er da bestimmt nicht ähnlich. Meine Schwiegermutter hat meines Wissens niemals solche Probleme gehabt wie ich.«
»Warum haben Sie ihn geheiratet?«
»Ich mochte seine Fröhlichkeit, seine Art, die Dinge zu betrachten, mit Leichtigkeit, Ironie, doch dann ...«
»Glaubten Sie, ihn ändern zu können?«
»Ich dachte, wir würden gut zusammenpassen, ein aufgeschlossenes Paar, frei von jeglicher Heuchelei. Unsinn.«
Ambrosio schaute Nadia an: »Jugendlicher Leichtsinn.«
»Nennen wir es ruhig so. Ich war einfach unerfahren, fest davon überzeugt, daß die Liebe alle Unebenheiten glätten würde. Auch auf meine Eltern wollte ich nicht hören. Er ist sympathisch, sagten sie, aus gutem Hause, aber ein Luftikus ohne Charakter, der noch nicht mal sein Studium beendet hat. Allzu leichtfertigen Männern muß man mißtrauen, sagte Papa immer.«
»Was macht Ihr Vater?«
»Machte.«
»Lebt er nicht mehr?«
»Nein.«
»Tut mir leid.«
»Er hatte ein Unternehmen.«
»Bauunternehmen?«
Diese Frage schien sie leicht zu beunruhigen oder gar zu verstimmen. »Beerdigungen«, antwortete sie dann mit leiser Stimme.
»Jene Ratschläge haben Ihnen Ihre Eltern natürlich vor der Hochzeit gegeben?«
»Natürlich. Aber es war nichts zu machen. Die Wirklichkeit habe ich erst einige Jahre später begriffen. Da habe ich

dann versucht, mich mit der Arbeit abzulenken. Wir hatten keine Kinder, und das war auch gut so. Kurzum, ich habe das Leben einfach so laufen lassen, ohne mir jemals groß Gedanken darüber zu machen, bis ... ich habe Ihnen ja schon erzählt, was dann passiert ist. Jetzt sitze ich hier im Polizeipräsidium, und das Ganze kommt mir völlig unlogisch vor. Auf so eine Idee wäre ich nie gekommen. Wenn mein Vater noch am Leben wäre ...«

Ambrosio stand auf. Für einen Moment sah er den Mann im Pyjama, das Goldkettchen um den Hals, die fast unsichtbare Verletzung an der Brust, in Herzhöhe, noch einmal vor sich. Er ging auf die Frau zu: »Signora«, sagte er zu ihr, »ich brauche Sie jetzt nicht mehr, zumindest vorläufig nicht.« Er fragte sich im übrigen, was für ein Parfum sie wohl an diesem Morgen aufgetragen hatte.

Während sie über den Flur davonging, gesellte Nadia sich zu ihm und bemerkte zaghaft: »Ein wenig kräftig um die Hüften herum.«

»Was trug sie für ein Parfum?«

»Keine Ahnung.«

»Wetten, daß es von Rothschild ist oder so?«

Inspektor De Luca im hellgrünen Regenmantel und auf dem Kopf einen kleinen Hut à la Monsieur Hulot grüßte sie ohne die kleinste Andeutung eines Lächelns.

»Raus mit der Sprache, mein Alter.«

Im Büro des Commissarios holte er seinen Notizblock hervor, begann darin zu blättern und setzte sich mit einem Kopfschütteln hin, ohne den Mantel abzulegen.

»Das war die Ehefrau des Opfers, die da gerade an dir vorbeigegangen ist.«

»Ist mir gar nicht aufgefallen.«

»Woran hast du gedacht?«

»An den Toten.«

»Was hast du über ihn erfahren?«
»Eine Katastrophe. Alle haben nur Gutes über ihn erzählt.«
Der Sinn für Humor ist bei Polizisten oft unbeabsichtigt.
»Tatsächlich?«
»Ein echter Signore. Alle sagen das. Selbst der Pförtner der Firma. Der Chef hat sich eine Hand aufs Herz gelegt, und ich dachte schon, er würde gleich ohnmächtig werden. Die Sekretärin hat geweint. Kurz, eine Pleite. Nur Lobreden. Dottore hinten, Dottore vorn ...«
»Hatte er eine Affäre mit einer Frau aus der Firma?«
»Ich habe lediglich erfahren, daß er der beste Verkäufer in ganz Brianza war. Aus, Ende.«
Ambrosio betrachtete den Hut, den De Luca auf dem Schoß hielt, aber es waren beileibe keine Gedanken über Männermode, die ihn ablenkten. Er fragte sich vielmehr, ob es nicht besser wäre, wenn er selbst noch einmal dorthin führe. Die Tränen der Sekretärin, zum Beispiel. Sollte das Mädchen tatsächlich so empfindsam sein?
»War sie seine Geliebte?« fragte er De Luca.
»Wer?«
»Die weinende Sekretärin.«
»Glaub' ich nicht.«
»Der Besitzer der Firma hat dich nichts gefragt, als du ihm mitteiltest, daß Biraghi mausetot in seinem Bett gefunden wurde?«
»Er hatte ihn im Büro erwartet. Wegen einer Möbellieferung an ein Priesterseminar.«
»Und dann?«
»Was dann?«
»Werden sie einen Nachruf bringen?«
»Einen Nachruf? Keine Ahnung, habe ich ihn nicht gefragt.«
»Haben sie dich nach seiner Frau gefragt?«

»Nein, warum?«

»Ist nicht wichtig.« Er wandte sich an Nadia: »Hast du Hunger?« und lächelte De Luca zu: »Und du?«

»Ich habe vor einer Stunde was gegessen«, antwortete dieser und erhob sich widerwillig aus dem Armstuhl.

»Dann wollen wir mal.« Ambrosio warf sich seinen nußbraunen Übergangsmantel aus leichter Wolle über, den er vor einer Woche mit Emanuela ausgesucht hatte.

»Warum haben Sie ihn nach dem Nachruf gefragt?«

In der Bar an der Piazza Cavour trank Nadia ihre Coca-Cola, während er die Schaumperlen auf dem Bier betrachtete. Auf der Theke lagen weiche *tramezzini* mit Schinken, Thunfisch und Tomatenscheiben.

»Wenn jemand stirbt, verfaßt man gewöhnlich einen Nachruf. Und außerdem gibt es Fragen, die einem ganz spontan einfallen, oder nicht? Fragen, die man einfach stellt. Eine kleine Frage, die scheinbar ohne Sinn ist, noch eine, und dann, ganz allmählich, erfährt man was.«

»Das gilt genauso für die Ehefrau.«

»Genau, ganz richtig. Wußten sie in der Firma, daß sie getrennt waren? Wäre gut gewesen, das zu überprüfen. Und dann die Tränen dieser Angestellten.«

»Wir müssen wohl noch mal nach Cantù fahren.«

»Mal schauen. Schmecken dir die *tramezzini*?«

»Ja, Commissario.«

Sie kehrten zum Polizeipräsidium zurück. Ambrosio war mehrere Stunden in einer Konferenz im Büro des Polizeipräsidenten, der für den Minister einen Bericht über Organisationsfragen vorbereitete. Bei den meisten Beamten stießen sie gemeinhin auf Skepsis, wenn nicht gar auf Ablehnung.

Später sprach er dann mit Gennari und Miccichè, die sich um den Fall eines dreiundzwanzigjährigen Mädchens, eine gewisse Milena, kümmern mußten. Sie war in der Nacht von

Samstag auf Sonntag von ihrem Zuhälter in einer Pension in der Via Lulli erwürgt worden. Leider war der Zuhälter, ein gewisser Gomez di Orano, nachdem er dem Opfer mit einer Vorhangschnur den Hals abgeschnürt hatte, in Blitzesschnelle über die Piazza Aspromonte entkommen und seither verschwunden.

Um fünf Uhr fuhr Ambrosio sich mit der Hand über den Nacken. Die Feuchtigkeit, vielleicht auch die Müdigkeit, bereiteten ihm einen stechenden Schmerz. Er hätte sich gern ein wenig hingelegt, den Kopf auf ein Kissen, die Augen geschlossen. Aber das ging jetzt nicht. Statt dessen steckte er den Kopf ins Büro der Inspektoren: »Bin gleich zurück«, rief er ihnen zu und verließ das Gebäude, abermals in Richtung Piazza Cavour. Dann ging er die Via Manzoni hinauf, die in das rötliche Licht des Sonnenuntergangs getaucht war.

Seine Halsarthrose brachte ihn, ohne daß er sich dessen bewußt war, auf den richtigen Weg; zwei- oder dreihundert Meter von seinem Büro entfernt, Richtung Via Bigli, gegenüber dem Grand Hotel, in dem Anfang des Jahrhunderts Giuseppe Verdi gestorben war. Genau da traf er auf jenen Mann, der ihm unwissentlich die Klärung (später würde ihm diese Vorstellung gefallen) des Ablaufs des Verbrechens in der Via Casnedi lieferte.

»Nehmen Sie doch bitte Platz, Commissario. Was verschafft mir die Ehre?«

Ambrosios Blick fiel auf eine Bronzeuhr, dann auf die kleine Statue eines Putto aus Carrara-Marmor, zuletzt auf ein Tischchen, das jenem ähnelte, das er am Morgen in der Wohnung des Ermordeten gesehen hatte.

»Was ist das für ein Möbelstück?«

»Ein Louis-quinze-Wohnzimmertischchen. E-ch-t.«

Der Antiquitätenhändler Giacomo Wannenes war schon immer ein geistreicher Mann gewesen.

»Wie viele gibt es davon?«

»Einige sind Kopien, die im neunzehnten Jahrhundert angefertigt wurden.«

»Und auch später«, fügte Ambrosio hinzu.

»Das kann niemand ausschließen.«

»Sind sie sehr teuer?«

»Dieses hier ist ein kleines Vermögen wert.«

»Und die Kopien?«

»Wenn sie gut sind, mit Verzierungen und Intarsien aus Elfenbein, knapp ein Zehntel der Originale. Und natürlich nur, wenn sie den doppelten Boden haben.«

»Soll heißen?«

»Das Geheimfach.«

»O Gott«, stieß Ambrosio aus.

Der Antiquitätenhändler zeigte ihm, wie man, wenn man wollte, die Schublade herausziehen konnte. Niemand hätte sie dort vermutet, vor aller Augen, gut versteckt und bereit aufzuspringen.

2. Kapitel

Das Geheimfach

Das Geheimfach: Von diesem Augenblick an, im Antiquitätenladen und dann auf der Straße, konnte er an nichts anderes mehr denken. Ohne sich den Grund dafür erklären zu können, spürte er, daß diese Entdeckung – wenn ihn sein Gefühl nicht täuschte – für die Ermittlungen wesentlich werden konnte.

Schnellen Schrittes ging er in die Via Fatebenefratelli zurück.

Der Abend war über die Stadt hereingebrochen. Die Lichter, der Verkehr, der Lärm, all das war ihm zu einer störenden Kulisse geworden, die ihn bis zur zweiten rechten Querstraße der Via Ampère begleitete: dort stand das Haus des Verbrechens, ihm gegenüber, in Schweigen gehüllt, dort, jenseits der Ligusterhecke. Die obersten Stockwerke waren vom Mondlicht erhellt, einige Fenster erleuchtet, die meisten aber dunkel. Man hörte die sich überschlagende Stimme eines Sportreporters.

Während der ganzen Fahrt saß er wortlos neben Nadia, die den Lancia Delta steuerte. Ab und zu unterbrach sie sein Schweigen.

»Glauben Sie, daß das wichtig sein könnte?«

»Keine Ahnung.«

»Das wäre ja fantastisch, wenn wir da irgend etwas fänden, Adressen, Briefe ...«

Er sagte sich immer wieder, daß überhaupt kein Grund zur Beunruhigung bestand. Im Grunde handelte es sich um einen ganz gewöhnlichen Mord. Wenn da nicht die Verletzung zwischen den Rippen, in Herzhöhe, gewesen wäre ...

Aber die Zweifel, die Vermutungen, die Verdächtigungen hatten ihn hoffnungslos eingekreist, hatten ihn fest im Griff. Ohne es zu bemerken, hatte ihn, den erfahrenen Polizisten, wie einen blutigen Anfänger die Unruhe befallen. Aber war es vielleicht nicht dasselbe gewesen, als er vor sechs oder sieben Monaten das geblümte Tischtuch gesehen hatte, das ausgebreitet über der Leiche der Klavierlehrerin Madame Strauss lag?

Und doch gefiel ihm die Idee, daß das Tischchen ein verborgenes Fach, ein vor Jahrhunderten raffiniert ausgeklügeltes Versteck für Geheimnisse haben könnte. In diesem Falle könnten sich ihm unvorhergesehene Hinweise für das Ermittlungsverfahren im Mordfall jenes Mannes ohne Kinder, ohne Ehefrau, ohne enge Verwandte offenbaren.

Er machte das Licht an, erst im Vorraum, dann im Wohnzimmer und im Schlafzimmer. Es roch nach Wachs, und leicht säuerlich nach Zigarettenrauch. Am Morgen hatte er davon nichts bemerkt. Er fuhr mit den Fingern sachte über das Tischchen, öffnete erneut die seitliche Schublade, jene, in der De Luca den japanischen Fotoapparat und das Vergrößerungsglas gefunden hatte, und schob sie wieder zu. Mit den Fingerkuppen strich er zum Schluß über die Elfenbeinkante und ließ dabei einen Finger, den mittleren, über die Bronzeverzierung gleiten, die dem Bogen des rechten Tischbeins folgte. Er ging plötzlich seltsam bedächtig vor. Oder genoß er es nur, den entscheidenden Handgriff, der der im Möbel versteckten Feder den auslösenden Impuls gegeben hätte, einige Augenblicke lang hinauszuzögern?

Nadia beobachtete ihn wortlos. Sie hielt die Hände in den Taschen ihres Mantels vergraben.

Fast in der Mitte der Verzierung war eine Schraube mit rundem Kopf, die sich in den orientalisch angehauchten Ornamenten verlor. Sie erinnerte an die Narbe eines Fruchtknotens. Diese Schraube berührte er mit den Fingerspitzen. Auf einmal drückte er zu, und die kleine Schublade sprang plötzlich und ohne jedes Geräusch in seine Richtung auf, genauso wie eine Stunde vorher im Antiquitätenladen in der Via Manzoni.

»Gott sei Dank!« stieß Nadia aus, während sie ihm fest den Arm drückte. »Jetzt haben wir's geschafft.«

Ambrosio hatte in diesem Augenblick dasselbe Gefühl wie damals, als er noch ein kleiner Junge war und es ihm gelungen war, die Steine eines Geduldspiels passend aneinanderzufügen.

Aus der mit Papier ausgelegten kleinen Schublade nahm er drei Schlüssel an einem verchromten Ring, ein Notizbuch aus Leder, einen kleinen Kalender und drei weiße Briefumschläge heraus. Er legte alles auf das Tischchen, zog sich dann seinen Mantel aus und hängte ihn über einen Stuhl. Dann nahm er Schlüssel, Notizbuch, Kalender und Umschläge und setzte sich, dicht gefolgt von Nadia, auf das Sofa im Wohnzimmer.

Später sollte er über sein Verhalten lächeln, mußte es doch in den Augen eines Fremden fast einem Ritual ähneln. Und was für ein Ritual – wenn man bedenkt, daß der einzige Grund dafür sein eingefleischter Ordnungssinn war. Eins nach dem anderen, in Ruhe, ohne Durcheinander, wie ein Chirurg oder Kunstschreiner. Eins nach dem anderen! Das sagte er sich beschwörend, während er schweigend ein Kuvert nach dem anderen nahm und die drei Serien Polaroidfotos herauszog. Insgesamt waren es etwa dreißig Aufnahmen, allesamt sorgfältig im Bildausschnitt, exakt, brillant, so als wären die abgelichteten Figuren Zuchtorchideen oder Diamantkolliers gewesen.

Statt dessen waren es drei nackte Frauen in unschicklichen Posen.

Er breitete sie auf der Kristallplatte des Tischchens vor dem Sofa aus, in drei Gruppen aufgeteilt, als würde er eine Patience legen.

»Heilige Maria«, murmelte Nadia, während sie die Polaroidfotos der Frauen Valerio Biraghis betrachtete.

Die Frauen waren in verschiedenen Posen fotografiert worden: ausgestreckt auf einem Bett, stehend auf einem champagnerfarbenen Teppichboden oder rittlings auf einem schwarzen Stuhl sitzend. Die Üppigste von allen stützte ihre schweren Brüste mit den Händen und zeigte keß die rosa Zungenspitze. Auf einem anderen Foto lag sie ausgestreckt auf den Bettüchern, ein Stofftier mit aufrechtem Schwanz neben der dichtbehaarten Scham. Auf einigen der obszönen Aufnahmen hielt sich die Frau eine Hand über die Augen, während sie sich mit der anderen zwischen ihren gespreizten Schenkeln berührte. Sie hatte dunkle, glatt frisierte Haare, die mit einem roten Band zusammengebunden waren. Am Handgelenk trug sie eines dieser gehäkelten Glücksarmbänder. In einer anderen Einstellung zeigte sie ihre breiten Hinterbacken, die durch die Streifen, die der Badeanzug hinterlassen hatte, noch bleicher wirkten. Das müde, beinahe schon erschöpfte Gesicht einer anderen Frau mit großen Brustwarzen auf kleinem, aber festem Busen gab einem weiteren Foto, ein Schnappschuß in einem Ledersessel, einen eher tragischen als frivolen Ausdruck.

Er blätterte das Notizbuch durch, dann auch den kleinen Kalender.

»Meiner Meinung nach ist das diese Roberta, von der die Ehefrau gesprochen hat.« Er hielt ihr die Seite mit Namen und Adresse in der Via Dezza nahe dem Solaripark hin.

»Schau mal in den Kalender. Da ist an bestimmten Tagen

ein R eingetragen. Immer an den gleichen. Daneben sind Sternchen.«

»Und was heißt das?«

Er gab ihr keine Antwort. Da war ein anderer Buchstabe, ein I, und eine Adresse in der Via Bruzzesi mit einer Telefonnummer. Und zum Schluß ein D und eine weitere Anschrift (Via Cernaia) und noch eine Telefonnummer. Im Kalender waren neben dem D zwei oder drei kleine Kreise eingezeichnet. Immer am Sonntag, aber nicht jeden Sonntag.

»Unser Freund war ein Organisationstalent.«

»Organisation von was?«

»Er hatte sein Gefühlsleben, besser gesagt sein Liebesleben, so geregelt, daß er mehrere Liebesbeziehungen nebeneinander haben konnte.«

»Liebesbeziehungen?« Nadia war mit dieser Bezeichnung offensichtlich nicht einverstanden.

»Ohne daß die eine von der anderen wußte. Er traf sich jede zweite Woche mit ihnen, an verschiedenen Tagen. So scheint es mir zumindest, nach dem ersten Eindruck.«

»Er erinnert mich eher an einen Bahnhofsvorsteher.«

»Nicht übel der Gedanke.« Ambrosio grinste sie an.

»Aber komisch ist es schon.«

»Warum?«

»Kein einziges Foto von der Ehefrau.«

»Und das wundert dich? Ich finde das normal.«

»Und jetzt? Was machen wir jetzt, wie gehen wir vor?«

Er schaute sie an. Dann beugte er sich über die Fotos, räumte sie zusammen und schob sie in die drei Briefumschläge. Die Kuverts steckte er in die Innentasche seines Mantels.

»Morgen früh fängst du mal damit an, diese Roberta in der Via Dezza anzurufen. Bald werden wir auch die zu den Telefonnummern gehörenden Vor- und Nachnamen haben.«

»Soll ich die alle anrufen?«
»Du klingst weniger verdächtig.«
»Ich sag' also nicht, daß wir ...«
»Keine Polizei. Du sagst nur: Ich muß Sie wegen Valerio Biraghi sprechen.«
»Und dann?«
»Machst du ein Treffen mit ihnen aus. Nicht zu nahe bei ihrer Wohnung, in einer Bar, einer Tabaccheria, das entscheiden wir dann noch.«
»Wie werden sie mich erkennen?«
»Du wirst eine Ausgabe des *Corriere della Sera* in der Hand halten.«
»Soll ich alle drei anrufen?«
Ein leichter Tramontana war aufgekommen.

Glücklicherweise hatte er vor einigen Monaten, im Mai oder Juni, dem Einbau eines Autotelefons zugestimmt, wenn auch widerwillig. So wählte er, während Nadia in Richtung Piazza Piola und Viale Romagna fuhr, die drei Nummern an. Und als das Auto vor dem achtstöckigen Haus hielt, in dem Valerio Biraghi mit seinen Eltern gewohnt hatte, hatte er in seinem Notizbüchlein die Angaben, die er brauchte, fein säuberlichst untereinander stehen: Roberta hieß mit Familiennamen Arcuri; die andere Telefonnummer entsprach einer der beiden Nummern der Zahnarztpraxis des Dottor Bruno Mainardi in der Via Bruzzesi in Lorenteggio*; Daria Danese, besser gesagt die Professoressa Daria Danese, wohnte in der Via Cernaia. (Nur ein paar Schritte von meinem alten Gymnasium Parini entfernt, dachte Ambrosio.)

Die Portiersfrau hatte ein pausbackiges, etwas dümmliches Jungmädchengesicht, das sie mit mißtrauischem Blick musterte. An der Hand hielt sie ein etwa zweijähriges Kind in

---

* *Stadtviertel um die Via Lorenteggio.*

einem blauen Overall. Sie beobachtete sie lauernd. Nadia fragte sie mit ihrer trügerischen Stimme, wo Signor Valerio Biraghi wohne. Man hätte meinen können, sie habe eine Klosterschule besucht.

Die Frau deutete mit dem Zeigefinger auf eine farbige Glastür auf der linken Seite: »Der Dottore ist jetzt aber nicht da.«

Ambrosio hielt ihr den Ausweis hin, während er dem Kind über das Haar strich: »Wir sind von der Polizei. Haben Sie den Wohnungsschlüssel?«

»Ja.«

»Können Sie ihn bitte holen?«

Sie kam mit einem Schlüssel zurück, an dem ein gelbes Plastikschildchen hing.

»Kümmern Sie sich um die Wohnung von Signor Biraghi?«

»Ja. Und vor mir meine Mutter.«

Sie warf einen prüfenden Blick auf den Schlüssel, ob es auch wirklich der richtige sei.

»Können Sie uns bitte die Tür aufschließen?«

Hinter der Glastür waren die Treppen, der Aufzug und dann einige Türen: Es war die erste, gleich gegenüber, ohne Namensschild.

»Aber ... warum?«

Das Kind fing zu an zu nörgeln. Der Geruch von gebratenen Eiern lag in der Luft.

»Die Sache ist die, daß Valerio Biraghi tot ist«, erklärte Ambrosio.

»Tot?«

»Leider«, ergänzte Nadia.

»Umgebracht?« Die Frau hatte ein wenig vorstehende Augen.

»Kam er oft her?«

»Er kam in den Stunden, in denen die Pförtnerloge zu war, abends nach acht, am Samstag nachmittag oder sonntags. Ich habe ihn selten gesehen. Er hat mir immer Zettelchen auf den Küchentisch gelegt.«

»Wann gingen Sie zum Putzen in die Wohnung?«

»Montags, nachdem ich die Pförtnerloge geschlossen hatte.«

»Hat er Sie bezahlt?«

»Jeden Monat. Er ließ mir einen Umschlag da. Er war ... er war sehr pünktlich.«

Sie knipste das Licht an: Das ganze Appartement war mit dem bekannten champagnerfarbenen Teppichboden ausgelegt und mit Eschenholzmöbeln eingerichtet. Die Wände waren hell.

»Die Male, die wenigen Male, die Sie ihn gesehen haben, war er da allein oder in Begleitung?«

»Jetzt hör auf, Schatz«, mahnte sie das Kind, beinahe als wolle sie Zeit gewinnen.

»Mit ... mit einer Signora.«

»Die Ehefrau, vielleicht.«

»Er war nicht verheiratet.«

»Wer hat Ihnen das gesagt?«

»Meine Mutter. Sie war viele Jahre Portiersfrau hier. Jetzt ist sie zusammen mit Papa in Rente, in Cesano Maderno. Sie haben ein kleines Häuschen dort.«

Reproduktionen weiblicher Akte in schmalen Rahmen aus hellem Holz schmückten die Wände. Sie zeigten Frauen in verschiedenen Posen: eine mit ausgestreckten Armen, vollem, rotem Mund, eine andere mit dem Arm quer über der Stirn, eine dritte sitzend. Alle drei waren von Amedeo Modigliani. Im Raum standen zwei Sessel, ein Sofa, ein mit Kunstbänden und Zeitschriften überhäufter Tisch, ein Dreimaster mit vollen Segeln.

»Von diesen Bilder hat er sich wohl inspirieren lassen«, beschloß Nadia kurzerhand.

Im zweiten Zimmer waren ein Bett mit einer Überdecke im

Schottenmuster, an seinen Seiten zwei Korbtischchen und eine Frisierkommode mit Spiegel. An den Wänden Drucke von erotischen Zeichnungen Gustav Klimts.

»Da sind ja seine Modelle«, rief Nadia aus. »Hab' ich mich wohl getäuscht vorher.«

»Meinst du?«

Sie wurde rot. Ambrosio wandte sich an die Portiersfrau: »Wenn wir hier fertig sind, kommen wir bei Ihnen in der Portiersloge vorbei. Wir müssen Ihnen noch einige Fragen stellen.«

Sie ging verwirrt mit dem Kind weg.

Nadia begann in den Schubladen zu kramen.

»Das ist sie, nicht wahr?« Sie hielt die schußfertige Polaroidkamera triumphierend in die Höhe.

»Leg sie auf den Tisch.«

Im Kühlschrank in der Küche standen einige Flaschen Martini Dry, Bitter Campari, Wodka, außerdem Mineralwasser und Tonic.

Ambrosio war völlig mit den Bildern beschäftigt. Er schob sie zur Seite, um zu sehen, ob sie vielleicht Tresore oder ähnliches verbargen. Er vertiefte sich in einige Bücher, die auf zwei weißen Schleiflackborden standen. Eines davon erregte sein besonderes Interesse. Es war ein kleiner Band aus dem Jahre 1882, der dem Vater, vielleicht auch dem Großvater Valerios gehört haben mußte. Darin stand wunderbar geschrieben, daß ›gemäß Aristoteles die Tragödie die auf der Bühne dargestellte Nachahmung einer bedeutsamen Handlung ist, mit dem Ziele, vermittels der Furcht und des Mitleids die Seelen vom Laster zu befreien. Ein nützliches und tugendhaftes Ziel.‹ Ganze Schülerschaften waren Ende des vergangenen Jahrhunderts mit diesen antiken Lehrschriften erzogen worden. Gar nicht schlecht, wenn man die uns nur allzu gut bekannten Resultate bedenkt, dachte Ambrosio mit leichter Ironie.

Im Schrank waren drei Morgenmäntel aus Seide, Baumwolle und Frottee und ein halbes Dutzend Schlafanzüge. Im Bad standen Fläschchen und Gläser mit farbigem Badesalz, kleine Seifen, Shampoo, Parfums, Aftershave. Kurzum: das kleine Appartement bot jeden Komfort, wenn es auch durch die herrschende Ordnung und Sauberkeit eher den Vergleich mit der Suite eines Hotels als mit einer Privatwohnung zuließ.

»Kein einziges Foto«, bemerkte Nadia, »nicht mal ein Brief oder ein Notizbuch. Nur in der Küche habe ich einen Kalender an der Wand hängen sehen, in dem die Zahlungen an die Hausmeisterin eingetragen sind: ›Flora 100.000 Lire.‹«

»Eine äußerst systematische Person.«

»Und recht fleißig, Commissario.«

»Kannst du dir vorstellen, warum sie so sehr darauf erpicht war, alles in perfekter Ordnung zu halten?«

»Hier traf er sich doch mit seinen Frauen, oder? Und jede mußte glauben können, die einzige zu sein.«

»Nichts durfte darauf hinweisen, daß dieses traute Heim, die alte Praxis des Vaters, in Wirklichkeit eine Art sturmfreier Bude war«, sagte Ambrosio mit einem Anflug von Ironie.

»Das war vielleicht ein Typ.« In Nadias Stimme schwang ein wenig Bewunderung. »Gut sah er auch aus, der arme Kerl. Wenigstens den Fotos nach zu urteilen, die ich gesehen habe.«

»Das Schlafzimmer hat überhaupt nichts Heimeliges an sich, im Gegenteil. Eher eine ... eine fast professionelle Atmosphäre, wie in einem Operationssaal.«

»Ich bin schon ganz neugierig auf seine Opfer.«

»Opfer?«

»Sehen Sie das nicht so, Commissario?«

»Das weiß ich noch nicht.«

Sie machten das Licht aus, zogen wortlos die Eingangstür zu und gingen zur Portiersloge zurück.

»Sollte jemand kommen, lassen Sie ihn nicht in die Wohnung. Schreiben Sie die Uhrzeit, das Datum und den Namen auf. Ich lasse Ihnen meine Visitenkarte hier. Sollte es etwas Neues geben, rufen Sie mich bitte an, ist das klar?«

»Ja, Commissario.«

»Die Wohnung ist tadellos. Es war alles in bester Ordnung. Mein Kompliment!«

»Das ist nicht nur mein Verdienst. Ich mußte den Teppichboden saugen, ab und zu die Fenster putzen. Besonderen Wert legte er auf die Wäsche, die Bettücher und Schlafanzüge. Er ließ mir alles in einem Stoffsack im Bad.«

»Sie haben seine Freundin selten gesehen ...«

»Blond, schon ein bißchen älter.«

»Wir haben keine einzige Haarnadel, weder einen Lippenstift noch Seidenstrümpfe gefunden.«

Sie schüttelte den Kopf: »Mehr als ordentlich, hab' ich doch gesagt.«

»Wir haben einen Fotoapparat gefunden, aber kein einziges Foto. Anscheinend hat er ihn nicht benutzt.«

»Einmal wollte er unbedingt Fotos von Paolino machen. Er hat sie mir gleich gegeben. Wollen Sie sie sehen?«

»Nicht nötig, danke.«

Sie gingen hinaus. Es war Abend und merklich kühler geworden. Ambrosio setzte sich ans Steuer. Bevor er losfuhr, betrachtete er die Umrisse der Häuser in der Viale Romagna, die in den gläsernen Himmel emporragten. Ihm fielen die alten Comiczeichnungen des *Corriere dei Piccoli* ein, mit dem schwarzen Kater Mio Mao auf den Dächern, der sich gegen den Vollmond abzeichnete.

Was für Scherze einem das Gedächtnis doch spielte.

Mio Mao, der Mond, die schamlosen Frauen von der Hand Klimts gezeichnet, vielmehr mit der Bleistiftspitze aufs Blatt gestreichelt. Und sein eigener Widerwille, die Fotos des Kindes anzuschauen, die mit derselben Kamera aufgenommen worden waren, welche auch die geheimen Begierden des vor weniger als vierundzwanzig Stunden ermordeten Mannes verewigt hatte.

Das Haus in der Via Dezza stand an der Ecke einer kleinen, ruhigen Straße, die mit Autos vollgeparkt war. Gegenüber dem Haus fast kahle Bäume und ein großes, verwahrlostes Beet. Hinter dem Beet lag das Krankenhaus. Hier also wohnte die Frau, in diesem vierstöckigen Palazzo aus dem zwanzigsten Jahrhundert mit Verzierungen, die in der Vorkriegszeit modern gewesen waren. Ein Gitter mit spitzen, lanzenförmigen Stäben und eine Myrtenhecke verwehrten Unbefugten den Zutritt.

Nadia hatte von einer Tabaccheria in der Via Foppa aus angerufen. Roberta hatte keine Fragen gestellt und ohne Angst oder Verblüffung in der Stimme einsilbig auf die ihren geantwortet. Es war fast neun, als sie sie fünf Minuten später vom Auto aus, in dem sie etwa zehn Meter vom Eingangstor entfernt Posten bezogen hatten, herauskommen sahen. Sie trug einen Mantel im Militärlook, hatte blonde, duftige Haare, die Ledertasche über der Schulter und Schuhe mit flachen Absätzen. Sie lief ohne Hast. Nichts deutete darauf hin, daß sie irgendwelche Probleme hätte. Sie drehte sich nicht einmal um. Ihre Gangart glich viel eher der eines morgendlichen Gesundheitsspaziergangs.

Die Zeitung als Erkennungszeichen war überflüssig. Nadia und sie blickten sich an, und die Inspektorin fragte: »Signora Roberta Arcuri?«

In der Tabaccheria saß ein älterer Mann in einer Ecke und las die *Gazzetta dello Sport*; eine Frau mit einem Kind auf dem Arm und einem anderen neben sich wartete darauf, bedient zu werden, und zwei Busfahrer debattierten mit dem Barbesitzer über Fußball. Die durch das Make-up betonten Augen Roberta Arcuris musterten ihn einen Moment lang, als Ambrosio nähertrat.

»Darf ich Ihnen den Commissario vorstellen«, sagte Nadia. Signora Arcuri schob mit einer schnellen Bewegung die Hand in die Tasche des graugrünen Mantels und zog ein Päckchen Zigaretten und ein violettfarbenes Feuerzeug heraus.

»Darf ich Ihnen etwas anbieten?«

»Einen Espresso, danke.«

Sie stellten sich an die Bartheke.

Die rauhe Stimme Armstrongs (das Radio lief leise) grüßte Dolly, hello Dolly ... verdammt, wie die Zeit vergeht!

»Was hat Valerio damit zu tun?«

Sie strömte einen zarten, angenehmen Duft aus. Sie steckte sich die Zigarette an.

»Wollen Sie sich setzen?« Er wies auf ein Tischchen. »Es ist etwas passiert ...«

»Ich möchte lieber stehen.«

»Etwas sehr Bedauerliches, Signora. Ich muß Ihnen eine schlechte Nachricht überbringen.« In den Augen der Frau lag ein Funkeln. Vielleicht trug sie Kontaktlinsen.

»In der vergangenen Nacht, von Sonntag auf Montag, ist Valerio Biraghi gestorben.«

Sie hielt eine Hand vor den Mund, als ob sie ein Gähnen verbergen wolle, und drückte schlagartig die Zigarette in einem Tellerchen aus.

»Tot? Valerio?«

»Im Schlaf.«

»Und warum sind Sie ... was hat denn die Polizei damit zu tun?«

»Wir sollten besser an einem ruhigeren Ort weitersprechen. In meinem Büro, zum Beispiel.«

»Wo?«

»In der Via Fatebenefratelli.«
»Im Polizeipräsidium?«
»Wenn es Ihnen nicht recht ist, können wir auch hierbleiben. Es war Ihretwegen. Ich müßte Ihnen einige Fragen stellen.«
»Verstehe.«
Sie schwieg.
»Wer hat Ihnen von mir erzählt?« Sie stellte ihm diese Frage vom Rücksitz des Autos aus. »Wir haben ein Notizbuch Valerio Biraghis gefunden. Darin standen Ihr Name und Ihre Telefonnummer.«
»Da werden auch andere Namen gestanden haben.«
»In der Tat. Mit der Ehefrau, besser gesagt der Ex-Ehefrau, haben wir bereits gesprochen.«
»Wie ist er gestorben?«
»Der Arzt war sich unsicher, ob es ein natürlicher Tod war.«
»Ist er ermordet worden?«
»Wann haben Sie ihn zum letzten Mal gesehen?«
»Letzte Woche. Mittwoch.«
»Sind Sie sicher?«
»Wir trafen uns zweimal im Monat, und immer am Mittwoch.«
Sie zog den Mantel aus. Im Rückspiegel fielen Ambrosio ihre festen, gut geformten Beine auf. Sie mußte sehr sportlich sein.
»Wie haben Sie sich kennengelernt?«
»Vor einem Schuhgeschäft.«
»Einem Schaufenster?«
»Ja, am Corso Buenos Aires.« Der Schatten eines Lächelns überflog ihr Gesicht. »Er hat mich gefragt, ob er mir ein Paar schenken dürfe, jenes, das mir am besten gefiele. Stellen Sie sich das mal vor!«
»Hat er es Ihnen gekauft?«

»Das ist wohl nicht Ihr Ernst. Damals war er doch noch ein völlig Fremder für mich.«

»Hat es Sie nicht gereizt, ihn auf die Probe zu stellen?«

»Doch, schon. Auch weil mir die Schuhe gefielen und ziemlich viel kosteten.«

»Was macht Ihr Mann?«

»Er arbeitet in der Gemeinde.«

»Sind Sie schon lange verheiratet?«

»Mehr als zwanzig Jahre. Vierundzwanzig, um genau zu sein.«

»Sie haben sich diese Schuhe also nicht von ihm schenken lassen. Und dann?«

»Er hat mir einen Aperitif angeboten. Hat nicht lockergelassen. Tja, da ... nun ja, so hat es angefangen.«

»Er war ein gutaussehender Mann. Ich habe einige Fotos gesehen, bei ihm zu Hause.«

»Ein schöner Mann, ja. Charmant, liebenswürdig. Manchmal auch melancholisch.«

»Seine Frau hatte ihn verlassen.«

»Sie ist Journalistin, er verkaufte Möbel. Sie waren nicht füreinander geschaffen. So sagte er jedenfalls. Sie hatten auch keine Kinder ...«

»Und Sie, Signora?«

»Einen Jungen. Er geht auf die Universität, will Ingenieur werden. Der Traum meines Mannes.«

»Wäre er auch gerne Ingenieur geworden?«

»Tja. Statt dessen ist er Vermessungstechniker, in der Gemeinde. Trinkwasser.«

»Valerio Biraghi wohnte in der Nähe der Piazza Piola, in der Via Casnedi. Waren Sie jemals in seiner Wohnung?«

»Nie.«

»Haben Sie sich außerhalb getroffen?«

»Wir fuhren nach Monza. Er spielte dort Golf. Und nach

Cantù oder in die nähere Umgebung. Da ist auch seine Fabrik.«

»Fühlten Sie sich wohl mit ihm?«

»Valerio wußte zu leben. Man langweilte sich nie mit ihm. Er hatte immer was vor ... vielleicht sogar Dinge, die ich niemals gemacht hatte.«

Nadia schaute ihn an.

Die Sonne erleuchtete das Zimmer und gab dem normalerweise ziemlich eintönig wirkenden Raum, so empfand ihn zumindest Ambrosio, etwas Heiteres. Valerio Biraghi hatte versucht, ihn mit einigen Lithographien Cassinaris – Frauen und Pferde – und mit den hellblauen Lagunen von Guidi annehmbarer zu gestalten. Und zum Teil war es ihm auch gelungen.

Sie setzte sich sogleich auf den Armstuhl. Sie trug einen tabakfarbenen Rock und eine Kamelhaarjacke über einer hellbraunen Seidenbluse, auf der eine Kette mit bunten Steinen lag. Die Lippen ihres großen Mundes waren mit einem dezenten Lippenstift nachgezogen. Zusammen mit den Sommersprossen auf den Wangen verliehen sie ihr eine Weiblichkeit, die etwas Lebendiges, Ungestümes ausstrahlte. Aber vielleicht lag das auch an den Fotografien, die der Commissario am Abend zuvor gesehen hatte. Nadia war neben dem Metallschrank stehengeblieben, genau hinter ihr. Sie hielt den *Corriere della Sera* zusammengefaltet in der rechten Hand. Ambrosio nahm das Päckchen Muratti und das Feuerzeug. Er legte beides vor die Frau auf den Schreibtisch.

»Das gleiche hatte er mir geschenkt. Ich hab's verloren.«

Sie drehte das silberne Feuerzeug zwischen den Fingern hin und her.

Er setzte sich hin, tat so, als würde er einige Blätter in einem Aktendeckel kontrollieren. Unterdessen beobachtete er sie aufmerksam.

»Schwimmen Sie, Signora?«

»Warum fragen Sie mich das?«

»Ich habe den Eindruck, daß Sie Tennis spielen, zum Beispiel.«

»Woher können Sie ...«

»Ich bin Polizist. Von den Beinen.« Er lächelte sie an.

»Ich schwimme, fahre Ski, spiele Tennis. Wenn es nach mir ginge, würde ich segeln, tauchen und fischen ... alles Dinge, die mein Mann nicht mag. Er spielt nur Boccia, im Freizeitheim der Gemeinde.«

Die ausgeschnittene Bluse ließ eine volle, feste Brust ahnen, einen Jungmädchenbusen.

»Ihr Mann ist älter als Sie?«

»Fünf Jahre. Und ich bin ein Jahr älter als Valerio.«

»Sieht man aber nicht.«

»Danke, ist aber so.«

»Ist jener Tag auf dem Corso Buenos Aires, jener Morgen, lange her?«

»Es war ein Nachmittag.« Sie zählte die Jahre an den Fingern ab: »Vor sieben, fast acht Jahren.«

»Das ist ja interessant.« Er sah ihr in die Augen. Sie wirkte keineswegs verwirrt. »Finde ich äußerst interessant, daß es Ihnen gelungen ist, Ihre ... die Beziehung so in ihren Schranken zu halten.«

»Ich konnte schließlich nicht alles stehen- und liegenlassen, seinetwegen. Ich habe einen Sohn. Und für Gianni wäre es schrecklich gewesen. Gianni ist mein Mann. Er hat alles andere als einen leichten Charakter, aber er verdient es nicht, gedemütigt zu werden.«

»Vielleicht war es so, daß Sie sich mit Valerio Biraghi einfach amüsierten, er gefiel Ihnen, aber er bot Ihnen keine Sicherheit. Richtig?«

»Sicherheit ... Daran habe ich nie gedacht. Es reichte mir

zu leben, einigermaßen gut zu leben. Mit etwas, das mir gehörte, oder besser gesagt, mit etwas, das mir mehr zusagte als die Sorgen um den Einkauf, die Küche, der Mikrowellenherd, die Hausaufgaben meines Sohnes, der Sonntagsbesuch bei den Schwiegereltern, die Ferien in Viserba, Achtung, nicht zuviel ausgeben, paß hier auf, paß dort auf.«

»Haben Sie Valerio gern gehabt? Entschuldigen Sie die Frage, aber ich muß, sagen wir mal so, seine Person, seine Gewohnheiten, sein Verhalten rekonstruieren. Nur so habe ich eine Möglichkeit herauszufinden, warum er ermordet wurde und von wem.«

»Ich hatte mich in ihn verliebt, war richtig verknallt am Anfang.« Sie lächelte schwach. »Wir sind jedoch nie so weit gegangen, daß es gefährlich hätte werden können. Das war nicht nur mir zu verdanken. Und dann ...«

»Ja?«

»Nichts.«

»War es in ... in sexueller Hinsicht ein befriedigendes Verhältnis?«

»Was möchten Sie wissen?« Ein Schatten fiel über ihr Gesicht.

»Gestern abend haben wir in der Wohnung des Ermordeten etwas gefunden.«

Sie war beinahe schön, mit ihren leicht unruhigen, trüben Augen.

Ambrosio zog einen weißen Briefumschlag aus der Schreibtischschublade.

»Valerio Biraghi machte gerne Fotos mit der Polaroidkamera«, fügte er mit einem Blick auf sie hinzu und hielt ihr die zehn Farbaufnahmen hin.

Sie schaute sie bedächtig durch, wie eine Canastaspielerin die Spielkarten. Dann legte sie alle wieder zusammen und gab sie Ambrosio ohne den geringsten Anflug von Scham wortlos zurück. Sie zog lediglich eine Zigarette aus dem Päckchen und entzündete sie mit dem silbernen Feuerzeug.

»Von der Seite her scheint es ja eine recht zufriedenstellende Beziehung gewesen zu sein«, schloß Ambrosio mit neutraler Stimme. »Verstehen Sie jetzt, warum ich Ihnen solche Fragen stellen muß?«

»So genau weiß ich eigentlich immer noch nicht, ob die Beziehung mit Valerio nun ein Liebesverhältnis oder etwas ... anderes gewesen ist.«

»Zur Liebe gehört auch Sex«, sagte Ambrosio.

»Eben, sehen Sie? In meinen Mann war ich verliebt, als ich jung war. Und ich habe ihn immer noch gerne, aber was das übrige anbelangt ...«

Nadia beobachtete sie schweigend. Es war das erste Mal in ihrem Leben, daß sie einem Gespräch wie diesem zwischen dem Commissario und der Signora beiwohnte. Wenn man sie Signora nennen kann, dachte sie im stillen.

»Wußten Sie von diesen Fotos?«

»Ich habe gedacht, er hätte sie weggeworfen.«

»Hatte er Ihnen das versprochen?«

»Nein, versprochen nicht. Aber er sagte mir, daß er sie mit der Schere kleinschnippeln wollte. Ich habe auch welche von ihm gemacht. Haben Sie sie gesehen?«

»Nein, Signora.«

»Dann hat er also nur die seinen weggeworfen.« Und mit leiserer Stimme: »Die hier werden aber nicht die Runde machen?«

»Nein. Das verspreche ich Ihnen. Sobald die Ermittlungen abgeschlossen sind, bekommen Sie sie zurück. Sie können sie dann selbst vernichten.«

»Wir haben uns nicht öfter als dreimal im Monat getroffen, manchmal sogar nur zweimal.«

»Und am Golfplatz von Monza?«

»Da bin ich selten hingefahren, im Sommer, mit der Ausrede, daß in Monza eine Freundin von mir wohnt.«

»Gab es einen Grund, warum Sie sich ausgerechnet mittwochs trafen?«

»Ich gehe auf eine Sprachenschule. Da war es leicht, mich am späten Nachmittag freizumachen. Und ihm kam es entgegen, daß wir uns gegen Abend trafen. So hatte er genügend Zeit, seine Kunden zu besuchen. Wir gingen zu ihm, hörten Musik ... es war eine gemütliche Wohnung, sie gefiel mir, so schmuck und parfümiert. Er hatte immer ein kleines Geschenk für mich: Büstenhalter, einen Blumenstrauß, Chanel No. 5, Seidenstrümpfe ...«

»Hat er Ihnen nie von einem Freund oder einer Freundin erzählt?«

»Möchten Sie wissen, ob er eine andere Geliebte hatte?«

»Urteilen Sie selbst.«

»Seine Ehe war gescheitert, weil seine Frau, die Ärmste, kapiert hatte, daß sie ihm nicht vertrauen konnte ...«

»Sie haben gesagt, daß Sie am Anfang sehr verliebt waren.«

»Dann habe ich gemerkt, daß ich das Ganze anders angehen mußte. Nun ja, mich nicht mit Haut und Haaren an ihn binden durfte.«

»War er hinsichtlich seiner Gefühle unzuverlässig?«

»Genau das.«

»Vielleicht hat Ihrer beider Verhältnis nur so lange gedauert, weil keiner zuviel vom anderen verlangt hat. Weder Sie von ihm, noch er von Ihnen. Können Sie sich an irgendeinen Namen eines Freundes oder einer Freundin erinnern?«

Nadia hielt ihren Notizblock bereit.

»Manchmal sprach er von seinem Zahnarzt, mit dem er Tennis spielen ging. An den Familiennamen kann ich mich nicht mehr erinnern, aber an den Vornamen, Bruno. Und an den einer Frau, die Valerio für künstlerisch begabt hielt, weil sie mit Blütenblättern diese kleinen Bildchen machte, wie man es in der Handarbeitsstunde lernt.«

»Wie heißt die Frau?«

»Ines.«

Nadia hüstelte. Ambrosio dachte an Ines Mainardi, besser gesagt, an einige Einzelheiten ihres Körpers, der so verschieden war von dem der Frau, die jetzt vor ihm saß.

»Und sonst, fällt Ihnen sonst noch jemand ein?«

»Ich habe ihm nie viele Fragen gestellt. Es war schön, mit ihm zusammen zu sein. Auch, weil er unseren Treffen so etwas Leichtes gab ... wir sprachen über Reisen, Boote ... Reisen, die wir machen würden und nie gemacht haben. Ausgenommen ein einziges Mal, da waren wir drei Tage auf Capri. Zwei Verrückte.« Sie lächelte. »Gianni und mein Sohn waren in London ...«

»Wird er Ihnen fehlen?«

Sie antwortete nicht gleich. »Wie soll ich das ... es kommt mir so unwirklich vor, daß er tot sein soll.« Sie hielt inne, die Stimme versagte ihr. Sie atmete tief durch: »Natürlich wird er mir fehlen ... Wissen Sie, was ich glaube? Wenn es ihn in meinem Leben nicht gegeben hätte, wäre ich als Ehefrau unausstehlich gewesen. Vor einigen Jahren hat Gianni zu mir gesagt: Mit den Jahren wirst du vernünftiger.«

»Die Zeitungen schreiben heute morgen über den Tod Valerio Biraghis. Im *Corriere delle Sera* sind auch zwei Nachrufe, einer von der Ehefrau und ein anderer von der Firma in Cantù.«

»Ich hab' die Zeitung heute noch nicht gelesen.«

Nadia reichte Ambrosio den zusammengefalteten *Corriere* mit den Nachrufen.

Carla gibt den Todesfall von

Valerio Biraghi

bekannt und erinnert sich voller Trauer
an die Jugendjahre,
als sie gemeinsam mit ihm
noch zu träumen vermochte.

»Die arme Frau«, bemerkte Roberta mit leiser Stimme.
»Da gibt es etwas, das ich Sie fragen möchte.«
»Bitte.« Sie war nicht mehr dieselbe wie eben noch. So als ob sie nun die Bestätigung dafür hätte, daß der Mann, mit dem sie unzählige Mittwoche ihres Leben verbracht hatte, für immer aus ihrem Leben gegangen war.
»Wo waren Sie am Sonntag?«
»Zu Hause.«
»Allein?«
»Mit Gianni. Am Nachmittag haben wir einen Spaziergang gemacht.«
»Wohin?«
»Zum Piazzale Baracca, ins Biffi. Wir gehen fast jeden Sonntag in dieses Café.«
»Und dann?«
»Ein Schaufensterbummel im Corso Vercelli.«
Nadia nahm die Zeitung wieder an sich. Sie stellte sich hinter Roberta.
»Da ist noch eine andere Sache, die ich Sie gerne fragen möchte: Hat Valerio jemals darüber gesprochen, daß er vor irgend jemandem Angst habe? Irgend etwas gemacht habe, was einen anderen verletzt oder beleidigt hätte? Was weiß ich, einen Kunden, ein Kunde, der ihm vielleicht Geld schuldete? Oder, daß er es mit nicht sehr ehrenwerten Leuten zu tun hatte?«

Sie schüttelte energisch den Kopf: »Nein, nein, niemals.«

»Ich nehme an, daß ihm seine Eltern ein Vermögen in Immobilien und auch Bargeld hinterlassen haben. Wir sind dabei, seine Bankkonten zu überprüfen.«

»Er sprach nie über Geld. Aber ich weiß, daß er gut verdiente und ein sehr guter Verkäufer war. Und dann kannte er einen Haufen Leute mit viel Geld.«

»Er war sozusagen nicht gerade der typische Möbelverkäufer aus Brianza.«

»Das war er bestimmt nicht.«

»Hat er Ihnen jemals erzählt, wie er zu dieser Arbeit gekommen war?«

»Der alte Firmenbesitzer war von Valerios Vater wegen einer Bauchfellentzündung operiert worden. Er hatte ihn vor dem sicheren Tod bewahrt. Er hat danach noch viele, viele Jahre gelebt. Die Söhne haben ihn dann eingestellt.«

»Hatten Sie niemals den Verdacht, daß er irgendwelche Aufputschmittel nahm, Drogen oder so?«

»Valerio? Niemals.«

»Verhielt er sich ... na ja, wenn Sie sich liebten, verhielt er sich da irgendwie ungewöhnlich? Von den Fotos abgesehen.«

»Haben Sie diese Zeichnungen im Appartement hängen sehen, von diesem ... ich glaube, österreichischen Maler? Er sagte, er hätte gerne die Originale besessen. Mir kamen sie immer etwas zu gewagt vor. Wenn ich ein Künstler wäre, sagte er, würde ich versuchen, die Frauen, die mir gefallen, auch so zu malen. Dich, zum Beispiel. Aber ich kann nicht zeichnen, und so bleibt mir nur der Fotoapparat.«

»Sein ... sexuelles Verhalten, war das normal?«

»Wie bitte?«

»Ging er zu Prostituierten?«

»Nicht, daß ich wüßte.«

»Videos?«

»Sie machen wohl Witze?«

»Hat er nie über Aids gesprochen?«

»Deswegen war er nicht, war er nie auf nächtliche Abenteuer aus. Er hatte Angst, sich anzustecken, war regelrecht besessen davon. Er hat immer die Ehefrauen der anderen vorgezogen.«

Sie war zweifelsohne eine intelligente Frau.

»Sein Verhalten im Bett, erschien Ihnen das normal?«

»Völlig normal.«

»Zwischen Ihrem Mann und Ihnen ...«

Sie seufzte auf: »O Gott, was für eine Frage.«

»Nach zwanzig Jahren Ehe kann ich mir vorstellen, daß es nicht gerade aufregend ist.«

»Nein, das versichere ich Ihnen.« Sie blickte nach oben zur Decke. »Das ist eine Weisheit, so alt wie die Welt. Sicher, mit Valerio war es ganz anders. Er war voller Phantasie. Er legte mir schwarze Strümpfe mit Strapsen wie von einer Cancan-Tänzerin aufs Bett. Er mochte es, wenn ich seine Bademäntel anzog. Wir haben zusammen geduscht. Solche Sachen. Also eigentlich nichts Ungewöhnliches.«

»Eifersüchtig?«

»Also, ehrlich gesagt, manchmal war ich es. Doch ich tat alles, um nicht zu leiden.«

»Wie?«

»Ich stellte nicht zu viele Fragen.«

»Die Frau des Zahnarztes, könnte die etwas mit Valerio gehabt haben?«

»Fragen Sie sie doch selbst.«

»Das werde ich.«

»Haben Sie von Ines auch Fotos gefunden?«

»Nein, Signora.«

»Also dann wird es nicht leicht sein, etwas herauszubekommen.«

»Ich befürchte, die Aufklärung dieses Mordes wird sehr schwierig sein. Hören Sie, wenn ich Sie brauchen sollte, lasse ich die Inspektorin Schirò zu den Zeiten anrufen, in denen Ihr Mann im Büro ist.«

»Kann ich mich darauf verlassen?«

»Ich suche einen Mörder und sonst nichts.«

Die kleine, weiße Villa mit den Bogenfenstern, in der Dottor Mainardi wohnte, lag am Ende der Via Bruzzesi, fast an der Ecke Via Lorenteggio. Ambrosio konnte sich des Eindrucks nicht erwehren, daß manche Baustile, wie das Art Déco etwa, ziemlich genau die Leidenschaften und Laster der Menschen widerspiegelten. So stimmte auch dieses Gebäude mit den rechteckigen kleinen Balkons, den vergitterten Fenstern im Erdgeschoß und dem grünen Eisentor mit dem Bild überein, das er sich von ihr gemacht hatte, von Ines, der lebenslustigen Brünetten auf den Schnappschüssen Valerio Biraghis, die dann im Geheimfach aufbewahrt worden waren.

»Da werden wir uns wohl eine Ausrede ausdenken müssen, um mit der Signora allein sprechen zu können«, sagte Ambrosio zu Nadia, während sie nach einem Parkplatz suchten.

Eine junge Frau mit roten Haaren, fast ein Teenager, öffnete ihnen die Tür.

Die Stille im Vorzimmer wurde nur durch das Geklapper einer Schreibmaschine gestört. Man konnte eine Treppe mit einem amarantroten Geländer erkennen. Sie führte ins obere Stockwerk.

Ein Spitz kam die Treppe herunter und blieb unbeweglich stehen, um sie zu beobachten. Er schien aus Keramik. Dann lief er plötzlich wieder hinauf.

Die junge Frau betrachtete eine Weile den Ausweis Ambrosios. Dann ließ sie sie auf einem kleinen Sofa Platz nehmen und verschwand im Behandlungszimmer. Zwei oder drei Minuten später kam der Zahnarzt heraus. Grauer Schnurrbart, Geheimratsecken, groß, man hätte ihn nicht für einen Zahnarzt gehalten. Eher für einen englischen Gentleman, wie ihn, unvergeßlich!, der elegante, ein wenig blasierte Schauspieler David Niven verkörperte.

»Sie müssen entschuldigen. Ich bräuchte noch so zehn Minuten, höchstens eine Viertelstunde. Ich habe eine Patientin nebenan.« Er lächelte und wies auf die helle Holztür. »Sie können solange mit meiner Frau sprechen. Nichts Schlimmes, hoffe ich.«

Ambrosio klopfte an. Das Klappern der Tasten verstummte. Sie war nicht groß, braungebrannt, hatte die dunklen Haare mit einem beigen Band zusammengebunden und trug ein kakaofarbenes Kostüm. Sie begutachtete sie mit ernstem Blick, so als wären sie zwei Eindringlinge (und im Grunde sind wir das ja auch, dachte Ambrosio im stillen).

»Kann ich Ihnen irgendwie behilflich sein?«

»Bin gleich wieder da«, warf ihr Mann noch schnell in den Raum.

»Hätten Sie etwas dagegen, wenn wir nach nebenan gingen? Da haben wir mehr Ruhe.« Ihre Augen hatten, abgesehen von dem kräftigen Make-up, die Farbe des Wassers in Sümpfen. Ambrosio hatte das irgendwo gelesen.

(Auf einem der Fotos war sie genauso geschminkt, nur sah man sie da nackt. Ihr Körper schimmerte durch das mattierte Glas der Duschkabine am Largo Rio de Janeiro.)

Er setzte sich auf das Sofa. Sie nahm auf dem Stuhl vor der Schreibmaschine Platz. Nadia blieb neben dem Fenster stehen, von dem aus man die Zweige einer Magnolie sehen konnte.

»Valerio Biraghi war Ihr Freund, Ihrer und der des Dottore?«

»Er spielt mit meinem Mann Tennis.« Sie starrte ihn erschrocken an: »Haben Sie ›war‹ gesagt?«

»Leider, letzte Nacht ...«

»Ein Unfall?«

»Nein, Signora.«

Sie schlug die kräftigen Beine übereinander. Sie trug blaue Seidenstrümpfe.

»Er ist in seinem Bett gestorben, bei sich zu Hause, in der Via Casnedi.«

»Tot?« Ihr blieb die Luft weg, sie öffnete erschreckt den Mund, legte sich zwei Finger auf die Lippen. Fast die gleiche Bewegung, wie sie die andere, Roberta, gemacht hatte. »Aber ...«

»Was?«

»Aber gesundheitlich ging es ihm doch gut, neulich noch, letzte Woche. Das wird Ihnen auch Bruno bestätigen können.«

»Wir befürchten, daß er ermordet wurde, Signora.«

»Valerio ermordet?«

»Die Nachricht steht in den Zeitungen von heute früh.«

»Die habe ich nicht gelesen.« Sie strich sich mit den Händen über die Schenkel. »Einbrecher?«

»Sieht nicht so aus.«

»Was dann?«

»Wir müssen noch den Obduktionsbefund abwarten.«

»Umgebracht in seinem Bett ... wann?«

»In der Nacht von Sonntag auf Montag.«

»Mit einer Pistole?«

»Nein. Die Haushälterin hat ihn gefunden, gestern morgen. Sie ist fürchterlich erschrocken, hat den Arzt angerufen und der hat uns angerufen.«

Sie stand auf, um sich dann matt neben Ambrosio in das Sofa nach hinten wegsinken zu lassen.

»Wie haben Sie ihn kennengelernt?«

»Er spielte mit meinem Mann Tennis. Er war auch sein Zahnarzt.«

»War er von seiner Frau getrennt?«

»Seit Jahren.«

»Haben Sie sich oft gesehen?«

»Ziemlich.«

»Abgesehen von Ihrem Mann, Signora, hatten Sie irgendwelchen Umgang mit ihm?«

Sie musterte ihn, fast als ob sie sichergehen wolle, daß die Frage nicht hinterlistig sei. »Valerio beschäftigte sich mit Einrichtung, verkaufte Möbel.«

»Ich weiß.«

»Ich mache Bilder mit Blütenblättern, sie gefielen ihm. Er brauchte sie für die Schaufenster, für Ausstellungen und Messen.«

»Folglich haben Sie sich im Büro getroffen, nehme ich an.«

»In Cantù? Nein, hier in Mailand.«

»Bei ihm zu Hause?«

»In Bars.«

»Von der Ehefrau haben wir erfahren, daß er am Largo Rio de Janeiro noch die Praxis seines Vaters besaß.«

»Wenn ich einige Blumenbilder fertig hatte, habe ich sie dorthin gebracht.«

»Verstehe.«

Nadia trat näher heran: »Mir gefallen Ihre Blumenbilder.« Dann zeigte sie auf das Fenster: »Dieser Baum ist einfach herrlich.«

»Das ist eine japanische Magnolie. Leider sehr empfindlich gegen Kälte. Wie ich.«

»Was die Ermittlungen anbelangt, tappen wir noch völlig im dunkeln. Inspektorin Schirò«, er wies mit einem seitlichen Kopfnicken auf Nadia, »müßte mit Ihrem Mann oder mit Ihnen einige Eintragungen durchgehen, die wir in einem

Kalender des Opfers gefunden haben. Das Dumme ist nur, daß wir den Kalender im Büro gelassen haben.«

»Mein Mann ...«

»Wird wohl mit seinen Patienten zu tun haben.«

»Wann müßte ich da ...«

»Bald, am frühen Nachmittag.«

Dottor Mainardi kam herein. Er hatte den Arztkittel abgelegt und trug eine karierte Cashmerejacke, die nach Lavendel duftete.

»Entschuldigen Sie die Verspätung.«

»Bruno, es gibt schlimme Nachrichten.«

Er blieb schlagartig stehen.

»Valerio ist umgebracht worden.«

»Wann?«

»Letzte Nacht«, wiederholte Ambrosio. »Wie, wissen wir noch nicht. Ein echtes Rätsel.«

»Haben Sie die Leiche gesehen?«

»Natürlich haben wir sie gesehen. Der Arzt konnte lediglich eine kleine Verletzung in Herzhöhe feststellen. Morgen wird die Autopsie vorgenommen, und dann werden wir mehr wissen. Im Moment versuchen wir, das Tatmotiv zu finden. Deswegen vernehmen wir alle seine Freunde. Sie sind bislang die einzigen, die uns helfen können.«

»Armer Valerio ... wenn ich daran denke, wie fröhlich, und optimistisch er immer war. Er konnte sich noch wie ein kleiner Junge amüsieren.«

»Spielte er gut Tennis?«

»Er konnte alles gut. Wollte, daß ich nach Monza mitfuhr oder an den See. Aber ich habe eine Arbeit, die mich kaum verschnaufen läßt. Es ist schon fast ein Wunder, daß ich es schaffe, in die Via Feltre zu kommen ...«

»Waren Sie sein Zahnarzt?«

»Seit einigen Jahren. Ein Patient ...« Ein Lächeln überflog

sein Gesicht, ein Anflug von einem Lächeln: »Schrecklich ungeduldig. Er hat mich zur Verzweiflung gebracht. Der Bohrer war sein Alptraum.«

»Hat er Ihnen irgend etwas anvertraut? Über sein Liebesleben zum Beispiel?«

»Ich glaube, er hatte Erfolg bei den Frauen. Auch weil er großzügig war, immer gutgelaunt. Ihr machte er auch ein wenig den Hof, stimmt's nicht, Ines? Es machte ihm Spaß, die Rolle des Unwiderstehlichen zu spielen. Er sagte einmal zu mir: Früher oder später entführe ich sie dir.«

»Er war von seiner Frau getrennt.«

»Er hatte sie noch gerne.«

»Meinen Sie?«

»Er sprach immer mit einem gewissen Stolz von ihr. Die Frau ist Journalistin, er schätzte sie sehr. Nur, sie verlangte, daß ...«

»Was weißt du denn schon davon?« Ines Mainardi schüttelte den Kopf: »Sie waren einfach verschieden, völlig entgegengesetzte Charaktere. Sie hatten jung geheiratet, unerfahren, wie alle.«

»Keine Kinder« sagte Ambrosio. »Da sind ein paar Aufzeichnungen, die ich Ihnen gerne zeigen möchte. Uns würde es genügen, wenn die Signora in mein Büro käme, in die Via Fatebenefratelli.«

»Ja, ja, geh du hin, Ines. Wie mir das alles leid tut, armer Kerl. Wenn du am wenigsten damit rechnest ... was dir da passieren kann. Seine Lebensfreude, sein Unternehmungsgeist werden mir fehlen. Erinnerst du dich, als wir mit ihm in Portovenere waren und er ein Segelboot mietete? Du hast ihn Captain Ahab genannt.«

»Hat er niemals mit Ihnen über jemanden gesprochen, der ihn nicht besonders mochte, jemand, der ihn vielleicht sogar bedrohte? Oder der ihm Geld schuldete?«

»Nie.« Dottor Mainardis Aussage war eindeutig. »Ich glaube nicht, daß er Feinde hatte. Höchstens geschäftliche Konkurrenten.«

»Einen Rivalen in der Liebe?«

»Er war kein Typ für tragische Situationen«, bemerkte der Zahnarzt wissend.

»Wir sind dabei, über sein Vermögen Nachforschungen anzustellen. Die ersten Ermittlungen lassen die Vermutung zu, daß es ihm finanziell recht gutging. Er hatte ein Vermögen geerbt. Sieht so aus, als sei sein Vater, der Chirurg, ein reicher Mann gewesen.«

»Auch die Mutter kam aus einer wohlhabenden Familie. Häuser, Grundstücke«, ergänzte Ines abschließend.

»Hat er dir das gesagt?«

»Ja. Er wollte uns doch in das Bauernhaus auf dem Landgut im Oltrepò Pavése südlich von Pavia einladen. Erinnerst du dich nicht mehr?«

»Zu Weihnachten schickte er uns immer seinen Wein, einen Buttafuoco, viel besser als der aus dem Piemont, viel weicher.«

Dottor Mainardi lehnte sich an den Tisch, trommelte mit den Fingern auf die massive Holzplatte: »Wann ist die Beerdigung?« erkundigte er sich.

»In etwa zwei Tagen. Signora, möchten Sie lieber gleich mit uns mitkommen oder ...?«

Sie stand schweigend da.

»Aber jetzt ist sowieso schon Mittag. Würden Sie bitte um vierzehn Uhr dreißig zu uns ins Präsidium kommen?« Er reichte ihr seine Visitenkarte.

»Da ist etwas, das ich Ihnen sagen möchte«, sagte der Dottore mit leiser Stimme, als er sie durch das Vorzimmer an die Tür begleitete. »Vor einigen Monaten, im April oder Mai, auf alle Fälle vor dem Sommer, hatte er mir von einem Mann erzählt, einem gewissen Ermes. Vielleicht hatte er ihn über seine Frau kennengelernt, ein komischer Typ, der für Armani oder Valentino arbeitete, ich weiß nicht mehr genau, einer von diesen Schneidern ...«

»Modedesigner, Bruno«, korrigierte ihn seine Frau.

»Dieser Typ folgte ihm wie ein Schatten, ging mit ihm Golf spielen, im Winter Skifahren ... er hatte ihm ein sündhaft teures Halstuch geschenkt. Teils amüsierte ihn das, teils nervte es ihn. Aber es machte ihm großen Spaß, mir diese Dinge zu erzählen, nur ...«

»Also, Bruno, komm endlich zur Sache. Was willst du dem Commissario sagen?«

»Nichts. Aber dieser Schönling, so ganz Dynamit, Seidenschals und Public Relations, ich meine, vielleicht hatte er sich ja in ihn verguckt, in Valerio.«

»So ein Blödsinn!«

Ines, sichtlich verärgert, zog an dem kurzen Rock, der ihr kaum über die Schenkel reichte.

3. Kapitel

Vielleicht hegte der Ehemann einen Verdacht

Vielleicht hegte der Ehemann einen Verdacht, daß die beiden ...«, sagte Nadia, als sie zum Präsidium zurückfuhren.

Die Blätter der Platanen in der Via Lorenteggio fielen sanft auf den Asphalt.

»Vielleicht kam es ihm ja ganz gelegen, es zu glauben.«
»Eine andere Frau?«
»Keine Ahnung. Aber alles ist möglich.«
»Diese Ines, was ist das für ein Typ Frau, Ihrer Meinung nach, Commissario?«
»Anders als die andere.«
»In Kürze werden wir sie besser kennenlernen. Sie schien mir überhaupt nicht beunruhigt darüber, allein ins Präsidium zu kommen.«

Sie hielten an einer Bar an der Piazza Cordusio und bestellten *tramezzini* mit Schinken, Käse und Tomaten. Ambrosio hätte auch gerne eines mit Sardellen gegessen, verzichtete aber wegen seiner Diätgrundsätze darauf. Das Bier war nicht zu kalt, und der Schaum blieb voll im Glas stehen, gerade so, als befänden sie sich in einem Münchner Brauhaus.

»Wer weiß«, sagte Nadia, »wer weiß, was sie für ein Gesicht machen wird, wenn Sie ihr die Fotos zeigen. An ihrer Stelle würde ich vor Scham im Erdboden versinken.«

»Die andere Signora war der Situation aber vollkommen gewachsen.«

»Schien fast, als wäre das gar nicht sie gewesen, die da fotografiert worden war. Obwohl die Aufnahmen eher ...«

»Eine anziehende Frau, trotz ihres Alters.«

»Könnte meine Mutter sein«, bemerkte Nadia abwertend.

Das frühe Nachmittagslicht brach sich auf der Verglasung der Lithographie Virgilio Guidis. Die Kirche von San Giorgio* in der Kanalmitte weckte in Ambrosio Erinnerungen an ferne, sonnige Tage und bevorstehende Examen.

In Kürze würde die zweite Geliebte Valerios die Prüfung ablegen. Sie hatte bei ihm einen irgendwie undefinierbaren, zwar sympathischen, aber auch unangenehmen Eindruck hinterlassen. Sie hatte irgend etwas Geheimnisvolles an sich, das er sich nicht erklären konnte. Aber vielleicht waren es ja auch in diesem Falle jene wohlbekannten Fotografien, die seine Gedanken beeinflußten und ihn beunruhigten. Und doch war ihm klar, daß an diesen Aufnahmen im Grunde nichts Außergewöhnliches, nichts Ungeheuerliches war. Sie waren ein Zeitvertreib gewesen, wenn auch ein etwas verwegener.

Lediglich ein Zeitvertreib?

Sie hatte sich umgezogen. Sie trug jetzt eine Jacke im Schottenmuster, die ihr gut stand. Die Haare fielen ihr offen auf die Schultern. Ihr Parfum war herb, leicht würzig. Sie setzte sich auf den Armstuhl, der vor dem Schreibtisch Ambrosios stand, und hielt ihre Krokodilledertasche auf den Knien. Sie sah ihn an, ohne daß in ihren Augen auch nur die leiseste Spur von Unruhe zu erkennen gewesen wäre. Als wäre sie ins Präsidium gekommen, um ein Visum zu beantragen.

»Heute morgen hat Ihr Mann ein Bild von Valerio Biraghi

---

* *Kleine Insel der venezianischen Lagune mit Kirche aus dem X. Jahrhundert.*

gezeichnet, das von dem der Ehefrau, zum Beispiel, oder anderer Personen, die wir bislang verhört haben, stark abweicht. Deswegen war es mir so wichtig, Ihre Meinung ohne Beisein von Zeugen zu hören.« Er warf Nadia, die unbeweglich neben der Tür stand, einen raschen Blick zu. »Ausgenommen meine Mitarbeiter selbstverständlich.«

»Bruno versteht sich auf seine Sache, aber er ist meilenweit von der Wirklichkeit entfernt. Besser gesagt, er bastelt sich die Wirklichkeit so zurecht, wie sie für ihn am bequemsten ist. Und das Schöne ist, daß er dann tatsächlich daran glaubt.«

»Verstehen Sie sich?«

»Wir sind seit vierzehn Jahren zusammen.«

»Kinder?«

»Eins. Aber es ist einige Tage nach der Geburt gestorben. Fünf Tage, um genau zu sein.« Sie senkte den Blick und zog ein ovales Silberdöschen aus der Tasche.

»Möchten Sie ein Glas Wasser?«

»Nein, danke.« Sie legte sich eine Tablette in den Mund und schluckte sie hinunter.

»Ein fröhlicher Mensch, nach Meinung Ihres Mannes.«

»Er war allein und auch unglücklich darüber.«

»Er hing noch sehr an seiner Frau, jedenfalls nach Meinung Dottor Mainardis, Ihres Mannes.«

»Dottor Mainardi hat in seinem ganzen Leben niemals auch nur den leisesten Schimmer von anderen gehabt. Schon allein deshalb, weil ihn die anderen nicht im entferntesten interessieren. Glauben Sie vielleicht, daß ich ihn irgendwie interessiere?«

Sie steckte das Döschen wieder in ihre Tasche.

»Er interessiert sich nur für die Zahnprothesen seiner Patienten, die ihm seinen gehobenen Lebensstil erlauben. Und sein liebster Zeitvertreib sind seine kleinen Nutten.«

»War er mit Valerio Biraghi befreundet?«

»Ja. Aber ich kannte ihn besser als Bruno. Er war nicht der Spaßvogel, für den Bruno ihn hielt.«

»Nein?«

»Er versuchte nur, sich von seiner Angst vor dem Tod abzulenken, spielte Tennis und Golf, fuhr mit seinem Spider herum oder im Sommer mit dem Segelboot.«

»Angst vor dem Tod?«

»Die haben viele. Wußten Sie das nicht?«

»Verliebte er sich?«

»Ich glaube, nicht.«

Er sah sie an: »Auch nicht in Sie?«

Sie verneinte mit einem langsamen Kopfschütteln: »Ich glaube nicht. Liebe ist etwas anderes.«

»Inwiefern?«

»Ein ganz besonderes Gefühl, das dich nur wenige Male im Leben überkommt. Ich spreche von der wahren Liebe. Nicht von irgendeiner Schwärmerei. Ich habe immer gedacht, daß die Liebe...« Sie nahm vom Schreibtisch Ambrosios das Päckchen Muratti, das ihr der Commissario hingelegt hatte, als sie sich gesetzt hatte »... daß die Liebe etwas... aber vielleicht irre ich mich ja auch, etwas ist, das dich dermaßen sensibel macht... ja, daß du dich fast krank fühlst. Es gibt Krankheiten, die dich empfindsam machen, dir die Fähigkeit geben... jede noch so kleine Veränderung der Dinge um dich herum aufzufangen. Man ist empfindsam, erregbar und zur gleichen Zeit glücklich, soweit es möglich ist.«

»Waren Sie es?«

»Nur einmal.«

»Und Valerio?«

»Er? Er kannte das vielleicht gar nicht. Er versuchte es, aber ohne Erfolg.«

»Wissen Sie was? Die Frau Valerios hat seine Unsicherheit, seine Unfähigkeit zu lieben erwähnt. Sie schien mir eine sensible Frau zu sein.«
»Valerio hat mir ab und zu von ihr erzählt.«
»Haben Sie sich oft mit Valerio getroffen?«
»Zweimal im Monat.«
»Allein natürlich.«
»Mit Bruno ging er zum Tennisspielen in die Via Feltre. Manchmal kam er auch zum Abendessen zu uns.«
»Kennen Sie die Praxis am Largo Rio de Janeiro?«
»Waren Sie dort?«
»Ja, gestern.«
»Wer hat Ihnen die Adresse gegeben?«
»Die Ex-Ehefrau.«
»Warum ›ex‹? Sie waren nicht geschieden.«
»Nein?«
»Sie lebten getrennt, in beiderseitigem Einvernehmen. Heute morgen haben Sie ziemlich ausweichend über ihn gesprochen. Sie haben uns nicht sagen wollen, wie er umgebracht wurde. Mit einer Pistole nicht. Womit dann also?«
»Um völlig sicher zu sein, müssen wir die Autopsieergebnisse abwarten.«
»Sicher worüber?«
»Über die Waffe, mit der er ermordet wurde.«
»Commissario, Sie werden sich doch ein ungefähres Bild davon gemacht haben, was Sonntag nacht geschehen ist.«
»Eine fast unsichtbare Verletzung in Herzhöhe. Das ist alles.«
»Ein Pfriem, eine große Nadel?«
»Etwas in der Art.«
Sie saß schweigend vor ihm, wirkte abwesend. Sie hielt das Zigarettenpäckchen in der Hand und drehte es langsam zwischen Zeigefinger und Daumen.

»Er mußte noch eine andere gehabt haben, außer der Ehefrau.«

»Sie, zum Beispiel.«

»Nein, wir sahen uns zu selten, und dann ...«

Ambrosio suchte das weiße Kuvert, auf das er sich erlaubt hatte, mit Bleistift den Buchstaben I, I wie Ines, zu schreiben. Er reichte es ihr: »Das habe ich in einem kleinen Fach eines antiken Tischchens gefunden.«

Warum hüstelte Nadia?

Sie beugte sich nach vorne, um den Umschlag entgegenzunehmen, und legte das Zigarettenpäckchen beiseite. Die Polaroidfotos lagen jetzt übereinander in ihrer Hand. Ambrosio war tief in seinem Innersten peinlich berührt. Ein merkwürdiges Schuldgefühl, mit dem er nicht gerechnet hatte, hatte ihn ergriffen.

Es klopfte. Ambrosio machte eine hastige, abwehrende Handbewegung in der Luft. Nadia ging an die Tür und fing De Luca ab. Dann kam sie wortlos zurück.

Die mit den dunklen Strümpfen bedeckten Beine Ines' bildeten einen starken Kontrast zu dem feingliedrigen Körper. Der schlanke Oberkörper zusammen mit der Erotik, die die Beine ausstrahlten, mußten sie wohl in den Augen der Männer unwiderstehlich gemacht haben, und vor allem in denen Valerios.

Sie saß reglos da, ihren Blick streng auf die Fotografien gerichtet, die sie eine nach der anderen nachdenklich anschaute. Zum Schluß legte sie sie zusammen und schob sie wieder in den Umschlag.

»Tut mir leid«, sagte Ambrosio betreten.

Ihr entrutschte ein Wort, nur ein einziges, aber es hatte nichts von einer Beschimpfung an sich: »Mistkerl ... und ich erst, ich dumme Gans, hab' auf ihn gehört.«

Sie hob den Blick. Sie wirkte niedergeschlagen.

»Mir sind diese Zeichnungen Klimts aufgefallen, vielleicht wollte er ... versuchte er, ihn zu kopieren. Es gibt Menschen, die einen gewissen Anreiz brauchen, ihre Phantasie zu Hilfe nehmen müssen«, fügte Ambrosio hinzu.
»Ja, die Impotenten.«
»Valerio scheint es mir nicht gewesen zu sein.«
»Warum habe ich mich bloß auf seine fixen Ideen eingelassen. Ich wollte lässig wirken, eine Frau ohne Vorurteile, ohne Ängste.«
»Von ihm habe ich keine einzige Fotografie gefunden.«
»Er ließ sich gerne unter der Dusche von mir fotografieren.«
»Diese Bilder wird er wohl vernichtet haben.«
»Meine hingegen nicht. Er wird sein Vergnügen daran gehabt haben, sie alleine anzuschauen. Wer weiß, wie viele andere Frauen er noch fotografiert hat ...«
»In dem Fach lagen nur diese.«
»Bestimmt?«
Er lächelte sie an: »Wenn die Ermittlungen abgeschlossen sind, verbrennen Sie sie.«
»Da können Sie sicher sein.«
»War Valerio Ihrer Meinung nach ein unglücklicher Mensch, ein depressiver Charakter, der seinem Leben durch den Sport, die Reisen, die Autos und durch seine Liebesgeschichten einen Sinn geben wollte?«
»Liebe?«
»Durch Beziehungen, die ihm das Gefühl gaben, begehrt zu sein. Vielleicht suchte er auch eine gewisse Komplizenschaft. So als wäre die Komplizenschaft für ihn etwas ... Intimes gewesen.«
»Mag sein. Trotzdem, sein Egoismus, seine präzise Berechnung der Gefühle, sein Organisationstalent ... ja, Organisation, eine Woche ja, eine Woche nein, verbreiteten letztlich

eine große Melancholie und auch viel Unsicherheit. Wenn ich nach Hause ging ...«

»Fühlten Sie sich unbefriedigt, verstehe.«

»Mehr als das. Ich habe mich noch mal geduscht. Und doch ...«

»Ja?«

»Valerio hat mir gefallen und gefiel mir auch weiterhin. Ich empfand eine gewisse Zärtlichkeit für ihn. Wenn er ehrlicher gewesen wäre, weniger gekünstelt, hätte ich mich auch in ihn verlieben können.«

»Waren Sie das nie?«

»Am Anfang war ich von seiner Selbstsicherheit angezogen. Auch von seinem Aussehen, das leugne ich nicht. Das zählt, wissen Sie?« Der Anflug eines Lächelns huschte über ihr müdes Gesicht. »Er hatte gute Tischmanieren, trug maßgeschneiderte Jacken und Mäntel, duftete gut, pflegte sich, hatte eine Stimme ... Ja, er gefiel mir sehr gut, als wir uns damals kennenlernten, als er begann, mir von sich und seiner Frau Carlina, wie er sie nannte, zu erzählen.«

»Haben Sie jemals daran gedacht, sich von Ihrem Mann zu trennen?«

»Vielleicht im ersten Jahr unserer Beziehung. Mir gefiel sogar der Duft seines Aftershaves, der auf meiner Handfläche haften blieb. Bruno jedoch hat niemals vorgegeben, ein anderer zu sein. Er hat immer geglaubt, sich wie ein guter Ehemann zu benehmen.«

»Ein guter Ehemann.«

»Er hat es mir an nichts fehlen lassen, eingeschlossen die Untreue.«

»Heute morgen hat Ihr Mann eine Anspielung fallenlassen – Sie erinnern sich? – auf das Interesse, das Valerio an Ihnen zeigte.«

»Im Spaß hat er ihm die Wahrheit gesagt.«

»Und Ihr Mann, war der nicht eifersüchtig?«
»Manchmal hatte ich das Gefühl, daß er es wäre.«
»Sind Sie am Sonntag in der Stadt geblieben?«
»Ja.«
»Bei sich zu Hause?«
»Fast die ganze Zeit.«
»Sind Sie weggegangen?«
»Ein Spaziergang in der Stadtmitte, in der Galleria. Bruno gefällt es dort, mir überhaupt nicht. Dann haben wir uns eine Bilderausstellung in der Via Brera angesehen. Wir waren dann noch vor dem Abendessen wieder zu Hause.«
»Dann sind Sie nirgendwo mehr hingegangen?«
»Wir haben ein Alibi, wenn Sie das meinen.«
Ambrosio hatte das Gefühl, daß ein Hauch von Unruhe sie ergriffen hatte.
»Ich frage mich, ob Valerio Biraghi etwas zu verbergen hatte. Er spielte eine Rolle, auch sich selbst gegenüber, wie viele andere im übrigen. Könnte es nicht sein, daß er sich außer mit Möbeln noch mit etwas Einträglicherem beschäftigte?«
»Unsaubere Geschäfte? Drogen?«
»Er lebte auf großem Fuß, oder?«
»Er hatte sein Vermögen gut investiert.«
»Hat er Ihnen niemals etwas anvertraut, was mir helfen könnte, den Tatgrund aufzudecken?«
Sie schüttelte den Kopf.
»Wissen Sie, wie er sein Vermögen investiert hatte?«
»Manchmal sprach er von seinen Banken.«
»Schweizer Banken?«
»Nein. Aber ...«
»Ja, Signora?«
»Ich wußte, daß er nach Lugano fuhr. Er machte Scherze darüber, hat mir aber nie mehr darüber gesagt. Seine Uhren kaufte er bevorzugt dort. Er besaß eine ganze Sammlung.«

»Die haben wir nicht gefunden, ausgenommen jene, die er am Arm trug. Die lag auf dem Nachttischchen.«
»Die werden wohl in einem Schließfach liegen.«
»Da ist etwas, daß mir zu denken gibt: Er war reich, hatte das von den Eltern geerbte Geld investiert, besaß mindestens drei Wohnungen ...«
»Er hatte auch eine in Portovenere, völlig in Weiß und Gelb gehalten. Und eine andere, kleinere, in Ponte di Legno. Er hatte mich einmal gemeinsam mit meinem Mann dorthin eingeladen.«
»Das heißt, er hätte von seinem Vermögen leben können, vielleicht seine Wohnungen vermieten können.«
»Ja.«
»Finden Sie es normal, daß er da wie ein gewöhnlicher Handelsvertreter Möbel verkaufte?«
»Ja, wenn man ihn kannte, schon. Er hatte mir mal anvertraut, daß ihn die Tatsache, konkrete Verpflichtungen zu haben, beruhigte. Er konnte sein Leben danach einrichten, Montag hier, Dienstag dort ... Wie solle man denn den Urlaub genießen, hatte er mir mal gesagt, wenn man immer in Urlaub sei? Er liebte es, beschäftigt zu sein und sich gleichzeitig den Luxus erlauben zu können, über seinen Verpflichtungen zu stehen, nicht deren Opfer zu sein, wie so viele andere arme Teufel – sagte er –, die bis obenhin voll sind mit unbefriedigten Wünschen und Wechseln.«
»Genau so hat er es gesagt?«
»Mehr oder weniger.«
»Die Arbeit als Hobby.«
»Die Firmenbesitzer waren seine Freunde.«
»War er Gesellschafter in der Firma?«
»Glaub' nicht.«
»Waren Sie nie mit ihm in Cantù, in der Fabrik?«
»Nein.«

In ihrer Stimme schwang ein wenig Bedauern.

»Heute morgen hat Ihr Mann einen gewissen Ermes erwähnt, wenn ich mich richtig erinnere. Können Sie mir mehr über diesen Ermes sagen?«

»Bruno ist ein Schwätzer.«

»Haben Sie ihn kennengelernt?

»Er hatte ihn mir mal vorgestellt. Sie kamen gerade vom Tennisplatz, und ich war hingefahren, um Valerio abzuholen. Ein junger Mann, hat einen guten Eindruck auf mich gemacht. Daß es dann einer von denen sein soll, seine Sache.«

»Hatte Carlina, die Ehefrau, ihn ihm vorgestellt?«

»Wem, Valerio? Glaub' ich nicht. Das ist nur eine dieser Sticheleien Brunos, wegen der Mode. Ermes arbeitet in dieser Branche.«

»Ich würde gerne mit ihm sprechen.«

»Er wohnt in der Via Cernaia. Ich weiß das, weil wir ihn damals dorthin begleitet haben, gleich in der Nähe des Gymnasiums.«

»Sie beide haben ihn nach Hause begleitet?«

»Ja, mit meinem Wagen, weil Valerio seinen Saab in der Werkstatt hatte.«

»Und wo sind Sie dann hingefahren? Zum Largo Rio de Janeiro?«

»Ja, es war ein Samstag nachmittag.«

»Sie trafen sich samstags?«

»Jeden zweiten Samstag.«

Ambrosio warf einen Blick auf das Blatt Papier, das er in einen hellblauen Aktendeckel gelegt hatte. Der Straßenname hatte ihn aufhorchen lassen. Er mußte unbedingt eine Aufzeichnung überprüfen: D wie Daria, und Daria Danese wohnte in der Via Cernaia, nur wenige Schritte von der Via Goito entfernt.

»Haben Sie vor dem Haus von diesem Ermes angehalten?«

»Natürlich. Er mußte schließlich aussteigen. Wir haben angehalten und sind dann weitergefahren.«
»Hat Valerio Ihnen nichts Näheres gesagt?«
»Was hätte er mir sagen sollen?«
»Das heißt also, Sie erinnern sich nicht.«
»Das verstehe ich nicht.«
»Es ist so, daß ... nun ja, in der Via Cernaia wohnt außer Ermes noch eine andere Person, die Valerio Biraghi kannte.«
»Eine Frau?«
»Eine gute Freundin, denke ich.«
»Ja und? Er kannte einen Haufen Leute.«
»Vielleicht waren dieser Ermes und diese Frau ...«
»Ich erinnere mich, daß Valerio sich über den Namen seines Freundes lustig gemacht hat. Er hat mir gesagt: Weißt du, wer Ermes war? Auf dem Olymp? Der Gott der Diebe. Und er, Ermes: nicht nur der Diebe, sondern auch der Wandervögel.«
»Danach haben Sie ihn nicht mehr gesehen?«
»Nein.«
Ambrosio stand auf. Auch Ines Mainardi erhob sich.
Ihm fielen ihre kleinen Hände mit den rosafarbenen Fingernägeln und die Kette aus Perlen und Amethysten auf, die sie um ihren schlanken und blassen Hals trug. Er betrachtete ihre Beine, während sie mit Nadia den Korridor entlang davonging. Er fragte sich, ob es vielleicht nicht so sehr die Form ihrer Waden als vielmehr ihr gemächlicher, fast unentschlossener Gang gewesen war, so als wäre sie nackt und barfuß, der die Phantasie Valerios angeregt hatte.
De Luca kam aus seinem Büro heraus. Er hielt ein Blatt Papier in der Hand. Er machte ein finsteres Gesicht. Zusammen gingen sie in Ambrosios Zimmer zurück, in dem neben dem Zigarettenrauch noch ihr Duft, Ines' Duft, zu vernehmen war.

»Schöne Frau«, murmelte De Luca. »Ich bin vorher gekommen, um Ihnen zu sagen, daß die Staatsanwaltschaft die Genehmigung zur Überprüfung der Bankkonten erteilt hat.«

»Haben wir die Liste der Bankinstitute, wo er Konten hatte?«

»Natürlich. Die haben wir aus den Unterlagen, die wir in der Via Casnedi gefunden haben. Inklusive dem Schließfach, das sich im Credito Italiano del Cordusio befindet.«

»Kümmere dich sofort mit Gennari darum. Und stelle mir eine Namensliste aller Personen auf, mit denen er in Cantù, in der Firma, zu tun hatte. Die Besitzer, der Direktor und so weiter.«

»Ich würde auch den Namen, Vornamen und die Telefonnummer der Sekretärin dazutun. Die, die geweint hat.«

»Ausgezeichnet«, sagte Ambrosio und klopfte ihm lobend auf die Schulter. »Ich bin schon ganz neugierig darauf, was er in dem Schließfach versteckt hielt. Vielleicht gar sein Testament.«

Nadia kam zurück. Sie hatte einen traurigen Blick.

»Sie hat mir ein wenig leid getan«, sagte sie.

»Wann?«

»Als Sie auf das Organisationstalent ihres Geliebten angespielt haben. Sie sahen sich jeden zweiten Samstag, sie mußte sich vor der Kamera in Positur werfen und dann auch ihn fotografieren ... dann ging sie nach Hause und wusch sich nochmals. Eine merkwürdige Art von Liebe!«

»Wir müssen schnellstens in die Via Cernaia zur Professoressa gehen.«

»Soll ich fahren?«

»Wir gehen zu Fuß. Die Via Cernaia ist ja gleich hier um die Ecke. Die Signora müßte um diese Uhrzeit bereits zu Hause sein.«

Die Straße war, abgesehen von den parkenden Autos, die

sie rücksichtslos verstellten, ganz wie in seiner Jugendzeit. Da waren die großen Wohnhäuser aus der Anfangszeit des Jahrhunderts, die Gärten, die man hinter den schweren Eingangstoren erahnen konnte, ein paar Bäume, einige Gitterzäune, Efeu, der sich bis zum zweiten Stock emporrankte, und darüber grün bepflanzte Terrassen, wo der Herbst noch fern schien. Seine Schulfreundin wohnte in Richtung Piazza Mirabello. Am Zeitungskiosk kaufte er die *Settimana enigmistica*, ein Kreuzworträtselheft, und sie – sie hieß Marta – erzählte ihm von Paul Newman. Ein Jahr vor dem Abitur heiratete sie dann einen jungen, unheimlich reichen Typ aus Trinitapoli. Es hieß, er habe sie verführt.

»Die Professoressa ist die molligste von allen«, war die kritische Anmerkung Nadias. Den hellen Mantel trug sie offen wie die Robe eines Richters im Justizpalast. Über der Schulter hing ihre Tasche: »Wahrscheinlich lebt sie alleine. Im Telefonbuch steht nur ihr Name.«

»Sollte sonst noch jemand in der Wohnung sein, gleiche Taktik, du weißt schon.«

»Das ist jetzt die dritte.«

»Die dritte?«

»Die drei Grazien«, beschloß Nadia mit leiser Stimme. Und Ambrosio, ganz Ex-Parini-Schüler: »Ja, ja. Aglaia, Euphrosyne und Thalia.«

Neben dem Haus stand ein großer Baum.

»Wie heißt der?«

»Amerikanischer Ahorn.«

»Woran erkennt man das, Commissario?«

»An den Blättern, oder?« Er wies auf den Gehweg, sie waren olivgrün.

Der mit rosafarbenem Holz verkleidete und mit Messinggriffen versehene Aufzug glich einem Beichtstuhl. Der Portier schielte zerstreut nach ihnen. Er las einen Comic von Dylan

Dog. Dritter Stock, murmelte er so leise in seinen Bart, daß man kaum seine Stimme vernahm.

Die Professoressa führte sie in ein Zimmer, das mit Tapeten im Lotusblumenmuster verkleidet war. Im Raum gab es ein Klavier, eine Bücherwand, die bis zur Decke reichte und mit Büchern gestopft voll war, ein Sofa, einen Tisch, der zum Schreibtisch umfunktioniert und mit Papieren überhäuft war, eine Schreibmaschine, zwei kleine Korbsessel und ein dunkel gehaltenes Ölgemälde mit aufflammenden Blitzen über einem Reisfeld und drei Unkrautjäterinnen, die vornüber gebeugt mit den Händen im Wasser ihrer Arbeit nachgingen.

Daria Danese trug eine weißblau gestreifte Bluse. Sie machte einen verunsicherten Eindruck. Die Augen waren dunkel geschminkt, auf den Lippen ein Hauch Lippenstift, an der rechten Hand ein Ring mit einem grünen Stein. Sie war nicht schön, aber das französische ›er‹ in ihrer Aussprache und die Altstimme, die schmale Taille, die volle Brust und die schlanken Beine mit den zarten Fesseln gaben ihr letztlich ein attraktives Äußeres. Wenn es keinen anderen Grund gegeben hätte, so wäre es der Schnelligkeit wegen gewesen, mit der ihr Gesichtsausdruck wechselte und plötzliche Erregung in ein Lachen überging, das aus vollem Halse kam und ihre Augen tiefblau leuchten ließ.

»Ich dachte mir schon, daß Sie kommen würden«, sagte sie. »Ich habe die Meldung gestern in der Zeitung gelesen.«

Sie setzte sich auf einen Hocker: »Armer Valerio.« Sie schaute sie beide an, dann wandte sie ihren Blick gedankenverloren ab. Sie erhob sich vom Hocker und ging auf den Tisch zu: »Ich war gerade dabei, die Hausaufgaben zu korrigieren«, erklärte sie. »Ich mache das immer im letzten Moment.« Sie lachte, wer weiß, was ihr gerade eingefallen war. Sie griff nach der Brille, rückte sie sich auf der kleinen Nase zurecht und ließ sich wieder auf dem Hocker nieder. Ihr Rock rutschte nach oben und entblößte einen Strumpf mit einer Laufmasche, die jede andere Frau in Verlegenheit gebracht hätte.

»Sahen Sie ihn oft?«
»Würde ich nicht sagen.«
»Wann, gewöhnlich?«
»Am Sonntag. Aber nicht jeden Sonntag.«
»Sind Sie ins Kino gegangen?« fragte Nadia dazwischen.
»Bin doch nicht verrückt. Gehen Sie vielleicht am Sonntag ins Kino?«
»Wo haben Sie sich getroffen?«
»In seiner Wohnung.«
»In der Via Casnedi?« Der zerstreut wirkende Eindruck war Ambrosio schon bei anderen Gelegenheiten hilfreich gewesen.
»Nein, am Largo Rio de Janeiro. Er hatte zwei Wohnungen. Oder vielmehr, drei oder vier. Im Gegensatz zu mir hatte er viel Geld.«
»Das muß wohl eine böse Überraschung für Sie gewesen sein, als Sie es in der Zeitung lasen.«
»Ja, und dann auch noch ermordet! Und man weiß noch nicht mal, von wem ...«
»Die Autopsieergebnisse werden uns über das Wie aufklären. Denn im Augenblick wissen wir noch nicht einmal das. Haben Sie sich am Sonntag nachmittag gesehen?«

Die Brille mit dem Schildpattgestell stand ihr gut.

»Nein.« Sie schüttelte den Kopf. Ihre blonden Haare flogen sanft hin und her, und eine Locke fiel ihr vor ein Brillenglas. Mit einer anmutigen Handbewegung schob sie sie beiseite.

»Kannten Sie sich schon lang?«
»Er war noch mit Carlina, seiner Frau, zusammen, und ich wohnte hier mit meinem Mann.«

»Sind Sie auch geschieden?«
»Witwe.« Ein Schatten fiel auf ihr Gesicht.
»Seit wieviel Jahren?«
»Seit sieben Jahren.« Sie hielt inne. »Genau an diesem Sonntag morgen war ich auf dem Friedhof ... war der Gedenktag. Eigenartig, oder?«
»Wie ist Ihr Mann ums Leben gekommen?«
»In einem Unfall auf der westlichen Tangenziale.«
»Tut mir leid.«
»Der verfluchte Nebel und diese Verbrecher, die wie die Verdammten in den Tod rasen. Das hat ihn mit einundvierzig Jahren das Leben gekostet. Wir waren gleich alt, Schulfreunde.«
»War er auch Lehrer?«
»Ingenieur. Bei der ENI.«
Sie knöpfte sich die Bluse zu.
»Ich bin die Tochter eines Ingenieurs. Von der EDISON.«
Sie hatte ihre Heiterkeit wiedergefunden, oder besser gesagt, die Traurigkeit war aus ihrem Gesicht gewichen wie eine vom Wind verjagte Wolke: »Papa war ein fantastischer Mann. Er hat in mir von Kindesbeinen an die Leidenschaft für die Literatur entfacht. Ich erinnere mich an ihn immer mit einem Buch in der Hand, sein über alles geliebter Manzoni, und dann Flaubert. Mit fünfzehn Jahren habe ich Madame Bovary gelesen, meiner Mutter war das nicht recht, aber er ...« Sie stand wieder auf, ging zum Klavier und kam dann mit einer weißen Schachtel Davidoff-Zigarillos in der Hand zum Hocker zurück. Ambrosio nahm eines an.

Daria Danese setzte sich hin, das Zigarillo zwischen den Lippen. Der Commissario gab ihr Feuer und steckte dann seines an. Der Rauch stieg wogend zur Decke auf.

»Sie haben Valerio also seit Jahren gekannt und sich regelmäßig getroffen, na ja ... ziemlich regelmäßig zumindest.«

»Mein Bruder hat ihn mir vorgestellt.«
»Haben Sie einen Bruder?«
»Er heißt Ermes und ist jünger als ich, spielt Tennis, schwimmt, fährt Ski, spielt Klavier, kurzum: das Genie der Familie.« Sie lachte wieder, blies den Rauch hinaus und spitzte dabei die Lippen wie zu einem Kuß.
»Als Sie allein zurückblieben«, Ambrosio blickte sie aufmerksam an, »die Freundschaft mit Valerio ...«
»Hat mir viel gebracht. Mit seiner guten Laune hat er mir jene schrecklichen Monate sehr erleichtert. Dann ...«
»Dann?«
»Sagte er, er habe sich in mich verliebt. Das stimmte zwar nicht, aber ...«
»Haben Sie ihm nicht geglaubt?«
»Ich bin doch nicht von gestern. Als mein Mann noch am Leben war, hat er versucht, mich ins Bett zu kriegen. Damals hatte ich kein Interesse. Ich hatte Sergio gerne. Er war ein anständiger Mann, ohne Flausen im Kopf.«
»Und Valerio?«
»Ein liebenswürdiger, unwiderstehlicher Betrüger im Vergleich.«
»Sind Sie Freunde geblieben?«
»Natürlich. Sehr intime Freunde allerdings. Es hilft ja nichts, wenn ich Ihnen Märchen erzähle. Sie würden es sowieso erfahren.«
»Ein Betrüger, haben Sie gesagt.«
»Man mußte ihn so akzeptieren, wie er war, durfte nichts von ihm verlangen, was er dir doch nicht geben konnte.«
»Und das heißt?«
»Sicherheit, zum Beispiel.«
»Und sonst?«
»Treue.«
»Hatte er andere Freundinnen?«

»Zwei oder drei bestimmt.«

»Hat er von ihnen gesprochen?«

»Nein, da war er sehr vorsichtig. Aber mein Bruder war mit ihm befreundet und ein bißchen ... ja, ein bißchen sickerte durch ...« Sie legte das Zigarillo in einem kleinen Zinnaschenbecher ab. »Tja, und schließlich fehlte ihm die wichtigste aller Tugenden, das heißt die Ernsthaftigkeit. Aber mittlerweile pfiff ich auf die Ernsthaftigkeit. Eine Tugend à la Polytechnikum. Kurzum, Valerio war genau das Gegenteil meines Vaters und meines Mannes ...«

»Trotzdem ...«

»Gefiel er mir. Es war ihm gelungen, einen Teil von mir ans Licht zu zerren, der immer im Verborgenen gelegen hatte, gut versteckt gewesen war.« Eine plötzliche Heiterkeit überfiel sie. »Vielleicht mein wahres Ich, das ...«

»Das ...?« Ambrosio ließ nicht locker.

»Das ich all die Jahre, von Jugend an nicht aus mir herausgelassen hatte. Ich wäre lieber gestorben, als zuzugeben ...«

»Was zuzugeben?«

Auch Ambrosio hatte ein leichtes, teilnahmsvolles Lächeln aufgesetzt. Unterdessen hatte Nadia hinter Daria Danese den Vorhang am Fenster beiseite geschoben, um auf die Straße zu blicken. Für einen Augenblick sah man die Zweige des amerikanischen Ahorns.

»Daß ich ein wenig unkeusche Vorlieben hatte, Begierden, die ich mir nicht eingestehen wollte. Valerio hat es geschafft, sie aus der Versenkung zu holen, aus der Tiefe, in der ich sie begraben hatte.«

»Die menschliche Natur ist nun mal so.«

»Sie glauben auch, daß da nichts zu machen ist?«

»Fast nichts«, sagte Ambrosio leise. Nadia drehte sich nach ihm um, aber die Frau hatte davon nichts bemerkt.

»Trotzdem gibt es Menschen, die ...«

»Gegen die Versuchung, gegen die Leidenschaften gefeit sind?«

»Nein, das will ich nicht sagen. Die aber von ihrem Temperament und ihrer Neigung her der Verderbtheit zumindest fernstehen; andere hingegen ...« Sie nahm ihr Zigarillo wieder auf, das in der Zwischenzeit verglommen war, »andere hingegen schlagen gelenkt von Neugier und Leichtsinn unbewußt gefährliche Wege ein.«

»Gefährliche?«

»Nichts ist umsonst.«

»Ich weiß«, gab Ambrosio zu und beugte sich zu ihr hinüber, um ihr für ihr Zigarillo Feuer zu geben.

»Hat er Ihnen von sich, von seinem Leben erzählt?«

»Was möchten Sie wissen?«

»Ich frage mich, wer ihn dermaßen gehaßt haben könnte, um ihn schließlich umzubringen.«

»Denken Sie da an eine Frau?«

»Und Sie?«

»Keine Ahnung. Ehrlich.«

»Bislang haben alle, die ich verhört habe, ein im großen und ganzen positives, ja geradezu schmeichelhaftes Bild von ihm gezeichnet.«

»Haben Sie«, sie wandte sich gleichzeitig an Nadia, »mit der Frau des Zahnarzts gesprochen?«

»Vor kurzem.«

»Hat wahrscheinlich alles geleugnet.«

»Was geleugnet?«

»Seine Geliebte gewesen zu sein. Das ist eine ganz Raffinierte.«

»Haben Sie sie jemals gesehen?«

»Nur auf einem Foto.«

»Auf einem Foto?«

»Was ist denn da Besonderes daran? Ein Foto von ihr,

gemeinsam mit dem Ehemann, am Meer, im Badeanzug. So eine dünne, mit kräftigen Beinen ... Ich hab' es zufällig im Handschuhfach von Valerios Auto gesehen.«

»Sie meinen also, daß die beiden sich trafen?«

»Ich kann Ihnen auch sagen wann: samstags.«

»Wie können Sie da so sicher sein?«

»Vom Parfumduft, den sie im Bad hinterließ. Die kleine Nutte benutzt ein ganz besonderes Badeöl. Ich habe das vor Jahren auch mal benutzt.«

»Hat er Ihnen jemals von ihr, von dieser Frau erzählt?«

»Nur das eine Mal, als ich das Foto im Handschuhfach entdeckt hatte. Verläßlich wußte ich es aber von Ermes, meinen Bruder. Er spielte mit dem Zahnarzt und Valerio Tennis.«

»Sind Sie sich sicher, daß die Signora Mainardi seine Geliebte war?«

»Heißt sie Mainardi?«

»Ines Mainardi.«

»Eine seiner Geliebten. Übrigens: Wie haben Sie mich denn aus dem ganzen Haufen herausgefischt?«

Sie lachte kaum vernehmbar, erhob sich vom Hocker und setzte sich neben Nadia auf das Sofa.

»Waren Sie nicht eifersüchtig, Signora?«

Ambrosio empfand die junge Stimme als sehr passend für eine solche Frage.

»Wenn ich es gewesen wäre, hätte ich zu sehr leiden müssen.«

»Na, Gott sei Dank.«

»Ich liebte ihn nicht, wenn Sie das wissen wollen«, erklärte sie, während sie Ambrosio ansah. »Es reichte mir, ihn ab und zu zu treffen, mich als Frau fühlen zu können. Ansonsten habe ich ein paar Freunde, echte Freunde. Das waren sie schon, als mein Mann Sergio noch lebte. Ich liebe ihn immer noch, nun ja, die Erinnerung an ihn, wenn Sie so wollen ... wir gehen ins Theater, tauschen Schallplatten und Bücher aus, aber zwischen uns gibt's nichts Intimes.«

Ambrosio zog aus der Innentasche seines Jacketts das weiße Kuvert heraus, auf dem mit Bleistift der Buchstabe D (wie Daria) geschrieben stand.

Sie glitten ihr aus der Hand. Sie hob sie vom Fußboden auf und schaute dann wortlos eines nach dem anderen an. Dann steckte sie sie in den Umschlag zurück und lehnte sich mit geschlossenen Augen im Sofa zurück. Von der Straße hörte man das Brummen eines Motorrads.

»Wo haben Sie diese Fotos gefunden?« Es schien nicht ihre Stimme zu sein. »Kann ich sie zurückhaben?«

Ambrosio beugte sich leicht über sie: »Warum? Interessieren sie Sie? Sie werden sie zurückbekommen. Wenn die Ermittlungen abgeschlossen sind. Ich habe sie in der Schublade eines Tischchens gefunden, das Valerios Mutter gehörte.«

»Was haben Sie denn sonst noch gefunden? Fotos von anderen Nutten?« Sie verzog den Mund zu einem spöttischen Lächeln. Es glich eher einer Grimasse, aus der ihre Zähne blitzten.

»Auch ein Notizbuch.«

»In dem mein Name stand?«

»Nein. Ihr Name stand nicht drin. Nur ein Buchstabe aus dem Alphabet. Wollen Sie wissen, wie ich auf Sie kam? Vor dem Buchstaben D stand Ihre Telefonnummer. Über die Telefonnummer war Ihre Adresse dann leicht herauszufinden.«

»Bei den anderen war es wahrscheinlich genauso.«

»Er war ein sehr gewissenhafter Mann, auf seine Art diskret.«

»Er hatte sich in den Kopf gesetzt, das Zeichnen mit Farbstiften zu lernen. Haben Sie vielleicht die Akte im Stile dieses Malers ... wie heißt er noch ... gefunden?«

»Klimt.«

»Ja, genau. Er sagte zu mir: Du mußt mir unbedingt Modell sitzen. Deine Titten sind einfach himmlisch. Eine wahre Augenweide. Und ich bin ein Ferkel mit künstlerischer Begabung. Du wirst sie sehen, sobald sie vorzeigbar sind. Nie gesehen. Ich habe ihm gesagt: Schmeiß diese Schweinereien dann aber bitte weg. Aber im Grunde fühlte ich mich geschmeichelt. Auch mir machte es Spaß, völlig nackt durch die Wohnung zu laufen, als ob ich so eine …« Sie hielt mit einem kurzen Blick auf das weiße Kuvert inne. »Im Grunde bin ich es ja auch, oder? Wer hat dieses D geschrieben? War er das?«

»Wissen Sie, Signora …«

»Nennen Sie mich nicht Signora.«

»Ich suche ein Motiv für den Mord. Unseren Ermittlungen zufolge führte das Opfer durch seine Verhältnisse mit nicht immer ungebundenen Frauen ein ganz schön kompliziertes Leben.«

»Wie die Bovary des Zahnarztes zum Beispiel.«

»Seine Frau hat ihn verlassen, weil sie ihn als oberflächlich einschätzte. Auch als sie jung waren, hat er offensichtlich ohne Skrupel allen Mädchen nachgestellt, die in seinen Umkreis kamen. Auch die Ehefrau hatte also ihre guten Gründe, ihn nicht gerade innig zu lieben.«

»Valerio hatte sie noch gerne, da bin ich mir ganz sicher.«

»Auch seine Freundin, Madame Bovary, wie Sie sie nennen, hätte genügend Gründe gehabt, ihn zu hassen.«

»Wenn's danach geht, ich auch.«

»Wenn Sie das sagen …«

Er setzte sich neben sie, nahm dabei das Kuvert an sich und steckte es wieder in die Innentasche seines Jacketts.

»Tja, dann müssen Sie auch alle anderen verdächtigen.«

»Welche?«

»Fragen Sie mal meinen Bruder.«

»Ich hatte in der Tat vor, mit ihm zu sprechen. Wo wohnt er?«

»Gleich hier nebenan.«

»In derselben Wohnung?«

»Als ich ein kleines Mädchen war, hatten wir das ganze Stockwerk. Nach meiner Hochzeit hat Papa die Wohnung teilen lassen: einen Teil hat er mir und Sergio gegeben.«

»Ihr Bruder lebte damals noch bei den Eltern?«

»Mit meinem Vater.«

»Und ihre Mutter?«

»Die war jahrelang in einer Klinik außerhalb Mailands. Dann ist sie gestorben.«

»Verstehe.«

»Selbstmord. Sie litt an einer unheilbaren Depression.«

»Kommt Ihr Bruder bald nach Hause?«

»Der hat keinen Stundenplan. Er ist ein Wirrkopf.«

»Valerio war reich, stammte aus einer wohlhabenden Familie. Das wissen Sie wahrscheinlich. Sie sagten mir, daß er viel Geld besaß.«

»Das stimmt. Das merkte man an vielen Dingen. Wie er sich kleidete, an seinen Autos, an dem Geld, das er in Restaurants und für Reisen ausgab, an den Geschenken, die er einem zu Weihnachten machte …«

»Zum Beispiel?«

»Mir hat er diese Uhr hier geschenkt.« Sie streckte ihm den linken Arm hin. Es war eine Rolex aus Edelstahl.

»Haben Sie jemals das Gefühl gehabt, daß all das Geld aus irgendwelchen unsauberen Geschäften käme?«

Sie schüttelte den Kopf. »Nie. Auch weil er«, sie nahm die Brille ab und hielt sie jetzt zwischen Daumen und Zeigefinger, »so großzügig dann auch wieder nicht war.«

»Nein?«

»Das ist eine gebrauchte Rolex. Nur gut aufpoliert.«

»Woher wissen Sie das?«
»Er hat es mir selbst gesagt. Er war ein Lügner, aber nur bis zu einem gewissen Grade. Eben wie die echten Lügner, die intelligenten.«
»Und das heißt?«
»Die dummen Lügner beziehen die Wirklichkeit nicht mit ein. Er hingegen bezog sie, um glaubwürdig zu sein, mit ein, und wie! Er schnitt sie sozusagen auf die Bedürfnisse des Lebens zu. Vor allen Dingen auf seine ganz persönlichen Bedürfnisse.«
»Sie haben ihn ja scharf unter die Lupe genommen.«
»Wohl oder übel. Ich konnte mich ihm schließlich nicht ganz ausliefern.«
»Warum war er untreu, Ihrer Meinung nach?«
Sie drückte den Rest ihres Zigarillos im Aschenbecher aus, setzte sich die Brille wieder auf und blickte ihn durchdringend an: »Emotionen. Die Jagd nach Emotionen. Wenn ihn eine Frau reizte, sagte er sich: Die lasse ich mir nicht entwischen. Jetzt werde ich mal mein Geschick, meine Überzeugungskraft auf die Probe stellen.«
»So wie wenn er ein Bett verkaufte.«
»Ja, genauso.«
»War er technisch geübt?«
Sie antwortete nicht gleich. Einige Sekunden lang saß sie schweigend da: »Nicht gerade heißblütig, wenn Sie eine bestimmte Sache meinen. Im Gegenteil.«
»Ach, ja und?« Er sah sie mit einem Blick an, der Enttäuschung vorgab. Ein bißchen zumindest.
»Was glauben Sie, wozu er all diese Fotos brauchte?«
»Halfen Sie ihm?«
»Vor allem dienten sie ihm dazu, anders als die anderen zu erscheinen. Geheimnisvoll, undurchsichtig … den Frauen, gewissen Frauen, gefällt das.«

Sie stand auf, nachdem es an der Tür geklingelt hatte.

An der geschliffenen Glastür, die das Zimmer vom Vorraum trennte, der auf den Korridor hinausführte, erschien ein großer junger Mann. Die hellbraunen Haare reichten ihm beinahe bis zur Schulter, und einige Strähnen fielen ihm lässig über die Stirn. Er hatte ein gewinnendes Lächeln.

»Mein Bruder Ermes«, stellte die Frau ihn vor.

Er trug einen gutgeschnittenen rauchgrauen Anzug, ein hellblaues Hemd, eine klassisch gemusterte Krawatte, ein Seidentüchlein in der Brusttasche und Schuhe aus Juchtenleder. Trotz allem hatte er nichts von einem Dressman an sich. Es lag eine vollkommen natürlich wirkende Lässigkeit in seinen Bewegungen.

»Wir sprachen über Valerio.«

»Der Ärmste.« In seiner Stimme schwang ein trauriger Unterton.

»Der Commissario fragte mich gerade ...«, der Blick der Frau wanderte vom Gesicht des Bruders zu jener Stelle am Jackett Ambrosios, wo er kurz vorher den Umschlag mit den Fotos hatte verschwinden lassen, »fragte mich gerade nach den Gewohnheiten Valerios, seinem Leben. Die Frauen, die Arbeit ...«

»Und so weiter«, unterbrach sie Ambrosio. Er näherte sich Ermes Danese und bat ihn, im Korbsessel Platz zu nehmen. Er stellte ihm Nadia vor: »Eine Inspektorin aus meinem Kommissariat.«

Ermes betrachtete den Pagenkopf aus rabenschwarzen Haaren und lächelte sie an.

»Die erste Polizistin, die ich in meinem Leben kennenlerne«, sagte er, »man bekäme fast Lust, sich von einer hübschen jungen Dame wie Ihnen verhaften zu lassen. Darf ich Ihnen etwas anbieten?«

»Verzeihen Sie bitte«, fügte Daria Danese beinahe schuldbewußt hinzu, »das habe ich völlig vergessen. Einen Whiskey, einen Martini?«

»Eine Praline?«

Ermes zog eine aus der Jackettasche. Er wußte nicht, daß diese kleine Hand, die die Praline entgegennahm, auf vortreffliche Weise und ohne Hemmungen zur großen Kaliber Neun greifen konnte, die sie zusammen mit dem Nachfüllmagazin in ihrer Handtasche verwahrte. Sie legte die Praline auf den Tisch.

»Als Sie gelesen haben, daß Valerio ermordet worden ist, was haben Sie da gedacht, so im ersten Moment? Sie kannten ihn gut, spielten mit ihm Tennis in der Via Feltre, haben sich mit ihm getroffen, hatten gemeinsame Freunde. Was war Ihre erste Reaktion?«

Er runzelte die Stirn und legte eine Hand vor die Augen: »Fassungslosigkeit und Angst. Ja, genau das habe ich verspürt. Ich hatte ihn am Samstag morgen das letzte Mal gesehen. Er war gutgelaunt wie immer. Nichts ließ vermuten, daß er nur vierundzwanzig Stunden später ... es ist am Sonntag passiert, oder? ... dieses Ende nehmen würde, wir uns nie mehr wieder sehen würden.«

»Vertraute er Ihnen bestimmte Dinge an?«

»Wir waren nicht so eng befreundet, daß ... nein, es ist nicht so, wie Sie sich das vorstellen. Wir sahen uns, trafen uns regelmäßig, aber ich war nicht sein Beichtvater.«

»Ein Freund müßte mir mehr als jede andere Person den richtigen Weg weisen können. Damit ich wenigstens nicht in eine Sackgasse gerate. Die Ermittlungen stehen ganz am Anfang.«

»Da kann ich Ihnen leider nicht weiterhelfen.«

»Er war ein unabhängiger Mann, hatte viele Interessen, viele Bekanntschaften, viele Freunde ...«

»Einige Freundinnen«, deutete Ermes mit einem Blick auf

seine Schwester an: »Sie hatte – ich nehme an, Sie wissen das bereits? – ein ausgezeichnetes Verhältnis zu Valerio, nicht wahr, Daria?«

»Für einen Mann ist es eine Sache, einer Frau etwas anzuvertrauen, eine andere, einem Freund etwas anzuvertrauen. Mit dem er Tennis und Golf spielt.«

»Ich kann Ihnen nicht ganz folgen.«

»Es ist eher selten, daß ein Mann seine Vorlieben in der Liebe einer Freundin erzählt, aus Angst, sie zu verärgern oder zu enttäuschen. Mit einem Sportfreund hingegen kann er offen sprechen.«

»Da liegen Sie falsch. Vielleicht gerade weil er ihr Freund, der Freund meiner Schwester war, hatte er Bedenken, daß ich ihn kritisieren, gar mit meiner Schwester darüber sprechen würde, meinst du nicht, Daria?«

»Das ist sehr bedauerlich. Ich hatte auf Sie gesetzt.«

»Wer hat Ihnen von mir erzählt?«

»Ein bißchen Ihre Schwester und ein bißchen eine andere Freundin von Ihnen und Valerio, Ines Mainardi. Sie kennen ihren Mann, den Zahnarzt, ganz gut.«

»Wen, Bruno?«

Ein Lächeln erhellte sein Gesicht.

»Bruno ist wahrhaftig ein toller Typ. Tja, der ist ein echter Weiberheld.«

»Tatsächlich?«

»Arme Ines. Bruno ist ein Wildschütz. Wilderei.«

»Mehr als Valerio?«

»Valerio, der arme Kerl, war harmlos, das kann ich Ihnen versichern.«

»Der Zahnarzt hingegen ...«

»Sie brauchen sich nur vorzustellen, daß man ihn in einer Umkleidekabine erwischte, als er sich in einer zirkusreifen Vorstellung produzierte.«

»Was hat denn der Zirkus damit zu tun?«

»Er war ohne Shorts und ohne Schuhe. Nur mit weißen Socken bekleidet stand er an eine Spielerin mit lockigen Haaren geklammert, die sich mit einem Schläger zu wehren versuchte. Und er, heißblütig wie ein junger Stier, jaulte: ›Tu den Schläger weg, tu den Schläger weg ...‹, eine fürchterliche Szene, Commissario.«

»Valerio war also im Vergleich ein echter Signore. Wollten Sie das sagen?«

»Ein Gentleman.«

»Was nichts daran ändert, daß auch er so einige Liebesgeschichtchen hatte.«

»Kann schon sein, oder, Daria?«

»Und trotzdem, irgend jemand, ob nun ein Mann oder eine Frau, muß an ihm Rache genommen haben. Er ist ermordet worden.«

»Wie ist er ermordet worden?«

»Auf ungewöhnliche Art. Wir werden es bald wissen.«

»Der Commissario vermutet, daß Valerio mehrere Frauen hatte und einer jeden Märchen erzählte ... Was sagst du dazu? Hältst du das für möglich?«

»Fängst du jetzt auch noch an?« Er bedachte sie mit einem strengen Blick. »Nein, wenn ihr's genau wissen wollt, er war kein Lüstling. Wie etwa der Zahnarzt, nur um ein Beispiel zu nennen.«

»Sie arbeiten in der Modebranche?«

»Sagen wir eher Public Relations.« Eine lebhafte Geste mit geöffneten Händen begleitete seine Worte. Er glich einem Pfarrer am Ende der Messe.

»Sie spielen sehr gut Klavier, hat uns Ihre Schwester erzählt. Welcher Komponist gefällt Ihnen am besten?«

Er zwinkerte auf merkwürdige Art mit den Augen: »Haben Sie die Taktik geändert, Commissario?«

»Nein, wieso?«

»Möchten Sie anhand meiner musikalischen Vorlieben entdecken, was ich Ihnen verheimliche? Äußerst amüsant, stimmt's Daria?«

»Wie ist Ihr Musikgeschmack, Signor Danese?« Ambrosio ließ nicht locker.

»Jemand hat gesagt, daß nicht einmal Mozart es geschafft hatte, sich vor dem Kitsch zu bewahren. Von Beethoven ganz zu schweigen. Pedanterie und Kitsch zusammengelegt. Das etwa könnte meine Einstellung sein.«

»Das würde ich nicht glauben.«

»Wenn ich Ihnen sagen würde, daß mein Lieblingskomponist ...« Er hielt kurz inne und tat so, als ob er in seinem Gedächtnis krame.

»Mahler?« unterstellte Ambrosio.

»Hört, hört: der am meisten überschätzte Komponist des Jahrhunderts.«

»Sie haben Bernhard gelesen.«

»Man kann doch niemanden mehr vertrauen, nicht einmal einem Commissario der ...«

»Mordkommission.«

»Wir leben umstellt von Fallen. Aller Arten. Und wenn ich Ihnen sagen würde, daß ich auf Rachmaninow stehe?«

»Gefällt mir auch«, gab Ambrosio zu. »Es ist wirklich schade, daß ich Sie unter diesen unglücklichen Umständen kennengelernt habe. Es gäbe viele interessante Dinge, über die wir hätten sprechen können.«

»Erinnern Sie sich an diesen Satz: Es gibt so wenige gut gekleidete und intelligente Personen. Wunderbar dieser Bernhard, so depressiv, so schrecklich snobistisch.«

»Commissario, vielleicht wäre es ganz gut, wenn der Signore einen Blick in das Notizbuch werfen würde, das wir gefunden haben«, sagte Nadia und unterbrach damit die Literatursalonatmosphäre, die mit dem Freund des Ermordeten entstanden war.

»Da hast du recht.« Er stimmte ihr mit einem wohlwollenden Lächeln zu. (Wie gut sie doch aufeinander eingespielt waren.)

»Notizbuch?«

»Mit Namen und Adressen.«

»Haben Sie das in seiner Wohnung gefunden?«

»In einer seiner Wohnungen.«

»Wo er gestorben ist?«

»Nein, in der anderen, am Largo Rio de Janeiro. Haben Sie sie jemals gesehen?«

»Manchmal war ich bei ihm in der in der Via ... wie heißt sie noch?«

»Casnedi?«

»Ja, in der Nähe der Piazza Piola, wo er wohnte.«

»Die andere hielt er sich vielleicht als Büro, was weiß ich, als zweite Adresse.« Ambrosio drückte sich absichtlich ausweichend aus. Er warf einen kurzen Blick auf Daria, die schweigend aufgestanden war und nun das Licht anmachte.

»Kennen Sie die Wohnung am Largo Rio de Janeiro?«

»Nein. Ich wußte, daß er irgendwo eine Art Absteigequartier hatte. Aber er sprach nie darüber.«

»Sicher?«

»Warum sollte ich Sie anlügen?«

»Ihr Freund hatte mehrere Autos.«

»Ich weiß. Einen Saab und einen Range Rover. Er besaß auch einen Jaguar und einen Mercedes.«

»Er hatte eine Schwäche für Markenuhren.«

»Auch das weiß ich. Er hat seine Uhr oft gewechselt.«

»Auf dem Nachttischchen haben wir eine Reverso aus Edelstahl gefunden.«

»Ich kann mich an eine Calatrava di Patek, eine Royal Oak

erinnern. Und dann ... lassen Sie mich nachdenken: eine herrliche Franck Muller curvex in Weißgold. Er zeigte sie nur ganz wenigen Freunden, nur denen, die sie zu schätzen wußten, wie ich. Die anderen verstanden das nicht. Die bevorzugten Quarzuhren.«

Ambrosio stand auf. Das linke Auge drückte ihn, so als ob sich ein Sandkörnchen unter dem Lid befände. Daria Danese begleitete sie in den Vorraum; bevor er und Nadia hinausgingen, blieben sie eine Weile vor vier Drucken stehen, die über der dunklen, matten Holztruhe hingen. Es waren vier antike Stadtansichten mit Stadtmauern und Türmen von Siena, Lucca, Spoleto und Gubbio. Auf der Truhe stand eine ziselierte Öllampe, die mit der Zeit, vielleicht aber auch durch die mangelnde Pflege der Hausherrin, schwarz angelaufen war.

»Wie ein Sarg«, murmelte Ermes.

»Der Mamma gefiel sie, erinnerst du dich?«

»Ich erwarte Sie morgen vormittag, vor zwölf.« Ambrosio reichte ihm seine Visitenkarte. »Sollte ich nicht im Büro sein, wird man mir sofort Bescheid geben.«

»Ich versuche mein möglichstes.«

»Er wird Ihnen nicht mehr sagen können als das, was ich Ihnen sowieso schon erzählt habe«, bemerkte abschließend die Schwester mit einem Blick auf ihren Bruder, der an der Truhe, eine Hand auf der Öllampe, stehengeblieben war, und öffnete die Tür.

4. Kapitel

Wie ein Sarg

Wie ein Sarg, hatte Ermes Danese gesagt. Diese drei Worte gingen Ambrosio nicht mehr aus dem Sinn, so wie es ihm als Kind mit bestimmten Reimen ergangen war, die sich in seinem Kopf unerbittlich festsetzten und die er nicht mehr los wurde.

Gleich am Morgen, kaum daß er aufgestanden war, fielen sie ihm beim Zähneputzen wieder ein. Dann rasierte er sich. Der Gilette-Rasierer glitt schnell über sein Gesicht, und das Eau de Toilette gab ihm ein erfrischendes Gefühl.

Die Truhe mit der Öllampe ging ihm nicht mehr aus dem Gedächtnis. Gleichzeitig hatten ihm die Worte des Bruders von Daria, dieser Frau mit den vollen Brüsten und den dünnen Beinen, die die Phantasie Valerios so beflügelt hatten, in gewisser Weise einen Anhaltspunkt geliefert. Wenn auch ungewollt.

Er aß im Stehen vor der Terrassentür ein Joghurt mit Zitrusfrüchten und beobachtete dabei mißmutig die Blätter des wilden Weins, die quer verstreut auf den Fliesen lagen. Die Markise flatterte in der morgendlichen Brise. Er hatte vergessen, sie aufzurollen. Jetzt war es wahrhaftig Herbst geworden. (Man mußte unbedingt den Liegestuhl und die Gartensessel rechtzeitig unterstellen.)

Ein weiteres Jahr ging dahin.

Den Kaffee würde er, wie immer, unten in der Bar trinken.

Wenn Emanuela dagewesen wäre, wenn sie zusammen gewesen wären, hätte er dann seinen Kaffee immer noch in der Bar getrunken? Wenn er bei ihr in der Via Vincenzo übernachtete, tranken sie ihn gemeinsam am Küchentisch. Und das gefiel ihm. Aber allein? Da war die Bar in der Via Pontaccio mit Blick auf die Kirche San Marco schon besser. Viel besser.

Im Büro hatte er dann alle vor sich, oder fast alle: Nadia saß links im Armstuhl, De Luca rechts, Miccichè lehnte mit einem rosafarbenen Aktendeckel in der Hand am Metallschrank und Gennari stand am Fenster. Ein Sonnenstrahl fiel auf seinen Lederblouson.

»Ist es euch klar, daß wir uns nun auf ziemlich schwankenden Boden begeben?« Er kratzte sich im Nacken.

»Wie immer, Commissario«, antwortete De Luca.

»Diesesmal aber mehr als sonst. Und wißt ihr, warum?«

Gennari schüttelte den Kopf, der an einen Rugbyspieler erinnerte, während Nadia mit zaghafter Stimme fragte: »Zu viele Frauen?«

Er blickte sie zustimmend an: »Weibliche Intuition. Genauso ist es. Unser Opfer war umringt von Frauen. Ein kleiner Scheich mit seinem kleinen Harem. Ich bin sicher, daß wir noch längst nicht alle entdeckt haben. Genau darin liegt die Schwierigkeit. Da ist Vorsicht geboten, List und absolutes Stillschweigen, besonders mit unseren Freunden von der Presse. Ansonsten riskieren wir eine Pleite. Richtig? Also, wir haben da jemanden, der auf eher merkwürdiger Art und Weise umgebracht wurde ...«

»Ich habe mit Professor Salienti telefoniert. Er wird Sie im Laufe des Tages anrufen, sobald er mit der Autopsie fertig ist.« De Luca rückte sich mit einem den makabren Umständen angemessenen Gesichtsausdruck die Pünktchenkrawatte zurecht.

»Einer, der eine Frau hatte, von der er getrennt lebte, und mehrere Freundinnen, die er wechselweise alle zwei Wochen sah.«

»Der Glückliche.« Gennari schien von der Idee des Harems sichtlich angetan.

»Nur hat man ihn ins Jenseits befördert, mein Lieber.«

»Wir haben die Banken des Verstorbenen abgeklappert«, fuhr Miccichè fort. Er trat an den Schreibtisch heran und zog die Fotokopien einiger Dokumente aus dem Aktendeckel.

Ambrosio blätterte sie eine nach der anderen durch. Das handschriftliche Testament Valerio Biraghis betrachtete er eingehender.

»Man könnte sagen, daß er praktisch alles der Ehefrau vermacht hat.«

»Ausgenommen die Uhren.«

»Die sind hier nicht erwähnt. Aber wahrscheinlich hatte er sie noch nicht gekauft, als er das Testament aufsetzte.«

Er las das Blatt mit der Liste der Uhrenmarken, die in dem Schließfach gefunden worden war. Da waren sie, nacheinander aufgelistet, fein säuberlich und mit einigen kleinen Schreibfehlern abgeschrieben (das Beste vom Besten, dachte der Commissario).

Patek Philippe Calatrava
Cartier Tank
Franck Muller curvex
Sven Andersen Voyager
Gérald Genta ...

»Er besaß fünf Wohnungen, drei Garagen, zwei Autos«, zählte Miccichè auf, »zudem eine nicht unbedeutende Anzahl von Schatzanweisungen, Obligationen, Investmentfonds in hochwertigen Währungen, ganz zu schweigen von dem Konto bei einer Bank in Lugano, von dem wir nur die Nummer kennen.«

»War sonst noch was in dem Fach?«

»In diesem nicht. Reicht Ihnen das nicht, Commissario?«

»Welches Datum hat das Testament?« fragte Nadia.

»Da war er noch mit seiner Frau zusammen.«

»Die Signora Biraghi, besser gesagt die Witwe Biraghi, ist also eine reiche Frau.«

Ambrosio schien verwundert.

»Die anderen hat er überhaupt nicht berücksichtigt. Wie ein treuer Ehemann. Von seinen Freundinnen ist die Professoressa die einzig ungebundene«, unterstrich Nadia.

»Worauf willst du hinaus?«

»Vielleicht hat er den Verheirateten ja nichts hinterlassen, um sie nicht zu kompromittieren. Bei der Professoressa hätte er hingegen ...«

»Du vergißt, daß die Signora Danese, als er das Testament verfaßte, noch nicht seine Geliebte war. Und genausowenig die anderen, wie es scheint.«

Nadia verzog leicht ihre mit einem Hauch Lippenstift geschminkten Lippen.

»Überzeugt dich das nicht?«

»Commissario, es ist so, daß ... ich ihn nicht verstehe, das heißt, mir nicht zu erklären vermag, was ihn dazu zwang, sich so viele Probleme aufzuhalsen. Vier Frauen ...«

»Wahrscheinlich sind es noch mehr.«

»Die er alle gleichzeitig hatte, ohne daß die eine von der anderen wußte. Die Ehefrau hatte ihn völlig durchschaut. Sie hat aber trotzdem von ihm die Wohnung angenommen und ein gutes Verhältnis zu ihm aufrechterhalten, so gut, daß sie jetzt eine reiche Frau ist.«

»Du bist ein wohlerzogenes Mädchen.«

»Und was soll das jetzt heißen?«

Offensichtlich hatte er sie gekränkt.

»Nichts. Ich wollte nur sagen, daß dir ein Verhalten wie das Biraghis völlig fremd ist.«

»Mir nicht«, lächelte Gennari vielsagend.

»Du wirst ihn vielleicht sogar beneiden.«

Ambrosio zündete sich die erste Zigarette des Tages an. Er blies den Rauch zur Decke hinauf und beobachtete gedankenverloren den Sonnenstrahl, der jetzt zum roten Mond über den Haaren der nackten Frau mit dem Busen einer tscherkessischen Sklavin und den rosafarbenen Brustwarzen gewandert war. Bruno Cassinari hatte sie vor vielen Jahren gezeichnet.

»Die hätte Biraghi gut gefallen«, sagte er und richtete seinen Blick von der Lithographie weg auf De Luca.

»Ihm gefielen die Frauen eben, mehr nicht.« Für den Inspektor schien das die normalste Sache auf der Welt zu sein.

»Er war reich, und jetzt wissen wir auch, wie reich. Er hatte eine intelligente, aber für seinen Geschmack ein wenig, sagen wir, kühle Frau, einige Geliebte, eine pro Woche, Wohnungen, Autos, einen wohlausgestatteten Kleiderschrank, Uhren von hohem Wert, Konten bei mehreren Banken, sogar im Tessin. Welchen Charakter hatte er? Nach den ersten Ermittlungen scheint mir das ziemlich eindeutig.«

»Mir nicht«, gab De Luca zu.

»Er war vorsichtig und unvorsichtig zugleich. Vorsichtig, weil er versuchte, trotz seines Vermögens Geld zu verdienen. Das zeigt, daß er vor der Zukunft Angst hatte. Trotz allem brauchte er das Gefühl der Sicherheit, das eine regelmäßige Tätigkeit und ein geregeltes Einkommen vermitteln. Unvorsichtig, weil er sich im allgemeinen an verheiratete Frauen, an Frauen, die einen Ehemann haben, wandte, mit allem, was das mit sich bringt.«

»Er war ein widersprüchlicher Mensch.«

»Ja, Nadia. Ein wenig sind wir das alle. Aber er war es mehr als normal. Warum wohl? Habt ihr euch das mal gefragt?« Er musterte sie aufmerksam.

»Er hatte die Mittel, sich alle Dinge zu kaufen, die ihm gefielen, die Mittel, um sich mit seinen Frauen zu vergnügen«, resümierte Gennari.

»Ein Genießer, wie fast alle Reichen.« Miccichè fällte mit seinem sizilianischen Akzent ein kategorisches Urteil.

»Vielleicht war er unglücklich, möchte ich noch mal betonen. Das ist meine feste Meinung.«

Nadia wandte sich an Ambrosio, als stünde sie vor einem Prüfungsausschuß.

»Unglücklich bestimmt. Trotz des Haufen Geldes. Und auch unentschlossen, unsicher, mit der Angst im Nacken, es nicht zu schaffen.«

»Bei den Frauen hatte er die bestimmt nicht.«

»Meinst du nicht, De Luca?«

»Und warum hatte er dann so viele?« Er war erstaunt.

»Bei jeder Frau, die ihn reizte, hatte er den gleichen Gedanken: die gefällt mir, ob ich es schaffen werde, sie herumzukriegen? Jägermentalität.«

»Auch ein wenig Dompteur«, warf Gennari mutig ein, »Dompteur im Zirkus.«

»Also wirklich!« versetzte Nadia.

»Es ist gut möglich, daß ihn die gleiche Angst auch bei der Arbeit überkam: Werde ich es schaffen, meinem Kunden die neuen Etagenbetten, die Schränke mit den Schiebetüren anzudrehen?«

Nacheinander erhoben sie sich.

Gennari erkundigte sich, wie weit die Ermittlungen im Fall des in der kleinen Pension in der Via Lolli erdrosselten Mädchens seien.

»Den Zuhälter werden wir bald haben. Vielleicht sogar heute noch.«

»Diese Milena hatte eine Freundin, eine gewisse Deborah ...« Miccichè wirkte unsicher.

»Ein fieses Weibsstück. Sie hat uns tränenüberströmt eine Adresse in einer Querstraße des Buenos Aires verraten. Diese Kanaille hält sich dort versteckt.«

»Meiner Meinung nach hat er sich dünne gemacht«, nuschelte Miccichè. »Wir werden wohl Genua benachrichtigen müssen.«

»Daß mir ja keiner die Sittenpolizei übergeht«, betonte Ambrosio, ganz Friedensfreund.

De Luca sollte sich um Brianza kümmern. Cantù und Umgebung.

»Ich bin sicher, daß er am Arbeitsplatz Liebschaften hatte. Verhör auch den Autohändler, bei dem er seine Wagen kaufte.«

»Ich weiß, wer es ist.«

»Red mal mit dem, der ihm die Uhren besorgte.«

»In den Garantieurkunden steht sein Name. Er hat ein exklusives Geschäft in der Via Duomo.«

»Versuch herauszubekommen, ob er auch Frauenuhren oder Schmuck kaufte. Und wem er sie schickte. Oder ob er vielleicht in Begleitung irgendeiner Freundin im Geschäft gewesen war.«

»Ich werde ihn fragen, ob er die Ehefrau, die Signora Biraghi kennt. Oder eine von den anderen.«

Schließlich waren Nadia und er alleine.

Er hatte Lust auf einen Kaffee, einen Kaffee ohne Zucker in einem Pappbecher. Dann rief ihn der Polizeipräsident an. Es war zehn vor elf.

Eine halbe Stunde später kam er verärgert in sein Büro zurück. Sie hatten vor allem über den Fall in der Via Casnedi gesprochen. Die Zeitungen berichteten in Artikeln mit fünf-

oder sechsspaltigen Schlagzeilen darüber. Gewagte Hypothesen wurden aufgestellt und tatsächliche Informationen mit phantasiereichen Schlußfolgerungen vermischt. Der Reporter des *Corriere della Sera* hatte die Ehefrau, ihres Zeichens Modejournalistin, interviewt. Sie hatte unter anderem zugegeben, daß Valerio seit Jahren alleine lebte, weil er ein etwas ›zerstreuter‹ Ehemann gewesen sei. Auf die Frage des Reporters: ›Hat er Sie mit anderen Frauen betrogen?‹ hatte sie geantwortet: ›Wie ich schon der Polizei gesagt habe, ich vermute, ja, aber das ist jetzt alles nicht mehr wichtig.‹

Fünf Minuten nach Mittag ließ sich Dottor Ermes Danese anmelden.

Über dem rechten Arm trug er einen hellen Trenchcoat. Er näherte sich Ambrosio. Ein Duft von After Shave umgab ihn. Das lachsfarbene Hemd und die moosgrüne Wollkrawatte gaben ihm ein ungezwungenes und zugleich affektiertes Auftreten. Er nahm vor ihm Platz: »Da bin ich, ganz zu ihrer Verfügung, Commissario«, hob er an und sah sich um. Vielleicht verblüffte ihn die Tatsache, daß er sich in einem Polizeibüro befand, das wie jedes andere Büro aussah, ja, besser als irgendein anderes Büro.

»Ich danke Ihnen, daß Sie so freundlich waren, zu mir zu kommen. Ich sehe, Sie haben verstanden.«

»Gestern im Beisein meiner Schwester war es peinlich.«

»Das Notizbuch, das ich Ihnen zeigen wollte, gibt es nicht.«

»Das dachte ich mir.«

»Ich hätte da nur einige Fragen an sie. Es wäre unangebracht gewesen, sie Ihnen gestern zu stellen.«

»Ich hätte nicht ehrlich sein können.«

»Ich hoffe, Sie sind es heute morgen.«

Es klopfte leicht an der Tür. Nadia kam mit einem Notizblock in der Hand herein.

»Es ist eine Freude, Sie wiederzusehen.«

Ein Polizeibüro oder ein Séparée des Cova* in der Montenapoleone?

»War Valerio Biraghi ein guter Freund Ihrer Schwester?«

»Sie waren seit einigen Jahren zusammen.«

»Wann haben Sie davon erfahren?«

»Sofort, natürlich. Meine Schwester war Witwe geworden, und ich konnte schließlich nicht annehmen, oder besser gesagt, ich konnte es nicht verlangen, daß sie noch so jung den Rest ihres Lebens in Klausur zubrächte. Zudem war Valerio im großen und ganzen ein anständiger Mann. Das kann ich Ihnen versichern. Auf seine Art und Weise ehrlich. Er selbst hat mir sogar gesagt, daß ihm Daria gefiele. Daß sie ihm ernsthaft gefiele.«

»So sehr, daß er sie eines Tages heiraten wollte?«

»Das wohl nicht. Man mußte ihn so nehmen, wie er war. Er war ja noch nicht mal von seiner Frau geschieden.«

»Wie war er? Nun ja, was für ein Typ Mann?«

»Ein sympathischer Egoist. Wie ich.«

»Sie sind nicht verheiratet?«

»Das würde mir noch fehlen. Ich bin nicht zum Ehemann berufen. Das war ich noch nie. Mir gefällt die Freiheit. Niemanden neben sich zu haben, der dich Tag für Tag kontrolliert. Der dir die Hemden aussucht, dich zwingt, das Licht zu einer bestimmten Zeit in der Nacht auszumachen, jemand, den es stört, wenn du beim Lesen im Bett mit Schwung die Zeitungsseiten umschlägst, so wie ich das tue … und dann die Toilettenspülung, der Mundgeruch beim Aufstehen am Morgen … nein, nein, das Leben zu zweit kann zur Qual werden.«

---

* *Caffè Cova, gegründet 1817 von Antonio Cova und zunächst im Innern der Scala, später dann Umzug in die Via Montenapoleone, lange bevor diese als mondän galt.*

»Er hatte eine Beziehung mit Ihrer Schwester, aber sie war nicht die einzige Frau, mit der er ein Verhältnis hatte.«

»Auch das weiß ich. Ich weiß, daß er mit Ines, der Frau eines unserer Freunde, etwas hatte. Etwas Intimes, meine ich.«

»Der Zahnarzt. Den habe ich gestern kennengelernt. Diese Ines haben wir auch kennengelernt.« Er streifte Nadia mit einem Blick. »Eine interessante Frau.«

»Ines ist, zumindest nach dem, was Valerio sagte, eine dieser völlig unbefriedigten Frauen, eine von denen, die von ihren Ehemännern vernachlässigt, vergessen oder, schlimmer noch, geachtet werden. In erotischer Hinsicht, verstehen Sie mich? Frauen voll unersättlicher Neugier. Wissen Sie was? Nein? Ich will es Ihnen sagen: Ines gefiel es, wie eine Prostituierte behandelt zu werden.«

»Valerio war für sie eine Art ...«

»Inhaber des Lehrstuhls für Sex.« Er lachte über sich, hielt es für eine witzige Bemerkung.

»Es scheint, daß Ines sich in ihn, in Valerio, verliebt hatte.«

»Kann sein. Frauen sind zu allem fähig.« Er drehte sich zu Nadia um: »War nicht ganz ernst gemeint, Pardon!«

»Er traf sie im Abstand von mehreren Tagen.«

»Möchten Sie wissen, warum?«

»Ein methodischer, ordentlicher Mann.«

»Ach was.«

»Was dann?«

»Lediglich ängstlich darauf bedacht, seiner Gesundheit nicht zu schaden. Er hatte eine fürchterliche Angst, krank zu werden. Er sagte immer: Ein vernünftiger Rhythmus kann sogar therapeutische Wirkung haben. Ist das nicht amüsant?«

»Ich weiß, daß Sie sich auf dem Tennisplatz trafen.«

»Ja. Wir haben auch Golf gespielt, in Villa d'Este und in Monza. Dann waren wir beim Skifahren in Courmayeur, zum Beispiel.«

»Samstags oder sonntags?«

»Gewöhnlich samstags. Sonst arbeitete er, genau wie ich. Aber da gab es ja auch noch die Feiertage, Ostern, Weihnachten, Mariä Empfängnis und so weiter. Während der Feiertage fuhren wir an die Riviera oder in die Berge.«

»Haben Sie ihn dieser Tage gesehen?«

»Ich habe ihn am Samstag morgen getroffen. Bruno, der Mann von Ines, war auch dabei.«

»Nach Aussage der Ärzte ist Valerio in der Nacht von Sonntag, genauer, in den frühen Morgenstunden des Montags gestorben.«

»Armer Valerio.« Er fuhr sich mit einer Hand durch die Haare. Sein Blick wirkte abwesend. Er hielt die Hand einige Augenblicke lang vor die Augen, schließlich zog er sie langsam zum Mund herunter und biß sich in den Mittelfinger.

»Kam es nie vor, daß Sie dachten, Ihr Freund könnte irgendwie in Gefahr sein, ja, daß sein Leben in Gefahr sein könnte? Daß er umgebracht werden könnte?«

»Nein.«

Seine Antwort klang, als käme ihm die Frage unsinnig vor.

»Seine ständige Abenteuerlust, hätte die ihm nicht so manchen Kummer bereiten können? Kann man, Ihrer Meinung nach, mit den Frauen der anderen verkehren, ohne irgendwelche Gefahr zu laufen?«

Er starrte ihn ungläubig an: »Gefahren? Risiken? Valerio ermordet von einem Othello? Um Gottes willen! Das würde ich in meinen kühnsten Träumen nicht vermuten. Wenn es so wäre, wie Sie sagen, müßten die Straßen der Stadt mit Leichen übersät sein. Und nicht nur die Straßen Mailands, Commissario.«

»Glauben Sie etwa, daß Ehebruch stillschweigend akzeptiert würde? Die Eifersucht ist auch heute noch ein schwerwiegendes Tatmotiv. Einer der Beweggründe, die in Erwägung zu ziehen sind. Lesen Sie mal ein paar Texte aus der Kriminologie. Dann wissen Sie besser Bescheid.«

»Soweit sind wir also?«

»Die menschliche Natur ändert sich nicht, soviel ich weiß.«

Ambrosio stand auf, zog die Stores so zurecht, daß sich das Mittagslicht ohne zu blenden im Raum verteilen konnte, und setzte sich dann wieder hin. Als wäre ihm der Gedanke ganz plötzlich gekommen, fragte er Ermes Danese: »Ich habe das Gefühl, daß Valerio noch andere Verhältnisse hatte, außer denen, die wir kennen; zum Beispiel in Cantù oder hier in Mailand. Hat er Ihnen, außer von Ines, niemals von einer Frau erzählt? Oder von einem Abendessen, einem Treffen?«

»Er war nicht sehr redselig. Auf seine Art war er diskret. Und mir gegenüber konnte er schon wegen Daria nicht ausführlicher sein. Trotzdem ...«, seine Augen leuchteten listig auf, »trotzdem, vor einigen Monaten waren wir in Monza. Es war heiß an jenem Samstag. Wir saßen in der Bar des Clubs, und er zeigte mir einen Schlüsselanhänger mit einer nackten weiblichen Figur: ›Den hat Giulia mir geschenkt‹, sagte er. ›Wer ist diese Giulia?‹ Darauf er: ›Meine Schreibwarenhändlerin. Aber kein Wort darüber.‹ Zu Daria, meinte er natürlich.«

»Hat er nochmals mit Ihnen über diese Giulia gesprochen?«

»Ich habe ihn später nach ihr gefragt. Er schien mir enttäuscht.«

»Enttäuscht?«

»Sie muß wohl im Bett nicht besonders gut gewesen sein.«

»Hat er Ihnen Einzelheiten erzählt?«

»Nur mein Eindruck.«

»Irgend etwas wird er doch angedeutet haben.«

»Seiner Meinung nach gehörte Giulia zu dem Typ Frauen,

die vom Äußeren her Tausendundeine Nacht versprechen und dann ... dann nichts. Ein Ballon, der zerplatzt, und dann ist die Luft raus. Kurzum, eine Katastrophe.«
»Hatte er sie verlassen? Hatte sie ihn verlassen?«
»Ich habe keine Ahnung, das schwör' ich Ihnen.«
»Hat er noch mal über diese Giulia gesprochen?«
»Nein.«
»Schreibwarenhändlerin, hat er gesagt. Wissen Sie, wo sie ihr Geschäft hat?«
»In der Nähe der Wohnung Valerios. In der Via Vallazze, glaub' ich.«
»Haben Sie sie jemals gesehen?«
»Nie.«
»Sind Sie sicher?«
»Einmal hatte er mir am Golfplatz das Foto einer Frau gezeigt, noch ziemlich jung, im Badeanzug an ein Boot am Strand gelehnt.«
»Was war sie für ein Typ Frau?«
»Ach du lieber Gott, was für ein Typ ... ziemlich normal. Mit ein wenig kräftigen Beinen.«
»Wo bewahrte er das Foto auf?«
»In einem Reiseführer, als Lesezeichen.«
»Warum hatte er es Ihnen gezeigt?«
»Weil es ihm beim Durchblättern des Reiseführers auf den Boden gefallen war. Soweit ich mich erinnere, wollten wir übers Wochenende in die Maremma fahren.«
»Wo legte er den Reiseführer normalerweise hin?«
»Er hatte ihn mit in den Club gebracht. Aber ich erinnere mich, daß er ihn im Handschuhfach aufbewahrte.«
»Wußte Ihre Schwester von dieser Giulia?«
»Ich glaube nicht.«
»Über Ines aber wußte sie Bescheid.«
»Natürlich machte sie sich nicht vor, daß Valerio anders

war als sein Ruf, der ja nicht gerade der eines tugendhaften Mannes war.« Er begann zu lachen.

»Sie mußte ihn als Geliebte nicht sonderlich interessiert haben, wie Sie eben sagten. Infolgedessen wird er Ihnen doch einige Einzelheiten erzählt haben. Kurzum, eine Frau, die auf den ersten Blick wunder was verspricht und dann ... nichts. Ist es denn möglich, daß Sie nicht mehr darüber gesprochen haben?«

»Leider kann ich Ihnen nichts anderes sagen.«

»Wir werden in das Schreibwarengeschäft gehen.«

»Ist einfach zu finden, gleich um die Ecke, wo er wohnte.«

»Signor Danese, haben Sie irgendeine Meinung zu dem Mord an Ihrem Freund? Die Tatsache, daß Sie die Eifersucht als Tatmotiv ausschließen, verwundert mich. Vielleicht denken Sie an etwas anderes. An Geld, zum Beispiel?«

»Ich habe einen Freund, der an der Börse arbeitet. Was mich anbetrifft, so finde ich die Finanzmärkte faszinierend: Obligationen, Sorten, Mark, Dollar, Sterling ... wie Monopoly.«

»Verfolgte Valerio die Börsenkurse?«

»Ich glaube ja. Aber er sprach nicht darüber. Nur ein einziges Mal. Er hatte eine neue Uhr am Arm, die aus Edelstahl zu sein schien, statt dessen war sie jedoch aus Platin. Diese Dinger kosten ein Vermögen. Ich habe den Mund kaum wieder zugekriegt, als er mir den Preis gestand.«

»Wieviel?«

»Um die fünfzig Millionen Lire. Ich habe an der Börse spekuliert, sagte er mir.«

»Eine Platinuhr also.«

»Und was die wog!« Er unterstrich seine Worte durch eine Geste mit der hohlen Hand.

»Die haben wir nicht gefunden«, sagte Ambrosio.

»Die Platinuhr?«

»Genau die.«

»Er wechselte sie, verkaufte sie ... das war einer seiner Zeitvertreibe.«

»Wie die Frauen.«

»Er konnte es sich erlauben.«

»War er großzügig?« Er antwortete nicht gleich, sprach erst nach einigen Augenblicken.

»Ich erinnere mich, daß er im Restaurant immer nachrechnete. Ein Verschwender war er bestimmt nicht. Verschwender sind nie reich. Aber er war auch kein Geizhals.« Er zuckte mit den Achseln. »Er kam mir immer achtsam vor, sagen wir normal. Er wußte zu leben, meiner Meinung nach.«

»Machte er Daria Geschenke?«

»Kleinigkeiten. Schals, Bücher, Strümpfe ...«

»Blumen?«

»Ja, auch.«

»Schmuck?«

»Kleinere Schmuckstücke. Er hat sich niemals für sie verausgabt. Und auch nicht für die anderen, glaube ich.«

»Haben Sie eine Verlobte?«

Er fuhr sich mit einer Hand durch die Haare: »Wie albern. Das kann ich mir für mich nicht vorstellen. Dann auch noch diese antiquierte Bezeichnung ... nein, ich habe keine feste Freundin mit einem Memoire-Ring am Finger, wenn Sie das meinen.«

»Sie haben das Mädchen noch nicht gefunden, das Ihnen den Kopf verdreht hätte«, bemerkte Nadia analysierend. Er drehte sich schwungvoll um, deutete mit dem Zeigefinger auf sie und rief aus: »Volltreffer!« Dann wandte er sich wieder Ambrosio zu: »Ich werde schon darauf achten, meinen Kopf nicht zu riskieren, daß ich ihn ja nie verliere, wie es so vielen armen Teufeln ergeht.« Er wandte sich erneut zu Nadia um. Er schien der heiterste aller Männer auf der Welt zu sein.

Er hinterließ eine gewisse Leere im Büro. Ambrosio blieb verunsichert an der Tür stehen und fragte sich, was er ihn wohl, verflixt noch mal, vergessen hatte zu fragen. Nadia beobachtete ihn, wie er mit dem Mantel über dem Arm leicht federnden Schrittes davonging. Eben wie jemand, der es gewohnt ist, Bälle aus der Luft mit dem Schläger zu erhaschen.

»Jetzt gehen wir etwas essen, in einem Lokal, das ich noch aus meiner Kindheit kenne«, bestimmte er. »Ich fahre.«
»Trauen Sie mir nicht mehr?«
»Das ist Indianergebiet, voller Fallen.«
»Übrigens, wie wollen wir mit der Frau vom Schreibwarengeschäft vorgehen?«
»Siehst du, daß du verstanden hast?«
»Da werden wir Vorsicht walten lassen müssen. Sie ist die Ehefrau des Schreibwarenhändlers.«
»Deswegen wirst du reden. Du sagst einfach, daß wir in der Via Casnedi eine Notiz gefunden haben: ›Im Schreibwarenladen in der Via Vallazze Briefpapier mit Namensaufdruck bestellen‹, oder so ähnlich. Könnte klappen, oder nicht?«

Sie hielten bei einem Lokal an der Piazza Bernini. Rechts gegenüber stand die aus roten Backsteinen gebaute Kirche San Giovanni in Laterano, die in ihm Erinnerungen an ferne Sonntage weckte. Mädchen auf dem Kirchplatz, kein Auto weit und breit, die Sonne vergoldete ihr Haar, Mütter in gepunkteten Kleidern und mit weißen Handtaschen über dem Arm, und er saß auf der Bank neben dem Zeitungsladen mit einer Zeitschrift, die sich *Crimen* nannte, in der Hand. Er mußte sie vor seinem Vater, Richter am Berufungsgericht, verstecken.

Sie tranken einen leicht würzigen, strohgelb schimmernden Traminer, gekeltert – so das Etikett – aus der Gewürztraminerrebe der Gegend um Tramin. Die Seezungenfilets waren zart und wohlriechend. Zum Schluß schien Nadia äußerst fröhlich gestimmt bei dem Gedanken, daß sie Giulia erklären würde: Wir wissen, daß der Signor Valerio Biraghi ein Kunde von Ihnen war, ein guter Kunde, vermute ich. Und sie lachte und konnte gar nicht mehr aufhören zu lachen. Sie amüsierte sich köstlichst. Der Traminer war frisch, frisch wie Quellwasser.

Der Schreibwarenladen Foschini war leicht zu finden. Er lag nicht weit von der Via Ampère entfernt. Im Schaufenster lagen Stoffbärchen, Kreideschachteln, Schulrucksäcke, Füller, Merkhefte. Aber das Geschäft war noch geschlossen, es machte erst später auf. So parkte Ambrosio das Auto auf der gegenüberliegenden Straßenseite und ging mit Nadia in Richtung Piazza Aspromonte. Der Platz war anders, als er ihn von seiner Jugend her in Erinnerung hatte.

Die Lokalreporter beschrieben ihn als eine Gegend, die wegen der dunklen Geschäfte, die hier abgewickelt würden, in der Nacht besser zu meiden sei. Vom Heroinhandel über die Prostitution bis zum Glücksspiel gedieh hier alles. Die kleinen Hotels mit ihren verlockenden Namen bildeten die Kulisse für diese Szene, die aber jetzt bei Sonnenlicht scheinbar ruhig, fast schon malerisch wirkte. Dunkle Gestalten aus dem Sudan und Maghreb standen mit den Händen in den Taschen an der Straßenecke, die auf die mit Atlaszedern, Silberlinden und Eschen reich bestückte Piazza wies. Slawische Gesichter blickten aus großen Limousinen, fliegende Verkäufer boten Zigaretten und Glücksarmbänder an. Eine Atmosphäre arabischer Marktviertel, gemildert durch die Jugendstilvillen, die in früheren Zeiten Schullehrer mit ihren Familien, Gemeindebeamte, Heimkehrer aus dem Krieg, einem Haufen Kriege, und ältere Damen mit Dackeln an der Leine beherbergt hatten.

»In dieser Straße«, klärte er Nadia auf, »habe ich meinen ersten Fall begonnen. Alle dachten, es wäre ein Autounfall, aber es war Mord.«

»Via Catalani«, las sie mit leiser Stimme vor.

»Früher erinnerten mich die Straßen und Plätze an Mädchengesichter, Rendezvous. Jetzt frage ich mich immer, ob damals, als ich jung war, vielleicht weniger Mörder und Zuhälter unterwegs waren? Mir erschien alles so anständig und sauber. Da war der Duft von frischgebackenem Brot, Röstkastanien, geröstetem Kaffee ...«
»Und was ist da jetzt?«
»Der Gestank von Abgasen.«
»Ist die Welt schlechter geworden?«
»Ich glaube nicht. Ich war nur jünger.«
»Wenn man jung ist, sieht man da das Schlechte nicht?«
»Man sieht es, aber man achtet weniger darauf.«
»Meinen Sie?«
Sie gingen zum Schreibwarengeschäft zurück.
Es war etwas milder geworden. Ambrosio fühlte sich unwohl bei dem Gedanken, daß er in Kürze das Leben einer Frau erschüttern würde, die vielleicht aus Schwäche auf die Schmeicheleien eines Mannes hereingefallen war, der so ganz anders als die anderen schien. Anders zumindest als ihr Ehemann, der Schreibwarenhändler. Er war ein Mann mittleren Alters mit grauen Haaren im Bürstenschnitt, einer Brille, einem schwarzen Ladenkittel und der für den Lombarden charakteristischen klangvollen Stimme.

Nadia grüßte ihn mit dem Ausweis sichtbar in der Rechten. Ambrosio, der vor einem großen Stadtplan Mailands stehengeblieben war, tippte einen Pinocchio aus rot lackiertem Holz an die Nase.

»Einer Ihrer Kunden, Signor Valerio Biraghi, ist ermordet worden ...«

Er bejahte mit einem Kopfnicken: »Wir haben es in der Zeitung gelesen. Stellen Sie sich vor«, er wandte sich an Ambrosio, »daß wir ihn letzte Woche noch gesehen haben, nicht wahr, Giulia?«

Sie trat aus der Tür des Hinterzimmers. Sie war größer als er, jünger (um die Vierzig, schätzte Ambrosio), in Jeans, Mokassins und einem blauen Rippenpulli, auf dem eine dreireihige Kette aus malzbonbonfarbigen Glaskügelchen ins Auge fiel. An den Ohrläppchen hingen ziemlich auffällige Goldringe.

»Wir haben in der Wohnung Signor Biraghis einen Notizzettel mit dem Namen ihrer Schreibwarenhandlung gefunden.« Nadia näherte sich der Frau: »Wahrscheinlich wollte er bei Ihnen vorgedrucktes Briefpapier bestellen.«

»In der Tat, wir drucken Briefpapier, Visitenkarten, Rechnungsblöcke, Anzeigen ...«, listete der Schreibwarenhändler auf, während sie, seine Frau, schweigend mit abwesendem Blick dastand.

»Wer bediente ihn?« fragte Nadia.

»Ich.« Sie blickte Ambrosio mit hellen, grünlich schimmernden, großen Augen an, die etwas Wildes an sich hatten.

»Kam er oft?«

»Er war ein guter Kunde«, antwortete sie.

»Er kaufte Büroartikel, vermute ich.« Nadia hob ein Holzkaninchen auf Rädern hoch, die mit Margeriten bemalt waren.

»Auch Spielwaren.«

»Spielwaren?«

»Er schenkte sie den Kindern seiner Freunde oder seiner Kunden«, erwiderte Giulia auffallend schnell.

»Hatte er viele Freunde Ihrer Meinung nach?«

Zwei Jungen traten ein, gleich darauf ein dritter; der Schreibwarenhändler stand am Ladentisch und nahm ihre Wünsche entgegen, ging zu den Regalen und stieg dann eine Leiter hinauf.

»Wir müßten Sie allein sprechen.« Ambrosio hatte einen in gewissem Sinne schmeichlerischen Ton angeschlagen.

Er sah sie an und verstand sogleich, was das Interesse Valerios geweckt hatte: dieser sehnsüchtige, ja, verheißungsvolle Blick.

»Allein«, wiederholte er.

»Warum?«

»Sie kannten ihn besser als Ihr Mann.«

»Und eine Frau versteht auch viel mehr als ein Mann«, lächelte sie Nadia an.

»Waren Sie jemals bei ihm zu Hause in der Via Casnedi?«

»In seiner Wohnung? Nein, nie.«

»Wir haben das Auto gegenüber geparkt. In Kürze werden wir gehen. Könnten Sie bitte mit einer Ausrede irgendwohin in der Nähe nachkommen?«

»Ich werde zum Einkaufen gehen.«

»Wir warten auf Sie in der Via Porpora, wo früher das Kino war.«

»In Ordnung«, bestätigte sie schlicht.

Ihr Ehemann kam zurück.

»Er hatte uns für einen Sonntag nach Monza eingeladen. Aber wir konnten nicht kommen, weil wir sonntags immer an den See zu ihren Eltern fahren.« Er wies auf seine Frau. »Nicht wahr, Giulia?«

»Ja, Liebling.«

»Ich hab' gelesen, daß nichts gestohlen worden ist. Was wollten sie denn dann von ihm? Ein echtes Rätsel. Unsere Stadt ist nicht mehr das, was sie einmal war, nicht wahr?«

»Ich müßte etwas einkaufen gehen«, informierte Giulia ihren Mann: So als wolle sie ein Gespräch abbrechen, das sie langweilte oder traurig stimmte.

»Meiner Frau ging das sehr nahe, als sie es erfuhr. Und mir auch, ehrlich gesagt. Er war ein sympathischer Kunde. Gibt nicht viele wie ihn.«

»Wußten Sie, daß er allein lebte?«

»Das hat er uns einmal erzählt, er war getrennt, ohne Kinder. Finanziell ging es ihm offensichtlich recht gut. Immer elegant, ein teures Auto.«

»Er spielte Golf«, ergänzte Ambrosio. »Außerdem haben wir erfahren, daß er gerne Ski fuhr und im Sommer segelte.«

»Geschäftlich hatte er großen Erfolg.«

»Er verkaufte Möbel, wußten Sie das?«

»Er war eine Art Innenarchitekt. Mußte gut sein in seinem Beruf«, pflichtete der Schreibwarenhändler ergänzend bei.

Die Kirche in der Via Ampère und die parkenden Autos erinnerten ihn trotz des milden Oktoberlichts ganz plötzlich an den Regen von damals, an das Grau eines fernen Morgens und die Leiche einer jungen Frau, um deren Hals der Gürtel eines Regenmantels gezurrt war. Sie hatte zwischen zwei Autos auf dem Boden gelegen, genau dort, nur wenige Schritte weiter auf der linken Seite. Ambrosio erinnerte sich gut. Ein kleiner Hundedresseur, kaum größer als ein Zwerg, hatte seine Finger im Spiel gehabt.

Er lächelte im stillen. Nadia sagte er nichts davon (sie sind so langweilig, diese aufgewärmten Geschichten alter Veteranen). Er hätte ihr auch erzählen können, daß er sich vor ewigen Zeiten am gleichen Ort, nur ein wenig weiter vorne an der Ecke, wo jetzt eine Bank stand, sonntags die Filme mit Fred Astaire und Ginger Rogers angesehen hatte.

Still, mein Lieber, kein einziges Wort.

Sie hielten vor einer Bar.

Giulia erschien eine Viertelstunde später. In der Hand trug sie eine Plastiktüte, in der einige Päckchen lagen.

»Dürfen wir Ihnen etwas anbieten?«

»Besser nicht, danke.«

»Gehen wir ein Stückchen?«

Sie gingen in Richtung Via Teodosio.

»Ein Freund Valerios hat uns von Ihnen erzählt. Deswegen kamen wir auf Sie.« Nadia sagte es ihr ohne Umschweife. Giulia erkundigte sich mit leiser Stimme: »Kenne ich ihn?«

»Wir glauben nicht.«

»Valerio hatte diesem Freund anvertraut, daß Sie, Signora, ein Typ Frau seien, der ihm gefiel, ihm sogar sehr gefiel«, führte Ambrosio den Dialog weiter. »Wußten Sie, daß Sie ihm gefielen?«

Sie hob den Blick. Das Leuchten in ihren Augen war unübersehbar: »Ja«, antwortete sie, ohne ein weiteres Wort hinzuzufügen.

»Haben Sie sich manchmal allein getroffen?«

»Ja.«

»Wann hat Ihre Beziehung angefangen?«

»Im März, an meinem Geburtstag.«

»Hat er sich mit Ihnen verabredet?«

»Nein.«

»Haben Sie sich zufällig getroffen?«

»Ich hatte das Haus verlassen, um einkaufen zu gehen, genau wie jetzt. Er wußte, daß ich durch die Via Porpora ging ... wir wohnen hier.« Sie wies auf eine kleine, mit zwei Schranken, die jenen an Bahnübergängen ähnelten, abgesperrte Straße. Auf beiden Seiten standen Reihen ein- oder zweistöckiger kleiner Wohnhäuser mit zierlichen Balkons, Bogenfenstern, Eisengittern und Vorgärten mit Blumentöpfen und kleinen Bäumchen.

»Privatstraße Caccianino«, las Nadia laut vor.

»Valerio hat Sie also abgepaßt.«

»Ja.« Der Schatten eines Lächelns erhellte kurz ihre Augen: »Mit einem Blumenstrauß in der Hand. Wenn ich daran denke ...«

»An was, Signora?«

»Mein Mann hatte meinen Geburtstag völlig vergessen.

Kommt vor. Mein Vater, zum Beispiel, vergißt Mamas Geburtstag immer.«

»So haben Sie sich also den Tag darauf getroffen?«

»Nein, nicht sofort. Es verstrich mindestens eine Woche. Valerio war höflich, bei ihm hatte ich nie das Gefühl, mich schlecht zu benehmen. Man fühlte sich wohl mit ihm, er erlegte einem keine Zwänge auf ... das ist es, was ich sagen möchte. Ich konnte ihm von mir erzählen, seit Jahren hatte ich keinen Menschen mehr wie ihn getroffen ... seit Jahren.«

»Haben Sie keine Freundinnen?«

»Doch. Aber mit ihnen möchte ich über nichts Vertrauliches sprechen, das behagt mir einfach nicht. Auch als ich jung war, als ich noch zur Schule ging, habe ich mich nie meinen Schulkameradinnen anvertraut. Männer sind viel ...«

»Verständnisvoller?« fragte Nadia.

»Man hat das Gefühl, daß sie nicht über dich urteilen, während die Frauen ...«

»Entschuldigen Sie bitte«, unterbrach Ambrosio, »wenn ich Ihnen eine Frage stellen muß, die Ihnen vielleicht unangenehm sein könnte. Aber ich versichere Ihnen, daß alles, was Sie uns sagen, vertraulich behandelt wird. Wann sind Sie mit Valerio intim geworden?«

Sie blickte ihn einen Augenblick lang verunsichert an.

»Im April hat er mich einmal in eine Wohnung nicht weit von hier in der Viale Romagna, Richtung Piazzale Susa, mitgenommen. Mit dem Auto sind es nicht mal fünf Minuten.«

»Zum Largo Rio de Janeiro«, schloß Ambrosio.

»Es war die Praxis seines Vaters. Der war Arzt. Er hatte sie völlig umgebaut und neu eingerichtet. Sie gefiel mir. Man konnte gut Musik hören dort.«

»Gingen Sie oft dorthin?«

»Zweimal im Monat, nicht öfter.«

»Sie werden nicht nur Musik gehört haben«, sagte Nadia mit ihrer braven Jungmädchenstimme.

»Das erste Mal haben wir uns den Bolero von Ravel angehört, ich werde es nie vergessen. Glauben Sie mir das?«

»Ja, ich glaube es Ihnen«, gab Ambrosio zu. »Ich glaube es, weil Valerio nach unseren bisherigen Ermittlungen von allen als intelligenter Mann geschätzt wurde.«

»Sensibel vor allem.«

»Hat er mit Ihnen über seine Frau, sein Leben gesprochen?«

»Er war ziemlich deprimiert, auch wenn er es sich nicht anmerken ließ. Er hat mir erzählt, wie seine Ehe in die Brüche gegangen ist.«

»War er großzügig?«

»Sehr. Kein einziges Mal, daß er mir nicht ein kleines Geschenk mitgebracht hätte, irgend etwas, das ich mitnehmen konnte, damit ich ihn, wie er sagte, nicht vergesse.«

»Zum Beispiel?«

»Ein Parfum. Oder auch persönlichere Dinge ... wie Dessous. Meinem Mann erzählte ich, daß ich sie mir selbst gekauft hatte. Außerdem achtet der nicht auf so was.«

»War er in Sie verliebt?«

Sie schien erstaunt über diese Frage: »Valerio schwor es.«

»Glaubten Sie ihm?«

»Hätte ich ihm nicht glauben sollen?«

»Und Sie, Signora, waren Sie in ihn verliebt?« Diese Frage kam von Nadia.

»Er war so ganz anders als mein Mann. Mario habe ich gern, ich habe ihn immer gern gehabt, aber ... er ist so voraussehbar und stur. Manchmal bekommt man Lust, sich dagegen aufzulehnen. Dann frage ich mich: Lohnt sich das denn? Weil das ja im Grunde sein Charakter ist, er ändert sich nicht. Und dann mache ich eben einfach weiter so, wie alle Ehefrauen auf dieser Welt.«

»Sie haben sich also in Valerio verliebt?«

»Er gefiel mir. Er gefiel mir sogar sehr. Er kleidete sich geschmackvoll. Man merkte gleich, daß er aus einer Familie kam, die niemals in Armut oder beschränkten Verhältnissen hatte leben müssen. Die Meinen sind Handwerker. Auch mein Mann ist einer. Als er jung war, hat er als Drucker gearbeitet, sein Vater war Setzer. Zugegeben, das Leben, das Valerio führte, sein schwarzes Cabriolet, das alles beeindruckte mich.«

»Einen Saab«, setzte Nadia hinzu.

»Er hatte auch einen Range Rover, haben Sie den mal gesehen?«

»Mit dem waren wir ein paarmal unterwegs.«

»Wohin?«

»Einmal am See. Unser erster Ausflug, Ende Juni ... auf die Isola Comacina ... ein herrlicher Tag, die Sonne schien ... und er war begeistert wie ein kleiner Junge. Wir haben in einem Lokal mitten auf dem See gegessen, der Weißwein war mir ein wenig zu Kopfe gestiegen«, der Anflug des Lächelns von vorhin war auf ihr Gesicht zurückgekehrt, »er mußte mich stützen.«

»Ihre Beziehung hat kaum mehr als sechs Monate gedauert.«

»Im August haben wir uns nie gesehen. Er hat eine Karte aus der Maremma geschickt, sonst nichts.«

»Im September haben Sie sich dann wiedergesehen.«

Sie schwieg.

»Er hat mir von einer Freundin erzählt, eine Gymnasiallehrerin.«

»Hatte er ein Verhältnis mit dieser Signora?«

»Er war mit dem Bruder befreundet. Sie haben zusammen Tennis gespielt. Von ihr, von dieser Signora ...«

»Wissen Sie, wie sie heißt?«

»Daria ... ich glaube nicht, daß er mit ihr ein Verhältnis hatte. Er erzählte mir, daß sie Witwe sei und ihm leid tue, weil sie einige finanzielle Probleme hatte, und er nicht wußte, wie er ihr helfen konnte. Sie war, nach seinen Worten, eine stolze Frau. Ihr Vater war zu seiner Zeit ein bedeutender Mann gewesen.«

»Hat Sie die Erzählung Valerios beeindruckt?«

»Ja. Ich hatte das Gefühl, daß er von mir wissen wollte, wie er sich verhalten solle.«

»Und Sie haben ihm Ihre Meinung gesagt?«

»Ich habe ihm freigestellt, sich so zu verhalten, wie er es für richtig hielt, wenn ... ich auch das Gefühl hatte, daß diese Daria ihn schon irgendwie interessierte.«

»Wollen Sie sagen, daß das die erste kleine Unstimmigkeit zwischen Ihnen beiden war?«

»Nein, nicht direkt. Aber unsere Beziehung bekam einen Riß dadurch, ja, einen Riß. Ich hatte ihn damals vor den Augustferien nach seinem Freund gefragt, von dem er mir ab und zu erzählte. Er hat dann gleich nach dem Urlaub die Probleme Darias angesprochen, und die Sache hat mich getroffen. Jetzt, wo er umgebracht worden ist, muß ich dauernd daran denken.«

»An was denken Sie, Signora?«

Sie blieben stehen. »Warum hat er mir von Daria erzählt, daß sie Hilfe brauchte?«

»Glauben Sie, daß er wegen einer Geldangelegenheit umgebracht wurde?«

»Er hat mir gesagt: ›Vielleicht weiß Daria nicht, daß ich ihr helfen könnte, ohne große Opfer bringen zu müssen.‹ Verstehen Sie?«

»Hat er außer über die Professoressa und ihren Bruder sonst noch über jemanden gesprochen?«

»Über Freunde. Er sprach immer allgemein über seine Freunde. Oder: eine Freundin meiner Frau, alte Bekannte ...«

»Sprach er mit Ihnen über seine Arbeit?«
»Er sagte nur: ›Ich muß nach Turin fahren, oder nach Genua.‹ Unterwegs eben. Ich wußte, daß er sehr beschäftigt war. In der Tat, wir konnten uns nur wenig sehen, aber das belastete mich nicht, im Gegenteil. Es gefiel mir, daß wir uns selten trafen. Wir waren ein oder zwei Stunden zusammen, und ich fühlte mich nicht allzu schuldig. Ich weiß nicht, ob ich mich verständlich ausdrücke.«
»Sie hatten nicht das Gefühl, untreu zu sein.«
»Genau.«
»Unaufmerksam. Nur ein wenig unaufmerksam.« Ambrosio lächelte sie mitfühlend an.
»Die Treffen mit ihm haben mein Leben bereichert, ohne es unnötig zu komplizieren.«
»In der Wohnung am Largo Rio de Janeiro hingen an den Wänden Zeichnungen eines berühmten Wiener Malers, Zeichnungen, die ziemlich ...«
»Obszön sind, ich weiß.«
»Von einem großen Künstler.«
»Wenn Mario die gesehen hätte ...«
»Hat Valerio Ihnen nie etwas hinsichtlich dieser Zeichnungen gesagt?«
»Daß sie für skandalös gehalten wurden, während sie doch sehr erotisch waren und voller Melancholie. Er sagte mir, daß der Maler, um die Akte zu zeichnen, zu einem befreundeten Professor in der Anatomie gegangen war. Wenn er über solche Dinge sprach, merkte ich, daß er nicht der fröhliche Mensch war, wie er es den meisten gegenüber vorgab.«
»Wissen Sie, daß er auch gern gemalt hätte, so wie dieser Maler?«
»Weibliche Akte?«
»Scheint so.«
»Wie haben Sie das herausgefunden?«

»Wir haben mit einigen Personen gesprochen, die ihn seit vielen Jahren kannten.«

»Das wußte ich nicht.«

»Wollte er jemals eine Fotografie von Ihnen haben?«

»Er hatte eine. Haben Sie sie gefunden?«

»Wußten Sie, daß er Uhren sammelte?«

»Er wechselte sie, wie Frauen ihren Schmuck. Ja, das wußte ich schon.«

»Entschuldigen Sie die Frage, ich möchte nicht indiskret wirken, aber ich muß Sie ihnen leider stellen ...«

Sie gingen wieder in Richtung Caccianino zurück. Der Himmel hatte sich verschleiert, die Nachmittagssonne schien jetzt matter, weniger leuchtend.

»Verhielt sich Valerio Ihrer Meinung nach normal, wenn ... ja, wenn Sie sich liebten? Ich meine, hat er Sie nie mit irgendeinem ... ausgefallenen Wunsch erstaunt?«

»Was für eine merkwürdige Frage.«

Sie zog ein Taschentuch aus der Handtasche und putzte sich die Nase.

»Natürlich war er normal. Sonst hätte ich ihn verlassen. Da wäre ich schnell abgehauen, aber ganz schnell.«

»Um so besser, Signora.«

»Wenn Sie zusammen waren, haben Sie miteinander geredet, denke ich.«

»Natürlich.«

»Ich wollte sagen, Valerio war nicht der Typ Mann, der eine Frau zum Abendessen einlädt und ihr dann mit dem Besteck in der Hand wie chirurgische Instrumente schweigend gegenübersitzt oder über das Wetter spricht.«

»Er war interessant, auch geistreich. Mir wurde klar, warum er soviel Erfolg in seinem Beruf hatte.«

»Das heißt?«

»Er war überzeugend.«

»Ist für Sie, entschuldigen Sie die Frage, die Erotik in der Liebe ein Muß? Oder anders gesagt, was glaubten Sie in der Beziehung mit Valerio zu finden?«

Sie antwortete nicht gleich. Sie blieb an der Straßenecke stehen und hob den Arm: »Das ist unser Haus«, sagte sie und deutete auf eine kleine, weiße Villa. Sie hatte zwei kleine Balkone in Schmiedeeisen und Art-Déco-Verzierungen unterhalb der Dachrinne (er mußte an das Haus des Zahnarztes in der Via Bruzzesi denken).

»Ich weiß nicht, Commissario.« Sie blickte ihn wehmütig an. »Mit ihm fühlte ich mich jünger, aber es war nie ein körperliches Verlangen, das mich dazu getrieben hätte, Mario zu ... zu hintergehen. Das kann ich Ihnen versichern.«

»Ich glaube Ihnen.«

»Langweilte Sie der eheliche Alltag?« fragte Nadia.

»Langeweile? Nein, nein. Vielleicht war ich naiv, aber ich wollte jemanden, der mir noch Anemonen, Röschen und Veilchen schenkte, sich meine Träume anhörte, ohne zu lachen; einmal hatte ich von einem großen Fluß geträumt. Ich war im Wasser und schaffte es nicht, ans Ufer zu kommen, da war etwas unter Wasser, das mich festhielt, ich schrie und ... und dann bin ich aufgewacht. Wissen Sie, was Mario dazu meinte? Daß mir wohl der Braten im Magen gelegen habe.«

Sie blieben vor der Haustür stehen.

»Ich bin naiv«, wiederholte sie mit leiser Stimme, »einmal hatte mir Valerio gesagt, daß die Naivität ein Zeichen von Gedächtnisschwund sei, ab einem gewissen Alter.«

»Glauben Sie das?«

»Ich mußte über seine Bemerkung lachen. Aber dann, als ich darüber nachdachte, mußte ich zugeben, daß etwas Wahres daran war.«

»Hat er Sie enttäuscht? Valerio, meine ich.«

»Wenn er nicht gestorben wäre ...«

Eine Frau, die nicht viel größer als eineinhalb Meter war und einen Hut wie Leonardo da Vinci auf dem Kopf trug, spazierte mit einer Dogge an der Leine vorbei.

»Was wäre passiert, wenn er nicht umgebracht worden wäre?«

»Als ich die Meldung in der Zeitung gelesen und dann die Todesanzeigen gesehen habe, wurde mir klar, daß ich eine Fremde für ihn war und auch er mir in Wirklichkeit völlig fremd war. Jemand, der nicht zu mir gehörte. Ich wußte fast nichts über sein Leben. Nichts wußte ich.«

»Die Sache mit Daria, nehme ich an.«

»Ja, die auch. Außerdem glaube ich, daß man nichts aufbauen kann, ohne sich selbst zu schaden, wenn man immer alles geheimhalten muß und sich nur zweimal im Monat sieht. Man hält sich für schlau, statt dessen macht man auch noch das wenige kaputt, das man hat. Zumindest glaube ich, daß es so ist. Vielleicht ist es ja verkehrt ...«

»Ich denke nicht. Aber man muß bestimmte Dinge einfach selbst erleben, die Erfahrungen der anderen helfen einem nicht weiter, liebe Signora.«

Ambrosio und Nadia gaben ihr nacheinander die Hand zum Abschied. Dann schloß sie die Haustür auf und drehte sich um. Sie lächelte nicht.

»Wenn ich daran denke, daß ihr Mann nicht die geringste Ahnung hat«, bemerkte Nadia kopfschüttelnd, während sie zu dem Lancia Delta gingen, der neben der Kirche in der Via Ampère stand.

»Auch ich war über die Unrast meiner Frau nicht informiert.«

»Man müßte ehrlicher sein.«

»Manchmal kann Ehrlichkeit auch schaden.«

»Was dann also?« fragte Nadia.

»Nichts dann. Was für eine verrückte Idee, daß es immer eine Lösung geben muß.«

Er war plötzlich irgendwie schlecht gelaunt, und der Nacken tat ihm weh. Er überließ Nadia das Steuer.

»Ich habe vergessen, sie zu fragen, woher Valerio wußte, an welchem Tag genau sie Geburtstag hat.«

»Sie werden wohl im Laden diese witzigen Glückwunschkarten angeschaut haben. Die gibt's für alle Gelegenheiten, mit Herzchen und allem möglichen. Haben Sie die noch nie gesehen?«

»Ja, schon möglich. Trotzdem hätte ich sie fragen sollen.«

»Unsere Arbeit ist alles andere als leicht«, versuchte sie, ihn aufzumuntern.

»Fahr nicht zu schnell.«

»In Ordnung, Commissario.«

Auf der Piazzale Loreto standen die Autos Schlange, die von allen Seiten hereinbrachen, dazwischen Lastwagen, dröhnende Motorräder, ein unentwirrbares Verkehrsknäuel.

Im Westen, in Richtung Hauptbahnhof, klebte die Sonne wie eine riesige Orange am Himmel.

Im Büro gab es keine besonderen Neuigkeiten. Alles wäre ihm trotz gewisser mysteriöser Aspekte im Mordfall Biraghi als geradezu unbedeutend erschienen, wenn nicht die Stimme Professor Salientis vom Institut am Piazzale Gorini in Ambrosio das Gefühl geweckt hätte, daß irgend etwas in Bewegung geraten war, etwas von grundlegender Bedeutung.

»Lieber Commissario, morgen werden Sie meinen Bericht auf Ihrem Schreibtisch haben. Schön abgetippt. Ich mag Sachen, die gut gemacht sind. Inzwischen möchte ich Ihnen mündlich, wie ich es unserem Inspektor versprochen habe, einen kleinen interessanten Vorgeschmack geben.«

»Ich danke Ihnen, Professore.«

»Wissen Sie, wer der Vater unseres jungen Freundes war?«
»Sein Vater war Chirurg.«
»Genau. Ein hervorragender Chirurg, ich habe ihn damals kennengelernt.«
»Haben Sie eine Idee, Professor, mit welcher Waffe der Mord begangen wurde?«
»Ich denke, daß ich Sie auf den rechten Weg bringen kann.«
»Inwiefern?«
»Der Erkennungsdienst hat mir einige chirurgische Instrumente geschickt, die in der Wohnung des Verstorbenen gefunden wurden.«
»Ich weiß, Nadeln, Scheren, außerdem eine große Spritze.«
»Halt! Genau das war meiner Meinung nach die Mordwaffe.«

Die Unruhe überfiel ihn, wie immer. Ihn, nicht den Professor Salienti, der mittlerweile gegen jede Art von Erregung immun war. Die Leichen – sagte er –, die über seinen Edelstahltisch gingen, hatten ihn von diesem Übel befreit, das er als völlig unangemessen beurteilte.

5. Kapitel

Meiner Meinung nach war es die Spritze

Meiner Meinung nach war es die Spritze, die vom Mörder wie ein stabiler Dolch verwendet wurde. Die Nadel ist ohne Ausübung von Gewalt eingedrungen, zwischen den beiden Rippen widerstandslos hineingeglitten, las Ambrosio halblaut weiter.

»Er war wohl sofort tot, Commissario?«

»Nein. Und nach Aussage Professor Salientis hat er noch nicht mal gelitten. Im Gegenteil, seiner Meinung nach muß die Nadel sofort wieder herausgezogen worden sein.«

»Wie nach einer Injektion.«

»Ganz genau. Und die kleine Verletzung ist desinfiziert worden.«

»Wollen Sie damit ausdrücken, daß sich Valerio Biraghi des Ernstes der ganzen Sache gar nicht bewußt war?«

»Er hatte nicht die geringste Ahnung davon, daß er im Laufe der folgenden zwei oder drei Stunden sterben würde.«

»Das ist ja unglaublich.«

»Hör zu, was der Professore noch schreibt: Das Blut ist aus der linken Herzkammer ausgetreten und hat sich im Herzbeutel rasch verteilt (der Herzbeutel ist auch angestochen worden, aber das Löchlein hat das Blut nicht in den Brustkorb abfließen lassen). Das Blut hat sich infolgedessen im Innern des Herzbeutels angesammelt: Das Herz hat es in den Hohlraum gepumpt, wo das Blut aber, da es nicht mehr unter Druck stand, ins Stocken kam und sich ansammelte.«

»Und der ist gestorben, fast ohne es zu merken. Ja, im Schlaf.« Nadia blickte verstört drein.

»Ja. Das Blut hat den ganzen Herzbeutel ausgefüllt, das Herz konnte sich nicht mehr ausdehnen und ist stehengeblieben.«

»Amen«, murmelte Nadia. Dann, nach einer kleinen Pause: »Commissario, haben Sie nicht in Erwägung gezogen, daß die Nadel, die so widerstandslos in den Brustkorb eindrang, von jemanden hineingestoßen worden sein könnte, der ...«

Er blinzelte ihr zu: »Du denkst an eine Frau, oder irre ich mich?«

»Aber welcher seiner Geliebten konnte daran gelegen sein, ihn aus dem Weg zu schaffen?«

»Allen, wie in einem Roman Agatha Christies.« Die Antwort stellte Nadia nicht zufrieden. Man konnte es an ihrem Gesicht ablesen.

Ambrosio zündete sich eine Muratti an und legte seinen Nacken gegen die Rückenlehne des Sessels.

»Glauben Sie nicht, daß es eine Frau gewesen sein könnte?«

»Weißt du, die Autopsie hat zwar den Hergang des Verbrechens geklärt, das Tatmotiv aber ist noch völlig schleierhaft.«

»Reden wir noch mal mit der Ehefrau?«

»Das auf alle Fälle. Ja, ruf sie gleich mal an. Vereinbare ein Treffen mit ihr in einer Stunde vor der Redaktion.«

»Im Vergleich zu Montag wissen wir jetzt eine Menge Einzelheiten. Wir könnten ihr bestimmte Fragen noch einmal stellen.«

»Wir werden einen Spaziergang im Park machen«, gab Ambrosio zurück, während er dem Rauch nachsah, der zur Decke aufstieg.

»Sie wird etwas anderes anhaben.«

»Schwarz wird es bestimmt sein, darauf kannst du dich verlassen. Hör mal, neulich, erschienen dir da ihre Antworten ausweichend?«

»Um ehrlich zu sein, nein.«

»Jetzt wissen wir, daß sie ein Vermögen geerbt hat.«

»Glauben Sie, daß ...«

»Ich glaube gar nichts, im Moment.«

»Dann sind da noch die Frau des Zahnarzts, die Professoressa und die Frau des Schreibwarenhändlers.«

»Du hast die Signora aus der Via Dezza vergessen.«

»Die älteste.«

»Aber auch die attraktivste.«

»Ist sie Ihrer Meinung nach eine Frau, die imstande wäre, jemanden umzubringen?«

»Das sind wir alle, unter gegebenen Umständen.«

»Sollte es möglich sein, daß der Gemeindebeamte nie auch nur das geringste bemerkt hat?«

»Von dem Techtelmechtel? Sie sahen sich doch nur am Mittwoch nachmittag, für eine Stunde, und nicht öfter als zwei- oder dreimal im Monat.«

»Dieser Valerio wußte sein Liebesleben wirklich meisterhaft zu organisieren. Wissen Sie, Commissario, daß er mir allmählich sympathisch wird?«

»Das Laster hat seinen Reiz.«

»Wir werden die Alibis aller, Frauen wie Männer, nochmals überprüfen müssen.«

»Wird erledigt, mein Kind.«

Er drückte die Zigarette aus.

»Weißt du, was mich an Salientis Bericht am meisten beeindruckt hat?«

Er nahm die Blätter mit dem blauen Briefkopf des Gerichtsmedizinischen Instituts wieder auf.

»Ich lese dir den Satz noch mal vor: ›Der Verletzte ist durch den als ›Herzblock‹ bekannten Prozeß langsam gestorben: also nicht durch Verbluten, sondern durch Herzstillstand.«

»Herzblock?«

»Man lernt nie aus.«

Sie starrte ihn verdutzt an.

»Wenn ich daran denke, daß Dottor Rossi ohne Probleme einen Totenschein wegen Infarkt hätte ausstellen können. Oder er hätte eine dieser bequemen Diagnosen stellen können, die rein gar nichts aussagen, wie etwa ›Herzlähmung‹ ... dann wäre es ein perfektes Verbrechen gewesen. Statt dessen hat es sich in eine zwar noch lückenhafte Untersuchung verwandelt, die aber – so hoffe ich – demjenigen, der unseren sympathischen Casanova aufgespießt hat, noch eine Menge Schwierigkeiten bereiten wird.«

Sie erwartete sie vor der Eingangstür. Sie trug einen lodengrün gefütterten Trenchcoat, unter dem der bis zu den Knöcheln reichende Rock herausschaute. Auf dem Kopf trug sie einen Hut mit einem anthrazitfarbenen Samtband, der an die Stummfilmheldinnen von einst erinnerte. An den Füßen schwarze Stiefel im Reiterstil.

»Die Witwe Casanova«, raunte Ambrosio.

Die Sonne erleuchtete die hundertjährigen Ahornbäume vor dem Castello. Moosgeruch lag in der Luft, und die trockenen Blätter tanzten auf dem Asphalt. Ein verrückter Herbst.

»Entschuldigen Sie bitte, Signora, daß wir Sie noch mal stören müssen.«

»Neuigkeiten?« erkundigte sie sich.

In der Rechten hielt sie eine einem großen Umschlag gleichende, rechteckige Nappaledertasche.

»Wir wissen jetzt, wie Ihr Mann umgebracht worden ist.«

Sie überquerten schweigend die Straße, auf der die Autos im vergoldeten Morgenlicht dahinfuhren. Sie waren am Castello angelangt. Der Kies unter ihren Schuhsohlen verlieh diesem Spaziergang in gewisser Weise Würze.

Ambrosio sagte absichtlich kein Wort mehr.

»Wie?«

Endlich fragte sie ihn. Dieses Schweigen war ihr vielleicht unnatürlich vorgekommen. Oder vielleicht unhöflich.

»Mit einer alten Spritze, die als Dolch verwendet wurde.«

»Die Spritze seines Vaters?«

»Ja.«

»Die, die bei uns in dem Glasschränkchen in der Praxis lag?«

Der Hut warf einen Schatten auf ihre hellen Augen. Sie lief nachdenklich neben Ambrosio einher.

Nadia, zu ihrer Linken, fragte sie: »Wie fühlen Sie sich, Signora?«

»Niedergeschlagen«, antwortete sie, »furchtbar niedergeschlagen.«

»Ich vermute, daß Sie in diesen Tagen an nichts anderes gedacht haben als an ihn, sein plötzliches Ende. Ein unverständliches Ende«, fuhr Ambrosio fort »trotz seiner riskanten Gewohnheiten.«

Sie schaute ihn einen Moment lang an, senkte dann sofort den Blick.

»Er war galant: Angestellte, Verkäuferinnen, Bedienungen ... erinnern Sie sich? Das haben Sie mir selbst gesagt.«

»Eine Galanterie wie bei einem unreifen Jungen.«

»Irgend jemandem ist er bestimmt lästiggefallen.«

»Vielleicht habe ich mich nicht klar ausgedrückt. Sie haben mich mißverstanden.«

»Ich glaube nicht.«

»Wollen Sie sagen, daß ihn jemand aus Eifersucht umgebracht haben könnte?«

»Könnte ein gutes Motiv sein.«

»Glaube ich nicht.«

»Sie haben gesagt, daß Ihr Mann ohne Zurückhaltung jeder Frau, die ihn interessierte, den Hof machte.«

»Ja, aber auf dermaßen komische Art und Weise ... der Gedanke, daß irgendein Ehemann seinen Mord hätte planen können, kommt mir dann doch zu gewagt vor.«

»Es ist uns bekannt, daß ihn einige der verheirateten Damen ziemlich ernst nahmen.«

»Wirklich?«

»Ich habe den Eindruck, daß Sie uns nicht helfen möchten. Allerdings verstehe ich nicht, warum.«

»Sie irren sich.«

»Ich hoffe es. Sie sind die einzige, die ihn gründlich kannte, die ihn wirklich gern gehabt hat. Die einzige Frau, die er seinerseits ... glauben Sie, daß ich mich da irre?«

»Auf seine Art hat er mich geliebt, wenn es das ist, was Sie meinen.«

»Wir haben das Testament gefunden. So wie es aussieht, Signora, sind Sie eine reiche Frau.«

»Mein Vater hat meiner Mutter und mir ein Vermögen hinterlassen, das groß genug ist, um sorgenfrei leben zu können.«

»Das Unternehmen Ihres Vaters, weiß ich, gibt es immer noch. Ein Verwandter von Ihnen führt es. Er trägt denselben Nachnamen.«

»Ein Cousin.«

»Sie arbeiten also rein aus Begeisterung, nicht aus Notwendigkeit.«

»Ich liebe es, mich mit Mode zu beschäftigen.«

»Verstehe. Als wir uns gesehen haben, sprachen Sie von einer gewissen Roberta, einer auffallenden Frau, blond, ihr Mann ist Vermessungstechniker in der Gemeinde.«
»Haben Sie sie gefunden?«
»Wir haben auch mit ihr gesprochen.«
»War sie seine ... Geliebte?«
»Sie trafen sich ab und zu.«
»Wo, wenn ich fragen darf?«
»Können Sie sich das nicht denken?«
»In der Wohnung Valerios, in der Via Casnedi?«
»Nein, Signora.«
»In einem Motel?«
Vor dem Castello Sforzesco stand eine Fahnenstange mit einigen Fahnen, die im Wind flatterten.
»Am Largo Rio de Janeiro. Wußten Sie das nicht?«
»Ich wußte nur, daß er die Praxis seines Vaters hergerichtet hatte und sie als Büro für seine Geschäfte mit der Firma in Cantù verwendete.«
»Hat er nie mit Ihnen über Geld geredet?«
»Hätte er das tun sollen? Ich verstehe nicht ...«
»In gewisser Hinsicht führte er ein aufwendiges Leben. Er ließ es sich an nichts fehlen, Reisen, Urlaub, Autos ...«, versuchte er, sie aus der Reserve zu locken, »ich verstehe nicht, wie er das schaffen konnte, auch wenn er noch so gut verdiente. Er spielte Golf, im Sommer segelte er.«
»Das Boot gehörte ihm nicht.«
»Der Saab und der Range Rover aber schon. Außerdem haben wir in der Bank unter anderem eine Uhr im Wert von fünfzig Millionen Lire gefunden.«
»Die aus Platin, ich weiß.«
»Wie machte er das?«
»Er war an der Firma beteiligt.«
»Ein Gesellschafter?«

145

»Mehr oder weniger.« Sie bestätigte es mit einem zufriedenen Ton in der Stimme.

»Diese Herren in Cantù werden wir ja noch kennenlernen«, schloß Ambrosio, während er nach oben auf die Fahnen in der Sonne blickte.

»Die sind alle tüchtig.« Sie maß ihn mit ihrem Blick. Dann sagte sie mit leiserer Stimme: »Äußerst tüchtig.«

Sie standen schweigend da.

»Abgesehen von der Frau des Gemeindebeamten, wußten Sie sonst noch von irgendeiner anderen Freundin Ihres Mannes? Nein? Hat er Ihnen beispielsweise nie von einer gewissen Ines erzählt?«

»Ines? Nie gehört.«

»Und von einer gewissen Daria? Eine Gymnasiallehrerin.«

»Sieh einer an. Humanistisches Gymnasium?«

»Finden Sie das außergewöhnlich?«

»Nein. Ich habe sie mir nur weniger intellektuell vorgestellt, seine Liebchen.« Sie verzog das Gesicht zu einer leichten Grimasse: »Befreien Sie mich von meiner Neugier: Wie haben Sie sie in so kurzer Zeit entdeckt? Meinen Glückwunsch.«

»Ihr Mann war ein ordentlicher Mensch. Wir haben Namen und Telefonnummern in einem Notizbüchlein gefunden. Das ist alles. Ich möchte Ihnen auch sagen, daß von unserer Seite her alles streng vertraulich behandelt wird. Deswegen hat die Presse noch keine Indiskretionen veröffentlicht ...«

»Das wäre unangenehm für mich. Danke, jedenfalls.«

»Hoffen wir, daß die Reporter nichts herausfinden.«

»Hören Sie, Commissario, standen in dem Testament noch andere Namen außer meinem?« Sie blickte ihn aufmerksam an.

»Kein Name.«

»Gott sei Dank.« Sie lächelte ihn an, dann verfinsterte sich ihr Gesicht. »Ich möchte nicht, daß Sie jetzt den Eindruck haben ...«

»Welchen Eindruck?«

»Daß ich von Geldgier besessen sei. Es bedeutet mir überhaupt nichts. Gott sei Dank habe ich immer genügend davon gehabt. Es hätte mir nur leid getan, wenn sich Valerio hätte übers Ohr hauen lassen von irgendeiner ...«

»Von irgendeiner?«

»Dieser kleinen Huren. Sprechen wir es klar aus. Daß er für eine seiner Geliebten den Kopf verloren hätte ... ich kannte ihn gut. In seinem Leichtsinn war er fähig, Gott und die Welt zu versprechen, das ist wahr. Aber wenn es ums Geld ging, stand er mit beiden Beinen auf dem Boden. Wissen Sie, wie seine Mutter mit Mädchennamen hieß?«

»Nein, Signora.«

»Orvieto.«

»Israelitin?«

»Valerio war aber getauft worden. Ich wollte damit nur sagen, daß er ein vernünftiger, praktischer Mensch war, auch als wir noch jung waren.«

»Kennen Sie die Besitzer der Firma Ihres Mannes?«

»Sie heißen Moretti, Gebrüder Moretti, aus Cantù. Ich kenne sie alle. Gustavo, der älteste, ist der Direktor der Firma. Er war einer der ersten, die an die Anbaumöbel glaubten.«

»Gab es nie Klatschereien in Cantù über ein Verhältnis Ihres Mannes mit irgendeiner Signora von dort, haben Sie da nie etwas gehört?«

»Wie ich Ihnen bereits gesagt habe, war ich immer darauf bedacht, bestimmte Themen nicht zu vertiefen. Andernfalls wäre es mir schlecht ergangen.«

»Entschuldigen Sie.«

»Es war zwecklos, Valerio bedrängen zu wollen. Er verstand es, ausweichend zu bleiben, ein echter Diplomat.«

»Sonntag abend waren Sie zum Abendessen zu Hause bei Freunden?«

»Möchten Sie sich vergewissern, ob ich ein Alibi habe?«

»Wenn Sie nicht antworten möchten, sagen Sie es mir, und ich verzichte darauf.«

Sie blieben stehen. In der Höhe bewegte sich ein silbern glänzender Punkt schnell vorwärts. Er zog einen langen, weißen, geraden Schweif nach sich, der den Himmel zerteilte.

»Nadia, erinnerst du dich, wie diese Freunde hießen? Du hattest es aufgeschrieben, meine ich.«

»Moretti, Commissario.«

»Das sind die Besitzer der Firma, in der Valerio arbeitete, das sagte ich Ihnen bereits. Finden Sie das ungewöhnlich?«

»Es scheint mir völlig normal, daß Sie die bestehenden Freundschaften trotz der Trennung aufrechterhielten. Treffen Sie sich oft?«

»Mit den Morettis? Sie laden mich in ihr Haus in Mailand ein. Außerdem in ihre Villa in Mercallo nahe Sesto Calende. Vom Hügel aus blickt man auf einen kleinen See, einfach wundervoll, zu dieser Jahreszeit. Die Villa liegt inmitten von Kastanien, Birken ... und am Himmel Wolken, viele Wolken. Vor Jahren bin ich mit Valerio hingefahren. Er hatte sich damals in den Kopf gesetzt, dort in der Nähe ein Haus zu kaufen, im Wald, mit abfallendem Dach, die Wände aus Holzstämmen, wie im Wilden Westen, wissen Sie? ... Dann wurde nichts daraus, wie immer. Er hatte andere Ideen ... ein kleiner Junge, ich sagte es ja schon.«

»Aber auch praktisch veranlagt.«

»Tatsächlich hatte er zwei Persönlichkeiten. Nun ja, es kam mir so vor, als ob er zwei hätte. Einerseits schien er ein Träumer zu sein, ein Mann voller Phantasie, andererseits besaß er

einen beneidenswerten Sinn fürs Praktische. Stellen Sie sich vor, daß es ihm als Studenten immer gelungen war, die Lehrbücher zu verkaufen, die er nicht mehr brauchte. Er verkaufte auch die seiner Studienkollegen.«
»Mochte Ihre Familie ihn?«
»Meine Mutter ganz besonders. Mein Vater hingegen konnte Typen wie Valerio nicht ausstehen. Die waren ihm zu ungeniert, zu sorglos.«
»Verstehe.«
»Es wäre ihm lieber gewesen, wenn ich mich in einen Jungen von der Bocconi oder vom Polytechnikum verliebt hätte.«
»Was hat er gemacht, bevor er sich mit Möbeln beschäftigte?«
»Eine Zeitlang hat er einen Kurs in Brera belegt und einen anderen auf einer Schule für Aktzeichnen ...«
»Akt?«
»Wahrscheinlich nur ein Vorwand, was soll ich Ihnen dazu sagen? Aber er versuchte immer, etwas Geld zu verdienen, ich weiß nicht wie, ich erinnere mich nicht mehr. Ich habe ihn jedenfalls nie gefragt, woher er das Geld hatte. Im Vergleich zu den anderen jungen Leuten in seinem Alter hatte er immer welches in der Tasche.«
»Gingen Sie ins Kino, ins Theater?«
»Ihm gefielen nur die komischen Filme, Komödien.«
»Wußte er, daß Ihr Vater Ihrer Liebesbeziehung eher ablehnend gegenüberstand?«
»Von meinem Vater sagte er, er sei ein kluger Mann. Er mache mit einem Produkt Geschäfte, das niemals in eine Krise geraten würde. Er nannte es das Gewerbe des lieben Verstorbenen, die einzige Branche, für die man, so seine Worte, keine Rohmaterialien aus dem Ausland importieren müsse. Ich fand das nicht sehr geistreich, aber Valerio amüsierte sich wie ein Verrückter, wenn er mich mit diesem Thema stichelte.«

»War er treu?«

»Damals dachte ich noch, daß er es sei.«

»Haben Sie denn gar nichts bemerkt?« fragte Nadia unvermittelt dazwischen.

»Er sagte mir, daß er mit Freunden Karten spielen oder zum Schwimmen ginge. Warum hätte ich ihm mißtrauen sollen?«

»Dann haben Sie geheiratet?«

»Seine Mutter mochte mich gerne. Und auch sein Vater, muß ich sagen. Sie hatten ihm die Wohnung in der Via Casnedi gekauft und ihm auch das Geld gegeben, um sich an der Firma zu beteiligen.«

»Arbeitete er viel?«

»Er war zumindest dauernd unterwegs.«

»Und Sie?«

»Ich hatte keine Lust, in der Wohnung zu sitzen und auf ihn zu warten. Ich habe mir eine Arbeit gesucht, Leute kennengelernt ...«

»Merkten Sie allmählich, daß Ihr Mann Ihnen so manches Märchen auftischte?«

»Nicht, daß er sich verändert hätte. Er war so wie immer.« Sie hob den Blick und sah Ambrosio an. »Ich hatte mich verändert, Commissario. Ich entdeckte plötzlich, daß zwischen uns beiden keine großen Gemeinsamkeiten bestanden. Wir langweilten uns, wenn wir zusammen waren. Uns gefielen nicht die gleichen Filme, er vergnügte sich und ich langweilte mich. Oder umgekehrt.«

»Haben Sie die Entscheidung getroffen, aus der Wohnung in der Via Casnedi auszuziehen?«

»Er, in seinem Egoismus, hätte es nie gewollt. Es war bequem für ihn, mich dort zu wissen, als Windschutz sozusagen. Auf einmal hatte ich keine Lust mehr, ich wiederhole es, die Rolle der ergebenen Ehefrau zu spielen.«

»Haben Sie jemanden kennengelernt ... jemanden, der so dachte wie Sie?«

»Nein, was denken Sie denn?«

»Sie haben sich getrennt.«

»Wir haben uns getrennt, und es gab keinen anderen in meinem Leben.« Sie betonte das mit einem gewissen Nachdruck.

»Gewissermaßen getrennt.«

»Das stimmt. Gewissermaßen. Wir lebten in verschiedenen Wohnungen. Aber er rief mich unentwegt an. Außerdem gehörte die Wohnung in der Via Tasso ihm.«

»Jetzt nicht mehr.«

Sie sah ihn wieder an. Ihre Augen erschienen Ambrosio weniger hell als kurz zuvor. Als hätte ein Schatten sie weicher gemacht.

»Jetzt gehört sie Ihnen, Signora.«

»Er hat mir einmal gesagt, daß es so ausgehen würde.«

»Wann hat er Ihnen das gesagt?«

»Vor Jahren, ich weiß nicht mehr genau.«

»Was hat er Ihnen da genau gesagt?«

»Halten Sie das für wichtig?«

»Sie nicht?«

»Er sagte mir, daß ich in die Wohnung seiner Mutter ziehen würde, weil sie mir ja doch eines Tages gehören würde, oder daß er sie mir überschrieben hätte oder so ähnlich.«

»Haben Sie ihm nicht geglaubt?«

»Ich habe dieser Aussage, einer von vielen, keine Bedeutung beigemessen.«

»Warum?«

»Ich dachte, es sei einer seiner kleinen Tricks, um seine Großzügigkeit unter Beweis zu stellen.«

Sie öffnete ihre Tasche und setzte sich die Sonnenbrille auf.

»Kurz und gut, Sie haben ihm nicht geglaubt.«

Sie nickte zustimmend. Sie brachte kein einziges Wort heraus.

Nadia sah ihn an, und Ambrosio sagte mit gedämpfter Stimme: »Ich glaube, man erwartet uns im Büro. Es ist höchste Zeit, daß wir uns von der Signora verabschieden. Wenn wir Sie noch mal brauchen sollten, rufen wir Sie in der Redaktion an.«

Carlina Biraghi drehte sich um und überquerte nach einem leichten Kopfnicken mit kleinen Schritten die Straße. Sie ging auf den Palazzo im Renaissancestil zu, in dem im ersten Stock die Redaktion der Zeitschrift lag.

Einige Minuten lang gingen sie schweigend nebeneinander her. Die Sonne, statt daß sie ihre Laune gehoben hätte, erschien ihnen fehl am Platze, wenigstens Ambrosio, ja, fast unangenehm in ihrem überflüssigen Glanz.

»Sie war gerührt«, sagte schließlich Nadia.

»Aber sie war nicht ehrlich.«

Ambrosio steuerte lustlos den Wagen, ganz anders als sonst. Er hatte den Eindruck, als helfe ihm die Aufmerksamkeit, die das Verkehrschaos erforderte, sich von der Unruhe, die ihn nach dem Gespräch mit der Ehefrau Valerio Biraghis überfallen hatte, abzulenken. Er verspürte ein Unbehagen, das ihn immer überkam, wenn eine Untersuchung in der Luft hing, schwamm, wie er es formulierte.

»Sie hat sich die Sonnenbrille aufgesetzt, weil sie die Tränen nicht zurückhalten konnte und sich schämte. Sie hat wohl gedacht, daß sich ihr Mann letztendlich besser verhalten hatte, als sie angenommen hatte.«

»Wegen des Testaments? Vergiß nicht, daß das ganz schön alt war.«

»Warum hat sie dann geweint?«

»Sie hat uns nicht die Wahrheit gesagt, das ist das einzige, das zählt.«

»In bezug auf was?«

»Auf ihre Ehe. Wenn zwei sich trennen, gibt es immer einen realen Grund. Real, verstehst du? Das ist alles andere als Unsinn. Für die anderen schnürt man dann ein schönes Päckchen in Silberpapier, voller liebenswürdiger Gefühle, aufrichtiger Unzulänglichkeiten ... Lügengeschichten. Du verläßt einen Mann oder läßt eine Frau sitzen, weil da immer irgendein anderer oder irgendeine andere ist. Oder glaubst du noch an Märchen?« Er merkte, daß er laut geworden war.

Und mit leiserer Stimme: »Meine Frau sagte, daß ich so langweilig sei wie ein sechstüriger Kleiderschrank und daß sie mir deswegen den Laufpaß gegeben hätte. Aber in Wahrheit hatte sie einen Musiker kennengelernt, der ihr mit seinen Gesprächen über Wolfgang Amadeus Mozart, Gott hab ihn selig, angenehm die Zeit vertrieb ... ich hingegen plapperte nur über ausgebuffte Diebstähle.«

»Warum, meinen Sie, hat sie uns nicht die Wahrheit gesagt?«

»Wenn ich das wüßte, stünde ich ganz nah vor der Lösung unseres Problems. Vielleicht war es falsch, nicht gleich nach Cantù zu fahren, wo er arbeitete.«

»Aber wir haben immerhin mit seinen Geliebten gesprochen.«

»Das ist auch wieder wahr.«

Das Blau des Himmels schien wie auf Keramik gepinselt. Jenseits der Berge war es in der Höhe von kleinen Wölkchen, die an Wollknäuel erinnerten, unterbrochen.

»Carlina hat ihre Geheimnisse, was glaubst du denn?«

»Einen Mann?«

»Vielleicht auch zwei.«

»Commissario ...«

»Ja, bitte.«

»Darf ich?«

»Sprich dich ruhig aus.«

»Sie sind ein wenig voreingenommen.«

Er fing zu lachen an und betrachtete dabei von der Seite ihr Profil mit dem Stupsnäschen und dem schwarzen Pagenkopf.

Die Gegend von Brianza, eine Pracht von Seen und Wäldern, war – er sagte sich das immer wieder – eine Anhäufung von Häusern, eines geschmackloser als das andere, geworden. Dazu Fabriken, Werkhallen, kleine Türme, Schilder, Werbeplakate, Ampeln und – oftmals heimtückische – Verkehrsschilder. Derart heimtückisch, daß sich Ambrosio jedesmal, wenn er in diese Gegend im Norden Mailands mußte, unvermeidlich verfuhr. Vielleicht gelang es ihm ja auch nur nicht, seinen polizeilichen Scharfsinn in die Praxis umzusetzen, wenn er am Steuer saß.

Endlich kam das Gebäude aus roten Backsteinen mit den Flachbogenfenstern, wie sie im Industriebau zu Anfang des Jahrhunderts üblich waren, zwischen einer Reihe von Pappeln zum Vorschein. Ganz oben las man in Bodoni-Schrifttypen die Inschrift ›FRATELLI MORETTI‹; rechts des Gebäudes befand sich ein mit weißem Kies bestreuter Parkplatz für Autos. Einige waren dort abgestellt, darunter ein milchkaffeebrauner Maserati.

In den Büros im Erdgeschoß, die mit Glasscheiben voneinander getrennt waren, herrschte eine Stille, wie man sie von Banken kennt. Das Mädchen im Kostüm betrachtete eingehend den Ausweis Ambrosios. Dann wies sie auf ein kleines gestepptes Ledersofa in einer Ecke, die von einem schweren, niedrigen Tisch mit Kristallglasplatte ausgefüllt wurde. Darauf lagen einige Kataloge mit mintgrünem Deckblatt.

Fünf Minuten später empfing sie der Direktor. Er war ein kräftiger Mann, der Kopf mit grauen, teils zartrosa schimmernden Haaren bedeckt, eine Farbe, die vermuten ließ, daß sie einmal rot gewesen waren. Die kleinen Augen gaben dem Gesicht etwas Trübsinniges, wie die Knöpfe gewisser, aus der Mode gekommener Kleider im Oma-Look. Er hatte ein energisches Kinn und eiskalte Hände.

»Wir sind anläßlich des Todes Ihres Angestellten Valerio Biraghi hier.«

»Ich habe bereits mit einem Inspektor gesprochen.«

»Vielen Dank, daß Sie ihn empfangen haben.«

»Ist meine Pflicht und Schuldigkeit. Armer Valerio, ein fürchterliches Ende.«

Neben dem Schreibtisch stand ein Farn mit Plastikblättern.

»Heute morgen haben wir das gerichtsärztliche Gutachten erhalten.«

»Ja, und?«

Er hatte die Frage in einem Ton gestellt, der jemand weniger Geduldigen als den Commissario beleidigt hätte.

»Es steht fest, daß es sich um ein Verbrechen handelt.«

»Das wußten alle, die Zeitungen haben gleich geschrieben, daß es ein Verbrechen sei.«

»Signor Biraghi arbeitete seit vielen Jahren mit Ihnen zusammen, nicht wahr?«

Der Schreibtisch des Direktors Gustavo Moretti war groß, zu groß, wenn man bedenkt, daß auf der glänzenden Ebenholzplatte nur wenige Papiere lagen und eine Tiffany-Lampe aus mosaikähnlich zusammengesetztem Buntglas stand. Hinter dem Direktor in seinem rauchgrauen Anzug war ein Fenster, durch das man auf die Zweige einer Weide blickte. Ihre Blätter flimmerten im grellen Mittagslicht.

»Er war seit mehr als zwanzig Jahren unser Mitarbeiter.«

»Wie haben Sie ihn kennengelernt?«

»Valerios Vater war ein großartiger Mann, mein Lieber. Hat den meinen wegen einer schrecklichen Bauchfellentzündung operiert. Wenn er nicht gewesen wäre, wäre er damals im Nu im Jenseits gelandet. Ungelogen. Ein erstklassiger Chirurg. Ein bedeutender Professor.«

»Demnach sind die Biraghis zu Freunden Ihrer Familie geworden.«

»Versteht sich. Der Professor war ein Wissenschaftler, der sich nicht wichtig nahm. Er kam gerne zu uns. Er fühlte sich wohl bei uns. Damals waren wir noch nicht so gut gestellt wie jetzt, wir hatten nur eine kleine Fabrik, aber ...«

Er sah sie an, während er sich mit den Händen über das Revers fuhr, auf dem das kleine gezackte Rädchen des Rotary-Clubs blinkte.

»Wir waren auch voller Tatkraft, verstehen Sie? Neue Sachen produzieren, erstklassiges Design, wie sich's gehört.«

»Sie haben also den jungen Biraghi angestellt.«

»Aber nicht sofort. Erst später. Ja, er ist zu uns gekommen. Ich bin der älteste von drei Brüdern.«

»Ich habe gelesen, daß Ihre Firma eine Aktiengesellschaft ist.«

»Sicher.«

»Und Valerio Biraghi, war er auch Aktionär der Firma?«

Er kratzte sich am Ohrläppchen.

»Nicht direkt.«

»Nein?«

»Sagen wir, als er noch lebte, war sein Vater ein Kapitalgeber unserer Firma und hat es so eingerichtet, daß Valerio eine lohnende Tätigkeit hatte und sich nicht wie ein kleiner Angestellter fühlte.«

Aus der Innentasche seines Jacketts zog er eine schwarze Schachtel langer Brasilzigarren. Er nahm eine heraus und steckte sie sich zwischen die Lippen.

»Stört es Sie, wenn ich rauche?«

Der Mann zog eine Schublade seines Schreibtischs auf. Er holte einen ungewöhnlichen Edelstahlzylinder, der an eine

Handgranate erinnerte, heraus und legte ihn auf die wie ein prunkvoller Sarg glänzende Holzplatte: er zündete sich die Zigarre an und lehnte dabei behutsam seinen Nacken nach hinten gegen das Sesselpolster.

»Ihre Brüder arbeiten hier mit Ihnen?«

»Luigi macht die Buchführung, und Lucillo ist der Künstler in der Familie. Er hat Architektur studiert und ist in der ganzen Welt herumgekommen. Er machte einen etwas ... einen etwas überspannten Eindruck, als er jung war. Aber dann hat er sich auf seine Vernunft besonnen.«

»Ich würde sie gerne kennenlernen.«

»Soll ich sie rufen?«

»Einen nach dem anderen, wenn es Ihnen nichts ausmacht.«

Er nahm den Telefonhörer auf, und eine Minute später betrat ein Mann in einem Tweedjackett, grauen Hosen, hellblauem Hemd ohne Krawatte und einem pfauenblauen Tuch im Halsausschnitt den Raum. Er hatte einen gepflegten Schnurrbart und duftete nach Kölnisch Wasser. Er ähnelte dem Bruder, machte aber, trotz seiner Aufmachung, einen unauffälligen Eindruck. Nicht nur das, sondern im Vergleich zu der großen Statur des Bruders vermittelte seine Figur Unsicherheit und Zerbrechlichkeit.

»Die Herren von der Polizei sind wegen des armen Valerio hier.«

Er setzte sich in einen Sessel und steckte sich mit einem goldenen Dunhill eine Zigarette an.

»Er war ein guter Freund, nicht wahr, Gustavo?«

Die Stimme Lucillo Morettis wirkte etwas unnatürlich. Sie erinnerte an jene gewisser Schauspieler von einst, die laienhaft synchronisiert worden waren.

»Ihr Bruder sagte uns, daß er hier seit vielen Jahren erfolgreich arbeitete.«

»Ja, er war ein geschickter Verkäufer, außerdem kannte er einen Haufen wichtiger Leute. Er kam ausgezeichnet zurecht.«

»Hatte er ein eigenes Büro?«

»Natürlich.«

Der ältere Bruder ergriff als erster das Wort, während der andere sich darauf beschränkte, ihn anzusehen und den Kopf zu bewegen. Ein kaum merkliches Nicken, das eine beschränkte Zustimmung ausdrücken wollte.

»Ein Büro und eine Sekretärin, nehme ich an.«

»Eine Angestellte, die ihn und auch unsere anderen Verkäufer betreute«, gab der ältere Bruder zu, während er die Zigarre wie einen Bleistift in der Hand hielt.

»Mit ihr werden wir auch noch reden.« Ambrosio betrachtete die beiden eingehend.

»Mit Mirella?«

»Man hat uns berichtet, daß sie geweint hat, als sie erfuhr, daß er umgebracht worden war.« Nadia wandte sich an Lucillo, der kein Wort dazu sagte.

»Ein geschickter Verkäufer also, aber nicht nur ein Verkäufer«, räumte Ambrosio ein. »Ich will damit sagen, daß er meines Wissens nicht nur einer war, der Ihre Möbel an den Mann brachte, sondern auch eine Art Gesellschafter, der im Vorstand etwas zählte.«

»Na ja, bis zu einem gewissen Punkt, nicht wahr, Gustavo?«

Der Bruder drückte mit einem Seufzer die Zigarre aus: »In dem Sinne, daß die Firma sich vergrößert hat. Es ist nicht mehr das kleine Unternehmen, das es vor zwanzig Jahren war. Infolgedessen ist der Anteil Biraghis ... verstehen Sie mich, Commissario?« Er sah ihn beschwörend an. »Aber wir haben es ihm nie an unserer Freundschaft fehlen lassen, beziehungsweise an der Erkenntlichkeit, die wir, und unser Vater vor uns, dem Professor gegenüber immer gezeigt haben.«

»Hat er gerne für Ihr Unternehmen gearbeitet?«

»Sicher hat er das.« Er wandte sich an seinen Bruder. »Oder stimmt das etwa nicht?«

»Er betreute die wichtigsten Geschäfte, wenn es darum geht«, erklärte der Bruder näher und fuhr sich dabei mit dem Zeigefinger über den Schnurrbart.

»Seine Beziehungen zu den Angestellten?«

»Er verstand sich mit allen. Und alle achteten ihn, Arbeiter eingeschlossen.«

»Er wurde geschätzt als ...« Ambrosio erhob sich und stellte sich hinter Lucillo Moretti, »als einer von Ihnen?«

»Wir sind die Inhaber«, sagte der Vorsitzende, »das ist ein kleiner Unterschied, wenn Sie erlauben.«

»Wie nennen Sie die Angestellten? Direktor? Signor Moretti?«

»Sie nennen mich Presidente.« Er versuchte, seine Stimme natürlich klingen zu lassen, um nicht eingebildet oder überheblich zu wirken.

»Und Sie, wie nennen sie Sie?«

Der jüngere Bruder hob den Blick an und wandte sich um: »Architetto.« Er hielt unentschlossen inne. »Wenn ich es auch nicht bin.«

»Es fehlen ihm einige Prüfungen zum Doktortitel«, erläuterte der andere.

»Und wie nannten sie Valerio Biraghi?«

»Signor Valerio. Er ist immer so genannt worden. Allerdings ohne allzuviel Vertraulichkeit. Als ich jünger war, nannten sie mich Signor Gustavo, zum Beispiel. Immer mit dem nötigen Respekt.«

»Jetzt bitte ich Sie, aufrichtig zu sein«, sagte Ambrosio, »ich versichere Ihnen strengste Vertraulichkeit. Wir stehen vor einem Verbrechen, einem rätselhaften Verbrechen, in der

Nacht auf ziemlich ungewöhnliche Art verübt und ohne einen ersichtlichen Grund.«

Ambrosio setzte sich wieder hin. Er hüstelte.

»Sind Sie verheiratet?« fragte er die beiden.

Sie blickten sich erstaunt an.

»Ich habe drei Kinder«, erwiderte der Direktor, »und bin leider bin seit sechs Jahren Witwer. Mein Bruder war mit einer Französin verheiratet ...«

»Ich bin geschieden, kinderlos.«

»Und der Geschäftsführer? Signor ...?«

»Luigi hat nie geheiratet. Der denkt nur an sich. Lebt glücklich und zufrieden als Junggeselle.«

»War er mit Valerio befreundet?«

»Wie wir alle.«

»Wer stand Valerio am ... am nächsten?«

»Ohne es zu wollen, Commissario, berühren Sie da eine ... Saite, ja eine ...«

»Empfindliche Saite?«

»Ja, das ist das richtige Wort. Empfindlich in dem Sinn, daß andere Personen darin verwickelt sind.«

»Frauen?«

»Auch. Infolgedessen wird die Situation etwas kompliziert. Ich würde es vorziehen, wenn Sie über diese Sache mit Luigi persönlich sprächen.«

»In Kürze. Ich sprach Ihnen gegenüber von strengster Vertraulichkeit. Sie ist nötig, da, wie Sie sicher wissen, Valerio von seiner Frau, einer Modejournalistin, getrennt war.«

»Eine Signora«, sagte Gustavo Moretti, »und eine liebe Freundin unserer Familie. Auch meiner Frau, als sie noch lebte. Besonders von meiner Frau.«

»Auch von meiner, von Françoise, als wir noch zusammen waren«, murmelte Lucillo Moretti.

»Valerio«, fuhr Ambrosio unbeirrt weiter, »lebte getrennt

von seiner Frau, weil sie auf einmal seine eheliche Untreue nicht mehr ertrug. Sie schaffte es nicht mehr, mit einem Mann zu leben, der praktisch allen Frauen nachstellte, die ihm ins Visier kamen. Das ist leider die Wahrheit. An der wir«, er deutete mit einer Kopfbewegung auf Nadia, »seit Montag morgen arbeiten.«

»Inspektor De Luca«, begann Nadia, während sie über ihre Tasche strich, die sie auf den Knien hielt, »hat uns berichtet, daß diese Mirella, die Sekretärin des Ermordeten, tief betroffen war, als sie von dem Mord erfuhr.«

»In der Tat, es war ein schwerer Schlag für sie.«

»War sie seine Geliebte?«

Der Direktor sah sie verwirrt, ja, beinahe verlegen an.

»Ehrlich gesagt ...«

»Natürlich war sie es. Es ist doch unnötig, hier Märchen zu erzählen, Gustavo.« Lucillo gelang es nicht, seine Erregung zu unterdrücken: »Im übrigen wußten es eh alle. Mirella ist ein anständiges Mädchen, aber auch naiv. Sie konnte es nicht fassen, daß ein Typ wie Valerio gerade sie mit seinen Galanterien überhäufte.«

»Welcher Art?«

»Am Sekretärinnentag, zum Beispiel, stellte er ihr einen Korb voller Rosen auf den Schreibtisch, so als ob sie eine Soubrette wäre. Sein Verhalten grenzte schon ans Geschmacklose. Und dann all das übrige.«

»Welches übrige?« fragte Ambrosio.

»Er hatte in der Stadtmitte eine Zweitwohnung gemietet.«

»Und sonst?«

»Er hatte ihr einen Mini geschenkt.«

»Wußten alle von dieser Beziehung?«

»Er hat bestimmt kein Geheimnis daraus gemacht.«

»Auch Signora Biraghi, Ihre Freundin?«

Der Direktor machte ein Armbewegung, als wolle er sich

ergeben: »Von uns hat ihr keiner je etwas gesagt. Aber ich bin sicher, daß Carla, so gut wie sie ihn kannte, sich sicherlich gedacht hat, daß ...«

»Und Sie, Architetto, sehen Sie Ihre Ex-Frau manchmal?«
»Nicht mehr.«
»Schon seit langem?«
»Ich begreife nicht ... ich bin hier und sie ist in Lyon. Adieu.«
»War Valerio ein häufiger Gast bei Ihnen, als Sie noch zusammen waren?«
»Warum nicht?«

Er sah ihn an und senkte dann sogleich den Blick. Er war leicht rot geworden.

»Fuhren Sie zusammen in Urlaub?«
»Ich hatte eine zwölf Meter lange Segeljacht. Valerio war ein geschickter Segler. Wir waren in der Ägäis, auf Rhodos ...«
»Warum haben Sie sich scheiden lassen? Entschuldigen Sie, wenn ich ein Thema anspreche, von dem Sie vielleicht glauben, daß es mit der Untersuchung nichts zu tun hätte.«
»Aus einem Grunde, der mit diesem Verbrechen in der Tat nicht das geringste zu tun hat«, erwiderte er sichtlich gereizt.
»Ich würde aber gerne von Ihnen selbst wissen, und nicht von anderen, ob sich Biraghi auch Ihrer Frau gegenüber in der gewohnten Weise verhielt. Denn, sehen Sie, wir sind zu der Überzeugung gelangt, daß sein Tod untrennbar mit diesem ständigen Spiel mit der Liebe verbunden ist.«
»Ich habe nichts dazu zu sagen. Ich finde eine solche Frage absurd.«
»Ein Spiel«, redete Ambrosio unverdrossen weiter, »mit dem er sich schließlich jemanden zum Feind machte, der nicht lange gefackelt hat, jemand, der ihn aufgespießt hat.«
»Lucillo, du bist seit Jahren geschieden, und Valerio ist am

Montag morgen umgebracht worden.« Sein Bruder, der Direktor, redete, als stünde er einem Vorstand gegenüber.

»Sonntag nacht«, verbesserte Nadia.

»Daß er am Montag ins Jenseits befördert wurde und Françoise vor drei Jahren weggegangen ist, was hat denn das eine mit dem anderen zu tun?«

»Ihr Bruder hat recht. Ich wollte Sie nicht herausfordern oder gar beleidigen. Ich versuche lediglich das Motiv für den Mord herauszufinden. Tatmotive gibt es nicht viele, und es sind immer dieselben, wie man die Sache auch dreht und wendet.«

Er versuchte, ihm beschwichtigend zuzulächeln, aber der Mann mit dem Schnurrbart blieb unbeweglich und mit mißmutigem Gesicht sitzen.

»Im Augenblick brauchen wir Sie nicht mehr.«

Er erhob sich, nickte andeutungsweise mit dem Kopf und verließ ohne ein weiteres Wort den Raum.

»Ein empfindlicher Charakter. Er war als Kind schon so.« Der Bruder sah ihn an und fügte hinzu: »Möchten Sie, daß ich Luigi rufe?«

»Zuerst die Sekretärin Valerios, wenn möglich.«

»Ist gut.« Er griff er zum Telefon.

»Ich muß Sie um einen kleinen Gefallen bitten. Wir müssen das Mädchen unter allen Umständen in einem Zimmer ohne Beisein von Zeugen vernehmen. Es würde mir leid tun, sie deswegen extra nach Mailand ins Polizeipräsidium bestellen zu müssen.«

»Um Gottes willen«, murmelte der Mann, wobei er ein finsteres Gesicht machte, als habe Ambrosio ihm eine unangenehme Nachricht mitgeteilt.

Die Signorina war schlank, und die vollen roten Haare verliehen ihr ein kämpferisches Aussehen.

»Mirella, der Signore ist ein Commissario von der Kriminalpolizei, und die Signorina …«

»Die Inspektorin und ich sind hier anläßlich des Mordes an Valerio Biraghi«, bestätigte Ambrosio und sah ihr dabei fest in die Augen. Von einer unbestimmbaren Farbe, dachte er.

Sie setzte sich in den Sessel, in dem wenige Minuten zuvor einer der Brüder Platz genommen hatte. Gustavo Moretti ließ sie mit einer angedeuteten Verbeugung allein.

»Sie haben bereits mit Inspektor De Luca gesprochen. In der Zwischenzeit haben wir die Autopsieergebnisse erhalten und konnten uns infolgedessen über das Verbrechen mehr Klarheit verschaffen.«

»Mehr Klarheit, inwiefern?«

»Wir wissen jetzt, womit er umgebracht wurde. Das ist für den Fortgang der Ermittlungen von großer Wichtigkeit.«

»Mit ... womit?«

»Wollen Sie es wissen? Vielleicht ...«

»Ja, ich will es wissen.«

Die Frau hatte eine angenehme Stimme, wenn auch durch den Hauch von Heiserkeit eine vage Feindseligkeit in ihr schwang.

»Mit einer großen Spritze.«

Sie legte sich eine Hand vor die Augen und flüsterte einen Satz dermaßen leise, daß Ambrosio kein einziges Wort davon verstehen konnte. Also wurde er deutlicher: »Sie haben ihm das Herz durchbohrt.«

Später würde er die Erwähnung dieser so abstoßenden Einzelheit sich selbst gegenüber durch seinen ›sechsten Sinn‹ und die Tatsache rechtfertigen, daß es Gelegenheiten gibt, die sich ein Polizist einfach nicht entgehen lassen kann.

Ihre Hand begann zu zittern. Diesesmal konnte sie die Tränen nicht mehr zurückhalten. Nadia trat zu ihr, streichelte ihr mit der Hand über die Schultern und bot ihr ein Taschentuch an.

Sie trocknete ihre Tränen.

»Entschuldigung.«

»Hatten Sie ihn gern?«

Nadia wirkte wie ihre beste Freundin.

»Er war alles für mich.«

»Waren Sie schon lange zusammen?« fragte Ambrosio »Sie waren seine Sekretärin?«

Sie verneinte mit einem Kopfschütteln.

»Nein?«

»Er hatte keine Sekretärin. Ich half ihm bei der Arbeit, das ist alles.«

»Sie arbeiteten seit Jahren mit ihm zusammen?«

»Ich war noch ein kleines Mädchen. Unsere Beziehung hat aber erst vor gut drei Jahren angefangen.«

»Im Sommer?«

»Woher wissen Sie denn das? Ja, im Juli. Er hat mich nach Sestri eingeladen, wo das Boot lag.«

»Sind Sie nie zu ihm nach Mailand gefahren?«

»Zu ihm nach Hause?« In ihren Augen lag ein leiser Hauch von Melancholie. »Ich war nie bei ihm zu Hause.«

»Auch nicht in seinem Büro?«

»Hatte er ein Büro außer Haus?«

»Es war die alte Praxis seines Vaters, er hatte sie geerbt.«

»Sie haben sich hier in Cantù getroffen, vermute ich«, sagte Nadia.

»Wir hatten ein kleines Appartement in der Stadtmitte gemietet. Einmal hat er es für eine Einrichtungszeitschrift fotografieren lassen.«

»Er war ein leidenschaftlicher Liebhaber der Fotografie«, räumte Ambrosio ein, »auch er selbst war ein guter Fotograf, habe ich gehört. Ihm müssen Ihre Haare gefallen haben.« Er betrachtete sie eingehend. »Die Haare und das Gesicht. Sie sind bestimmt fotogen.«

»Das sagte er mir immer.«

»Bevor Sie sich mit ihm trafen, das heißt, eine Beziehung mit ihm hatten, waren Sie da mit jemandem zusammen?«

»Ich sollte heiraten.«

»Wen?«

»Einen Jungen aus Carimate, der gerade seinen Doktor machte.«

»In was hat er den Doktor gemacht?«

»Er ist Arzt.«

»Das muß ja ein ganz schöner Schlag gewesen sein, für den jungen Mann, als Sie ihn verließen.«

»Er wollte sich nicht damit abfinden.«

»Wo arbeitet er?«

»Im Krankenhaus in Como.«

»Wußten Sie, daß Valerio verheiratet war?«

»Natürlich wußte ich das. Ich habe auch seine Frau kennengelernt, eine nette Frau. Nein, er hat mir nie etwas verheimlicht.«

»Außerdem war er wesentlich älter als Sie.«

»Er sagte mir ständig, daß er fast zwanzig Jahre älter sei als ich.«

»Hat er Ihnen gesagt, warum er sich von seiner Frau getrennt hatte?«

»Sie langweilten sich zusammen. Er spielte Golf, Tennis, segelte und reiste gerne. Sie hingegen liebte Gesellschaften und Konzerte.«

»Wußten Sie, daß ihn seine Frau der Untreue beschuldigte? Mit anderen Worten, daß seine Frau entdeckt hatte, daß ihm andere Frauen gefielen?«

»Er hat es mir gesagt, aber häufig war es nicht wahr. Seine Frau gab ihm oft die Schuld an Dingen, die er nie begangen hatte. Er sagte, sie habe eine ausschweifende Phantasie. Nicht umsonst ist sie Journalistin. Tatsache ist, wenn die Liebe fehlt ...«

»Hat er nie über eine Freundin von sich gesprochen?«
»Manchmal.«
»Tatsächlich?«
»Er hatte keine Geheimnisse vor mir.«
»Und Sie, waren Sie nicht eifersüchtig?«
»Alte Geschichten.«
»Können Sie sich an einen Namen erinnern?«

Sie lehnte sich im Sessel zurück und atmete tief ein, als würde sie keine Luft bekommen. Die Bluse unter der Jacke spannte sich.

»Roberta. Sie war seine leidenschaftliche Liebe gewesen. Dann hat es eine gewisse Ines gegeben, so sonderbar ...«
»Sonderbar?«
»Er erzählte mir alles.«
»Auch gewisse Einzelheiten?«
»Manchmal auch die ... ein wenig heiklen. Er war ehrlich, sehr ehrlich.«
»War er verliebt in diese Ines?« erkundigte sich Nadia.
»Ines war die Frau seines Zahnarztes.«
»Sie arbeitete nicht, vermute ich«, sagte Ambrosio.
»Sie malte Blumenbilder.«
»War sie Malerin?«
»Ja, aber nicht mit Farben und Pinsel, sondern mit Blüten- und Baumblättern. Valerio hatte einige ihrer Bilder gekauft. Ich habe auch eines, zu Hause.«
»Ein Bild von Ines?«
»Sie ist gut, wissen Sie?«
»Sie sagten, daß sie sonderbar war. Sonderbar inwiefern?«
»Na ja, im Bett wollte sie wie ... ja, genau ... wie eine von denen behandelt werden.«
»Hatte er Ihnen diese Dinge erzählt?«
»Er war nicht verliebt in sie. Ihre Gier nach neuen, unbe-

kannten Emotionen hatte ihn gereizt. Sie hatte ihn sogar gebeten, sie nackt zu fotografieren.«

»Valerio hatte eine besondere Leidenschaft für Fotoapparate, das wissen wir.«

»Er fotografierte sie, und dann vernichtete er die Fotos. Wußten Sie, daß diese Ines darauf bestand, ihn zu waschen, so wie es die Prostituierten tun? Außerdem wollte sie unbedingt, daß er mit ihr eine Geldsumme vereinbarte, die er ihr hinterher anbot.«

»Hört sich ja unglaublich an«, räumte Ambrosio ein.

»Valerio war ein wenig angewidert, wenn ihn die ungehemmten Begierden dieser Frau zu Anfang auch neugierig gemacht hatten.«

»Was hatte er Ihnen von Roberta erzählt?«

»Nur, daß ihr Mann ein fürchterlicher Geizhals sei. Einer, der das Haushaltsgeld genau abzählte, keine einzige Lira rausrückte.«

»Ein Angestellter?«

»Ich glaube, ja. Zu Weihnachten schenkte er ihr ein Paar Strümpfe, oder er kaufte ihr etwas im Kaufhaus.«

»Hatte er sie mit seinem Geld erobert?«

»Mit einem Paar neuer Schuhe.«

»Ernsthaft?«

»Er hatte sie mit großen Augen vor einem Schaufenster stehen sehen.«

»War sie schön?«

»Zu viele Sommersprossen.«

Sie deutete mit dem Zeigefinger auf ihre Wange: »Auch ich, sehen Sie? Ich habe viele, aber er sagte, sie stünden mir, da ich rote Haare habe.«

»In diese Roberta war er auch nicht verliebt«, brachte Nadia vor.

»Wenn sie nicht geschminkt war, sagte er, hätte sie ausgesehen, als ob sie sich ihr Gesicht mit Bleichmittel gewaschen hätte. Farblos, verstehen Sie?«

»Apropos Fotos, ich nehme an, er hat auch von Ihnen eine Menge Aufnahmen gemacht.«

»Er sagte, ich sei sein Modell. Zu Hause habe ich ein Album voller Schnappschüsse.«

»Bevor Sie in der Stadtmitte wohnten, wo lebten Sie da?«

»Bei meinen Eltern.«

»Waren die damit einverstanden, daß Sie mit Valerio zusammen waren?«

»Sie wußten es nicht.«

»Glaubten Sie, daß Sie allein in der Wohnung lebten?«

»Ich war ja auch tatsächlich allein. Er wohnte in Mailand.«

»Das stimmt«, gab Ambrosio zu.

»Er kam nur, wenn er konnte, zu mir. Einmal oder zweimal in der Woche.«

»Zum Beispiel?«

»Unser Tag war der Freitag. Am Freitag abend aßen wir zusammen, bei mir zu Hause, das heißt bei uns zu Hause. Ich fühlte mich wie verheiratet.«

»Fuhren Sie auch weg, einen Ausflug zu den Seen oder ans Meer?«

»Nur im Sommer, während der Ferien. Seine Arbeit nahm ihn zu sehr in Anspruch.«

»War er viel unterwegs?«

»Es war ihm wichtig, die Chefs nicht zu enttäuschen.«

»Müssen ganz schön tüchtig sein, die Signori Moretti.«

»Besonders der Direktor Gustavo, der Presidente.«

Ambrosio hielt seinen Blick auf sie geheftet: »Er ist der älteste, soweit ich weiß.«

»Ja.«

»Und der Architetto?«

»Der ist auch tüchtig.«

»Aber ...«
»Ich verstehe nicht.«
»Ich wollte sagen, daß mir der Architetto anders als sein Bruder zu sein scheint. Mehr Künstler als praktischer Mann.«
»In der Tat.«
»Er hat uns gesagt, daß er von seiner Frau geschieden ist.«
»Eine wundervolle Frau.«
»Schön?«
»Sie ähnelt Catherine Deneuve.«
»Die beiden haben sich auch nicht verstanden«, dachte Nadia laut.
»So sagte Valerio. Unvereinbarkeit. Vielleicht, weil sie Französin ist. Die Ausländerinnen sind andere Dinge gewöhnt als wir Italienerinnen.«
»Außerdem hier, in der Provinz ...«
»Sie wollte frei sein. Sie stieg in ihren schwarzen Porsche und fuhr nach Mailand. Verschwand einfach für einen Tag. Ging in Ausstellungen oder zu Modeschauen.«
»Kannte sie die Ex-Frau von Valerio näher?«
»Warum hätte sie das sollen?« Ihre Augen blitzten kurz auf.
»Moderedakteurin, erinnern Sie sich?«
Sie saß schweigsam da, in einen plötzlichen Gedanken versunken.
»Haben Sie nie daran gedacht?«
»Nein, nie.«
»Was sagte Valerio über sie?«
»Sie war ihm nicht sympathisch.«
»Wie war die Beziehung zwischen Valerio und dem Architetto?«
»Sie waren Freunde.«
»Außerdem?«
»Was außerdem?«

»Sie haben ›waren‹ gesagt. Freunde bis vor einigen Tagen oder bis vor einem Jahr, oder bis vor zwei, drei Jahren?«

»In der letzten Zeit waren sie weniger ... weniger zusammen als früher. Am Anfang verbrachten sie den Urlaub zusammen, machten gemeinsam Reisen, dann, auch wegen Françoise, hat sich ihr Verhältnis merklich ...«

»Abgekühlt?«

»Es war nicht mehr dasselbe wie vorher. Kommt vor zwischen Freunden, meinen Sie nicht?«

Ambrosio bekundete ihr mit einem Kopfnicken seine Zustimmung. Es war ihm eine kleine Bosheit eingefallen.

6. Kapitel

Worin bestand die Schuld?

Worin bestand die Schuld Françoise'?«
Ambrosio hatte das dringende Gefühl, aufstehen zu müssen. Er hielt die Hände auf dem Rücken. Das Mädchen schwieg, betroffen von der Frage, die sie nicht erwartet hatte und auf die sie anscheinend nicht zu antworten wußte. Oder vielleicht nicht antworten wollte.
»Welche Schuld?«
»Vor kurzem haben Sie angedeutet, daß die Freundschaft zwischen Valerio und dem Architetto wegen Françoise einen Riß bekommen hatte.«
In dem Licht wirkten ihre Haare vergoldet, wie gewisse Gemälde Rubens'.
Ein leichtes Schielen ließ sie seltsam wehrlos erscheinen.
»Könnten Sie mir bitte den Grund dafür nennen?«
»Das ist nicht leicht.«
»Probieren Sie es.«
Nadia war geräuschlos zum Fenster gegangen. Es sah aus, als glitte sie über das Parkett, das wie ein Spiegel glänzte.
»Also, sie fuhren immer zusammen in Urlaub und dann ... was ist dann passiert?«
Er lehnte sich an den Schreibtisch des Direktors.
»Na ja, Valerio hatte genug von ihren, von Françoise' ewigen Launen, dem langen Gesicht Lucillos, der reizbar und aggressiv geworden war.«

»Aggressiv gegen wen?«
»Er war eifersüchtig, verstehen Sie?«
»Auch auf Valerio?«
»Diese dumme Gans verhielt sich auf eine Art und Weise, die jeden in Verlegenheit gebracht hätte.«
»Das alles ist passiert, bevor Valerio und Sie, Signorina ...«
»Als unsere Beziehung begann, war der Architetto bereits geschieden. Valerio und er waren wieder Freunde wie einst.«
»In Kürze werde ich den anderen Bruder kennenlernen, den Geschäftsführer der Firma. Kamen Valerio und er gut miteinander aus?«
»Ja, sehr. Der Ragioniere* ist der unabhängigste von allen. Er lebt in einer alten Villa mitten in einem Park, mit einer Köchin.«
»Was sagte Valerio über ihn?«
»Nur, daß er ein wenig ... verrückt sei. Er achtete ihn wegen seiner Ehrlichkeit. Er sagte: ehrlicher als sonst irgendein Mann auf der Welt. Sie hatten eine Leidenschaft gemein.«
»Welche?«
Er hatte die Frage mit einer besonders verständnisvollen Stimme gestellt. Doch die Antwort enttäuschte ihn sichtlich.
»Uhren.«
»Sammelte er sie, wie Valerio?«
»Auch er wechselte sie wie die Kleider. Er hatte eine, die war so kompliziert, daß sie Hunderttausende von Schweizer Franken kostete. Soviel wie ein Haus, sagte Valerio.«
»Keine Frauen?«
Nadias Frage kam überraschend. Das Mädchen blickte sie kopfschüttelnd an.
»Nein?« hakte Ambrosio nach.

---

* Wörtl.: *Buchhalter; hier im Sinn von Geschäftsführer.*

Plötzlich begann das Telefon auf dem Schreibtisch des Direktors zu läuten. Es hörte sich eher nach einer Spieluhr als nach einem Telefon an. Mirella schaute sie an, und auf ein Nicken des Commissarios hin erhob sie sich und nahm den Hörer ab.

»In Ordnung, Presidente«, sagte sie, »werde ich ausrichten.«

»Der Ragioniere bittet darum, vernommen zu werden, weil er dann einen Termin hat.« Sie blieb stehen.

»Gehen Sie ihn ruhig holen. Wir sehen uns später noch.« Sie ging hinaus. Ihre Schritte waren schwer, wie von jemandem, auf dem ein drückendes Gewicht lastete.

Der Mann grüßte sie nicht. Er war groß, hager, und seine Zähne standen auseinander. Er hatte eine blasse Haut, graue, bürstenkurz geschnittene Haare und trug eine Brille mit Metallgestell. Er erinnerte Ambrosio an das Portrait eines Papstes aus seiner Jugendzeit.

»Würden Sie sich bitte für einige Minuten setzen? Ich weiß, daß Sie einen Termin haben.«

»Mit einem Kunden«, antwortete er und begleitete seine Worte mit einem tiefen Seufzer, als wenn das Gespräch ihm im Magen läge. »Ich habe ihn zum Mittagessen eingeladen.«

»Hatten Sie zu Valerio Biraghi ein gutes Verhältnis?«

»Ausgezeichnet.«

»Wir haben ein Problem: nämlich das Tatmotiv aufzudecken. Es sind schon mehr als drei Tage vergangen, und wir arbeiten immer noch daran«, wies er auf Nadia, die immer noch am Fenster stand.

»Das Motiv, tja.«

Er blieb sitzen, ohne sich mit dem Rücken anzulehnen. So als wollte er jeden Augenblick wieder aufstehen.

»Raub kann man ausschließen, es ist nichts gestohlen worden. Er hatte keine ausgesprochenen Feinde, alle mochten ihn.«

Der Ragioniere nickte bei jeder Behauptung des Commissarios wie ein artiger Schüler.

»Ja, was dann?« Die Pause, die Ambrosio nach dem Fragezeichen machte, ließ irgend etwas Unvollständiges im Raume stehen. Ein irgendwie unbehagliches Gefühl.

»Sie, zum Beispiel, was haben Sie gedacht, als Sie von dem Verbrechen erfuhren? Was ist Ihnen eingefallen, so ganz spontan?«

»Ich weiß nicht. Ich war wie vom Donner gerührt, das war's.«

»Umgebracht mit einer auch noch so ungewöhnlichen, um nicht zu sagen außergewöhnlichen Waffe.«

»Was für eine Waffe?« Er fragte ihn, indes er nervös die Brille abnahm und Ambrosio anstarrte.

»Mit einer großen Spritze.«

Er schlug sich die offene Hand an die Stirn. Dann fuhr er plötzlich auf, als ob er ein im Gedächtnis vergrabenes Bild wieder vor sich sähe, und rief aus: »Aber diese Spritze, die habe ich schon gesehen!«

»Wo, in der Via Casnedi?«

»An den Namen der Straße kann ich mich nicht mehr erinnern, aber es war in seiner Wohnung, im ersten Stock. Die Spritze seines Vaters lag zusammen mit anderen Instrumenten in einem kleinen Glasschrank.«

»Genau die.«

»Das Eigenartige ist, daß Valerio die Gewohnheit hatte, sie zu benützen.«

»Wie?«

»Na ja, er zeigte sie Freunden, Freundinnen. Es war ihm das reinste Vergnügen, die Nadel auf den Glaszylinder aufzustecken, sich jemandem zu nähern und dabei zu rufen: Jetzt mach' ich dich fertig, ich zieh' dir die Flüssigkeit aus dem Leib.«

»In der Tat, diese Art Instrumente diente seinerzeit dazu, die Flüssigkeit aus dem Brustfell abzuziehen.«

»Und genau damit ist er umgebracht worden?«

»Wir haben es heute morgen vom gerichtsärztlichen Gutachter erfahren.«

»Wo ist er getroffen worden?«

Ambrosio legte sich die Hand auf die Brust.

»Braucht man da viel Kraft?«

»Nein, eine Kleinigkeit genügt. Zudem war er noch nicht einmal angezogen.«

»Nackt?«

»Im Schlafanzug.«

»Um wieviel Uhr ist er umgebracht worden?«

»Nach Mitternacht, in der Nacht von Sonntag auf Montag.«

»Haben Sie seine Freunde vernommen?«

»Mehr Freundinnen als Freunde«, sagte Ambrosio mit einem Schuß Boshaftigkeit in der Stimme.

»Ah ja, natürlich.«

Der Ragioniere ließ sich im Sessel zurücksinken.

»Commissario, was konnten Sie über sein Leben erfahren?«

»Er arbeitete, spielte Tennis und Golf, hatte ein paar Geliebte, die er aber niemals zu sich nach Hause einlud. Jedenfalls nach Aussage der Haushälterin.«

Er setzte sich die Brille wieder auf.

»Im Umgang mit den Kunden war er äußerst geschickt, das kann ich Ihnen versichern.«

»Die Frauen, mit denen er ein Verhältnis hatte, waren gewöhnlich verheiratet.«

»Oder hätten heiraten sollen«, versetzte der Mann kopfschüttelnd.

»Könnte es nicht sein, daß einer – nur ein einziger – dieser Ehemänner sich zum Schluß doch gerächt hat? Diese Hypothese, wenn man es so nennen kann, wäre durchaus einleuchtend. Wenn ich allerdings genauer darüber nachdenke, überzeugt sie mich doch nicht.«

»Ein betrogener Ehemann hätte nicht die Spritze verwendet.«

Der Satz klang, als ob der Freund Valerios ein Zwiegespräch führe.

»Sie haben den wunden Punkt meiner Theorie berührt. Tatsächlich hätte eine Pistole gereicht.«

»Zudem schien mir Valerio nie darum besorgt, jemandes Hausfrieden ernsthaft stören zu können. Er legte immer ein derart lässiges Verhalten an den Tag, daß es fast unvernünftig scheinen konnte. Er vermittelte einem das Gefühl, er sei einer von diesen galanten, ein wenig oberflächlichen Menschen, die unmöglich die Komödie in eine Tragödie abrutschen lassen. Allerhöchstens entstand hin und wieder eine unangenehme Situation.«

»Wie im Falle Ihres Bruders.«

»Wer hat Ihnen das gesagt?« Er wirkte überrascht. »Man muß auf jeden Fall bedenken, daß Françoise bei dieser Geschichte mitverantwortlich war.«

»Kennen Sie die Frau Valerios gut?«

»Eine gute Freundin.«

»Hat Valerio mit Ihnen über die Frauen, mit denen er ein Verhältnis hatte, gesprochen?«

»Andeutungen.«

»Kennen Sie die Namen von einigen?«

Er schluckte hörbar.

»Sie brauchen keine Angst zu haben, ich kenne sie auch. Ich habe sie in einem Notizbuch gefunden. Sie bringen damit niemanden in Verlegenheit. Für mich zählt allein der Mörder. Ich muß im Leben Ihres Freundes schürfen, um das Tatmotiv zu verstehen und denjenigen zu verhaften, der zu dieser alten Spritze gegriffen hat.«

»Vor einiger Zeit war er ganz schön von einer Frau gepackt, einer Frau voller Temperament, wie er sagte, eine gewisse Roberta. Er hatte ihr eine kleine Uhr geschenkt. Dann kam eine, die Ines heißt.«

»Was erzählte er?«

»Von Ines? So gut wie nichts. Daß sie Beine wie eine griechische Statue hatte.«

»Verheiratet?«

»Ich glaube, mit einem Arzt. Dann hat er ein Verhältnis mit einer gehabt, die einen Busen wie Sofia Loren hatte. Die Loren von damals, als wir jung waren.«

»Heißt sie Daria?«

»Genau. Eine, die zu allem Überfluß auch noch Latein konnte und Romane in englischer Sprache las. Er erzählte gern solche Dinge, wenngleich er nicht etwa boshaft oder klatschsüchtig war.«

»Haben Sie sich einmal gefragt, warum Valerio alle Frauen, die ihm über den Weg liefen, haben mußte, ständig irgendwelche Liebschaften anzetteln mußte?«

»Ich glaube, für ihn war es zu einer Art Wettkampf mit sich selbst geworden. Die Frauen lenkten ihn ab. Wie Tennis, Golf oder die Kunden der Firma. Das geht allen so, nicht? Ihm vielleicht ein bißchen mehr.«

»Von was lenkten sie ihn ab?« Ambrosio hielt seinen Blick auf ihn gerichtet.

Mit den Händen stützte er sich auf dem Schreibtisch des Bruders, des Presidente, ab.

»Vom Tod, oder? Davor haben wir doch alle Angst.«

»Und indes ist er ihm geradewegs in die Arme gelaufen«, schloß Nadia und näherte sich Ambrosio. Der Ragioniere fuhr sich mit der Zungenspitze über die Lippen und zog sein Taschentuch aus der Jackentasche. Er atmete hörbar tief durch und wischte sich dann über den Mund.

»In die Arme gelaufen? Vielleicht wird sich herausstellen, daß seine Frauen überhaupt nichts mit der Sache zu tun haben. Wußten Sie, daß er mit allen gleichzeitig ein Verhältnis hatte?«

»Und wie stellte er das an?«

Seine Überraschung schien echt.

»Einen Tag die eine, einen Tag die andere. Eine Woche ja, eine Woche nein.«

»Ehrlich?«

»Vielleicht liebte er deswegen die Uhren so sehr.« Nadia blickte den Ragioniere mit einem vielsagenden Grinsen an.

»Aber wie viele hatte er denn, Frauen, meine ich?«

»Bislang wissen wir von fünf. Die Sekretärin natürlich eingeschlossen.«

»Arme Mirella«, murmelte der Mann, während er das sorgfältig zusammengefaltete Taschentuch wieder in die Jackettasche steckte.

»Außer der Ehefrau, mit der er ein herzliches Verhältnis hatte.«

»Sie mochte ihn auch gern.«

»Er hat ihr ein Vermögen hinterlassen.«

»Das wußte ich nicht.«

»Sie waren Freunde. Und Sie hegten beide eine große Leidenschaft für Uhren.«

»Wer hat Ihnen das gesagt?«

»Mirella.«

»Mir gefallen die komplizierten, die nur in geringer Stückzahl gebaut wurden. Sammlerstücke.«

»Er hatte auch eine aus Platin«, sagte Ambrosio.

»Ich auch, wenn's darum geht. Einen mechanischen Chronographen von Urban Jürgensen, ein wahres Meisterwerk.«

»Uhren dieser Klasse kosten viel, könnte ich mir vorstellen.«

»Durchaus.«

»Wieviel?«

»Zweihundert Millionen Lire, wenn nicht gar noch mehr.«

»Haben Sie keine Angst, daß sie Ihnen gestohlen werden?«

»Die Leute kommen gar nicht auf die Idee, daß es sie geben könnte. Die bevorzugen diese aus Quarz, diese Zwiebeln, die ins Auge fallen.«

»Trafen Sie sich oft mit Valerio?«

»Ziemlich. Wir aßen zusammen zu Mittag, oder ich lud ihn zum Abendessen zu mir ein. Einmal im Monat aßen wir zusammen in Mailand.«

»Bei ihm zu Hause?«

»Im Restaurant.«

»Zum Beispiel?«

»In einem, das etwas außerhalb der Stadtmitte lag, wo es guten Fisch gibt. Ich esse gerne Scampis.« Ein leichtes Lächeln überflog sein Gesicht. »Er hatte mir gesagt, daß in der Nähe dieser Trattoria, gleich um die Ecke, seine Freundin Ines wohne.«

»Wie heißt dieses Restaurant?

»La Darsena, glaube ich.«

»Hat er Ihnen einmal Fotografien von Frauen gezeigt?«

»Nein.«

»Haben Sie je die Praxis seines Vaters, die er in eine Junggesellenwohnung verwandelt hatte, gesehen?«

»Eine Junggesellenwohnung? Da also hat er sie hingebracht. In solchen Einzelheiten, sehen Sie?, war er sehr diskret. Nein, die habe ich nie gesehen.«

»Mirella hat seinetwegen ihren Freund verlassen«, sagte Nadia, während sie wieder ans Fenster in ein Geflimmer vergoldeten Lichts trat.

»Armes Kind.«
»Ihr hat der Mann im reifen Alter imponiert. Seine Selbstsicherheit.«
»Durchaus.«
»Haben Sie den Namen Ermes schon mal gehört?«
»Der aus der Modebranche?«
»Ja.«
»Er hat ihn mir letztes Jahr vorgestellt. Ich hatte vor seinem Haus auf ihn gewartet, und er kam mit diesem Typ an, so eine Art Dandy. Sie waren beim Tennisspielen gewesen.«
»Erinnern Sie sich, an welchem Tag das war?«
»Ein Samstag vormittag, so gegen Mittag. Nein, schon nach zwölf.«
»Ein Dandy?«
»Ziemlich gestylt, gekünstelt.«
»Der Bruder Darias.«
»Von der mit dem großen Busen?«
»Wußten Sie das nicht?«
»Für mich war diese Sofia Loren eine Geliebte Valerios und Ermes ein Freund, mit dem er Tennis spielte. Ich wußte nicht, daß die beiden Geschwister sind.«
»Er hatte auch eine andere Begabung.«
»Was für eine?« fragte er ihn und warf zugleich einen Blick auf die Uhr.
»Ich weiß, Sie haben einen Termin. Aber ich bin fertig, fürs erste. Ich wollte sagen, daß ihm die Zeichnungen dieses österreichischen Malers, Klimt ...«
»Nie gesehen.«
»Sie hingen in der ehemaligen Praxis seines Vaters. Er brauchte sie, um sie seinen Geliebten zu zeigen.«
»Echt?«
»Reproduktionen.«
»Dachte ich mir.«

»Was wollen Sie damit sagen?«

»Wenn sie echt gewesen wären, hätte er sie mir gezeigt. Wie die Uhren.«

»Er zeigte sie seinen Geliebten nur aus einem Grund. Einem einzigen.«

Er horchte aufmerksam, ja, in gewisser Weise fast bange zu.

»Aus welchem Grunde?«

»Um sie in eine etwas ... lüsterne Stimmung zu bringen. Frauen mit Beinen ... in gewagten Posen. Alle diese Reproduktionen sind hinter Glas, hängen an den Wänden um das Bett, über dem Sofa. Er erzählte ihnen, daß er in seinen Jugendjahren Maler hatte werden wollen.«

»Ich weiß. Er hatte auch an der Kunstakademie von Brera studiert.«

»Wußten Sie, daß er ein guter Fotograf war?«

»Das bin ich auch. Ich liebe die alten Leicas.«

»Valerio hingegen bevorzugte Polaroidkameras.«

»Das gibt es doch nicht!« stellte er befremdet fest, fast als wolle er sich darüber lustig machen. »Er besaß eine wunderbare Leica, die seinem Vater gehört hatte. Die hätte ich gerne gehabt. Ich sammle sie. Wie die Uhren.«

»Er aber benötigte eine andere Art Fotoapparat« – der Ragioniere sagte kein Wort, sein Blick war leer – »für seine Liebesabenteuer.«

»Was machte er mit der Polaroidkamera?« fragte er schließlich mit brüchiger Stimme, sichtlich verstimmt.

»Raten Sie mal«, antwortete ihm der Commissario, indes er ihm die Hand gab, und fügte hinzu: »Ich denke, wir werden bald Gelegenheit haben, nochmals darüber zu sprechen.«

Nochmals darüber sprechen. Das war das immer wiederkehrende Motiv, dem er sich nicht zu entziehen vermochte. Wie ein Stück Kork, das in einen Strudel geraten war. Er spürte deutlich, daß die Lösung sehr nahe sein mußte; trotz allem reichten die Erkenntnisse, die er in den letzten drei Ermittlungstagen gewonnen hatte, nicht aus. Die Persönlichkeit des Opfers, die er in gewisser Hinsicht nunmehr klar umrissen hatte, entglitt ihm, wie ein Schatten, wenn das Licht wechselt.

Noch war die Wahrheit ein Schatten.

Er hatte versucht, die Gedanken und Gefühle eines Unbekannten zu erfassen, eines eitlen Menschen, wie Valerio Biraghi es gewesen war. Obgleich er ihm auch einige liebenswerte Züge zugestand. Mit seiner Großzügigkeit und Schlauheit hatte er eine junge, wenn auch unerfahrene Frau erobert.

»Er war nicht kleinlich, das gefiel mir an ihm«, sagte er, während er Nadia und Mirella in ein Lokal führte, das in Ambrosio Erinnerungen an weit zurückliegende Jahre weckte: das Grand Hotel in Bellagio, sein Vater im graublauen Leinenanzug, mit einem Strohhut auf dem Kopf und einem Spazierstock mit Elfenbeinknauf in der Hand. Es war das erste Mal gewesen, daß er einen Aperitif probiert hatte, der den Namen Americano trug. In einem Café wie diesem hier, der gleiche Spiegel mit dem Löwen von Ferrochina Bisleri, das gleiche gedämpfte Licht.

In einer Ecke fanden sie einen freien Tisch mit einer karierten Tischdecke; die Kleiderhaken waren aus Messing. Man vernahm ein angenehmes Raunen, es roch nach Braten und Bier vom Faß. Auf der Tafel las er: ›Kleine Tintenfische mit Tomaten und Oregano.‹ Er bekam plötzlich Lust auf dieses Gericht, das er seit einer Ewigkeit nicht mehr gegessen hatte. Er hatte darauf bestanden, daß Mirella mit ihnen kam: »Wir müssen unser Gespräch so oder so weiterführen«, hatte er gesagt, »und außerdem gefällt mir dieses Lokal.«

»Einige Male war ich mit Valerio hier. Ihm gefiel es auch.«

»Hatten Sie ihn gerne, sehr gerne?«

»Ich liebte ihn«, flüsterte sie, während sie in ihrer Tasche kramte. »Ich weiß nicht, was ich jetzt tun soll«, fuhr sie mit dem Taschentuch in der Hand fort, »ich weiß es wirklich nicht. Ich fühle mich völlig leer.« Sie tupfte sich die Augen ab. Ambrosio warf einen verstohlenen Blick auf Nadia und die Bierkrüge, die die Bedienung auf den Tisch stellte.

»Zwischen Ihnen bestand ein ziemlicher Altersunterschied.«

Sie nickte bejahend.

»In der Liebe zählt der Altersunterschied wenig.« Nadia ließ keinen Zweifel aufkommen.

»Bist du davon überzeugt?«

»Natürlich«, beharrte sie hartnäckig, die Glückliche.

»Ich frage mich, was es wohl ist, das uns die Überzeugung gibt, verliebt zu sein. Auf einmal passiert es, aber ich habe es nie verstanden. Dasselbe ist es, wenn eine Liebe endet. Wann endet sie? Schlagartig oder nach und nach? Das soll mal einer verstehen.«

Es klang, als hätte er mit sich selbst gesprochen. Das wollte er zumindest glauben machen.

»Ich hatte mich in sein Parfum verliebt.«

Sie neigte den Kopf nach unten. Ihre kupferfarbenen Haare wurden von einem Samthaarreif zurückgehalten.

»Ich vernahm es nur ganz leicht, wenn er sich hinabbeugte, um ein Wort zu kontrollieren, das ich auf der Maschine schrieb. Ein frisches After Shave ... dann die weißen Zähne, seine Hände, die immer trocken und warm waren.«

»Lud er Sie außerhalb zum Essen ein?«

»An den See, im Sommer. Eine Laube, das Himbeerdessert.«

»Mit seinem Wagen, dem Saab?«

»Damals hatte er einen kleinen, schwarzen MG.«

»Sprach er über sich, sein Leben?«

»Er sagte mir, daß er sich einsam fühle, daß er sich immer einsam gefühlt habe. Auch als er verheiratet war.«

»Seine Frau war weiterhin mit der Signora Moretti befreundet.«

»Eine Signora, immer schwarz gekleidet, sehr elegant. Aber traurig.«

»Und nach Mailand, fuhren Sie da gemeinsam hin?«

»Ein paarmal, ins Stadion. Nie zu ihm in die Wohnung. Dann hat er mich wieder nach Hause gebracht. Wir haben bei mir gegessen.«

»Ich würde gern Ihre Wohnung sehen.«

»Die ist gleich hier um die Ecke.« In ihren Augen war ein plötzliches Funkeln zu vernehmen.

Sie aß ein paar Häppchen, während sie nachdenklich vor sich hinblickte.

»Kamen Sie gut miteinander aus?«

»Wir haben nie gestritten. Es gab keinen Grund, wenn auch ...«

»Was stimmte nicht?«

»Ich hätte gewollt, daß unsere Beziehung nicht ...« sie wandte sich an Nadia, »nicht so geheim gewesen wäre. Alle wußten von uns, doch wir paßten immer auf, nicht ins Gerede zu kommen. Wir verhielten uns wie gute Freunde, fast wie Kollegen.«

Ambrosio schien völlig vom Bierschaum fasziniert.

»›Ich habe kein leichtes Leben‹, sagte er mir. ›Carlina läßt mir alle Freiheiten, das stimmt schon, wir leben nicht unter einem Dach, aber ich möchte sie nicht verletzen, schon allein, weil das Ambiente, in dem sie arbeitet, so klatschsüchtig und hinterhältig ist. Das verdient sie nicht.‹«

»War das der Grund, warum er nicht hier in Cantù übernachtete?«

»Er wollte kein Gerede, keinen Klatsch.«

»Wollte er auch Sie davor schützen?«

»Einmal hatte er das Gefühl, jemand würde ihn verfolgen.«

»Ein Detektiv?«

»Vielleicht hatte er es sich ja nur eingebildet. Er selbst beauftragte ein Detektivbüro.«

»Warum das?«

»Um genaue Informationen zu haben, über die Vermögensverhältnisse einiger Kunden.«

»Traute er seinen Mitmenschen nicht?«

»So gut wie nicht. Ich bin wie meine Mutter, sagte er.«

Das Haus lag am Ende eines Sträßchens mit Myrtenhecke. Die Tore waren grün gestrichen. Der Kiesweg, der den kleinen englischen Rasen durchquerte, hatte etwas Künstliches an sich.

Das Zimmer war groß. Eine weiß lackierte Tischplatte trennte es von der Küche, die mit Edelstahlmöbeln eingerichtet war. Sie setzten sich auf ein hellblaues Sofa. Im Zimmer standen ein Fernseher, zwei kleine Korbsessel, ein runder Tisch. Eine Wand schmückte die Reproduktion eines berühmten Gemäldes. Es zeigte ein blondes Mädchen mit roten Strümpfen, das zusammen mit einem hageren Typ, der einen Zylinder auf dem Kopf trug, im Moulin Rouge tanzte.

»Toulouse-Lautrec«, sagte Ambrosio. »Hat Valerio das ausgesucht?«

»Nein, das hatte ich schon vorher.«

Dann begleitete sie sie in den zweiten Teil der Wohnung: ein kurzer Flur führte ins Bad und in das Schlafzimmer. Die Wände waren mit einer mit Maiglöckchen, Winden und Schlüsselblumen übersäten Tapete verkleidet. Im Raum stand ein französisches Bett aus Schmiedeeisen. Es erinnerte den Commissario an seines, das er vor seiner Hochzeit auf dem Corso Venezia gekauft hatte; Francesca hatten diese riesigen Betten aus Nußbaumholz oder, schlimmer noch, aus Palisander nicht gefallen.

Mirella öffnete die Schiebetür eines Schrankes, der die

ganze Wand neben dem Bett einnahm. Sie hatte ihn instinktiv aufgemacht und es sofort bereut, als ein Trenchcoat zum Vorschein kam, ein Burberry, wie der von Ambrosio, ja, von Humphrey Bogart. Sie verharrte bewegungslos. Bevor sie die Schranktür wieder zuschob, strich sie mit der Hand leicht über einen Ärmel.

»Das war seiner«, flüsterte sie.

Man hörte die Stimme eines Diskjockey. Sie wurde sofort vom reißenden Rhythmus eines Liedes unterbrochen, das irgendein Verrückter wild hinausbrüllte. Dann kam wieder die Stimme des Diskjockeys.

Sie hob den Blick zur Decke: »Meine Nachbarn.«

Während sie an der Badezimmertür vorbeigingen, sagte sie: »Da steht noch seine Zahnbürste neben der meinen. Ich schaffe es nicht, sie wegzuwerfen.«

»Hat er Ihnen gesagt, warum er befürchtete, beschattet zu werden?«

»Nein.«

»Von irgendeinem Feind?«

»Er hatte keine Feinde.«

»Wie kommen Sie zu dieser Behauptung?«

Sie blieb vor einem Schränkchen in der Küche stehen, öffnete die Tür und griff nach einer Flasche.

»Einen Schluck Whiskey?«

»Jeder kann, ohne es zu wollen, die Empfindlichkeit eines anderen reizen.«

Sie schüttete den Whiskey in hohe Kristallgläser und fügte Eiswürfel hinzu.

Nadia, ganz sensible Frau, behauptete mit vertrauenserweckender Stimme, frei von jeglicher Neugier: »So hat er Ihnen also, bevor er sich in Sie verliebt hatte, von seinen Liebesgeschichten mit anderen Frauen erzählt?«

»Er hat nie gesagt, daß er in mich verliebt sei.«

»War er das nicht? Eigenartig.«

Die Eiswürfel klirrten in den Gläsern.

»Ich war in ihn verliebt. Mir reichte es, daß er mit mir zusammen war. Er schenkte mir seine ganze Aufmerksamkeit. Er gab mir das Gefühl von ...« Sie fand das passende Wort nicht, dann meinte sie schlagartig: »Geborgenheit.«

Nadia saß unbeweglich auf dem Sofa, die Handtasche neben sich. Sie hielt das Glas an ihre Stirnmitte gedrückt, so als würde ihr die angenehme Kühle der Eiswürfel Erleichterung verschaffen.

»Glauben Sie, daß ...«

»Wir dürfen keine Möglichkeit ausschließen. Meine Liebe, Sie können uns eine große Hilfe sein. Vielleicht ist Ihnen das nicht klar.«

»Seine Verhältnisse waren alles Sexgeschichten gewesen, reiner Sex. Er mochte nicht zu den Prostituierten gehen.« Sie schaute sie mit einem unsicheren Blick an: »Glauben Sie mir nicht?«

»Wir glauben Ihnen. Valerio war ein enttäuschter Mann«, sagte Ambrosio. »Sie müssen für ihn so eine Art ruhender Pol gewesen sein, ihm neue Lebensfreude geschenkt haben.«

»Lebensfreude. Genau so drückte er sich aus.« Sie sah ihm in die Augen, dankbar, daß der Commissario ihr diese Worte wiederholt hatte. »Wenn wir zusammen waren, hier in der Wohnung, auf diesem Sofa saßen, sei er wieder der von früher, sagte er immer.«

Sie hatte das Glas Whiskey fast ausgetrunken. Sie schaute sie an, senkte sofort den Blick und zuckte mit den Achseln.

Nadia stand auf und nahm einen Rahmen vom Tisch, in dem die Fotografie eines Mannes mit nacktem Oberkörper stand, der das Ruder eines Bootes fest in Händen hielt.

»Er hat es mir am Anfang unserer Beziehung geschenkt.«

»Auch er ließ sich gerne nackt fotografieren?« fragte Nadia beiläufig.

»Nun, ja.«

»Dann haben Sie ihn also fotografiert?«

»Mit der Polaroid.«

»Das sind nette Apparätchen«, räumte Ambrosio ein, »sofort hast du deine Farbaufnahme in der Hand, ganz ohne Probleme.«

»Brachte er ihn mit?« erkundigte sich Nadia. »Den Fotoapparat, meine ich.«

»Nein, der lag hier bei mir. Wollen Sie ihn sehen?« Sie ging auf ein Möbel aus Eschenholz mit drei Schubladen zu.

»Da ist er.«

Er sah genauso aus wie der Apparat, mit dem Valerio Biraghi seine ›Heldentaten‹ in den mit Teppichboden ausgelegten Zimmern am Largo Rio de Janeiro festgehalten hatte.

»Dann haben Sie sie gemeinsam verbrannt?«

»Im Winter, wenn der Kamin an war.« Sie wies auf die an der Wand hinter dem runden Tisch sichtbar gemauerten Ziegelsteine.

»Und im Sommer?« Ambrosio setzte eine heitere Miene auf, als handele es sich um einen Scherz.

»Schnitt er sie mit einer Schere in kleine Stückchen.«

»Möglich, daß er kein einziges Foto behalten hat?«

Sie schüttelte den Kopf.

»Wenigstens eines von ihm. Männer sind eitel, sagt der Commissario immer.« Nadia näherte sich Mirella.

»Ich würde mir gerne die Villa des Ragioniere ansehen«, sagte Ambrosio in bestimmtem Ton.

»Sie liegt mitten in einem Wald.«

»Ein bißchen abgelegen, also.«

»Es ist ein Geisterhaus«, gestand Mirella mit der Polaroidkamera in der Hand. »Valerio hat das immer gesagt.«

Vom Fenster aus sah man die Hecke, einige Hortensiensträucher und, einsam inmitten des Grasteppichs, eine Magnolie.

»Lebt der Ragioniere, von der Haushälterin mal abgesehen, allein in dieser Villa?«

»Mutterseelenallein.«

»Hat er sie bauen lassen?«

»Nein. Sie gehörte einem, der Wasserhähne herstellte. Hat ein übles Ende genommen. Er hat sich vor vielen Jahren umgebracht, sich mit einer Pistole in die Schläfe geschossen.«

»Hatte er Familie?«

»Eine Frau und eine Tochter.«

»Der Grund für den Selbstmord?«

»Er hatte im Casino in Monte Carlo alles verspielt, erzählte man sich zumindest.«

»Und Ragioniere Moretti hat die Villa gekauft.«

»Villa, Möbel, Park, sogar die Köchin.«

Mirella ging mit der Polaroidkamera zu dem Eschenholzmöbel zurück: »Kann ich sie wieder wegtun? Er hat nicht einmal das Bett ausgetauscht, in dem sich der Arme erschossen hat.«

»In diesem Haus möchte ich noch nicht mal begraben sein«, sagte Nadia.

»Wem sagen Sie das? Luigi war ein sehr guter Freund Valerios, und er ist ein guter Mensch, ehrlich. Aber so ganz normal ist der nicht, meiner Meinung nach.« Sie tippte sich mit dem Zeigefinger an die Stirn. »Man erzählt sich, daß er, als seine Mutter starb, ins Kloster gehen wollte. Seine Brüder haben ihn davon abgehalten, sie brauchten ihn, allein hätten sie es nicht geschafft.«

»Was sagte Valerio?«

»Er müßte eine Frau haben, oder auch zwei. Dann würden ihm seine Spleens schon vergehen.«

»Hatte er denn keine? Frauen, meine ich.«
»Als er jung war, sollte er sich verheiraten.«
»Mit einer von hier?«
»Die Tochter von dem, der sich erschossen hat. Als der Vater gestorben ist, wollte sie von der Heirat nichts mehr wissen. Eines Morgens ist sie mit einem Taxi weggefahren. Sie hat sich nach Mailand fahren lassen.«
»Und dann?«
»War sie für immer verschwunden. Valerio sagte, daß sie schon einen anderen hatte, und in Anbetracht dessen, daß der Vater die Dinge auf seine Art geregelt hatte, endgültig …«
»Kurz, sie hätte den Ragioniere geheiratet, um den Vater vor dem Ruin zu bewahren.«
»So jedenfalls sagte Valerio.«
»Von da an wollte er nichts mehr von diesem Thema wissen.«
»Hier sieht man ihn nie mit Frauen. In der Stadt vielleicht. Aber ich glaube eher nicht.«
»Irgendwelche bösen Gerüchte?«
Sie schwieg, zögerte etwas.
»Hätte Valerio gewußt, wenn sein Freund …«
»Er hat mir nie etwas gesagt.« Sie strich mit der Hand über ein mit Chintz bezogenes Kissen und drapierte es dann auf dem Sofa. »Wer weiß, warum, aber wir haben nie darüber gesprochen, obwohl es eine Situation war, die eher von der Norm abwich, oder?«
»Die Frau von Valerio, mit wem ist sie befreundet? Mit allen drei Brüdern oder mit einem im besonderen?«
»Besonders mit der Frau des Presidente, als sie noch lebte.«
»Hat der Presidente jetzt eine andere Frau? Er ist ja auch seit vielen Jahren Witwer.«
»Da ist so eine Blonde, groß, immer mit Hut, sie holt ihn mit einem schwarzen Mercedes ab. Sieht aus wie eine dieser

Frauen, die auf den Titelseiten der Zeitschriften aus Hochglanzpapier abgebildet sind.«

»So wie die ›Vogue‹?«

»Ja, genau. Diese Signora lebt mit ihm in Mailand, zusammen mit den Kindern. Hat einen komischen Namen, sie heißt Ofelia. Sie ist seine Sekretärin. Und Wirtschafterin. Er nennt sie Lia. Die hier brauchen nie offen zu sein.« Die Erregung schien sie übermannt zu haben. »Nur die armen Schlucker können sich keine vorzeigbaren Märchen kaufen. Das sagte ich zu Valerio.«

»Und er?«

»Lachte.«

»Hat Carlina, die Frau Valerios, dem Presidente diese Signora vorgestellt?«

»Keine Ahnung.«

»Aber es wäre möglich.«

»Auf alle Fälle weiß ich, daß die Blondine eine sehr gute Freundin Carlinas ist. Da bin ich mir ganz sicher.« Sie blickte sie an: »Können wir ins Büro zurückfahren? Sonst komme ich zu spät.«

Sie gingen hinaus. Mirella schloß die Tür ab und legte die Schlüssel in ihre Handtasche zurück. Diese ganz gewöhnliche Geste weckte in Ambrosio plötzlich die Erinnerung an einen anderen Schlüsselbund, den sie im Geheimfach des Louis-Quinze-Tischchens gefunden hatten.

»Hatte Valerio die Schlüssel zu dieser Wohnung?«

»Er hat sie nie gewollt.«

»Warum?«

»Er behauptete, daß es meine Wohnung sei, daß es ihm gefiele, mein Gast zu sein.«

Das war es, was überprüft werden mußte.

Nachdem Mirella ins Büro geeilt war, blieben der Commissario und Nadia vor dem Firmengebäude neben dem Auto stehen. Eine leuchtende Sonne und ein frischer Tramontana hatten den Himmel in eine türkisfarben glasierte Platte verwandelt.

»Erinnerst du dich an die drei Schlüssel, die wir zusammen mit den Fotografien der nackten Frauen gefunden haben?«

Nadia legte ihre Tasche auf den Sitz des Lancia Delta und drehte sich zu ihm um: »Haben Sie ihr deswegen diese Frage gestellt?«

»Die Schlüssel von der Via Casnedi und vom Largo Rio de Janeiro haben wir in den Taschen seines Anzuges gefunden. Er trug sie mit sich herum. Wie wir alle eben.«

»Warum also lagen diese drei im Geheimfach?« sagte Nadia, während sie die Autotür aufhielt.

»Offensichtlich waren sie wichtig und wurden nur unter bestimmten Umständen gebraucht.«

»Ein bißchen wie die Polaroid.«

»O Gott, und das ist mir nicht eingefallen!«

Gustavo Moretti kam zu Fuß. Er trug einen weiten grauen Mantel, der wie ein Cape geschnitten war. Der große Mann sah, vor allem wegen des blauen Huts mit der breiten Krempe, den er leicht schräg auf dem Kopf trug, wie ein Handelsvertreter aus.

»Signori«, grüßte er mit einem leichten Kopfnicken. Seine wachen kleinen Augen funkelten, aber vielleicht lag das am Wind.

»Presidente, wir müßten unser Gespräch von heute morgen beenden.« Ambrosio hatte den Verdacht, daß er darüber verärgert sein würde. Und tatsächlich, sein Lächeln erstarrte.

»Es tut mir leid, daß ich darauf bestehen muß, aber ...«

»Kein Problem«, sagte er, »das verstehe ich sehr gut.«

»Ich müßte Ihnen nur ein paar kleine Fragen stellen. Sie könnten uns die Ermittlungen erleichtern. Ansonsten riskieren wir leider, Personen, die mit dem Verbrechen nichts zu tun haben, mit hineinzuziehen.«

»Bitte«, er stieß die Tür zu seinem Büro auf und trat als erster ein, »ich darf vorausgehen.« Im Hineingehen legte er schwungvoll Hut und Mantel ab.

Während er sich an den Schreibtisch setzte, zündete er sich eine Zigarre an. Der Rauch hüllte ihn völlig ein, und er wedelte nervös mit der Hand in der Luft herum, um ihn zu vertreiben. Er machte einen unruhigen, ja, ungeduldigen Eindruck.

»In dieser ganzen Geschichte«, begann Ambrosio, »ist nur eines sicher: die Witwe Biraghi hat ein Alibi.«

»Sie war mit uns in Mailand.«

»Ich weiß. Inspektor De Luca hat das in seinem Bericht genau aufgeführt.«

»Das verstehe ich nicht.«

»Vielleicht wissen Sie das nicht. Aber im Normalfall wird immer der Ehepartner als erster ...«

»Verdächtigt?«

»Ja. Die Statistiken bestätigen dies. Glücklicherweise ist in diesem Fall die Signora dank Ihnen und Ihrer Familie von allen Seiten abgesichert«, sagte er mit einem vieldeutigen Lächeln.

»Denken Sie an die Untreue des Opfers«, unterstrich Nadia, »für uns war es ein vernünftiger Schluß, zu denken, daß ihn die Ehefrau, sagen wir, bestraft haben könnte.«

»Gott sei Dank hatten wir sie am Sonntag abend zum Essen eingeladen. Sie hat ein so gutes Verhältnis mit meinen Kindern und mit Lia ...« Dann fügte er hinzu: »Lia ist eine tüchtige junge Frau, die meine arme Frau in der Führung des Haushalts ersetzt hat.«

»Eine nicht nur tüchtige, sondern auch schöne Signora«, warf Ambrosio ein.

»Wer hat Ihnen das gesagt?«

»Das Sammeln von Informationen gehört zu unserer Arbeit.«

Die Zigarre zwischen den Zähnen, wog Gustavo Moretti das Tischfeuerzeug, dessen Form an eine Bombe erinnerte, nachdenklich in der Hand.

»Ich habe den Eindruck, daß es Valerios Frau war, die Sie mit ihr bekannt gemacht hat.«

»Hat man Sie auch darüber unterrichtet?«

»Darauf bin ich von allein gekommen.«

»Und wie?«

»Elementar, würde Sherlock Holmes sagen, erinnern Sie sich?«

»Würden Sie mir das bitte erklären?« Es schien nicht gerade gutgelaunt.

»Carlina Biraghi lebt inmitten von Mannequins und Haute Couture. Von ihrem Aussehen her könnte die Signora gut ein ehemaliges Mannequin sein, groß, elegant. Das ist alles. Ich glaube, man nennt das Deduktion.«

»Syllogismus«, schloß Gustavo Moretti, während er die falsche Bombe auf den Schreibtisch legte, als wolle er sich ergeben.

»Signor Moretti, bevor ich das Gespräch mit Ihnen fortsetze, möchte ich eine Bemerkung vorausschicken. Ich habe Ihnen gegenüber nicht die geringste Voreingenommenheit oder das leiseste Vorurteil. Mir ist bewußt, daß die ganze Situation für Sie sehr unangenehm ist, abgesehen von der Zuneigung, die Sie für Ihren ermordeten Freund hegten. Ich weiß aber auch, daß die Verhaftung des Schuldigen Ihnen dazu verhelfen wird, ein Minimum an Ruhe zu finden. Deswegen bitte ich Sie, es mir nicht übelzunehmen, sollte ich etwas indiskret erscheinen. Ich muß Ihnen einige Fragen stellen, auf die ich lieber verzichten würde, aber sie sind nötig, glauben Sie mir.«

»Stellen Sie sie, und dann kein Wort mehr darüber.«

»Auf diese Weise können wir einige Punkte abhaken, über die wir dann keine Nachforschungen mehr anstellen müßten. Im Augenblick ist es, als ob wir blind wären. Habe ich mich verständlich ausgedrückt?«

»Ich werde versuchen, Ihnen deutlich und klar zu antworten.«

Das Telefon begann zu läuten. Er gab der Sekretärin die Anweisung, daß er bis auf weiteres für niemanden zu sprechen sei.

Dann lehnte er sich in abwartender Haltung und mit der Zigarre in der Hand im Sessel zurück.

»Also, hat Ihnen Carlina Biraghi die Signora Ofelia vorgestellt?«

»Daß sie Ofelia heißt, wissen Sie also auch. Ja, sie war es, vor mehr als drei Jahren.«

»Valerio kannte sie auch?«

»Ja.«

»Was hatten die beiden für ein Verhältnis?«

»Lia und Valerio? Sie waren ganz normal befreundet. Lia war zu jener Zeit mit einem Modefotografen verheiratet, ein Amerikaner, der für die Zeitschrift Carlinas arbeitete und dann wieder nach Manhattan zurückgegangen ist.«

»Und Sie haben dann für sie eine Stelle als Wirtschafterin in Ihrem Haus gefunden.«

»Wenn Sie so wollen. Wenn auch die Bezeichnung Wirtschafterin nicht ganz richtig ist.«

»Vielleicht wäre es ehrlicher zu sagen, daß die Signora Ihre zukünftige ...«

»Zweite Frau werden könnte? Vielleicht.«

»Ihr Bruder, der Architetto, scheint mir ein sensibler und auch empfindlicher Mann zu sein. Ich wollte ihn absichtlich nicht mit gewissen Einzelheiten bedrängen, die ihn hätten verletzen können. Ich möchte Ihnen die Frage stellen, ob die Ehefrau Ihres Bruders die Geliebte Valerios gewesen ist und ob Ihr Bruder die beiden entdeckt hat. Ist es so? Oder irre ich mich?«

Er blickte ihn an und seufzte: »Das ist leider die Wahrheit. Alle wußten es. Es war noch nicht mal die Schuld Valerios. Françoise war immer schon eine flatterhafte Frau gewesen. Immer, Commissario. Flatterhaft, um es nicht noch schlimmer auszudrücken.«

»Danke, Presidente.« Ambrosio fühlte sich, als hätte der andere ihm eine Medaille an die Brust geheftet.

»Wie hat Ihr Bruder die beiden entdeckt?«

»Gerede, anonyme Briefe. Dann habe ich ihm zu jemandem geraten, der, ohne irgendeinen Zweifel zu lassen, die Wahrheit herausfinden würde.«

»Ein Privatdetektiv?«

»Ja. Der alles entdeckt hat, wann und wo sie sich trafen.

»In der Wohnung Valerios?«

»Nein. In einem Büro, das er in der Via Santa Marta besaß. In Wirklichkeit war es kein Büro, wie Sie sich gut vorstellen können.«

»Haben Sie es jemals gesehen?«

»Nein, ich wußte, daß es existierte, aber mir wäre doch nicht im Traume eingefallen, daß dieser Hurensohn ... er war krank, anders ist das nicht zu erklären. Auf alle Fälle ging Françoise zu ihm, immer am Nachmittag, nach ihrem Besuch beim Friseur gleich um die Ecke, in der Nähe der Piazza San Sepolcro.«

»Hatte er es gemietet?«

»Kann sein, daß es ihm gehörte.«

»In den Unterlagen, die wir gefunden haben, ist es nicht aufgeführt.«

»Dann war es gemietet.«

»Die drei Schlüssel«, flüsterte Nadia.

Ambrosio bekam Lust auf eine Zigarette. Das passierte ihm immer, wenn er spürte, daß sich die Umstände zu seinen Gunsten entwickelten. Und dieses Treffen in Cantù hatte ihm völlig neue Möglichkeiten eröffnet, die es noch vor wenigen Stunden nicht zu geben schien.

Gleichzeitig gab es in allen Ermittlungsverfahren eine Unveränderlichkeit: Im selben Maße, wie sich die Informationen anhäuften, neue Indizien entdeckt wurden, wurde die Person des Toten undeutlicher, statt daß sie sich gut sichtbar präsentiert hätte. Als ob zuviel Helligkeit ihre Konturen verschwimmen ließe.

»Wie hat sich der Architetto verhalten, als er die Wahrheit erfuhr?«

»Er schien völlig verändert. Deprimiert. Monatelang. Wissen Sie, wer ihm geholfen hat, aus der Sache herauszukommen? Da kommen Sie nicht darauf. Ich werde es Ihnen sagen. Es war Carlina. Valerio ließ sich in dieser Zeit bei uns noch nicht mal von weitem sehen. Er arbeitete selbständig, hielt die Kontakte zu mir und zu Luigi über Mirella.«

»Wie hat sich dann alles geregelt?«

»Lucillo hat verstanden, daß von den beiden Valerio, alles in allem, die geringere Schuld traf.«

»Kannte Mirella, Ihrer Meinung nach, die Gewohnheiten unseres ... unseres Helden?«

»Wer weiß. Sie ist ein tüchtiges Mädchen, aber sie hat immer hier gelebt. Ihre Familie, das sind alles einfache, ehrliche Leute. Sie müssen bedenken, daß Valerio, älter als sie, reich, gut gekleidet, lässig, mit diesem Flair des ewigen Jungen, sie vollkommen für sich eingenommen hatte. Ich glaube, sogar das Gerede und der Klatsch ließen ihn in ihren Augen interessant erscheinen. So funktioniert die Welt.«

»Wußte Carlina von seiner Schwärmerei für Mirella?«

»Das wußten alle.«

»Was sagte sie?«

»Nichts. Im übrigen hat sie nie etwas gesagt, das war auch wirklich nicht nötig.«

»Den Verlobten Mirellas muß das ganz schön getroffen haben.«

»Das kann ich mir vorstellen, der Ärmste.«

»Er ist Arzt«, fügte Nadia hinzu.

»Warum aber verhielt sich Valerio so?«

»Ich bin bestimmt am wenigsten dazu geeignet, Ihnen darüber eine Erklärung zu liefern. Ich habe nur eine einzige Frau geliebt, und das war meine Frau«, sagte er, während er die erloschene Zigarre in einem weißen Keramikmörser ablegte.

»Es wäre besser, wenn wir diesen Arzt verhörten.« Ambrosio wandte sich an Nadia, die, wie immer, schreibbereit mit dem Notizbuch in der Hand dastand und sich darauf beschränkte, mit einem Nicken zu antworten.

»Ich hoffe, er hat ein Alibi. Wissen Sie, wie er heißt?«

»Dottor Angelo Crippa.«

»Er wird wohl jede Art von Spritze verwenden können«, erwog Nadia.

»Mirella hat uns erzählt, daß er im Krankenhaus in Como arbeitet.«

»Über eines bin ich mir ganz sicher.«

»Das wäre?«

»Er wird sich bald bei Mirella melden.«

Eine weitere Möglichkeit.

In der Zwischenzeit war das Licht weicher geworden. Dasselbe Licht, das an manchen Nachmittagen an der Riviera herrschte, dazu der Geruch verbrannten Gestrüpps, die Olivenhaine, die Johannisbrotbäume, die Palmen, der Duft von mit Zitronen beträufeltem Fisch, die Lust auf Eis. Emanuela war jetzt dort unten, bei ihren Eltern, am Wochenende würde sie zurückkommen. Vielleicht.

Vielleicht hätte man mit dem jungen Arzt bereits sprechen sollen. Warum, verdammt noch mal, hatte sich auch die rothaarige Mirella in Valerio Biraghi verknallt?

»Warum?« wiederholte er laut, während er zum Fenster ging, um den Himmel zu betrachten. »Warum ging Mirella mit einem Mann mittleren Alters, verheiratet, aber getrennt lebend, der den Ruf eines Verführers hatte, ein Verhältnis ein?«

Es folgte ein Schweigen, das nur vom lästigen Geräusch eines Hammers unterbrochen wurde. Dann sagte Nadia mit einer Stimme, die noch nicht einmal die ihre schien: »Sex.«

Gustavo Moretti war sich unsicher, ob er sie anschauen solle.

»Ich weiß nicht«, murmelte Ambrosio. Und er mußte an gewisse Wintermorgen denken, an die wohlige Wärme des Bettes, die zaghaften Versuche, die federleichte Decke zurückzuschlagen, aufzustehen, um dann in die Küche zu tappen und Kaffee zu machen. Die Stimme Emanuelas, ein Hauch – Buongiorno, Giulio –, die über das Kopfkissen verteilt liegenden blonden Haare; dann drehte sie sich um, mit dem Gesicht zur Wand, an dem der versilberte Rahmen hing. Unter Glas ein Mädchen Cassinaris, mit zart rosafarbenem Busen und Brustwarzen, die an Kirschen erinnerten.

»Sex, meinst du. Ihr Bruder hat einen Satz gesagt, der mir sehr zu denken gibt.« Ambrosio wandte sich an Gustavo Moretti. »Er hat gesagt, daß Valerio verzweifelt versuchte, sich von seiner Angst vor dem Tod abzulenken.«

»Luigi? Hat Luigi Ihnen das gesagt? Auch er war immer davon besessen, schon als Junge. Aber ...« Er hielt inne, nahm den Telefonhörer ab.

»Aber?«

»Luigi war niemals hinter den Frauen anderer her.«

Er fragte, ob der Ragioniere zurück sei.

»Er wird jeden Moment kommen«, übermittelte er.

»Warum hat Signora Ofelia ihren Mann verlassen?« fragte Ambrosio, als ob er das Thema wechseln, die Atmosphäre von diesem Hauch Unbehagen reinigen wolle, das sich zwischen ihnen breitgemacht hatte.

»Der Fotograf war kein Ehemann.« Es war ihm regelrecht herausgeplatzt, fast ein Schrei. »Sie hatten zusammen in Amerika für ›Vogue‹ und andere Zeitschriften gearbeitet. Dann haben sie bei uns hier geheiratet, und zum Schluß hat sich ihre Verbindung in eine Firma verwandelt, Ofelia & William, das Fotomodell und der Fotograf. Kommt vor.«

»Wo haben sie geheiratet?«

»In Assisi, nach einer Modereportage. Assisi eignet sich so hervorragend.«

»Was hat denn nicht funktioniert zwischen den beiden?«

»Alles.« Er ließ keinen Zweifel daran.

»Es wird doch irgendeinen Grund gegeben haben. Hatte er eine Schwäche für andere Frauen, *auch* für andere?«

Er begann zu lachen.

»Eher für das andere Geschlecht«, sagte er, und das Lächeln wich aus seinem Gesicht.

In diesem Augenblick trat der Ragioniere ein.

»Ciao, Luigi«, sagte Gustavo, »setz dich bitte.«

»Wollen wir in Ihr Büro gehen?« Ambrosio erhob sich.

»Bleiben Sie ruhig hier. Ich habe sowieso in der Fabrik zu tun. Wir sehen uns dann später.«

Es lag etwas Falsches in der Luft, wenn auch bislang niemand gelogen hatte. Ambrosio war sich sicher, niemand hatte es gewagt, die Wirklichkeit zu verfälschen. Im Gegenteil. Die Antworten erschienen ihm logisch und auch ehrlich. Was war es also, das ihn in Alarm versetzt hatte? Wer hatte ihm das

Gefühl gegeben, in einem Marionettentheater zu sein? Fragen, Antworten, Pausen, alles feinsäuberlich aufgesagt – oder besser vorgetragen –, wie man es von den ruhigen Abenden kennt, wenn alle Zuschauer auf ihren Plätzen sitzen und man den Geschmack von Pfefferminzbonbons im Munde hat.

»Wir waren zu Hause bei Mirella.«

Er blieb im Sessel sitzen und blickte Ambrosio ausdruckslos mit einem blassen Gesicht an.

»Wir haben über Valerio gesprochen, über seine Angewohnheiten, ihr gemeinsames Leben, wenn sie sich am Abend für ein paar Stunden einbilden konnte, seine Lebensgefährtin, die einzige zu sein.«

»Ein armes, naives Mädchen.«

»Das denke ich auch. Heute morgen haben Sie, Ragioniere, eine seltsame Erklärung für das Verhalten Valerios geliefert. Ich meine jene Notwendigkeit, allen Frauen nachzulaufen, die ihm in die Quere kamen. Er versuchte, sich damit von einer Zwangsvorstellung abzulenken, erinnern Sie sich?«

»Eine vernünftige Erklärung.«

»Es könnte noch eine andere geben«, wagte Nadia einzuwerfen. »In einem Buch habe ich gelesen, daß es Männer gibt, die sich ständig auf die Probe stellen müssen, gewissermaßen um sich selbst zu beruhigen. Auch das könnte eine Erklärung sein.«

»Da ist schon etwas Wahres dran, an deiner Auslegung. Das passiert den Männern«, gab Ambrosio zu.

»Einmal, im Spaß, gestand er mir, daß er gerne als Frau auf die Welt gekommen wäre«, meinte der Ragioniere mit einem Lächeln im Gesicht.

»Und ich gerne als Mann. In Sizilien hat man da mehr Vorteile«, fügte Nadia hinzu.

»Warum hätte es ihm gefallen?«

Da war es wieder. Ambrosio mußte erneut an das Schild des

Marionettentheaters in der Nähe des Gefängnisses von San Vittore denken.

»Die Frauen, sagte er, sind uns gegenüber im Vorteil. Sie können heucheln, ohne Angst, entdeckt zu werden. Es ist schlicht unmöglich, ihre Weiblichkeit auf die Probe zu stellen.«

Ambrosio im verständnisvollem Ton: »Für uns hingegen, was für eine Katastrophe.«

»Das ist wahr. So sehr, daß ...« Er wollte den Satz zu Ende führen, aber es gelang ihm nicht. »So sehr, daß so mancher auf ... auf den Wettkampf verzichtet.« Es war nicht genau das, was er eigentlich hatte sagen wollen. Tatsächlich, einige Augenblicke später: »Andere wie Valerio schaffen es, die Rolle zu spielen, die sie sich seit ihrer Jugend erträumen.«

Jenseits der Einfriedungsmauer ragte ein Kirchturm auf, um den eine Schar Schwalben flog.

»Das Eigenartige ist, daß Valerio, wenn er eine Frau erobert hatte, immer die Gesellschaft eines Freundes suchte.«

»Wie diesen Ermes, zum Beispiel«, erkühnte sich Ambrosio, während er wieder zum Sessel ging.

»Oder mich.« Der Ragioniere zog ein Zigarettenetui aus der Tasche; es war flach, aus Silber und ähnelte jenen, mit denen vor einem halben Jahrhundert die Schauspieler in diesen Komödien mit den weißen Telefonapparaten prahlten.

7. Kapitel

Eigenartig? Nein, es war durchaus nicht eigenartig

Eigenartig? Nein, es war durchaus nicht eigenartig, daß Valerio die Gesellschaft eines Freundes suchte, nachdem er mit einer seiner unzähligen Frauen zusammengewesen war – nachdem er sie, wie sich Ragioniere Moretti ausdrückte, *erobert* hatte.

»Wie viele waren es denn insgesamt?« fragte Ambrosio Nadia, die neben ihm im Auto saß.

»Commissario, haben Sie diese Wolken gesehen?«

»Es wird bald regnen.«

Nadia überflog die Seiten im Notizbuch. Ein Tropfen war auf die Windschutzscheibe gefallen, dann noch einer und noch ein weiterer. »Sieben, die Ehefrau eingeschlossen.«

»Möglich?«

Er war froh, am Steuer zu sitzen. Das Fahren lenkte ihn von der seltsamen Unruhe ab, die ihn gepackt hatte, seitdem im Büro von Gustavo Moretti der Name des amerikanischen Fotografen, William, gefallen war und jener von Ofelia, genannt Lia, der falschen Wirtschafterin, und zuvor noch der Name Françoise', der französischen Ehefrau, der es gelungen war, die Freundschaft zwischen dem Ehemann und Valerio zu ruinieren. Das Tüpfelchen auf das i hatte zuletzt noch Mirella gesetzt, die zugegeben hatte, genauso wie alle anderen vor der Kamera posiert zu haben; um die Phantasie eines armen Verrückten auf der Suche nach Emotionen anzuregen.

»In Mailand haben wir die ersten vier überprüft: die Blondine mit den Sommersprossen ...«

»Die Frau der Geometers, der in der Gemeinde arbeitet.«

»Ja. Dann die Frau des Zahnarztes. Nummer drei, die Professoressa mit dem großen Busen. Und Nummer vier, die Schreibwarenhändlerin in der Via Vallazze.« Sie zählte sie mit der Genauigkeit einer Entomologin auf.

»Heute in Cantù haben wir die Sekretärin kennengelernt. Zudem hat man uns von dem alten Techtelmechtel zwischen dem Toten und der Frau eines der Brüder, des sogenannten Architetto, berichtet.« Ambrosio betätigte den Scheibenwischer. Der Regen prasselte auf den Asphalt. Rundherum war ein bedecktes Grau, fast eine bleierne Wasserwand.

»Macht sechs«, schloß Nadia und fügte nach einem Augenblick hinzu: »Plus die Ehefrau Carlina, die mir so naiv nun nicht vorgekommen ist.«

»Du läßt nach.«

»Er sagte, daß sie Tränen in den Augen gehabt hätte.« Nadia fuhr sich mit einem kleinen Kamm durchs Haar.

»Von wem redest du?«

»Von De Luca. Gewöhnlich nehmen wir Antworten, Gesten zur Kenntnis, dann gehen wir zur nächsten Frage über. Ich fange an zu begreifen, daß der Spürsinn nichts nützt, Commissario. Liege ich da falsch? Von Ihnen lerne ich es ja.«

»Nützt er nichts?«

»Was ist das im Grunde, der Spürsinn?«

»Sag du's mir.«

»Reine Neugierde«, stellte Nadia mit jugendlicher Entschlossenheit fest.

»Wer hatte Tränen in den Augen?«

»Mirella, die Sekretärin. Eine, die nach Aussage De Lucas aus einem Übermaß an Sensibilität heraus geweint hatte. Ein gefühlsbetontes, empfindliches Mädchen. Aber dem war überhaupt nicht so. Eine Frage nach der anderen ...«

Als sie in den Hof der Via Fatebenefratelli fuhren, hatte es aufgehört zu regnen. Die Abenddämmerung dämpfte Lichter und Reflexe. Beim Anblick der nassen Kieselsteine, der Pfütze an der feuchten, mit Moos bestandenen Wand empfand er eine plötzliche Beklemmung. Während er das Auto parkte, war ihm das Profil Nadias aufgefallen, das Stupsnäschen, die Lippen ohne eine Spur Lippenstift, die kleinen Hände, die jedoch mit festem Griff die Ledertasche hielten. Später, noch am gleichen Abend, sollte er Gelegenheit haben, sich an diese kurzen, unlackierten Fingernägel zu erinnern.

Es waren noch unendlich viele Dinge zu überprüfen.

Als Gennari, der vor seinem Schreibtisch stand, ihm berichtete, sie hätten den Zuhälter aus der Via Lulli in der Nähe des Hauptbahnhofs geschnappt – er hätte sich in der Toilette einer Nuttenpension versteckt gehalten –, gratulierte er ihm. Die Hände in den Taschen seines Blousons und mit einem kurzen Blick auf den Pagenkopf Nadias meinte jener: »Diese Stümper haben einfach einen beschränkten Horizont.«

»Es genügt, sich in ihre Lage zu versetzen«, sagte sie, während sie sich auf dem Armstuhl niederließ.

»Was meinst du damit?«

»Und du, De Luca?« Ambrosio, der Schiedsrichter.

Der Inspektor zeigte ihm das Farbfoto eines Chronographen: »Der Tote war an diesem Ührchen interessiert.«

»Wo ist Miccicchè abgeblieben?«

»Der klappert weiter die Banken ab.«

»*Chronographe rattrapante tourbillon quantième perpétuel*«, las Ambrosio unterhalb des Farbfotos.

»Commissario, haben Sie gesehen, wieviel sie kostet?«

De Luca hatte die Zahl mit dem Kugelschreiber unterstrichen. Nach der Zahl ein Ausrufezeichen: 190.200 Schweizer Franken!

»Was hast du vom Juwelier erfahren können?«

»Er war ein begeisterter Uhrensammler. Kaufte die Uhren, wechselte sie. Sie mußten immer neu sein, nie eine Uhr, die vor ihm jemand anderem gehört hätte. Er war davon überzeugt, daß das Unglück brächte.«

»Abergläubisch?«

»Ein Verrückter, ein wahrer Verrückter.«

»Hast du gefragt, ob er immer alleine ins Geschäft kam?«

»Manchmal mit der Ehefrau.«

»Kaufte er ihr etwas?«

»Ja.«

»Hat er niemals etwas für andere Frauen gekauft?«

»Nein, zumindest nicht nach Aussage des Juweliers.«

»Und er hat nie den Laden in Begleitung einer Frau betreten, die nicht seine Ehefrau gewesen wäre?«

»Es hat mich einige Mühe gekostet, aber schließlich hat er mir doch gestanden, daß Biraghi vor dem Sommer eine Uhr zum Überholen vorbeigebracht hatte und in Begleitung einer Signora war, die französisch sprach.«

»Wir haben entdeckt, daß die Sekretärin in Cantù in ihn verliebt war, nicht wahr, Nadia?«

»Deswegen also hat sie geweint.«

Gennari fing an zu lachen.

»Einen Verdacht hatte ich aber gehabt.«

»Unter anderem hatte er ein kleines Appartement für sie beide gemietet.«

»In Cantù?«

»In der Nähe des Büros. Weißt du übrigens, daß unser Freund auch mit der Ehefrau eines der Moretti-Brüder zarte Bande geknüpft hatte?«

»Mit welcher?«

»Mit der französischen Ehefrau.«

»Die Frau, die der Juwelier gesehen hat!« rief De Luca aus.

Ambrosio zündete sich eine Zigarette an und wandte sich dann an Gennari: »Wenn dein Anfall von Heiterkeit vorbei ist, versuch mal herauszubekommen, was aus dem amerikanischen Fotografen geworden ist, der für die ›Vogue‹ arbeitete. Ein gewisser William Hunter«.

Im Lampenlicht schien ihm der graublaue Rauch, der gemächlich zur Decke aufstieg, ein gutes Vorzeichen. Als er Student gewesen war und selig eine dieser platten Zigaretten aus türkischem Tabak genossen hatte, hatte er die Prüfung immer gut bestanden.

Der Abend war hereingebrochen. Ein Sprühregen wie Nebel benetzte die Fensterscheiben. Der von tiefhängenden, stahlfarbenen Wolken durchzogene Himmel half Ambrosio, sich über die nächsten Schritte klar zu werden. Er stand mit der Zigarette zwischen den Fingern auf. In der rechten Hand hielt er den Ring mit den drei Schlüsseln.

De Luca und Gennari waren gegangen. Nadia beobachtete ihn aufmerksam.

»Ob die vom falschen Büro in der Via Santa Marta sind?«

»Da müssen wir wohl hingehen.«

Es waren drei fast gleiche, noch glänzende Schlüssel, ohne einen Kratzer. Er bewegte sie nachdenklich hin und her.

»Das wäre ja der Gipfel«, flüsterte er.

»Was, Commissario?«

»Nichts Besonderes.«

Die Straße übte einen gespenstischen Zauber aus. Die in der Mitte hängenden Straßenlaternen beleuchteten den Wasserschleier, Regentropfen, die sich wie glitzernde Fäden herabzogen und die die Scheinwerfer ihres Autos streckenweise einfingen. Ungefähr hundert Meter von dem Eingangstor entfernt, fast an der Kurve der Straße, die zur Piazza Mentana führte, fanden sie einen Parkplatz.

Der Eingang mit den kleinen Steinsäulen und dem massigen Bogen war noch geöffnet: nach dem schmiedeeisernen Gitter konnte man im Hintergrund einen Innenhof aus dem 19. Jahrhundert mit einem Laubengang und ockerfarbenen, frisch gestrichenen Wänden erkennen.

Der Pförtner, vom Ausweis Nadias sichtlich beeindruckt, blieb in Erwartung von Anweisungen in Habachtstellung.

»Es ist uns bekannt, daß sich in diesem Haus das Büro eines gewissen Signor Valerio Biraghi befindet.«

»Aber Signor Biraghi ist tot.«

»Aus diesem Grund sind wir da«, antwortete Ambrosio und fügte hinzu: »Ex-Carabiniere?«

»Jawohl, Signore.«

»Gut. Wo ist also dieses Büro?«

Er drehte sich um und deutete auf eine doppelflügige, schokoladenfarbene Tür unter dem Laubengang.

»Haben Sie die Schlüssel zum Büro?«

»Ich hatte sie, Signore.«

»Commissario Ambrosio von der Mordkommission.«

»Ja, Commissario, ich hatte sie. Aber vorgestern habe ich sie der Signora gegeben. Sie meinte, sie wolle sie bis nächste Woche behalten.«

»Wer ist diese Signora?«

»Eine ... Mitarbeiterin von Signor Biraghi, nehme ich an. Ich sah sie mit ihm zusammen.«

»Kam er jeden Tag ins Büro?«

»Ein- oder zweimal in der Woche, aber allein.«

»Und mit der Signora?«

»Manchmal alleine und manchmal mit ihr.«

»Überlegen Sie gut, in einem Monat, wie oft sahen Sie sie da?«

»Mindestens einmal bestimmt.«
»Wann endet Ihr Dienst?«
»Ich schließe abends um sieben. Samstags bin ich nur am Vormittag da.«
»Vielleicht kam Signor Biraghi ins Büro, wenn Sie nicht da waren.«
»Das ist möglich. Abends, nach sieben oder am Samstag nachmittag und am Sonntag.«
»Wir haben drei Schlüssel. Hoffen wir, daß es die richtigen sind.«
»In fünf Minuten«, er tat einen Blick auf die Uhr, »schließe ich.«
»Würden Sie bitte kontrollieren, ob einer dieser Schlüssel die Eingangstür aufschließt.« Er reichte ihm die drei Schlüssel mit dem Ring.
Er betrachtete sie aufmerksam. »Ja«, bestätigte er schließlich, »sie sind wie die, die ich in der Pförtnerloge hatte.« Und um zu zeigen, daß er nicht unüberlegt dahergeredet hatte, ging er zur Tür und steckte einen davon in das Schlüsselloch.
»Paßt«, stellte er befriedigt fest.
»Darf ich Sie um einen Gefallen bitten?«
»Zu Ihren Diensten.«
»Kein einziges Wort über unseren Besuch.« Ambrosio strich ihm leicht über den Ärmel der grauen Jacke.
»Sie können sich auf mich verlassen, Commissario.«
Das Büro, besser gesagt das falsche Büro Valerio Biraghis, beeindruckte Ambrosio seines Terracottabodens und seines weißgekalkten Kuppelgewölbes wegen. In dem gedämpften Licht erkannte man einen schweren Tisch aus dunklem Holz, der einem alten Postamt entstammte. Man ging direkt auf ihn zu, wenn man eintrat. Auf dem Tisch stand eine kleine, grünliche Bronzefigur, eine Tänzerin auf einem Holzwürfel, nackt,

mit vollem Busen, griechischem Profil und zugeschnürten Tanzschuhen. Nackt mit Tanzschuhen.

Zudem stand eine Lampe mit einem Zinnständer und grünen Seidenschirm auf dem Tisch; dahinter ein schwarzer Nappaledersessel und rechts an der Wand ein kleines, mit grünblau gestreiftem Stoff überzogenes Sofa. An der gegenüberliegenden Wand ein Bücherregal mit weißlackierten Brettern, das mit, man würde sagen, kriterienlos gewählten Bänden voll stand. Ihm fiel ein kleines, kaffeebraun eingebundenes Büchlein mit dem Titel *Hebraismus für Anfänger* auf, das innen mit zahllosen Illustrationen gefüllt war. Neben dem Bücherregal war eine kleine Tür mit einem Zugknopf aus Messing.

Nadia wies Ambrosio auf eine Reihe von Zeichnungen hin, die über dem Sofa hingen.

»Commissario, da haben wir sie wieder.«

Wie immer waren es Reproduktionen, die mit schmalen Eschenholzleisten eingerahmt waren: Figuren, die Picasso mit neunzig Jahren gemalt hatte. Die akzentuierte Darstellung weiblicher und männlicher Geschlechtsorgane, hervorgehoben mit meisterlichem Können, ja, voller Sehnsucht, sprachen von einer besessenen, verzweifelten Suche nach der unwiderruflich dahingegangenen Zeit. Dahingegangen für immer.

Er stieß die schmale Tür auf und machte das Licht an, das sich sogleich in rötlichen Tönen in dem nicht großen, aber gemütlichen Zimmer verteilte. Die Lampe mit dem zyklamfarbenen Schirm stand auf einem kleinen Tischchen neben dem Diwan, über dem eine Decke aus Kunstnerz lag. Ein Teppich auf dem Eichenparkett verband den Diwan mit der Spiegelwand, in deren Mitte eine zweite kleine Tür auszumachen war.

»Das Bad der Verliebten.«

Mit zart rosafarbenen Fliesen gekachelt.

»Kokottenstil«, kommentierte Ambrosio, ganz Mann von Welt.

»Französischer Geschmack?«

»Genau.«

Der Schrank mit den Schiebetüren nahm eine ganze Wand ein. Es hing kein einziges Kleidungsstück darin. Völlig leer. Auch die Schubladen in der unteren Hälfte waren gänzlich ausgeräumt worden. Es roch noch ganz zart nach Sandelholz. Nur in der letzten Schublade unten rechts lag hinter einigen alten, zusammengelegten Zeitungen, die das Datum des vorigen Jahres trugen, ein schwarzer Fotoapparat, wie sie ihn bereits kannten. Eine Polaroidkamera mit Blitz, fertig zum Gebrauch.

»Unverbesserlich«, murmelte Nadia.

»Vor allem Gewohnheitsmensch.«

Ambrosio ging ins Bad zurück, um den Inhalt aller Schränkchen zu kontrollieren.

»Das stimmt mich ganz melancholisch«, ergänzte Nadia.

»Die Signora war hier und hat das Liebesnest feinsäuberlichst ausgeräumt. Trotzdem kann ja noch nicht alles verschwunden sein. Suchen wir weiter, auch in den Büchern.«

Sie teilten sich die Arbeit: die Inspektorin begann, einen Band nach dem anderen durchzublättern, der Commissario schaute hinter die Badspiegel, unter den Teppich, hinter die Zeichnungen von Picasso. Zum Schluß legten sie auf den Tisch: eine Ansichtskarte von Amalfi, ein ovales Döschen, in das der Buchstabe A eingraviert war, zwei Haarnadeln, einen verfallenen Eisenbahnfahrplan, die Schwarzweißfotografie einer Frau mit bloßen Schultern, die neben einem Spider posierte.

»Es sind drei Schlüssel. Einer gehört zur Haustür, der zweite zum Büro, und der dritte?« fragte Nadia plötzlich.

»Hast du sie nicht bemerkt?«

»Was?«

Er wies auf die schmale Tür, die vom Büro, dem sogenannten Büro, in den kleinen Raum mit dem Diwan führte: es fiel nicht auf, aber unterhalb des Messinggriffes war ein klitzekleines, fast unsichtbares Schlüsselloch.

»Wetten wir, daß der Schlüssel zu dieser Tür gehört?«

»Warum schloß er sie ab?«

»Wenn er das Büro brauchte, wenn vielleicht irgendein Kunde oder jemand aus Cantù hierherkam, schloß er das Liebesnest inklusive Bad ab.«

»Und wenn der Besucher auf die Toilette mußte?«

»Da wird eine im Innenhof sein.«

Nadia schüttelte den Kopf: »Wie kommen Sie denn auf all diese Dinge?«

»Muß wohl das Alter sein.«

»Sein Leben lang hat er allen Märchen erzählt.«

»Und das stimmt dich melancholisch?«

»Wenn ich überlege, daß er umgebracht worden ist und wir seine ganzen Tricks ans Licht zerren ... armer Kerl. Was für ein idiotisches Leben er doch führte.«

»Idiotisch?«

»Er war allein, trotz Ehefrau, verliebter Sekretärin und vier, nein, fünf Geliebten. Rannte hin und her, von Cantù nach Mailand, vom Largo Rio de Janeiro bis hierher in die Via Santa Marta.«

Sie überflog das Notizbuch: »Mittwochs mit der Signora aus der Via Dezza, am Samstag nachmittag mit der Frau des Zahnarztes, sonntags mit der Professoressa, und dann ist da noch die Schreibwarenhändlerin ... ohne das Zimmerchen hier mit dem Schlüssel und der Polaroid mitzuzählen.«

»Richtig. Aber er traf sie nur jede zweite Woche. Machen wir jetzt kein Ungeheuer aus ihm.«

Vom Hof drangen Stimmen herein. Sie hörten sie direkt vor der Tür des Büros.

Ambrosio reagierte schnell, knipste das Licht im Zimmer

aus, faßte Nadia am Arm, bedeutete ihr dabei, kein Wort verlauten zu lassen, und bugsierte sie in das kleine Zimmer, während er alle Lichter löschte und die schmale Tür so weit anlehnte, daß nur noch ein kleiner Spalt offenblieb.

Mit den Schultern zur Wand warteten sie. Nadia hielt ihre Tasche umgehängt. Die rechte Hand auf der Dienstwaffe.

Ein Hund bellte.

Man hörte es viermal klicken.

Gott sei Dank – dachte Ambrosio – habe ich nicht den Unsinn begangen, die Tür abzuschließen und den Schlüssel steckenzulassen.

Aber etwas hatte er vergessen.

Sie traten ein und knipsten das Licht an.

Einen Augenblick später herrschte die Frau ihren Begleiter mit spitzer Stimme an: »Hast du diese Sachen auf dem Tisch liegenlassen?«

»Was hab' ich denn damit zu tun?«

»Ich kann mich genau erinnern, gestern abend lag nichts auf dem Tisch und jetzt ...«

»Buona sera, Signori.« Ambrosio trat mit den Händen in den Taschen seines Trenchcoats ins Zimmer, dicht gefolgt von der Inspektorin. »Wir sind von der Polizei.«

»Polizei?« fragte die Frau mit unruhigen Augen und halbgeöffnetem Mund. Die blonden Haare fielen ihr auf die Schultern. Sie stützte sich am Tisch ab.

»Mordkommission, Signora.«

Sie trug ein graues Kostüm und darüber ein moosgrünes Cape. Ihre Handtasche hatte sie auf den Tisch gelegt. Ein intensives, fast aufdringliches Parfum umgab sie.

Der Mann war unbeweglich neben ihr stehengeblieben. Er war mittelgroß und in einen dunklen Anzug und Mantel gekleidet. Er trug keinen Hut und hatte einen dichten, schwarzen Schnurrbart. Während seine Augenlider ohne Unterlaß hektisch zuckten, kratzte er sich im Nacken.

»Dieses Büro gehörte unseres Wissens Signor Valerio Biraghi.«

»Ich arbeitete für ihn«, sagte die Frau.

»Ihr Name, Signora?«

»Françoise Gaillard.«

»Französin?«

»Aus Lyon. Aber ich lebe nunmehr seit Jahren in Italien.« Mit der Tasche in der Hand ging sie zum Sofa. »Erlauben Sie, daß ich mich setze?«

»Und Sie?« Ambrosio wandte sich an den Mann, aber die Frau kam ihm zuvor und antwortete: »Er hilft mir.«

»Requisiteur, sozusagen«, präzisierte der Mann sichtlich mißgestimmt.

»Also Diego, jetzt sei nicht zu bescheiden.« Sie zog ein Päckchen Zigaretten aus der Handtasche.

»Wie heißen Sie?«

»Diego Lanzi.«

»Würden Sie sich bitte neben die Signora setzen?«

Widerwillig ging der kleine Mann mit kurzen Schritten zum Sofa.

Dort ließ er sich fallen, so als ob er erschöpft wäre, ohne sich vorher den Mantel auszuziehen, entschieden, dort so kurz wie irgend möglich zu verweilen.

Ambrosio stützte sich auf den Tisch auf, während Nadia, die Tasche über der Schulter, die Hand auf die Lehne des schwarzen Nappaledersessels legte. Nur eine Minute früher wäre diese Mädchenhand mit den unlackierten Fingernägeln fähig gewesen – es war bereits vorgekommen –, die Dienstpistole fest in der Hand zu halten, diese Dienstpistole, die ein Kilo wog und schnell hintereinander fünfzehn Kugeln Kaliber neun Parabellum abgab.

»Valerio Biraghi ist in der Nacht von Sonntag auf Montag erschossen worden. Signora, wann haben Sie das erfahren?«

»Am Montag morgen.«

»Von wem?«

»Von den Hausmeistern bei ihm im Haus. Wir hatten um neun Uhr eine Verabredung, er kam nicht und dann ...«

»Entschuldigung, einen Moment bitte. Eine Verabredung. Wo?«

»Hier im Büro.«

»Hatten Sie die Schlüssel?«

»Nein. Ich habe vor der Eingangstür auf ihn gewartet. Aber er ist natürlich nicht gekommen, und so bin ich dann gegangen. Später fuhr ich mit dem Auto in die Città degli Studi, wo er wohnte, und erfuhr, was passiert war, armer Val ...«

»Sie nannten ihn Val.«

»Ja.«

»Und Sie, wie haben Sie es erfahren?« wandte er sich an den Mann mit dem schwarzen Schnurrbart.

»Françoise hat mich am Nachmittag angerufen.«

»Valerio Biraghi arbeitete seit zig Jahren für die Gebrüder Moretti. Und Sie, Signora ...«

»Ich war mit Lucillo Moretti verheiratet. Ich denke, Sie wissen das.« Mit ihren zart himmelblauen Augen warf sie ihnen kalte Blicke zu. Sie fuhr mit der Zigarette in der Hand durch die Luft, nahm das Cape von den Schultern und ließ es auf die Rückenlehne des Sofas fallen.

Sandelholzparfum, das war es also. Dasselbe Parfum, das Ambrosio kurze Zeit vorher während der Durchsuchung gerochen hatte.

»Sie sind geschieden, ich weiß. Ich glaubte fest, daß Sie nach Frankreich, nach Lyon zurückgekehrt seien. Auch die Signori Moretti glauben dies.«

»Als wir uns getrennt hatten, bin ich tatsächlich nach

Frankreich zurückgegangen. Aber dann habe ich es doch vorgezogen, hierher nach Mailand zu kommen.«
»Wo wohnen Sie?«
»In der Via del Bollo, gleich um die Ecke.«
»Hat Valerio die Wohnung für Sie gefunden?«
»Valerio? Nein, nein. Er hat mir nur ein wenig bei der Arbeit geholfen, er kennt ... er kannte einen Haufen Leute ...«
»Entschuldigen Sie bitte, wenn ich Sie das frage, aber wie ist es möglich, daß Ihr Mann nicht weiß, daß Sie hier in Mailand sind, wo Sie sich doch für Möbel interessieren? Nun ja, es kommt mir eigenartig vor, daß er es nicht weiß.«
»Ich verkaufe keine modernen Möbel.«
»Nein?«
»Nur Antikmöbel. Höchstens Jugendstil oder Novecento.«
»Trafen Sie sich oft mit Valerio?«
»Ziemlich.«
»Hier in der Wohnung?«
»Es ist ein Büro, oder nicht?«
»Nicht direkt«, sagte Nadia.
»Wegen des kleinen Schlafzimmers?« Sie drehte den Kopf um und wies auf die schmale Tür.
»Bequem.« Ambrosio lächelte sie an.
»Wenn er müde war, war er immer froh, einen Platz zu haben, wo er sich ein wenig hinlegen konnte.«
»Haben Sie wieder geheiratet, Signora?«
»Nein. Meine Erfahrung ist nicht gerade aufmunternd gewesen, das kann ich Ihnen versichern.«
»Infolgedessen leben Sie allein in der Via del Bollo.«
»Mit einer Siamkatze.«
»Und Sie, Signor Lanzi?«
»Ja, bitte.«
»Was machen Sie genau?«

Die Augenlider schienen mit einer geheimnisvollen Lösung durchtränkt, die sie pausenlos zucken ließ: »Ich habe mich im Leben immer arrangieren müssen. Jetzt unterstütze ich die Signora auf der Suche nach Einrichtungsgegenständen, Accessoires.«

»Und bevor Sie sich dieser Suche widmeten?«

»Habe ich ein kleines Lokal geführt.«

»Was für eine Art Lokal, Signor Lanzi?«

»Ein Nachtlokal. Und zuvor war ich Reiseveranstalter.«

»Was sonst noch?«

»Ich habe auch mit Gemälden gehandelt.«

»Tatsächlich? Was für eine Art Gemälde? Abstrakte, figurative?«

»Akte.« Er hüstelte.

»Wenn Sie von handeln sprechen, was meinen Sie da genau? Erklären Sie mir das bitte.«

Die Signora antwortete an seiner Statt: »Er trieb sie überall auf, auch in den Galerien in der Provinz. Dann schlug er sie einem Kunsthändler in der Stadtmitte hier in Mailand vor. Das waren damals goldene Zeiten für die Malerei.«

»Erinnern Sie sich an einige Namen?«

»Natürlich: Cantatore, Funi, Oppi …«

»Wo wohnen Sie, Signor Lanzi?«

»Hier in der Nähe, in der Via Morigi. Bei einer Witwe. Sie hat mir ein Zimmer untervermietet.«

»Hat Signor Biraghi bei Ihnen nie ein Bild gekauft?«

»Valerio kaufte keine Bilder«, platzte die Frau mit der Antwort heraus.

»Trotz allem, er mochte Akte.«

Nach der Behauptung Ambrosios, die er mit leiser Stimme hervorgebracht hatte, blieb ein peinliches Schweigen im Raum zurück. So bedrückend, daß Nadia das Bedürfnis verspürte, den Mann zu fragen: »Signor Lanzi, Sie sind Sizilianer?«

»Aus Catania.«

»Biraghi hatte eine Schwäche für Fotoapparate.« Ambrosio näherte sich der Frau mit der Hand am Kinn.

Ihre Nasenflügel zitterten leicht. Françoise Gaillard war nahe daran, den Mund zu öffnen, aber im letzten Moment gebot sie sich zu schweigen. So schien es zumindest.

»Wußten Sie das nicht?«

»Er hatte seine kleinen Manien, wie alle.«

»Da hinten haben wir eine Polaroidkamera gefunden.«

Diego Lanzi zwang sich, die Frau nicht anzusehen und starrte statt dessen beharrlich auf die Spitze eines seiner Schuhe. Er trug taubengraue Socken.

»Und das ist nicht die einzige, die wir gefunden haben.«

»Nein?«

»Signora, vielleicht wäre es angebracht, daß wir ehrlich miteinander sprechen, eventuell unter vier Augen.«

»Ich habe nicht viel zu sagen.«

»Sind Sie da ganz sicher?«

Sie blieb die Antwort schuldig.

»Ich sehe, daß Sie die Schlüssel zu diesem Büro besitzen.«

»Die hat mir der Portier vorgestern gegeben. Ich mußte einige Dinge abholen, die ich für meine Arbeit brauchte.«

»Was für Dinge, Signora Gaillard?«

»Notizen, ein paar Briefe von Kunden, eine Zeichnung. Außerdem einige persönliche Dinge.«

»Zum Beispiel?«

»Ich hatte einen Regenmantel, einen Schal ...«

»Vielleicht einen Morgenmantel.«

»Ja, und was ist dabei?«

»Das einzig Unangenehme an der ganzen Geschichte ist, daß sich ein unvorhergesehener und unangenehmer Zwischenfall ereignet hat: Signor Valerio Biraghi, Hobbyfotograf und Möbelverkäufer für die Firma Fratelli Moretti, ist umgebracht worden. Auf ungewöhnliche Weise umgebracht worden. Eines der eigenartigsten und grausamsten Verbrechen, die mir in meiner Laufbahn untergekommen sind.«

»Ungewöhnlich? Warum?«

»Er ist mit der Nadel einer Spritze im Herzen ermordet worden. Haben Sie diese auf einer Nadel aufgespießten Insekten schon mal gesehen?« Er machte demonstrativ die entsprechende Geste mit der Hand und hob sodann die Manschette des Hemdes an, um einen Blick auf die Uhr zu werfen.

»Mon Dieu.« Sie legte sich das Cape um, als ob es sie fröstele.

»Sie waren gute Freunde, nicht wahr?«

»Man mußte ihn einfach mögen.«

»Dann hat Ihr Mann ...«

»Er hat damit nichts zu tun. Wir haben ganz präzise Vereinbarungen getroffen, als wir geheiratet haben.«

»Waren Sie in ihn verliebt?« fragte Nadia sie mit der Unbedarftheit eines jungen Mädchens, das Gefühle zu schätzen weiß. Fast ein wenig komplizenhaft, wenn man so wollte.

»Was für Vereinbarungen, Signora?« fuhr Ambrosio fort.

»Ich glaube nicht, daß es angebracht ist, wenn ich ... wenn Sie wollen, fragen Sie das meinen Mann, meinen Ex-Mann.« In das Cape gehüllt, das blonde Haar von der Lampe erleuchtet, blieb sie reglos auf dem Sofa sitzen. Statt Ambrosio zu antworten, wandte sie sich an die Inspektorin: »Er war verständnisvoll, freundlich. Mit ihm konnte ich reden. Ja, er war sensibel. Ein Mann von Format.« Sie blickte Diego Lanzi in der Hoffnung auf Bestätigung an. Doch dieser blieb teilnahmslos auf dem Sofa sitzen, als wäre ihm das Thema völlig fremd.

»Du, du hast ihn doch vor mir kennengelernt. Sag, ob ich recht habe oder nicht.«

»Ich habe ihn kennengelernt, als ich das kleine Lokal an der Porta Lodovica hatte. Ja, in der Tat, er stellte sich geschickt an.

Mit allen. Und mit den Frauen ganz besonders. Er besaß das nötige Kleingeld, und wenn die Mittel nicht fehlen ... ja, Françoise hat recht.«

»In seinen Papieren haben wir etwas gefunden, anhand dessen wir auf gewisse Gewohnheiten von ihm schließen konnten. Sagen wir besser, ganz spezielle Gewohnheiten.«

Diego Lanzi hob den Blick, um ihn einen Augenblick darauf sofort wieder zu senken. Er schien seine plötzliche Neugierde zu bereuen.

»Die Polaroid, Signora. Wir haben den Fotoapparat gefunden, nicht aber die Fotos, die er wahrscheinlich gemacht hat. Und Sie, haben Sie etwas entdeckt?«

»Fotos habe ich keine gefunden.« Sie fixierte die Gegenstände, die auf dem Tisch lagen, als wolle sie sie sich gut einprägen. Dann erhob sie sich und näherte sich dem Commissario: »Glauben Sie mir nicht?« Der Gewürzduft war intensiv, sie hielt den Kopf leicht geneigt, die Stimme war warm, man war versucht, ihr ›ja, doch‹ zu sagen, aber Ambrosio blieb hart: »Nein, Signora«, sagte er, »ich kann Ihnen nicht glauben.«

»Schade. Es ist die Wahrheit.«

»Er hatte andere Fotoapparate, hier in Mailand und in Cantù.« Der Satz von Nadia kam unvermittelt.

»Haben Sie andere Fotos gefunden?« Sie verzog die Lippen zu einem Lächeln. Ihr Blick war abwesend.

»Haben wir.«

»Interessante?«

»Peinliche, vor allem«, gab Ambrosio zu. »Vor allem für diejenigen, die vom Objektiv erfaßt wurden.«

»Das Objektiv ist oft erbarmungslos.« Es schien Françoise Spaß zu machen, aus den kleinen Fallen, die ihr Ambrosio stellte, herauszuschlüpfen.

»Sind Sie liiert, Signora?«

»Ich habe es Ihnen bereits gesagt, ich lebe allein. Ich habe Freunde. Ich habe nicht die Absicht, mich wieder zu binden. Eine Ehe hat mir gereicht.«

»Und Ihre Beziehung zu Valerio Biraghi?«

»Ihr Italiener habt einen gewissen Hang zum Theatralischen. Alles wird zum Drama oder zur Komödie.«

»In Ihrem Fall war es ein Drama?«

»Eine Farce, eine kleine Farce.«

»Das heißt?«

»Valerio hatte einige Vorzüge, aber es machte ihm Spaß, die Rolle des Verführers zu spielen. Ich habe das begriffen, nachdem wir zwei oder drei Monaten zusammen waren. Das fiel in die Zeit, als ich darüber nachdachte, Lucillo und sein fürchterlich langweiliges Cantù zu verlassen. Valerio hatte mir den Direktor einer Einrichtungszeitschrift vorgestellt, einige Antiquitätenhändler. Kurz, er erschien mir sehr aufmerksam.«

Sie schüttelte resigniert den Kopf: »Er hatte mich mit Liebenswürdigkeiten und Schmeicheleien überhäuft – Blumenbouquets, Parfums, Bücher, Abendessen bei Kerzenlicht – kurz, zum Schluß hatte ich das Gefühl, daß er vom gängigen Klischee des Verführers abwich.«

»Statt dessen?«

»Eine Enttäuschung. Er war ein Schatz als Freund, aber als Liebhaber eine Katastrophe. Ein wahres Desaster.«

Sie begann zu lachen und blickte Nadia an: »Sie haben mich vorher gefragt, ob ich in ihn verliebt gewesen sei?«

»Sie hatten sich verliebt, stimmt's?«

»Ich begann, mich zu verlieben.«

Sie heftete ihren Blick auf Ambrosio: »Zwischen einer Frau und einem Mann gibt es einen Moment, in dem man versteht, daß es nur ganz wenig, fast nichts bedarf, damit etwas passiert. Ich fühlte mich wohl mit ihm. Mir gefiel seine Stimme. Es

schien, als ob das, was er sagte, wahr wäre. Du dachtest: wie recht er hat, das ist nicht der übliche Schlaumeier, er, ja, er würde alles für mich tun.«
»Welches war sein falscher Zug?«
»Der Fotoapparat.«
»Die Polaroid?«
»Ich wußte von dieser Leidenschaft, besser gesagt, dieser Schwäche oder kleinen Perversion.«
»Entschuldigen Sie, wer hat Ihnen davon erzählt?«
»Mein Mann.«
»Ehrlich?«
»Er hat mir erzählt, daß sich Valerio wie ein Gymnasiast damit vergnüge, seine Frauen in anrüchigen Posen zu fotografieren, um sie dann in einem persönlichen Archiv zu katalogisieren.«
»Ein ganz schönes Ferkel«, räumte Diego Lanzi ein.
»Nein, mein Lieber. Da irrst du dich. Er war einfach unreif, einer, der noch nicht erwachsen geworden war und es auch nie geworden wäre. Seine Frau Carla sieht das genauso wie ich. Versuchen Sie mal, sie danach zu fragen, Commissario. Sie hat es nicht geschafft, seine ständige Flatterhaftigkeit zu ertragen, sein Bedürfnis nach neuen Emotionen. Trotzdem hatte sie ihn gerne.«
»Hatte er die Polaroid auch mit der Ehefrau benutzt?«
»Keine Ahnung. Ich glaube nicht.«
»Mit allen anderen schon«, insistierte Ambrosio.
»Wenn ihn eine Frau anzog, hatte er das dringende Bedürfnis, den Körper auf Film bannen zu müssen, besonders bestimmte Teile des Körpers.«
»Für Sie, Signora, muß das Ganze eine nicht gerade erfreuliche Erfahrung gewesen sein.«
Sie blickte ihn erneut an: »Es regnete wie jetzt, wir waren drüben, sprachen über mein Land, über bestimmte Gegenden,

in denen niemand zu leben scheint, kilometerweit nur Wälder und Täler, ohne einer Menschenseele zu begegnen. Ich mochte es, wenn er mich im Arm hielt ... plötzlich steht er auf, öffnet eine Schranktür, zieht den schwarzen Apparat aus der Schublade und bittet mich – seine Augen schienen nicht einmal mehr die seinen zu sein – den Morgenrock auszuziehen, mich auf dem Bett in Pose zu legen und ...«

»Ihnen war die Lust vergangen, sich in ihn zu verlieben«, sagte Nadia.

»So ein Ferkel«, wiederholte Diego Lanzi.

»Halt den Mund, bitte.«

»Sie haben diesen Apparat also nicht im Schrank vergessen.«

»Ich habe ihn absichtlich dort gelassen.«

»Eine abgeschlossene Geschichte.«

»Man könnte auch sagen, daß sie eigentlich nie angefangen hat.«

»Und dann?«

»Wir sind Freunde geblieben. Er hat mir geholfen, allem zum Trotz. Deswegen sage ich, daß er ein Mann von Format war. Ich habe ihn weiterhin getroffen, mit ihm gearbeitet.«

»Was für eine Art Beziehung haben Sie mit ihm aufrechterhalten?«

»Herzlich, alles in allem.«

»Und Valerio lebte sein Leben weiter.«

»Er hatte ein Verhältnis mit diesem armen Mädchen aus Cantù begonnen, die ihn blind liebte. Indessen rief er ständig seine Frau an. Und genauso die anderen.«

»Signor Lanzi«, Ambrosio wandte sich an den Mann, der auf dem Sofa mit dem Gesichtsausdruck von jemanden sitzengeblieben war, der zum Schweigen verurteilt ist, wo er doch von Ereignissen hätte berichten können, die der Beachtung wert gewesen wären, »hinterlassen Sie bitte der Inspektorin

Ihre Telefonnummer. Wenn ich Sie nochmals brauchen sollte, werde ich Sie anrufen.«

Er stand auf. Sein Gesicht drückte gleichzeitig Erleichterung und Mißstimmung aus. Er näherte sich der Tür. Bevor er hinausging, tippte er sich andeutungsweise in einer Art militärischem Gruß mit zwei Fingern vage an die Augenbraue, änderte aber im letzten Moment die Bewegung in ein kurzes Stirnkratzen ab.

»Armer Kerl.« Françoise zog eine leichte Grimasse und murmelte dazu: »Wenn Valerio nicht gewesen wäre, wäre er jetzt ein Wrack.«

»Er ist noch nicht mal sehr alt«, sagte Nadia und steckte ihr Notizbuch in die Tasche, in das sie die Telefonnummer aus der Via Morigi eingetragen hatte.

»Er leidet unter Depressionen.«

»Trinkt er?«

»Allerdings.« Sie nickte mit dem Kopf.

Ambrosio setzte sich neben sie. Sie hatte ihre distanzierte Haltung von eben aufgegeben. Er bot ihr eine Muratti an.

»Wir sprachen über die Gewohnheiten Valerios.«

»Seine Gewohnheiten ...«, sie beugte sich nach vorne zum Feuerzeug, »die waren eines seiner Mittel, um seine Eitelkeit zu befriedigen.«

»Hatte er Zweifel?«

»Und wie!«

»Statt dessen, dank seines kleinen Fotoapparates ...«

»Fühlte er sich beruhigt, auf eine gewisse Art.«

»Eine Übung in Erotik: Er archivierte den Beweis.«

»Zeugnisse zur Hand. Wie wenn er ein Examen mit der Höchstpunktezahl bestanden hätte. Am Ende dachte er: auch mit der hier ist es gelaufen.«

»Was für eine Mühe«, murmelte Nadia.

»Sie sind jung.« Die Frau schwenkte die Zigarette in der

Luft hin und her, und der Rauch verteilte sich um das Lampenlicht herum.

Ambrosio tat so, als wäre er von Zweifeln ergriffen, und im Grunde war er es auch tatsächlich: »Ich frage mich, ob er ein normaler Mann war.«

»Inwiefern?«

»Wir hören die tollsten Dinge über ihn, Signora.«

»Wenn ich Ihre Anspielung richtig verstanden habe, Commissario, so würde ich sagen: Ja, er war ein Mann wie viele andere.« Sie machte eine Pause. »Ich habe es vorher kurz angedeutet. In der Gegenwart Diegos wollte ich mich nicht ... präziser ausdrücken.«

»Das heißt?« Ambrosio schenkte ihr ein Lächeln.

»In der Liebe war er nicht gerade eine Art James Bond 007. Dann kommt dazu, daß eine Frau anders ist, als die Männer denken. Sehr viel anders.« Sie wandte sich mit einem kurzen Blick an Nadia. »Die Frau benötigt eine bestimmte Umgebung, eine liebevolle Atmosphäre, Zärtlichkeit ... ist es nicht so? Und er verstand sich darauf, diese Atmosphäre zu schaffen.« Sie drückte die Kippe aus. »Nur, daß du am Ende verstanden hast, wie fern er selbst dem Ganzen war. Er spielte nur eine Rolle, die er sich auferlegt hatte. Er benötigte viel mehr, andere Anreize.«

»Die Fotos?«

»Auch. Aber nicht nur. Einmal hat er mir gestanden, vielleicht um seinen Fehltritt zu rechtfertigen, diesen Anlaß, der mein Gefühl hatte erkalten lassen ...« Die Stimme der Frau war kaum noch zu vernehmen. Sie machte eine lange Pause, als ob sie es bereue, sich mit allzuviel Natürlichkeit gehengelassen zu haben.

»... Es war am gleichen Abend, in einem kleinen Restaurant hinter San Babila. Nur anhand dieser Fotos gelang es ihm, sich in Stimmung zu bringen, so wie in seiner Jugend. Einmal

hatte er eine Prostituierte bezahlt, in einem versteckten Gäßchen neben dem Hauptbahnhof, damit sie ihren Rock hebe und sich mit der Hand berühre ... er war süchtig nach verbotenen Gesten. Da war er sechzehn Jahre alt.«
»Großer Gott«, entfuhr es Nadia.
»Männer sind komplizierte Wesen.«
»Sie, Signora, sind ja auch verheiratet gewesen«, ergänzte Nadia.
»Malheureusement, leider.«
»Verstanden Sie sich nicht gut, Sie und Ihr Mann?«
»Er brauchte vor allem das Bewußtsein, daß es jemanden gab. Besser noch, jemanden, der ein dekoratives Äußeres besaß, mit dem er bei den anderen Bewunderung hervorrufen konnte. Ich hingegen wollte einen Mann.«
»Sprechen Sie bitte weiter, Signora.« Eine Schülerin, die vor ihrer Lehrerin stand.
»Der Commissario hat mich schon verstanden.«
»Ja«, stimmte Ambrosio zu und stellte ihr seinerseits eine Frage, die ihm schon lange auf der Zunge lag: »Wissen Sie, ob Ihr Mann einen gewissen Ermes Danese kannte?«
»Das ist der Bruder einer Geliebten Valerios.«
»Er spielte mit ihm Tennis.«
»Mein Mann auch. Es gab eine Zeit, da trafen sich Lucillo und dieser Ermes oft.«
»Was können Sie mir über ihn sagen?«
Ein dunkler Schleier fiel über ihr Gesicht, als ob die Erinnerungen ihre innere Ruhe stören würden: »Er hat mir nie gefallen. Er war ... er war ...« Sie suchte nach dem richtigen Ausdruck »Peu sur, nicht sehr zuverlässig, das ist der Eindruck, den ich von ihm hatte.«
»Hatte Valerio ihn Ihrem Mann vorgestellt?«
»Weiß ich nicht.«
Ein Gleichgewicht war zerstört worden – das war das Bild,

das blaß vor Ambrosio aufstieg –, als ob ein Körnchen in ein Präsizionslaufwerk eingedrungen wäre.

»Ermes beschäftigte sich mit Public Relations, Mode, ich habe das nicht so richtig verstanden«, fuhr Ambrosio weiter.

»Da sollte eine Werbekampagne für ein Sofa gestartet werden. Damals hat die Freundschaft mit Ermes begonnen. Dem Anschein nach ...« Sie hielt inne und zog eine Schachtel Gauloises aus ihrer Tasche. »Dem Anschein nach hätte man ihn als entgegenkommend bezeichnet, liebenswürdig, ein bißchen ironisch, alles nach Maß angefertigt, um Eindruck zu schinden.«

»Die Schwester, die Schwester Ermes', ist eine attraktive Witwe. Kennen Sie sie?«

»Nein. Aber Valerio hat mir von ihr erzählt.«

»Wann?«

»Genau an dem Abend, an dem wir in jenes Restaurant gegangen sind.«

»Der Beichtabend.«

»Genau. Diese Witwe hat Verständnis für ihn gehabt. Kurz, sie hat sein Bedürfnis, Intimitäten zu dokumentieren, gern akzeptiert.«

»Wie rechtfertigte Valerio dieses ziemlich exzentrische Bedürfnis?«

»Als er ein kleiner Junge war, hat ihm seine Mutter einen Haufen Vorurteile eingeimpft. Er war zu allem bereit, wenn es nur darum ging, gewisse Regeln zu mißachten, all diese Tabus zu brechen.«

»Die Witwe war also nachsichtig mit ihm.«

»Sogar stolz. Mit ihrem groß-ar-ti-gen Busen, wie Valerio sagte, vor dem Objektiv zu posieren.« Ihr Blick verfinsterte sich: »Er verstand rein gar nichts von den Frauen. Und ich, die ich gedacht hatte, mich verliebt zu haben, schließlich ...«

»Schließlich?«

»Ich war es nicht, und ich bin es nie gewesen.«

»Ist das wahr?«

Ambrosio schaute ihr geradewegs in die Augen und reichte ihr das Feuerzeug.

»Glauben Sie mir nicht?«

»Warum sollten Sie mich anlügen?«

»Eben. Die Liebe wird nur allzu leicht mit anderen Emotionen verwechselt.«

»Jemand hat mir gesagt, daß die Liebe vom Tod ablenke.«

»Wer hat Ihnen das gesagt? Kenne ich ihn?«

»Ja.«

Sie schwieg nachdenklich.

»Haben Sie sich gefragt, warum Valerio Biraghi umgebracht worden ist?«

Die Lippen halb geöffnet, die Zigarette zwischen Zeige- und Mittelfinger, schüttelte sie den Kopf. Dann unverwandt: »Jemand hat ihm die Rechnung präsentiert. Das ist der Grund.«

»Könnte sein.«

»Glauben Sie, daß niemand von seinen Gewohnheiten wußte?«

»Die kannten viele.«

»Er erzählte seine Heldentaten auch überall herum.«

»Man muß zugeben, daß er unvorsichtig war. An jenem Abend, im Restaurant, hatte er Ihnen gegenüber die Schwester Ermes' erwähnt. Hatte er auch über irgendeine andere gesprochen?«

»Nein.«

»Aber Sie wußten, daß er recht, sagen wir mal, unstet war.«

»Lucillo macht es Spaß, mich über alles auf dem laufenden zu halten.«

»Vielleicht war er eifersüchtig.«

»Ach, woher. Er hatte fünfzig Schlafzimmer in einem

Hotel in Pavia eingerichtet und dabei der Frau des Besitzers ausgiebig den Hof gemacht.«

»Und trotzdem, Signora, allen Dingen zum Trotz, ist es uns bislang nicht gelungen, ein wahrheitsgetreues, glaubhaftes Bild von ihm zu entwerfen. Ich habe den Eindruck, daß die Zeugenaussagen und Erinnerungen lediglich eine Karikatur von ihm beschreiben.«

»Die Wahrheit werden Sie vielleicht nie herausfinden.«

»Kennen Sie William Hunter?«

»Wer ist das?«

»Ein Modefotograf.«

»Nie gehört.«

»Ihre beiden Schwager sind zwei völlig unterschiedliche Typen.«

»Ex-Schwager, nunmehr.«

»Der Ragioniere ist ein Einzelgänger, er lebt in einer Villa mitten im Wald. Wenn die Ermittlungen so weiterlaufen, wie ich es vermute, werde ich mir diese Villa mal anschauen. Ich würde ihn gerne besser kennenlernen. Keine Frauen ...«

»Das Gegenteil von Valerio.« Sie lehnte sich zurück und legte ihre in rauchgraue Seidenstrümpfe gehüllten Beine ähnlich der Bronzeballerina, die auf dem Tisch stand, zurecht. Fast als wolle sie sie imitieren.

(Wer weiß, ob Valerio sie eines Abends darum gebeten hatte?)

»War es mein Schwager, der Ragioniere, der Ihnen gesagt hat, daß die Liebe nur einen einzigen Nutzen habe, nämlich vom Tod abzulenken?«

»Sie haben ein gutes Gedächtnis.«

»Ein Satz, den er irgendwo gelesen haben muß.«

»Es ist die Zeile eines Gedichtes.«

»Sehen Sie? Leider ist es Luigi in seinem ganzen Leben nicht gelungen, sich abzulenken.«

»Hat er sich nie verliebt?«

»In eine Frau mit Gewißheit.«

Es folgte ein längeres Schweigen. Das Prasseln des Regens, der auf die Steine, auf die Kieselsteine im Innenhof fiel, und das Plätschern im Rohr, das sich von der Dachrinne vor der Tür des Büros herunterzog, gaben den letzten Worten der Frau etwas Feierliches und Qualvolles. So sehr, daß es Ambrosio unmöglich war, weitere Einzelheiten über das Leben des Mannes zu erfragen, der über viele Jahre hinweg mit dem Opfer zusammengearbeitet hatte.

Sie begann zu lachen und schlug die Beine übereinander: »Valerio war kitzelig. An der Brust durfte man ihn an bestimmten Stellen nicht einmal leicht mit den Händen berühren.«

»Unangenehm, für jemanden wie ihn.«

»Er hat mir von einer seiner Eroberungen erzählt.«

»Wie hieß sie?«

»Das hat er mir nicht gesagt.« Sie war wieder heiter gestimmt. »Diese neue Flamme lachte. Er war vom Kitzelreiz gequält, und sie lachte lauthals. Schönes Paar.«

»Hat er Ihnen gesagt, wo diese Signora wohnt?«

»Bei ihm in der Nähe, glaube ich. Er schien mir jedoch nicht besonders interessiert zu sein.«

»Ist die Signora verheiratet?«

»Ich glaube ja.«

»Fahren Sie fort.«

»Wenn sie sich liebten und er versuchte, sich in die Rolle des leidenschaftlichen Liebhabers hineinzudenken, begann sie, statt sich mit geschlossenen Augen und hechelndem Atem hinzugeben, zu kichern. Um diese plötzliche Heiterkeit vor ihm zu verstecken, streichelte sie ihn am Rücken derart, daß er bei der Berührung durch diese unbedachten Fingerspitzen ebenfalls zu zappeln begann. Zum Schluß schüttelten sie sich, beide nackt, vor Lachen.«

»Es wird ihm nicht mehr als eine gewagte Aufnahme geblieben sein«, sagte Nadia.

»Wer weiß.« Sie war wieder ernst.

»Was haben Sie vergangenen Sonntag gemacht?«

»Ich habe kein Alibi.«

»Wo waren Sie?«

»Zu Hause, mit meiner Katze. Sonntags gehe ich fast nie weg. Ich sehe mir gewöhnlich einen Film im Fernsehen an. Haben Sie auch die anderen gefragt, wo sie Sonntag abend gewesen sind?«

»Die Frau Valerios, zum Beispiel, war beim Abendessen bei Gustavo Moretti.«

»Im Haus an der Piazza Giovine Italia?«

»Genau in diesem Haus.«

»Carla hat es immer verstanden, gut zu leben.«

»Tatsächlich?«

»Sie hat es geschafft, sich von ihrem Mann nicht drangsalieren zu lassen, sie hat ihn so akzeptiert, wie er war. Und in Anbetracht der Tatsache, daß es keine Hoffnung auf Änderung oder Besserung gab, hat sie die günstigste Lösung akzeptiert.«

»Sie hat das gesamte Vermögen geerbt.«

»Dann ist sie also reich.«

Sie sagte das im Ton von jemand, der eine Feststellung macht und sich zum ersten Mal über eine Sache klar wird, von der er noch eine Minute vorher nichts gewußt hatte. Trotzdem lagen weder Neid noch Groll in ihren Worten.

»Die Wirtschafterin im Hause Moretti an der Piazza Giovine Italia, es ist nicht ausgeschlossen, daß sie die zweite Frau Gustavos werden könnte. Man sagt, sie sei eine charmante junge Frau.«

»Wenn er glücklich ist ...«

»Sie war mit einem amerikanischen Fotografen verheiratet.«

»Er arbeitete mit Valerios Frau. Ich weiß nicht genau, ob sie geschieden sind oder noch in Scheidung leben. Ist ja auch unwichtig, oder?« Sie erhob sich: »Was soll ich mit den Schlüsseln, die mir der Portier gegeben hat, machen?«

»Müssen Sie noch mal herkommen?«

Sie näherte sich dem Tisch, öffnete die mittlere Schublade und nahm einen grauen Aktendeckel heraus, auf dem das Wort ›RECHNUNGEN‹ geschrieben stand.

»Darf ich?« Sie zog zwei heraus, dann: »Was soll ich damit? Ist ja eh ...«. Sie legte sie wieder in den Aktendeckel zurück.

»Waren Sie wegen dieser Rechnungen gekommen.«

»Nicht direkt. Ich hatte das Gefühl, etwas vergessen zu haben, vorgestern, und das Büro liegt so nahe bei meiner Wohnung, daß ich nochmals mit Diego hergekommen bin.«

»Werden Sie es behalten, dieses Büro?«

»Ende des Jahres läuft der Vertrag aus. Nein, ich behalte es nicht. Es ist zu teuer für mich.«

»Wer ist der Besitzer?«

»Eine Gesellschaft. Für euch von der Polizei wird es ein leichtes sein, das genau herauszufinden.«

»Sind Sie sicher, daß Ihr Mann, der Architetto, nichts von Ihrer Zusammenarbeit mit Valerio wußte?«

»Selbst wenn er es gewußt hätte, wäre es ihm gleichgültig gewesen. Vielleicht tut er auch nur so, als ob er es nie gewußt hätte. Er ist so stolz.«

Sie ging auf die Tür zu, zog den Schlüssel ab und gab ihn zusammen mit den beiden anderen dem Commissario.

Einige Minuten später fragte ihn Nadia: »Weswegen ist sie heute abend in Begleitung des Sizilianers mit dem schwarzen Schnurrbart hergekommen?«

»Wegen der Rechnungen.«

»Das glaube ich nicht.«

»Ich auch nicht.«

»Wir werden uns besser umschauen müssen, überall.«

»Es ist spät. Schließen wir gut ab und, falls erforderlich, können wir ja morgen wiederkommen.«

Die Lichter des Laubenganges reflektierten kalt auf dem wassernassen Steinboden. Er schaute in den dunklen Himmel, an dem kein einziger Stern zu sehen war. Bei dem Gedanken, daß Emanuela ihn nicht in der Via San Vincenzo erwartete, überkam ihn eine leicht bohrende Angst.

Es regnete noch immer.

»Hast du etwas vor heute abend?«

»Nein, Commissario.«

Als hätte sie ihm eine Last abgenommen.

»Also dann haben wir uns ein richtiges Abendessen verdient.«

»Wer fährt?«

»Du. Als Gegenleistung lade ich dich ein.«

Sie stiegen in den Lancia Delta. Sie imitierte den Ex-Carabinieri aus der Via Santa Marta: »Zu Befehl, Commissario.«

Er ließ sich erschöpft mit seinem Nacken gegen die Kopfstütze sinken. Die Lichter der Scheinwerfer, die Ampeln, die Schaufenster, die Leuchtreklamen und der Verkehrslärm lenkten ihn ab.

»Wie heißt noch dieser Wein, der den Namen einer antiken Schale trägt?«

Sie hatten Glück und fanden nur wenige Schritte vom Restaurant entfernt am Largo Treves einen Parkplatz.

»Gutturnio heißt er.«

»Den werde ich auch probieren.«

Während sie durch den dicht fallenden Regen liefen, fragte sie ihn noch einmal: »Was haben sie bloß gesucht im Büro, diese beiden?«

8. Kapitel

Etwas plagte ihn

Etwas plagte ihn. Er hatte das Gefühl, irgendeinen Fehler begangen zu haben, aber er wußte nicht welchen. Weniger einen Fehler als vielmehr eine Nachlässigkeit. Das war ihm früher schon passiert, wenn ihm ein Wort, ein Adjektiv nicht einfiel. Er wußte, zum Beispiel, daß dieses Wort mit dem Vokal O begann, aber an den Rest erinnerte er sich nicht mehr. Eine völlige Leere. Dann, ganz überraschend, wenn er am wenigsten damit rechnete, war es plötzlich da, in seiner ganzen Länge, wie ein Kasper, der einem auf einer Sprungfeder entgegenschnellt.

Seit dem gestrigen Abend – er spürte noch die Feuchtigkeit in der Luft – hatte ihn die Frage Nadias (Was haben sie bloß gesucht im Büro, diese beiden?) nicht mehr losgelassen. Er wachte beim Morgengrauen auf: über den Dächern lag ein aschgrauer Himmel mit der Mondsichel.

Vielleicht Geld?

Ihm fiel die kleine Bronzestatue ein. Aber dabei handelte es sich nur um eine Reproduktion, wenn auch von Francesco Messina. Wenn sie gewollt hätten, hätten sie sie noch am gleichen Tag des Todes Valerio Biraghis mitgenommen.

Papiere also? Oder was sonst?

Er rasierte sich, aß einen Joghurt. Auf der Terrasse waren die Blätter des wilden Weins abgefallen und hatten die Lorbeerhecke mit roten Punkten übersät.

Und dennoch, er hatte mit Nadia aufmerksam alle Bände im Bücherregal, die Schubladen im Schrank und die der Badezimmermöbel durchsucht. Sie hatten den Diwan hervorgezogen, die Matratze untersucht, die Kissen und alles andere, einschließlich der Lampen, außerdem die Schublade mit den Werkzeugen, den Zählerkasten und den Abstellraum durchforstet.

Im Büro brachte ihn der Anblick des Frauengesichts, das Bruno Cassinari gemalt hatte, auf andere Gedanken. Er war in der Dämmerung eines Märzabends des vergangenen Jahres für immer aus dieser Welt gegangen. Ambrosio blätterte einige Papiere im hellblauen Aktendeckel durch und verweilte zum Schluß bei dem Bericht Professor Salientis. Er las noch einmal die von Hand geschriebene Anmerkung, die der genauen Beschreibung dessen folgte, was wahrscheinlich in der Nacht zwischen Sonntag und Montag geschehen war, mit dem Blut, das aus der linken Herzkammer ausgetreten war und sich im Herzbeutel angesammelt hatte.

Völlig klar, völlig normal, in Anbetracht der gegebenen Umstände.

Dennoch, irgend etwas stimmte nicht. Aber was?

Vom gestrigen Abend war die Frage, auf die es keine Antwort gab, wie lästiger Rauch im Raum stehengeblieben.

Der Satz, der mit einem kleinen Sternchen als Fußnote gekennzeichnet war, gleich nach der Unterschrift, lautete:

*Das Blut des Opfers wird baldmöglichst analysiert. Die Ergebnisse schicke ich im Laufe der Woche zu.

Warum hatte er diesen Satz übersehen, nicht beachtet?

Das Blut des Opfers.

Daran hatte er nicht gedacht, verflixt noch mal.

Eine für ihn eher seltene Unruhe befiel ihn wie einen Jungen mitten im Examen.

Er ging in das Zimmer der Inspektoren.

»Schnell, Nadia, laß uns sofort in die Via Santa Marta zurückfahren«, sagte er hastig und steckte sich eine Zigarette an.

Es hatte die ganze Nacht unaufhörlich geregnet, und der nasse Asphalt strahlte in den Augen Ambrosios im festlichen Glanze, ganz wie der von schneeweißen Wolken, die gen Westen zogen, unterbrochene Himmel.

Sie saß neben ihm. Er hätte ihr gerne gesagt, daß sie mit der Untersuchung vielleicht auf dem richtigen Wege waren, aber so sicher war er sich nicht.

Das Schweigen Nadias, die ihre Tasche auf den Knien hielt, begleitete Ambrosio, dessen Hände das Lenkrad angespannt umklammerten.

»Hoffentlich habe ich mit einem Detail, das mir entgangen war, recht.«

Er drehte sich nach der Seite zu ihr um und grinste sie an: »Passiert selbst den Allerbesten.«

Überraschend war die Sonne zum Vorschein gekommen. Er glaubte an Vorzeichen.

»Eine Notiz Professor Salientis am Ende des Berichts betrifft die Analyse des Blutes Valerio Biraghis. Das hatte ich völlig vergessen. Ist dir klar, was das heißt?«

»Das Blut?« wiederholte sie mit leiser Stimme.

Der Portier war im Hof mit einigen Müllsäcken beschäftigt.

Im Büro lag noch ein leichter Zigarettengeruch, der sich mit der schlechten Luft vermischte, der typisch sonntägliche Bürogeruch.

»Wahrscheinlich liegt das Geheimnis hier drinnen versteckt«, er vergnügte sich, seine junge Kollegin zu verblüffen. »Wo würdest du etwas verstecken, wenn du es gleichzeitig griffbereit haben willst?«

Nadia blickte zur Decke hinauf, dann zu den Büchern, zum Schluß auf den Boden.

»Einmal habe ich das Geheimnis unter dem Parkett entdeckt«, sagte er ihr, »diesesmal jedoch ist es nichts mit dem Boden, glaube ich zumindest.«

»Griffbereit?« sagte sie und ging auf die Lampe zu.

»Könnte eine Idee sein.«

Nadia zog den Stecker heraus und betrachtete sorgfältig den Lampenfuß. Indes nahm Ambrosio einen Keramikelefanten aus dem Regal, schüttelte ihn, vergeblich.

»Das ist ein Glücksbringer, wußtest du das?« fragte er sie, »hat eine erotische Bedeutung.«

»Tatsächlich?«

»Der aufgerichtete Rüssel. Verstehst du?«

»Den wird ihm eine seiner Geliebten geschenkt haben.«

»Er wird sich geehrt gefühlt haben.«

»Eine Art Medaille.«

Er stellte ihn neben die Bronzetänzerin.

Die Tänzerin war schwer. Sie war auf einen schwarz lackierten Holzwürfel aufgeschraubt. Nein, sie war gar nicht festgeschraubt. Sie war nur auf einen kleinen Metallzylinder aufgesetzt, so daß man sie, wenn man wollte, nach Belieben drehen konnte.

Ambrosio hob die Tänzerin vorsichtig ab und legte sie sanft auf die Tischplatte.

Da lag der bloße Holzwürfel. Er nahm ihn in die Hand, und während er ihn bewegte, hörte man ein Geräusch, einen Gegenstand, der in seinem Innern verrutschte. Es war einfach: Mit einer Hand hielt er den kleinen Metallzylinder und dann, mit der anderen, den oberen Teil des Würfels, der nach oben wegrutschte und eine kleine Holzschachtel freigab.

In dem Schächtelchen lag ein silbernes Röhrchen von etwa sieben, acht Zentimetern Länge.

»Siehst du?«

»Was ist das?« fragte Nadia.

»Dieses Röhrchen haben sie allerdings nicht gesucht.«

»Kokain?«

»Genau. Die Blutanalyse Valerio Biraghis wird uns bestätigen, daß meine Vermutungen nicht unbegründet sind. Vielleicht gebrauchte er es als Aufputschmittel. Das bringt Euphorie, verstehst du?«

»Bot er es Ihrer Meinung nach auch seinen Geliebten an?«

»Das werden wir bald wissen.«

»Was hat den der kleine Mann mit dem schwarzen Schnurrbart mit der ganzen Sache zu tun? Haben Sie das Pulver gesucht?«

»Es ist nicht auszuschließen, daß er sein vertrauter Lieferant war. Vergiß nicht, daß sie sich kennenlernten, als er das Nachtlokal führte.«

»Dann ist also die Geschichte des sogenannten Requisiteurs eine Lüge.«

»Nicht gesagt.«

Sie traten hinaus in die Sonne. Er hatte plötzlich große Lust, sich zu bewegen. Eine Art von Erregung, die er kontrollieren mußte, wenn er nicht in Verwirrung geraten wollte. Eines nach dem anderen, wie immer. Ruhe bewahren, Giulio.

Der Instinkt, besser gesagt das Verlangen, es genau wissen zu wollen, hieß ihn, sofort in die Via Morigi und in die Via del Bolle zu gehen. Sie lagen gleich um die Ecke, nur ein paar Schritte weit. Statt dessen entschied er, zunächst am Largo Rio de Janeiro vorbeizuschauen. Denn jetzt wußte er ja, wonach er suchen mußte.

Eines nach dem anderen.

Die Blätter der Ahornbäume in der Viale Romagna bewegten sich in der frischen Morgenluft. Ambrosio hielt vor dem siebenstöckigen Palazzo, in dem Valerio sein falsches Büro hatte. Vom Wagenfenster aus betrachtete er das kleine Hotel auf der gegenüberliegenden Seite. Es war wie so viele Pensionen mit einem Stern in der Via Porpora oder an der Piazza Aspromonte. Die Wehmut, die diese Schlupfwinkel für heimliche Rendezvous verbreiteten, hatte ihn schon immer fasziniert. Seit jeher fragte er sich, warum die Liebe – oder vielmehr die Vorstellung von Liebe als körperliche Vereinigung – einen oft so düsteren Beigeschmack hatte.

»Warst du je verliebt?« fragte er sie.

»Einmal, glaube ich.«

»Und dann?«

Sie sah ihn verwundert an: »Er, mein großer Schwarm, heiratete.«

»Gehen wir«, fügte Ambrosio hinzu, während er dachte, daß sie mit größter Wahrscheinlichkeit nichts finden würden. Auch, weil die Zimmer am Largo Rio de Janeiro von oben bis unten genauestens durchstöbert worden waren.

Hingegen hielt ihm Nadia eine Viertelstunde später ein Buch hin, das sie aus dem Bücherregal gezogen hatte. Es trug den Titel ›Die verschiedenen Drogenarten‹: zwei Sätze waren mit Bleistift unterstrichen. Ambrosio las sie mit halblauter Stimme: ›Da die Abhängigkeit oftmals nicht zwingend ist und der Konsum somit müheloser zu kontrollieren ist, es zudem nicht nötig wird, die Dosis zu erhöhen, gelingt es auch bei regelmäßigem Gebrauch fast immer, ein gesellschaftlich normales Leben zu führen.‹ Und dann: ›Es läßt sich sogar feststellen, daß sich die Auswirkungen des Kokains hervorragend mit den üblichen Leistungsanforderungen in der Arbeit und auch im härtesten Wettbewerb vereinbaren lassen.‹

Nadia nahm den Band wortlos zurück und stellte ihn wieder auf seinen Platz.

»Weißt du, was wir jetzt machen?«

Wie damals, als er noch jünger gewesen war, tat es ihm

wohl, den Wagen durch die Allee zu steuern, durch die der Verkehr inmitten von Schatten, Licht und gelben Blättern, die über den Asphalt wirbelten, flüssig dahinlief.

»Er hat also geheiratet.«

»Wer?«

»Dein Schwarm.«

Er hielt ungefähr hundert Meter vor dem Schreibwarengeschäft in der Via Vallazze an.

»Ich warte an der Ecke Via Ponzio auf euch.«

Giulia, die Schreibwarenhändlerin, schien über das Wiedersehen erstaunt. Nadia sagte ihr, daß sie ihre Hilfe benötigte und ging auf sie zu, um ihr die Hand zu reichen. Sie trug einen blauen Rock und eine Bluse im Schottenmuster in kräftigen Farben. Die Schuhe mit dem Absatz ließen sie größer wirken als vor zwei Tagen, als sie sich kennengelernt hatten.

Sie lächelte ihr beruhigend zu: »Ich brauche nur ein Notizbuch.«

Sie suchte mehrere heraus und legte sie nebeneinander auf den Ladentisch, während ihr Mann im Hinterzimmer des Ladens am Fotokopierer arbeitete. Ein Kunde betrachtete die Bärchen, Kaninchen und Enten aus Plüsch, die im Schaufenster ausgestellt waren.

»Wählen Sie selbst.« Dann, mit erregter Stimme: »Waren Sie noch mal in der Via Casnedi?«

Sie antwortete ihr leise: »Der Commissario müßte Sie ein paar Minuten sprechen. Er wartet hier in der Nähe.«

Sie suchte sich schnell ein kleines Büchlein mit einem grünen Einband aus.

»Mario, ich begleite die Signorina schnell in ein Geschäft.«

»In Ordnung«, rief der Ehemann zurück und verabschiedete Nadia mit einer grüßenden Handbewegung.

Giulia zog sich eine Wildlederjacke über.

Sie traten in die belebende Luft hinaus und liefen schweigend nebeneinander her. Ambrosio beobachtete sie von weitem, wie sie langsam auf ihn zukamen.

Nadia setzte sich auf den Rücksitz, die Frau neben den Commissario.

»Entschuldigen Sie, wenn ich Sie belästigen muß, aber es ist etwas passiert, was mich zwingt, nochmals mit Ihnen und allen anderen zu sprechen, die mit Valerio Biraghi Umgang hatten.«

»Ich habe nicht viel Zeit.«

»Es dauert nur einige Minuten. Ich wollte Sie lediglich fragen, ob Sie bei Ihren Treffen jemals das Gefühl hatten, daß Valerio überdreht, euphorisch sei.«

Ihre Lippen waren halbgeöffnet, sie bewegte sie kaum merklich. Dann seufzte sie: »Nicht daß ich wüßte ... nein, nein.«

»Überlegen Sie gut. Heiter, ungestüm.«

»Wie einer, der ein bißchen beschwipst ist?«

»Genau.«

Nadia strich ihr über die Schulter: »Er zeigte sich voller Enthusiasmus, voller Leidenschaft?«

»Das ist normal, oder nicht? Ich hingegen war bei den ersten Malen aufgeregt, er machte sich deswegen lustig über mich. ›Kommt vor‹, sagte er, ›du bist schließlich nicht Anna Karenina, entspann dich.‹« Sie unterbrach sich: »Was ... was haben Sie herausgefunden?«

Am Ende der Via Vallazze in Richtung Piazza Loreto spiegelten die Glasscheiben der Fenster.

»Nichts Wichtiges, aber etwas, das uns vielleicht helfen wird, herauszufinden, wer ihn umgebracht hat. Vorausgesetzt, daß derjenige, der ihn gut gekannt hat, ehrlich ist und mir die Wahrheit sagt.«

»Ich habe Ihnen die Wahrheit gesagt, Commissario.«

»Wir, die Inspektorin und ich, zählen auf Sie, Signora.

Wenn Sie ihn auch erst seit wenigen Monaten kannten. Ich habe erfahren, daß Valerio in gewissen Augenblicken heiter war, ja, fast schon zu heiter ... er lachte, lachte ...«
»Na ja, er war kitzelig.«
»Dann stimmt es also. Es ist wahr, daß er lachte, daß er heiter war.«
»Das verstehe ich nicht.«
Ambrosio zog sein Notizbuch aus der Tasche, blätterte darin und tat so, als ob er einige Worte läse. In Wirklichkeit war es jedoch ein Trick, um den Fragen einen offiziellen Charakter zu verleihen. Einfache Routinefragen, wie es gewöhnlich heißt.
»Wenn Sie sich am Largo Rio de Janeiro trafen, bot er Ihnen da Champagner, Whiskey an, oder ...« er warf Nadia einen Blick zu, die freimütig hinzufügte: »Irgendeine Tablette, wie sie die Studenten vor dem Examen nehmen?«
»Champagner, zwei Schluck in einem hohen und schmalen Kelch. Das habe ich nicht einmal alles getrunken.«
»Und er?«
»Ja, er trank schon.«
»Sonst nichts?«
»Was hätte er mir denn sonst anbieten sollen?«
Sie wirkte ehrlich. Ambrosio fiel ein Detail ein, auf das er vor zwei Tagen nicht näher eingegangen war.
»Sie haben mir erzählt, daß Ihre Beziehung im März begann, genau an Ihrem Geburtstag. Valerio hatte vor Ihrem Haus auf Sie mit einem Blumenstrauß in der Hand gewartet.«
»Genau so war es.« Sie lächelte zaghaft.
»Er wußte also, daß Sie gerade an diesem Tag Geburtstag hatten.«
»Ich hatte es ihm gesagt.«
»Wann?«
»Einige Wochen zuvor. Wir sprachen über Horoskope.

Valerio war im Juni geboren worden, wie Mario, ich hingegen bin aus dem Tierkreiszeichen Fische, unfaßbar, hatte Valerio gelacht. Ich habe ihm den Tag genannt und er hat ihn sich gemerkt.«

»Ich habe Sie gefragt, ob er sich jemals seltsam verhalten habe und Sie haben mir zur Antwort gegeben, wenn er nicht normal gewesen wäre, hätten Sie ihn sofort verlassen.«

»Ja, ich hätte ihn verlassen. Aber er war ja normal.«

»Nicht besonders«, murmelte Nadia.

»Nein?«

»Er hatte einige Manien.«

»Nicht, daß ich wüßte.«

»Signora, Sie haben ihn lediglich ein halbes Jahr lang hin und wieder gesehen.«

Sie schloß die Augen und legte ihren Kopf nach hinten gegen die Nackenstütze.

»An was denken Sie?«

»Wenn er nicht tot wäre ...«

»Ja?«

»Hätte ich ihn verlassen. Hätten wir uns getrennt.«

Sie hob den Kopf.

»Warum?«

Nadia beugte sich zu ihr nach vorne.

»Mir war bewußt geworden, daß wir sehr verschieden waren. Zu verschieden. Es gab Dinge an ihm, die ich nicht verstand, die ich nicht greifen konnte. Ehrlich.«

»Ich weiß. Ich habe keine Fragen mehr an Sie.«

Sie stieg aus dem Auto aus und lief die Via Vallazze entlang. Einen Augenblick später war sie wieder in ihrem Laden, Ambrosio hatte den Zündschlüssel noch nicht einmal berührt: »Wann wohl die Beerdigung sein wird?« fragte er.

Man hörte ihre Schritte, bevor sie die Tür aufmachte. Die Katze war ihr lauernd gefolgt. Sie trug einen zart rosafarbenen Morgenrock und hielt eine Zigarette zwischen den Fingern.

»Neuigkeiten?« fragte sie, nachdem einen Moment lang völliges Schweigen geherrscht hatte.

»Nur eine Frage, Signora«, antwortete Ambrosio. Er ging beiseite, um Nadia den Vortritt zu lassen, die sodann das kleine Appartement Françoise' betrat. Es war von der Sonne durchflutet, die schräg durch ein offenes Fenster fiel. Sie ging hin, um es zu schließen und setzte sich in einen Sessel inmitten bunter Kissen.

»Zu Ihren Diensten.«

Sie sah müde aus und war noch nicht geschminkt.

»Ich würde gern wissen, ob Valerio Aufputschmittel nahm. Das ist alles.«

»Ich ... ich weiß nicht ...«

»Ihr Gehilfe«, fügte Nadia hinzu »dieser Diego, der ein Nachtlokal an der Porta Lodovica hatte ...«

»Mon Dieu, was hat der denn damit zu tun? Ich habe es Ihnen gesagt, ich glaube nicht, daß ich Ihnen behilflich sein kann. Ich glaube es beim besten Willen nicht.«

Sie drückte die Zigarette aus und fuhr sich mit der Hand über die Stirn.

»Vielleicht wäre es angebracht, daß Sie ins Polizeipräsidium kämen.«

»Aber warum?« Sie hatte die Stimme merklich angehoben, dann fragte sie noch einmal leiser: »Warum?

»Zu einer Gegenüberstellung.«

Sie holte ein Päckchen Gauloises, das auf einer rustikalen Kommode lag, zog eine Zigarette heraus und zündete sie an, während sie sich wieder hinsetzte. Die Katze starrte Ambrosio mit ihren flaschengrünen Augen an.

»Er suchte die Sicherheit.« Sie machte eine Pause. »Sich leistungsfähig fühlen, das war es, was er wollte. Wie gewisse Schauspieler, wenn sie auf der Bühne stehen.«

»Den Beweis für das, was Sie sagen, haben wir gleich hier nebenan, in seinem Büro gefunden.«

»Wann haben Sie es gefunden?« Sie versuchte, ihre Unruhe zu verbergen. Während sie den Rauch voller Genuß einsog, strich sie sich erneut über die Stirn.

»Vor kurzem.«

»Gestern abend hatten Sie noch keine Ahnung, daß ...« war es ihr entschlüpft.

»Gestern abend nicht, aber dann hat Ihr Freund ...«

»Wer, Diego?«

»Hat er Valerio beliefert?«

»Keine Ahnung.«

»Sie machen einen großen Fehler, Signora. Wir sind nicht hier, um Drogenhändler aufzuspüren, sondern um einen Mörder zu finden. Und wenn Sie uns nicht alles sagen, was Sie wissen, machen Sie nur uns und auch sich selbst das Leben schwer. Mehr sich selbst als uns. Sie sollten eine Vereinbarung mit mir treffen.«

»Eine Vereinbarung?«

»Gegenseitiger Natur: Ich werde Sie als Gegenleistung aus dem Ganzen heraushalten. Sie sagen mir, was Sie wissen, und ich werde Stillschweigen darüber bewahren. Und Sie werden weder heute noch morgen in die Via Fatebenefratelli kommen.«

»Und Diego?«

»Wenn er nicht der Mörder Valerios ist, interessiert es mich auch nicht, woher seine, sagen wir mal, Einkünfte kommen. Habe ich mich deutlich ausgedrückt, Signora?«

Er setzte sich in den Sessel ihr gegenüber, nahm zwei Kissen herunter und legte sie auf den Fußboden.

»Diego hat in seinem ganzen Leben noch keiner Fliege etwas zuleide getan.«

»War Valerio sein Kunde?«

»Na ja, ja. Zumindest seit einiger Zeit. Er brachte ihm erstklassige Ware, und Valerio half ihm, wo er konnte. Diego ist ganz tüchtig und hat auch einen gewissen Geschmack.«

»Ausgezeichnet. Die Möbel als Deckmantel. Valerio hatte es also nötig, sich wie ein Löwe zu fühlen, und dann .... was passierte dann?«

»Unerträglich. Deprimiert.«

»Hat ihn die Ehefrau aus diesem Grunde verlassen?«

»Unter anderem.«

»Was wissen Sie genau?«

»Valerio hat irgendwann versucht, auch Carla zu überreden, aber sie hat sich geweigert. Das war damals der Beginn ihrer Unstimmigkeiten, das Ende kennen wir ja.«

»Also nicht wegen der Frauen, mit denen er ins Bett ging?«

»Nicht nur deswegen. Vielleicht hätte Carla über die Sache mit den Geliebten noch hinwegsehen können. Im Grunde genommen war sie völlig gefühlskalt. Aber über das Kokain nicht. Es machte ihr angst.«

»Und Sie, von wem haben Sie es erfahren?«

»Von meinem Mann.«

»Warum sind Sie gestern abend mit Diego in die Via Santa Marta zurückgekehrt? Was hatten Sie vor?«

»Diego war davon überzeugt, daß Valerio ein wenig von dem Zeug hätte. Haben Sie es vielleicht gefunden?«

»Ihr Mann, nahm er es manchmal?«

Sie fing zu lachen an: »Lucillo? Das wäre ja noch schöner. Nein, nein, Commissario.«

»Und die Brüder?«

»Die armen Kerle. Sie haben zwar so manchen Fehler, das will ich nicht leugnen, aber das sind einfache, ganz einfache Leute. Emporgekommene Schreiner.«

»Wann haben Sie gemerkt, daß Valerio dieses Zeug nahm?«

»Ich wußte es, bevor ich mich mit ihm traf. Gustavo hat es Lucillo gesagt.«

»Gustavo hat es von Carla erfahren, der Frau Valerios, nehme ich an.«

»Richtig. Die Sache hat mich trotzdem nicht beeindruckt, wenn Sie es genau wissen wollen. Als junges Mädchen, in Paris, habe ich so manchen Joint geraucht.«

»Natürlich.«

Ambrosio fühlte sich in einer Sackgasse. Die Frau hatte mehr zugegeben, als er vermutet hatte. Sie hatte ihn in gewisser Weise entwaffnet, und, wie es schien, hatte sie sich an die Vereinbarung gehalten.

»Valerio ist Sonntag nacht ermordet worden: Könnte es Ihrer Meinung nach eine Frau gewesen sein?« Nadia stellte ihr diese Frage, ohne sie anzusehen. Sie ging auf die Katze zu und bückte sich, um sie zu streicheln.

»Eine Frau? In ihn verliebt zu sein und sich wie ein Gegenstand behandelt zu fühlen, ist nicht sehr angenehm. Seine ständigen Lügen, die Ausreden, um dich auf Abstand zu halten, um sich seine Handlungsfreiheit zu bewahren ... seine Sekretärin, zum Beispiel, das Mädchen aus Cantù, die hat mir immer furchtbar leid getan.«

»Sie hat ihm vielleicht vertraut.«

»Sie wird einen Mann in Erinnerung behalten, den es nie gegeben hat.«

»Wir werden die Alibis aller seiner Freundinnen überprüfen«, meinte Ambrosio.

»Schade, daß Katzen nicht sprechen können. Stimmt's Baby?« Sie erhob sich: »Sie ist das einzige Wesen, das mich vor ihren Verdächtigungen bewahren könnte.« Fast schien es, als ob sie lächeln wolle. Dann aber machte sie ein ernstes Gesicht und legte die Zigarette auf einer Kristallschale ab. Dünner

Rauch stieg in Wellen zur Decke auf. »Unbegründete Verdächtigungen.«

»Wirklich?«

»Ich hatte ihm nichts vorzuwerfen, dem armen Valerio. Ich habe rechtzeitig gemerkt, das sagte ich Ihnen ja schon, daß er ein Schuft war, völlig unfähig, sich zu verlieben. Aber er spielte seine Rolle perfekt. Gerade weil er sich niemals ganz darauf einließ ... Er hätte es sich gewünscht, und wie. Ein Schauspieler erster Klasse auf einer voll ausgestatteten Bühne: Badesalz, passende Düfte, musikalische Untermalung, Dom Perignon, schwarzer Saab, Handy, Restaurants mit Kerzenlicht ... so manche fiel darauf herein. Und er ...«

»Er?«

Groll blitzte aus ihren Augen. Oder war es Schmerz?

»Trug einen weiteren Namen in sein Notizbuch ein.«

Als sie auf die Straße hinaustraten, ließ die Sonne die Fassaden der Häuser in den oberen Stockwerken freundlicher erscheinen. Ein Geruch von Moos und Benzin lag in der Luft. An der Piazza Mentana, wo sie den Wagen unter den Roßkastanien geparkt hatten, fielen die Blätter nach und nach gemächlich auf die Beete. Sie waren nicht mehr so gepflegt wie einst, übersät von Papierabfällen und Exkrementen.

»Meinst du, daß sie ehrlich war?«

»Vielleicht schon. Sie wirkte älter als gestern abend.«

»Denk daran, im Rauschgiftdezernat nachzufragen. Bin auch schon neugierig, ob Gennari diesen amerikanischen Fotografen ausfindig machen konnte.«

Nadia überflog ihr Notizbuch: »William Hunter heißt er.«

»In diesem Beruf ist die Sorgfalt ausschlaggebend.«

Er rief im Polizeipräsidium an und ließ sich Gennari geben, der wie immer bester Laune war. Ein Optimist.

»Er ist hier bei mir, Commissario«, rief er etwas zu laut in den Hörer, »ich habe die Verantwortung übernommen und ihn gleich mitgebracht. War das gut so?«

»Du bist sozusagen ein Genie.«

Der Amerikaner war groß, sein Gesicht rosarot und seine Haare kurz und fast blond. Er hinkte kaum merklich. Er trug einen Motorradblouson, und über dem Blouson einen langen Wollschal, der an den Roten Baron erinnerte. Im Mund hielt er eine nicht angezündete Zigarre. Seine Stimme paßte nicht zu seiner kräftigen Statur, sie war fast schallend. Außerdem hätte man ihn vom Akzent her eher als einen Schweizer aus Lugano eingeschätzt.

Er bot ihm ein Feuerzeug an, aber der Mann schüttelte ablehnend den Kopf, als er sich ihm gegenüber hinsetzte: »Vormittags rauche ich nie.«

»Sie sprechen gut italienisch, mein Kompliment.«

»Okay, ich bin fast Italiener.«

»Ehrlich?«

»Mein Großvater wurde in Castroreale in der Provinz von Messina geboren. Schuhmacher. Mein Vater John ist aus Brooklyn und war dort Polizist. Jetzt ist er in Pension. Er war es, der seinen Namen hat ändern lassen. Konnte ein Bulle denn« – er zwinkerte Ambrosio zu – »›Coniglio‹* heißen? Seine Landsmänner da drüben wußten, was das bedeutete. Ihm hat Hunter gefallen, das heißt übersetzt Jäger.«

»Schau an«, sagte Ambrosio.

Die himmelblauen Augen des Mannes ruhten auf der Lagune von Venedig, die eingerahmt hinter dem Commissario an der Wand hing. Er hatte die Zigarre in den anderen Mundwinkel geschoben.

»Signor Hunter, ich mußte Sie sprechen, weil jemand, den

---

* *Hasenfuß*

Sie vermutlich kannten, ermordet worden ist. Er hieß Valerio Biraghi.«

Er saß wortlos da.

»Kannten Sie ihn?«

»Ja.«

»Sie haben auch mit der Signora Biraghi zusammengearbeitet.«

»In der Redaktion heißt sie nicht so. Ihr Familienname lautet anders. Dell'Orso.« Eine Spur von Heiterkeit zuckte in seinem Gesicht.

»Was belustigt Sie so?«

»Der Bär und der Jäger. In der Redaktion lachten sie immer darüber.«

»Erzählen Sie mir von Valerio. Wir suchen seinen Mörder und alles könnte uns nützlich sein, die Erinnerungen derer, die ihn kannten, eingeschlossen.«

»Und auch die Alibis all derjenigen, die mit ihm zu tun gehabt haben«, fuhr Nadia, die an der Wand saß, fort. Gennari hingegen war stehengeblieben.

»Übrigens, wo waren Sie am vergangenen Sonntag, Signor Hunter?«

»Hier in der Stadt, in meiner Wohnung.«

»Wo wohnen Sie?«

»Im Corso Garibaldi, nahe der Kirche San Simpliciano«, kam ihm Gennari zuvor.

»Leben Sie schon lang in Italien?«

»Fast zwanzig Jahre.«

»Valerio, was war er für ein Mensch, Signor Hunter?«

»Einer, der sich selbst nicht mochte. Er hatte seinen Vater im Kopf, den großen Chirurgen. Er hingegen verkaufte nur Möbel. Er konnte sich überhaupt nicht leiden. Das ist die Wahrheit. Alles andere sind Märchen.«

»Den Frauen aber gefiel er.«

»Er behandelte sie gut, seine Freundinnen. Hatte einen Haufen Knete. Urlaub, Kleider, Blumen, und so weiter, und so weiter.«

»Diese Dinge werden Sie wohl von der Signora erfahren haben, nehme ich mal an. Die jetzt von ihm getrennt lebt, und das seit mindestens ...«

»Acht Jahren. Carla ist eine Frau« – er hob die rechte Hand anerkennend in die Höhe und hielt dabei die Handfläche nach unten – »von Niveau ... eine feine Frau. Eine der wenigen.«

»Wen haben Sie sonst noch kennengelernt, der mit ihm zu tun hatte?«

»Seine Gesellschafter, die Möbelfabrikanten.«

»Gustavo Moretti?«

»Gustavo und seine Brüderchen.«

»Signor Hunter, Ihre Ex-Frau arbeitet für Gustavo Moretti, wie wir erfahren konnten.«

Er griff nach der Zigarre, die vom Speichel naß war und steckte sie sich in die Tasche seines Blousons. Eine plötzliche Mißstimmung war von seinem Gesicht abzulesen.

»Arbeitet? Tatsache ist, daß Gustavo sie heiraten möchte. Wußten Sie das? Er hat sich in sie verliebt. Sie war eine wunderschöne Frau, vor zehn Jahren. Jetzt kann sie keine Haute-Couture-Kleider mehr tragen und sich in Pose stellen wie damals.«

»Sie ist noch jung.«

»Haben Sie diese Rosen gegenwärtig, die, wenn Sie sie von einer Vase in die andere stellen, sofort die Blätter verlieren?«

»Gibt es jemanden, der bezeugen kann, daß Sie am Sonntag abend bei sich zu Hause im Corso Garibaldi waren?«

»Einen Bekannten. Wir haben bis nach elf oder so zusammengesessen und getrunken. Dann haben wir uns verabschiedet. Zufrieden?«

»Der Name Ihres Freundes?«

»Er heißt ... jetzt, verdammt, jetzt fällt er mir nicht ein ... ach ja: Arturo. Er heißt Arturo. Wir waren in einem Lokal in der Via Palermo.«

»Es gibt also niemanden, der bezeugen könnte, daß Sie in den Stunden, in denen Valerio Biraghi ermordet wurde, kilometerweit von der Via Casnedi entfernt waren.«

»Tut mit leid, Commissario.«

»Waren Sie jemals in der Wohnung Valerios?«

»Einmal, vor Jahren.«

»Bei welcher Gelegenheit?«

»Er lebte noch mit Carla zusammen. Ich bin vorbeigefahren, um sie abzuholen, weil wir am Bahnhof Lambrate eine Modereportage machen mußten.«

»Wieso am Bahnhof?«

»Wir stellten die Mädchen unter dem Bahnsteigdach in Pose. Man sah die Waggons, die Leute, die neben ihren Koffern warteten, die Bahnhofsuhr in der Höhe ... Bahnhöfe erinnern an die Schwarzweißfilme von Carnè, verstehen Sie?«

Das wichtigste an der ganzen Unterredung war, daß der amerikanische Fotograf kein Alibi hatte. Dennoch klang alles, was er erzählte, durchaus wahr, vollkommen glaubhaft. Man mußte einen Ansatzpunkt finden, wollte man einige für die Ermittlungen nützliche Einzelheiten herausfinden. Kurz, Ambrosio hatte das Gefühl, daß alle, die er verhörte, ihm nur einen Teil der Wahrheit sagten. Andererseits, war es nicht normal, daß jeder von einem Mord so weit wie möglich Abstand zu halten versuchte? Auch die Frauen – besonders die verschiedenen Frauen, die Valerio zu lieben versuchte. Oder so tat, als ob er sie lieben würde.

»Als Sie und Ihre Frau sich getrennt hatten, sind Sie da in die Vereinigten Staaten zurückgekehrt?«

»Wer hat Ihnen das erzählt?«

»Sind Sie zurückgekehrt oder nicht?«

»Es gefiel mir hier nicht mehr. Ich wollte nicht mehr hierbleiben. Ja, ich habe für ein paar Zeitschriften gearbeitet, in New York. Dann ... na ja, bin ich zurückgekommen. Habe meine Zelte wieder abgebrochen.«

»Eine gepeinigte Seele.«

»Eher ein Pendler.«

»Seit wann wohnen Sie im Corso Garibaldi?«

»Seit Januar. Ich wechsle gerne die Tapeten. Ich hatte eine Wohnung in der Gegend der Porta Nuova, dann wohnte ich in einem Haus in der Via San Marco ...«

»Via San Marco? Eine der Geliebten Valerios wohnt genau dort, eine Straße weiter, in der Via Cernaia.« Er sprach es absichtlich deutlich aus: »Wissen Sie, wer in der Via Cernaia wohnt?«

»Wer?«

Er steckte die Hand in die Tasche seines Blousons.

»Eine schöne Frau, Gymnasiallehrerin.«

»Auffallend schön«, unterstrich Nadia.

»Kenne ich sie?«

Er wickelte ein Bonbon aus dem Silberpapier und steckte es sich in den Mund.

»Das frage ich Sie.«

»Wie heißt diese Freundin Valerios?«

»Daria.«

»Hat sie einen Bruder?«

»Er heißt Ermes.«

»Ich weiß, wer das ist. Ein Typ, der etwas ...« Er machte eine Bewegung mit den Fingern, als ob er die Luft kraulen wolle.

»Die Frau oder der Bruder?«

»Er. Spielte er nicht Tennis mit Valerio? War ein dicker Freund von Valerio.« Er grinste verschmitzt. »Carla sagte, daß er eine Schwäche für ihren Mann hätte.«

»Da ist noch etwas anderes, das ich gerne wissen würde.« Er fuhr sich mit einer Hand über den Nacken, dann wandte er sich an Gennari: »Ich habe die Garage vergessen. Du und De Luca, ihr müßt noch mal dorthin gehen. Nadia wird dir erklären, was wir heute morgen gesucht haben.«

Sie verließen das Büro. Der Amerikaner blieb reglos auf dem Stuhl aus Kunststoffleder sitzen. Ambrosio beobachtete ihn und stellte fest, daß ihn diese Unbeweglichkeit einiges kostete. Vom Zimmer der Inspektoren hörte man das Klappern einer Schreibmaschine herüber.

»Ich würde gerne wissen ...« Er ließ den Satz bewußt halbfertig stehen und fragte sich, ob der Amerikaner seine Haltung verändern würde.

Er zog erneut die Zigarre aus der Brusttasche und steckte sie sich zwischen die Lippen. Dann schlug er die Beine übereinander.

»Ich wüßte gern, ob Sie den Geschäftsführer der Firma kennen, Luigi Moretti?«

»Natürlich kenne ich ihn.«

»Gut?«

Er schüttelte den Kopf: »Ich verstehe nicht, worauf Sie hinaus wollen.«

»Ich meine, ob Sie ihn so gut kennen, daß Sie mir ein aussagekräftiges Bild von ihm zeichnen könnten. Ich gebe zu, Ihre Antwort bezüglich Valerio Biraghis eben hat mich verblüfft. Ein Mann, haben Sie mir erklärt, der sich selbst nicht akzeptierte, der sich nicht mochte. Eben das möchte ich von Ihnen: Ihre ehrliche Meinung über den Ragioniere Luigi Moretti.«

Es kam ihm so vor, als ob er sich nun entspanne. So als ob er befürchtet hätte, nicht antworten zu können. Er steckte die halbe Zigarre in die Brusttasche zurück.

»Ein Menschenfeind. Ein Einzelgänger. Er lebt in einer

Villa mit englischem Rasen, Brunnen, Bäumen, und rundherum ein schwarzes Gitter und gewaltig hohe Hecken.«

»Eine Villa wie aus einem Krimi.«

»Da lebt keine einzige Frau drinnen. Ausgenommen die Köchin.«

»Älter?«

»Hinfällig«, pflichtete er bei.

»Er wird der Schwager Ihrer Ex-Gemahlin werden.« Er wunderte sich, daß der andere nicht lächelte.

»Warum haben Sie mir diese Frage gestellt, Commissario?«

»Ich werde mich mit ihm treffen müssen, genau deswegen.«

Nadia trat ins Zimmer und schloß die Tür des Büros geräuschlos.

»Es wird nicht einfach sein, etwas aus ihm herauszubekommen, er ist so zurückhaltend.« Er fragte sich, ob da nicht eine Spur Boshaftigkeit in der Stimme des Amerikaners schwang.

»Und Lucillo, was ist er für ein Typ Mann?«

Er legte die Hände auf die Armlehnen des Stuhles und rutschte auf dem Sitz nach hinten, um sich besser anlehnen zu können.

»Er glaubt, vom Pech verfolgt zu sein.«

»Statt dessen?«

»Statt dessen hat er eine Vorstellung von sich selbst, die seine tatsächlichen Fähigkeiten übersteigt. Ein ernsthafter Konflikt mit Mutter Natur. Kommt vor. Er hat es nie geschafft, der zu sein, der er gerne gewesen wäre. Er ist ein bißchen Gesellschafter, ein bißchen Architekt.« Er verzog leicht das Gesicht und fügte nach einer Pause hinzu: »Ein bißchen Ehemann.«

»Wir haben mit Madame Françoise gesprochen«, bekannte Ambrosio.

»Er tut so, als ob er wirklich daran glaube, daß sie nach Lyon zurückgegangen sei.«

»Tut so?«
»Hat er Ihnen das nicht gesagt? Er erzählt es allen. Françoise lebt aber hier, mit diesem Knirps von einem Zuhälter.«
»Diego Lanzi?«
»Der mit dem Schnurrbärtchen. Dem fehlt nur noch das Schnappmesser.«
»Ist er der Liebhaber Françoise'?«
»Nicht im entferntesten. Ich habe mich nicht deutlich ausgedrückt: ich sagte Zuhälter. Was seit jeher seine übliche Beschäftigung gewesen ist. Wußten Sie, daß er ein Stundenhotel hatte?«
Nadia machte eine Notiz in ihr Büchlein: »Lanzi – Sittenpolizei.«
»Wir wissen nur, daß er sich für antike Möbel interessiert.«
»Die Ästhetik des Sekretärs. Das ist die beste Meldung des Jahres«, lachte er und öffnete seinen Blouson, »informieren Sie sich da mal besser.«
»Frauen statt Nachttischchen«, wagte Nadia mit ihrer Stimme zu bemerken, die so ganz nach enttäuschtem, bravem Mädchen klang.
»Das ist erstklassig! Genau so. Er lebt auf Kosten der Frauen. Genau das Gegenteil von Valerio.« Er blickte Ambrosio mit einem befriedigten Gesichtsausdruck unverwandt an.
»Diego Lanzi könnte also der Zuhälter von Françoise sein, einem Luxusartikel. Und es könnte auch sein, daß sich der kleine Diego mit gewissen Kleinigkeiten rund um das Sexgeschäft beschäftigt, Alkohol, zum Beispiel, der hilft, sich etwas in Stimmung zu bringen, oder ...«
Er sagte nichts dazu. Statt dessen fragte er eigenartigerweise: »Hat Lucillo von seiner Frau Françoise gesprochen?«
»Er auch, ja.«
»Verstehe. Hat man Ihnen gesagt, daß Françoise eine Affä-

re mit Valerio hatte? Alte Geschichte. Ich wette, er selbst hat es Ihnen gesagt.«

Ambrosio zündete sich eine Zigarette an und schaute zum Fenster hinaus. Eine Amsel hatte sich auf der Fensterbank niedergelassen und erregte seine Aufmerksamkeit.

»Sie leben ja auch nicht zusammen.«

Er drehte sich abrupt zu dem Amerikaner um, als wäre ihm die Frage eingefallen, die er ihm ein paar Minuten vorher gestellt hatte.

»Entschuldigung, wer?

»Françoise und dieser Diego. Ich dachte, daß sie ein Liebespärchen seien. Ich hatte ebenfalls den Verdacht, daß die Möbel nicht ihr einziges Einkommen darstellten. Wenn sie nicht von ihrem Mann eine angemessene Abfindung bekommen hat ... könnte sein. Was meinen Sie?«

»Nicht ausgeschlossen«, stimmte der Mann zu.

»Valerio besaß gleich um die Ecke von Françoise' Wohnung ein Büro. Wußten Sie das, Signor Hunter?«

»Nie davon gehört.«

»Ein zweites hatte er am Largo Rio de Janeiro, gleich bei seiner eigenen Wohnung.«

»Auch das habe ich nie gesehen.«

»Ihre Freundin Carla wird Ihnen davon erzählt haben.«

»Ich habe sie nie danach gefragt.«

»Gut, Signor Hunter.«

Ambrosio beobachtete ihn, wie er sich mit einer Hand über das rechte Bein massierte, als ob es ein wenig schmerzen würde. Als der Commissario aufstand und auf ihn zuging, erhob sich der Amerikaner, auf die Armlehnen des Stuhles gestützt, unter sichtlicher Anstrengung zu seiner ganzen Größe. Er mußte um einen Meter neunzig groß sein. Sein Gesicht strahlte Unruhe aus.

»Es ist nicht auszuschließen, daß wir uns wiedersehen«,

erklärte Ambrosio, »sobald ich mit dem einsamen Ragioniere gesprochen habe, zum Beispiel.«

Nadia stellte sich neben ihn, fast als wolle sie ihm das Geleit geben. Neben dem Commissario wirkte sie wie ein Gymnasiastin.

»Ich habe Ihnen alles gesagt, was ich weiß.«

Während er sich den Lederblouson zuknöpfte, öffnete er die Tür.

»Es könnte mir etwas einfallen, was ich Sie fragen möchte, Signor Hunter. Die Ermittlungen gehen weiter.«

Und Nadia: »Da ist immer noch die Frage der Alibis.«

Ganz schön heimtückisch, dieses Mädchen, ging es Ambrosio durch den Kopf, während er dem Fotografen die Hand gab, der sogleich mit kaum merklich hinkendem Schritt den Korridor entlang zu den Treppen ging.

Die zwei deutschen Schäferhunde näherten sich dem Tor. Dann postierten sie sich zusammengekauert vor dem Eisengitter und starrten Ambrosio, der den Klingelknopf gedrückt hatte, unentwegt an. Aus der Sprechanlage tönte die Stimme einer Frau: »Wer ist da?« Und nach einer Pause, die endlos lange schien: »Komme sofort.«

Sie erschien auf dem Kiesweg, der von der Gittertür zu dem grauen Haus mit den grünen Fensterläden führte. Die Zypressen, die es umstanden und die den Weg zum Haus begrenzten, gaben dem Ganzen eine beinahe feierliche Atmosphäre.

Die Frau mittleren Alters war kräftig. Sie lief wie jemand, der an Arthrose leidet und sich nur unter Mühen bewegt. Vielleicht hatte sie deshalb weder gelächelt noch den Versuch unternommen, ihre schlechte Laune zu verstecken, die aus ihrem breiten und blassen Gesicht mit den rotgefleckten Wangen sprach. Sie trug ein schwarzes Wollkleid mit einer makellos weißen Schürze, wie gerade frisch aus dem Schrank genommen.

»Der Padrone kommt jeden Augenblick.«

Die Hunde kamen auf sie zu. Sie schienen ruhig.

»Sind sie lieb?« erkundigte sich Nadia.

»Wahre Engel«, war die Antwort. Während sie über den Kies liefen, sagte die Frau: »Vorausgesetzt, daß jemand von uns dabei ist.«

»Wie heißen sie?«

»Attila und Iwan.«

»Iwan der Schreckliche«, setzte Ambrosio hinzu.

Am Ende des Gartenweges befand sich eine etwa zwei Meter hohe Ligusterhecke und zum Schluß ein offener Platz mit einem Marmorbrunnen, in dessen Mitte ein Putto stand. Er hielt eine nach vorne geneigte Vase auf der Schulter, aus der ein Wasserstrahl floß.

»Sind Sie die Hausmeisterin?«

»Ich bin auch die Köchin«, antwortete sie unfreundlich.

Zum Haupteingang zog sich eine marmorne Freitreppe hinauf, die der Villa eine gewisse Gediegenheit verlieh, ja fast an einen Friedhof erinnerte.

Zu beiden Seiten der Tür ragten zwei jonische Säulen in die Höhe. Oberhalb davon lag ein Balkon mit einem schmiedeeisernen Geländer. Alles war geschmackvoll. Moos überwucherte stellenweise die Fassade.

In den Hortensiensträuchern arbeitete ein Mann mit einem Schubkarren.

»Lebt der Gärtner hier?«

»Nein, er kommt am Freitag und am Samstag. Heute ist Freitag, nicht wahr?«

Mit einer wegweisenden Handbewegung bat sie sie einzutreten und stellte sich kerzengerade wie ein Korporal Napoleons neben den Eingang.

Der Boden in der Vorhalle war mit Marmor ausgelegt. Eine Glaswand im Jugendstil trennte sie vom Salon. Die bunten Glasscheiben reflektierten das Licht, als die Köchin zu einem Fenster ging und die Läden aufstieß.

Im Raum sah man sorgfältig gepflegte Möbel aus dem achtzehnten Jahrhundert, Perserteppiche und an den Wänden Gemälde, die Schäferszenen und Seenlandschaften zeigten und in vergoldeten Rahmen mit Messingschildchen hingen. Auf dem runden Tisch in einer Ecke neben dem Kamin stand eine Vase mit frisch gepflückten Blumen.

Ambrosio las den Namen auf dem Schildchen des größten Gemäldes, das den Titel Landleben trug. Es zeigte weiße Wolken am Horizont und einen Bauern mit einer Sense über der Schulter: ›Guglielmo Ciardi 1842–1917‹.

»Setzen Sie sich ruhig«, gebot ihnen die Köchin, »der Padrone wird sofort kommen.«

Sie entfernte sich.

»Was für eine Stille«, bemerkte Ambrosio mit flüsternder Stimme. Die Kristallklunker des Lüsters leuchteten im hellen Morgenschein, und ein Sonnenstrahl fiel spitz auf die Glasscheibe einer Nußbaumvitrine, in der Säbel und Revolver auslagen. Der Wachsgeruch erinnerte Ambrosio an das Haus seiner Mutter an der Piazza Giovine Italia, damals, als seine Mutter noch jung gewesen war und sein Vater, der Richter, ständig jammerte: Lieber Gott, das ist ja, als ob man in einem Abstellraum für Putzmittel lebe.

»Irgend etwas stimmt hier drinnen nicht«, gab Nadia zu bedenken, während sie sich aufmerksam umblickte.

»Die Stille?«

»Ich weiß es nicht. Es wirkt wie ein Museum.«

»Er hat es so belassen, wie es war. Erinnerst du dich? Er hat alles gekauft, Möbel, Teppiche, Gemälde, Köchin inbegriffen.«

Er hätte gern noch etwas dazu gesagt, aber genau in dem Moment, als er den Mund aufmachte, erschien Luigi Moretti in der Tür, durch die die Köchin hinausgegangen war. Es wirkte wie ein Bühnenauftritt. Er hatte eine asketische Figur, ein blasses Gesicht und trug eine Jacke aus goldbraunem Cashmere.

»Entschuldigen Sie bitte, wenn ich Sie habe warten lassen.«

»Wir sind eben erst gekommen«, entgegnete Ambrosio.

»Mir war es lieber, daß wir uns hier träfen, statt irgendwo anders.«

»Ich wollte ja unbedingt Ihr schönes Haus sehen, Signor Moretti. Man hat mir davon erzählt, und ich war neugierig«, lächelte er ihm zu. »Ich bin vielleicht indiskret, aber das ist mein Beruf. Leider.«

»Warum leider?«

Er verzog keine Miene und blieb reglos neben dem Tisch mit der Blumenvase stehen. Seine Hand lag auf der Rückenlehne eines Sessels, der zusammen mit einem zweiten, völlig identischen, und einem Sofa, das mit demselben grünbraunen Stoff bezogen war, eine Art verlorene Insel im Salon bildete. Verloren in der Zeit.

»Ich habe erfahren, daß diese Villa einem Spieler gehörte.«

»Vom Pech verfolgt. Wie alle, die die Göttin Fortuna zu sehr umwerben. Komisch, nicht?«

»Es heißt, er habe ein Vermögen verloren.«

»Armer Teufel.«

Er hatte diese Worte mit betrübter Stimme gemurmelt, aber auch in einem endgültigen Ton, wie jemand, der ein unangenehmes Thema abschließen möchte.

»Fühlen Sie sich wohl hier?«

Ambrosio setzte sich auf das Sofa und der Ragioniere daneben. Nadia ließ sich auf einem der beiden Sessel nieder.

»Ich frage Sie das, weil mich dieses Haus an eine Villa aus

meiner Kindheit erinnert. Im Sommer fuhr ich mit den Eltern dort hin. Neben dem Brunnen stand ein Granatapfelbaum, der aber viel kleiner war als der Ihre. In dem Haus hingen auch solche Bilder wie diese hier. Mein Vater liebte die Pendeluhren und die Landschaften von Delleani.«

»Kleine Bildtafeln.« Er umriß mit den Händen die ungefähre Größe und ähnelte dabei einem Pfarrer, der die Messe abhält »Venezianische Veduten, Weiden, Bauernmädchen ...«

»Sie leben also gern hier.«

»In der Stille«, sagte er, während er sich an ein Ohrläppchen griff, »in der großen Stille.«

»Valerio Biraghi ist Sonntag nacht ermordet worden. Seither sind bereits fünf Tage vergangen. Jeder Tag, der vorbeigeht, scheint mir ein verlorener.«

»Alle Tage sind verloren.«

»Verloren für meine Ermittlungen. Wir haben Bekannte, Freunde, Freundinnen des Opfers verhört, und trotzdem sind wir noch weit vom Ziel entfernt. Wir haben immer noch keinerlei Gewißheit über das Tatmotiv, noch nicht einmal Verdachtsmomente ... eben deswegen lasse ich nicht locker bei denen, die ihn kannten, die mit dem Toten in gewisser Weise vertraut waren. Oder befreundet. Kurz, mit denen, die imstande sind, die möglichen Motive zu beurteilen, die die Hand des Mörders geführt haben könnten, ja, die einen Hinweis geben und Vermutungen anstellen könnten.«

»Oder der Mörderin«, fügte Nadia der Vollständigkeit halber hinzu.

Der Ragioniere drehte den Kopf zu ihr um: »Könnte es auch eine Frau gewesen sein?«

»Keine Ahnung«, antwortete Nadia und zog aus ihrem Handtäschchen ein mit Spitzen eingefaßtes Taschentuch heraus.

»Das wissen wir nicht, Signor Moretti.« Ambrosio schüttelte den Kopf. »Wenn es auch in Anbetracht des Lebens, das er führte, eine nicht unwahrscheinliche Möglichkeit ist. Das Verbrechen könnte von Zorn oder Eifersucht geleitet worden sein.«

»Seine Geliebten waren verheiratet. Nicht alle, aber ein paar schon. Ich kannte sie nicht, aber über bestimmte Gewohnheiten von ihm wußte ich Bescheid. Valerio war nicht introvertiert. Ganz im Gegenteil. Nicht, daß er ein Schwätzer gewesen wäre, das nicht, zumindest mir gegenüber nicht, aber so manches ließ er durchblicken. Alle wußten, die kleine Mirella mal ausgenommen, daß er ein Don Giovanni war, wie man so sagt.«

Er fuhr sich mit der Hand durch sein bürstenkurz geschnittenes Haar, schloß kurz die Augen und öffnete sie sogleich wieder.

»Fühlen Sie sich nicht gut?«

»Es geht mir bestens. Übrigens, möchten Sie etwas trinken?«

»Danke, nein.«

Ambrosio hatte sich gleich zu Beginn des Gesprächs vorgenommen, den heikelsten und zugleich schwerwiegendsten Punkt in der ganzen Angelegenheit anzusprechen. Er wußte genau, daß es unumgänglich war, die Fragen – es war ihm früher bereits passiert – ohne besondere Strenge zu stellen, als seien sie belanglos, wenn er irgendein befriedigendes Ergebnis haben wollte.

»Da gibt es ein immer wiederkehrendes Detail, das sich bei den meisten Frauen, die er gekannt hat, wiederholt.«

»Welches?« Er zog aus der Innentasche seiner Jacke ein silbernes Zigarettenetui hervor, nahm ein Zigarillo heraus und steckte es mit einem Feuerzeug aus demselben Edelmetall an.

»Er benutzte eine Polaroidkamera, um sie während der Rendezvous zu fotografieren.«

»Nackt?«

Der betrübte Gesichtsausdruck des Ragioniere vermischte sich mit einer Spur Bosheit.

»Nackt. Und er war auch nackt.«

»Tatsächlich? Und diese Fotos ... sammelte er die?«

»In der Tat, wir haben sie gefunden.«

»Großer Gott.«

»Ich muß zugeben, daß unsere Ermittlungen ohne diese Schnappschüsse noch ... enttäuschender wären.«

Er steckte sich das Zigarillo erneut an und legte den Ellbogen nach hinten auf die Rückenlehne des Sofas. Er wirkte befreit von der Bitterkeit, die ihn ständig zu begleiten schien.

»Statt dessen hat uns seine Vorliebe, seine Heldentaten zu dokumentieren und zu archivieren, einige interessante Türen geöffnet.«

»Also auch Mirella ... entschuldigen Sie bitte, ich wollte nicht ... Commissario, Sie, Sie haben gesagt, die meisten seiner Geliebten. Nicht alle, demnach.«

»In der Tat. Nicht alle.«

Nadia blickte zum Commissario und wandte sich dann wieder dem Ragioniere zu, der unverändert nachdenklich den Zigarrenrauch beobachtete: »Wir haben einen Fotografen getroffen, der vielleicht ...«.

»Der Ex-Ehemann der Signora, die das Haus Ihres Bruders führt«, schloß Ambrosio.

»Den kenne ich.«

Er schaute aus dem Fenster, das auf den Park hinaus ging.

»Was für eine Art Mann ist er?«

»Zu groß, um das gleich mal vorwegzunehmen.«

»Und weiter?« Er lächelte ihm zu.

»Zu faul.«

»Und seine Ex-Ehefrau?«

»Zu schön. Sie hatte sich zuviel vom Leben erwartet.«

»Ihr Bruder ist dabei, einen Fehler zu begehen, Signor Moretti?«

»Nicht ausgeschlossen. Ich habe jedenfalls versucht, ihn zu warnen.« Er wandte sich an Nadia: »Aber er wird nicht auf mich hören.«

»Nicht alle sind so wie Sie, Signor Moretti«, gab er zu bedenken, »Sie können in diesem Haus leben, ohne sich einsam zu fühlen.«

»Glauben Sie?«

Er erhob sich. Plötzlich hatte ein Blitz die Äste der Bäume erhellt, einen Augenblick zuvor hatte man aus weiter Ferne ein Rollen vernommen, und jetzt krachte der Donner zusammen mit dem Hundegebell.

»Glauben Sie das wirklich?«

Er trat auf sie zu, das Zigarillo zwischen die Finger geklemmt.

»Vielleicht irre ich mich, Signor Moretti.«

9. Kapitel

Das Gewitter braute sich von den Hügeln her über ihnen zusammen

Das Gewitter braute sich von den Hügeln her über ihnen zusammen. Indessen bewegte sich das Auto Ambrosios inmitten der Blitze, die die Zypressen der Auffahrtsallee bedrohlich beleuchteten, auf das Tor mit den lanzenförmigen Stäben zu; die Köchin, mit dem Cape aus Wachstuch über den Schultern, schleppte sich schweren Schrittes heran. Sie hielt den Regenschirm noch geschlossen und eng an ihre Hüfte gepreßt.

»Er hat auch kein Alibi«, sagte Nadia.

»Willst du wissen, warum ich ihn nicht danach gefragt habe?«

Die ersten Tropfen fielen, kaum daß sie die Kurve der Straße nach Cantù hinter sich gelassen hatten. Schlagartig sahen sie sich von grauen, wütenden Wassermassen umflutet, so daß er gezwungen war, neben einer Tankstelle anzuhalten.

»Es war unnötig.« Er schaute sie an. »Einstweilen.«

»Wir essen etwas in Mailand«, sagte er kurz darauf. »Wen möchtest du zuerst treffen?«

Sie zückte ihr Notizbüchlein.

»Die Frau aus der Via Dezza.«

»Die Blondine mit den Sommersprossen.«

»Soll ich sie zu Hause anrufen?«

Er reichte ihr das Funktelefon.

Es war schon immer gerne bei Regen gefahren. Das Geräusch der Reifen auf dem nassen Asphalt begleitete seine Gedanken, und es schien ihm, als ob alle Probleme, das Wasser eingeschlossen, draußen bleiben würden, fern von ihm.

»Noch mal?« fragte die Frau am anderen Ende des Telefons.

»Wo?« Nadia wandte sich im Flüsterton an den Commissario, der ihr den Hörer aus der Hand nahm.

»Signora, ich bin es, Ambrosio. Ich würde gerne an einem Ort in der Nähe Ihrer Wohnung mit Ihnen sprechen. Was halten Sie vom Biffi an der Piazzale Baracca? Wann? In etwa zwei Stunden.«

Das Auto setzte sich in Bewegung und sie nahmen ihre Fahrt nach Mailand wieder auf, umgeben von perlmuttfarbenem Licht, das im Westen von blauen Streifen unterbrochen wurde, die auf Besserung hoffen ließen. Der Verkehr hatte erneut zugenommen, die Scheinwerfer der Autos waren noch an, der Regen fiel nun gleichmäßig, ohne die Heftigkeit von vorher.

»Glauben Sie, daß sie uns nicht doch etwas verheimlichen wird?«

»Es ist nun mal der Moment gekommen, wo wir etwas riskieren müssen«, entgegnete er.

»Etwas riskieren?«

»Bislang sind wir nach der weichen Methode vorgegangen.«

»Und jetzt?«

»Zieht sich das Netz zusammen.«

Sie schwiegen beide. Als hätte Nadia nicht verstanden, was Ambrosio sagen wollte. In Wirklichkeit hatte nicht einmal er selbst die wahre Bedeutung dieses Satzes begriffen. Kurz, es war der Moment gekommen, die Ermittlungen abzuschließen, jetzt, wo sie alle Hauptfiguren vor sich hatten, Frauen und Männer, und die Leiche des Opfers der Witwe zurückerstattet werden würde. Sie hielten an einer Bar in der Viale Zara.

Als er aus dem Wagen stieg, sah er oben am Himmel – jenseits des Dickichts von zehnstöckigen Wohnhäusern mit Tausenden und Abertausenden Fenstern – ein festliches Gefunkel.

»Jetzt heißt es für uns, den richtigen Fang zu tun.«

Sie setzten sich in eine Ecke und bestellten ein paar *tramezzini* und zwei Glas helles Bier. Der junge Araber bediente sie. Er hatte ein lebhaftes Gesicht.

»Wie ist dein Name?« fragte ihn Ambrosio, bevor sie hinausgingen.

»Anas.«

»Wo kommst du her?«

»Kairo.« Seine Augen glitzerten wie kleine Spiegelchen.

»Haben Sie erkannt, daß er Ägypter war?« Nadia ließ sich, wie üblich, die Fahndungstechniken des Commissarios durch den Kopf gehen.

»Er hätte auch Libanese oder Tunesier sein können.«

Als sie die Piazzale Baracca erreichten, schien wieder die Sonne. Es wehte eine frische Brise. Der Geruch des Wassers war der gleiche wie damals, als er noch klein gewesen war und die Haushälterin die Bettlaken bügelte.

»Wir werden Pfähle setzen müssen.«

»Wo?«

»Um den armen Valerio herum.« Er beschrieb mit der Hand ein großes Rad in der Luft.

Nadia setzte sich ganz hinten im Lokal hin. Die Nußbaummöbel, die Spiegel, die Messingverzierungen erinnerten ihn immer an die Jahre in Turin, an seinen Vater, der einen Barolo Chinato* bestellte, an den blauen Ardea, der in der Via

---

* *Berühmter Digestif aus der Langhe, Provinz Cuneo; mit Chinaextrakt und Kräutern aromatisierter Barolo.*

Roma geparkt war – überall war damals Platz –, an die Nugatpralinen in den sechseckigen Schachteln mit den Farben der italienischen Nationalflagge.

»Was für Pfähle, Commissario?«

»Fixpunkte, wenn du so willst. Wir haben bereits bei anderen Gelegenheiten darüber gesprochen.«

Der Duft von Kakao, die Bonbons Baratti & Milano, jene Tage kobaltblauen Himmels mit dem Wind, der von den Alpen herunterwehte. Wie jetzt. Aber damals hatte er andere Probleme gehabt.

»Da ist sie«, sagte Nadia.

Roberta Arcuri blieb neben der Kasse stehen, dann erblickte sie sie und ging mit dem kleinen Regenschirm im Schottenkaro in der Hand auf sie zu. Das dunkle Kostüm ließ ihre blonden, fülligen Haare zur Geltung kommen, und die Blässe ihres Gesichts unterstrich die geschminkten Lippen. Sie legte Schirm und Handtasche auf einen Stuhl.

»Ich muß Ihnen leider noch einige Fragen stellen, Signora Arcuri.«

»Und weshalb?«

»Wegen einiger Einzelheiten, die Sie uns nicht gesagt haben oder vielleicht nicht wußten.« Er schaute sie prüfend an. Sie setzte sich wortlos hin.

»Rauchen Sie?«

Er bot ihr eine Zigarette an.

»Möchten Sie einen Kaffee?«

Sie hielt die Zigarette zwischen den Fingern, die in der Luft zitterten: »Welche Einzelheiten?«

»Kokain, zum Beispiel«, entgegnete Ambrosio. »Ist Ihnen niemals in den Sinn gekommen, daß er dieses Zeug schnupfen könnte?« Er rückte näher an sie heran. Sie blickte ihn weiter unverwandt und mit halbgeöffnetem Mund an. Ihr Atem roch nach Zahnpasta.

»Er war ... erregt, manchmal. So, als ob ... er getrunken hätte. Er trank. Wir beide tranken Champagner. Aber ich wäre nie auf die Idee gekommen, daß ... sind Sie sicher?«

»Hat er Sie niemals gefragt, ob ...«

Die Frau wiegte verneinend ihren Kopf hin und her, ihre Augen waren glanzlos.

»Sind Sie sicher?«

»Wir wissen auch, wer sein Lieferant war.«

Er beobachtete sie aufmerksam und stellte sich dabei die Frage, was wohl der Grund für den Zauber war, den diese nicht mehr junge Frau ausübte und dessen sie sich offenbar nicht bewußt war.

»War Valerio Ihr einziger Geliebter?«

Als ob ihm die Frage unwillentlich entrutscht wäre. Er setzte hinzu: »Entschuldigen Sie bitte, wenn ich indiskret bin.«

Sie blieb ruhig und gelassen.

»Ich hatte einen anderen, nach meiner Heirat. Drei Jahre später. Eine kurze Geschichte, am Meer. Ohne jegliche Folgen.«

»Mit Valerio, trafen Sie sich da auch außerhalb von Mailand, in Cantù, in der Gegend um die Fabrik ...«

»Das war nur in der Anfangszeit.«

»Sie haben mir gesagt, daß die Treffen alle zwei Wochen stattfanden, Mittwoch nachmittags, in der Wohnung am Largo Rio de Janeiro, wo er Sie fotografierte.«

Sie errötete.

»Sie haben mir auch gesagt, daß Sie, obwohl Sie nicht in ihn verliebt waren, auf die eine oder andere Art die gemeinsamen Stunden dennoch als angenehm erleben konnten. Während mit Ihrem Mann ...«

»Armer Gianni. Ich war eine Egoistin. Das ist die Wahrheit.«

»Das sind wir alle.«

»Ich glaube, so etwas wird mir nicht noch mal passieren. Man bezahlt für alles. Einen viel zu hohen Preis. Glücklich jene, die sich nicht in Versuchung führen lassen.«

»Tut es Ihnen leid?«

»Ich habe Angst. Nachts schlafe ich nicht. Ich kann nicht mehr schlafen.«

»Wovor haben Sie Angst?«

»Ich fürchte, daß Gianni die Wahrheit erfahren könnte. Ich will mich nicht von ihm trennen. Oder ihm Kummer bereiten. Das verdient er nicht.«

Sie schauspielerte nicht, sie war ehrlich.

»Sind Sie sicher, daß Ihr Mann niemals irgendwelche Vermutungen gehabt hat?«

»Ja, da bin ich sicher.«

»Wie können Sie da so sicher sein?«

»Er hätte eine Tragödie daraus gemacht. Da bin ich mir hundertprozentig sicher.«

»Und Ihr Mann, Signora, war er Ihnen immer treu?«

Nadias Frage traf sie unvermittelt, während der Kellner drei Täßchen Espresso und ein kleines Porzellankännchen mit Milch auf den Tisch stellte.

»Ich glaube schon«, antwortete sie, »wenn ich mir auch so manches Mal gewünscht hätte, er wäre es nicht gewesen, so daß ich mein Gewissen hätte beruhigen können.«

»Da ist eine andere Sache, die ich wissen müßte und die Sie mir neulich, als wir uns gesehen haben, teilweise bestätigt haben. Am Sonntag waren Sie mit Ihrem Mann in diesem Café, ist es so?«

»Wir gehen oft hier hin am Sonntag. Das habe ich Ihnen schon gesagt. Und ich wiederhole es. Wir waren hier.«

»Dann sind Sie am Corso Vercelli spazierengegangen.« Er blickte auf die riesige Glasscheibe, durch die man die Piazza sehen konnte. »Und dann?«

»Es wurde dunkel, wir sind nach Hause gegangen, und Gianni hat sich im Fernsehen Fußball angesehen. Ich habe das Abendessen vorbereitet. Wie jeden Sonntag.«

»Habe ich Ihnen gesagt, wann Valerio ermordet wurde?«

»Genau an jenem Sonntag.«

»Jedoch in der Nacht. Der Gerichtsarzt meint, daß er um Mitternacht herum getroffen wurde. Wenn Valerio auch erst zwei oder drei Stunden später starb.«

»Wie ... wie haben sie ihn denn umgebracht?« Sie hielt verstört ihre Tasse in der Hand, der Kaffeelöffel glitt ihr aus den Fingern und fiel zu Boden. »Am Dienstag wußten wir es noch nicht, aber jetzt sind wir sicher, daß er mit der Nadel einer großen Spritze erstochen wurde. Die Spritze hatte er selbst im Hause. Sie gehörte seinem Vater, dem Chirurgen.«

Sie stellte die Tasse ab und bückte sich, um den Kaffeelöffel aufzuheben. Ambrosio kam ihr zuvor.

»Danke, Commissario.«

»Ihr Mann ist wohl nach dem Abendessen noch weggegangen, vermute ich.«

»Normalerweise geht er nie weg.«

»Und an jenem Abend?«

»Hat er einen Spaziergang in den Solaripark gemacht, gleich hier in der Nähe.«

»Und Sie?«

»Ich bin zu Hause geblieben. Ich hatte keine Lust mehr zu laufen. Ich habe es mir im Wohnzimmer gemütlich gemacht und einen Film angesehen. Das war mir lieber.« »Um wieviel Uhr ist Ihr Mann zurückgekommen?«

»Ich habe schon geschlafen.«

»Im Bett?«

Sie blickte ihn überrascht an: »Wo denn sonst?«

»Kurz, der Film war zu Ende, und Sie sind schlafen gegangen?«

»Ja.«

»Das heißt also, Sie wissen nicht, wann er nach Hause gekommen ist.«

»Vor Mitternacht jedenfalls.«

»Sind Sie da ganz sicher?«

»Sie glauben, daß Gianni ... aber das ist ja der helle Wahnsinn. Gianni, bewaffnet mit der Spritze, hätte Valerio ermordet. Nein, Commissario, nein, nein, nein ... in was für ein Dilemma ich mich da gebracht habe, was für ein Dilemma ...« Sie zog ein Taschentuch aus ihrer Tasche, putzte sich die Nase. »Was für ein furchtbares Dilemma.«

»Beruhigen Sie sich.«

»Sie werden doch meinen Mann nicht verhören, nicht wahr? Nicht wahr, sie werden ihn nicht verhören?«

Er blickte sie durchdringend an: »Vorausgesetzt, daß Sie mir die Wahrheit gesagt haben.«

»Die habe ich Ihnen gesagt. Das schwöre ich. Mein Mann weiß von nichts. Er ist vor Mitternacht zurückgekommen. Ich bin um Viertel vor elf ins Bett gegangen, bin leicht eingenickt, und kurz darauf ist er zurückgekommen. Glauben Sie mir nicht? Glauben Sie mir etwa nicht, verdammt noch mal?«

»Haben Sie nie bemerkt, daß Valerio plötzliche Stimmungsschwankungen hatte? Kam es vielleicht vor, daß er von jetzt auf gleich sein Verhalten Ihnen gegenüber änderte?«

»Nicht daß ich wüßte. Wenn mir auch manchmal aufgefallen war, daß er auf die Uhr schielte. Personen, die in deiner Gegenwart ständig zerstreut wirken, haben mir schon immer mißfallen. Genau, ich hatte manchmal das Gefühl, daß Valerio wegen irgend etwas beunruhigt war. Termine, Verpflichtungen, über die ich nicht Bescheid wußte.«

»In der Tat hatte er einen recht komplizierten Lebenswandel«, deutete Ambrosio an.

»Was soll das heißen?«

»Er war verheiratet, nicht? Getrennt, das stimmt, aber nach wie vor an die Ehefrau gebunden. Dann waren da die Arbeitstermine, die einen Großteil seines Tages in Anspruch nahmen, außerdem das Tennis, Golf, die Freunde. Sie, Signora ...«
»Wir haben uns so selten getroffen.«
»Hat er Ihnen gegenüber je eine andere Frau erwähnt?«
»Ich wiederhole es noch einmal: Ich habe da nie nachhaken wollen. Wenn ich auch anfangs die Absicht gehabt habe.«
»Sind Ihnen denn wenigstens ein paar gute Erinnerungen geblieben?«
Nadias Frage kam unvermittelt.
»Wissen Sie, daß ich alles am liebsten vergessen würde? Schwamm drüber und nicht mehr daran denken müssen. Es ist eigenartig.« Sie wandte sich an Ambrosio. »Nachts denke ich darüber nach, und dann wird mir bewußt, daß ich in all den Jahren niemals glücklich gewesen bin. Trotzdem habe ich es nicht geschafft, ihn zu verlassen, Schluß zu machen, ihm zu sagen, aus, mir reicht es, ich habe die Nase voll davon, zu lügen, Ausreden zu erfinden, die Rolle der braven Ehefrau zu spielen, während ich letztlich doch zu ihm lief, atemlos und von der Angst geplagt, zu spät zu kommen. Und dann, wenn ich mit ihm zusammen war ...«
»Ihnen gefiel die Wohnung mit dem Teppichboden, der Champagner, die leise Musik im Hintergrund, er, sein Fotoapparat.«
»Sie werden mir diese Fotos zurückgeben, nicht wahr?«
»Das habe ich Ihnen versprochen.«
»Bald?«
»Sobald es mir möglich ist. Das heißt, wenn ich herausgefunden habe, wer ihn umgebracht hat.«
»Wer es wohl gewesen ist? Es will mir einfach nicht in den Sinn kommen, wer ihn derart gehaßt haben könnte ...« Die Augen sind es – dachte Ambrosio –, die sie begehrenswert

machen; man konnte die Farbe nicht deuten, ein Himmel, der sich im Wasser spiegelt. »Ihn derart haßte, daß er ihn auf diese barbarische Art und Weise umbrachte. Es sei denn, daß es eine ...«

»Wer?«

»Nichts?«

»Dachten Sie an eine Frau?«

»Wäre doch möglich, oder nicht?«

»In der Tat. Wir wissen, daß er sich außer mit Ihnen auch noch mit einigen anderen traf.«

»Ich wußte, daß ich nicht die einzige war. Wir sahen uns ja nur zwei- oder dreimal im Monat. Das war mir auch ganz recht so. Dennoch ...«

»Fahren Sie fort.«

»Ihm mußte es ja auch gelegen kommen, stimmt's etwa nicht?«

»Schon möglich.«

Sie griff erneut zu ihrer Handtasche, begann darin herumzuwühlen und fand schließlich, was sie so hartnäckig gesucht hatte: »Wer war die andere? Oder die anderen? Sagen Sie es mir. Das regt mich jetzt auch nicht mehr auf.« Sie zündete sich die Zigarette mit dem Feuerzeug an, das Ambrosio auf dem Tisch hatte liegen lassen.

»Die Frau eines seiner Freunde.«

»Schön?«

»Sie gefallen mir besser, Signora.«

Sie verharrte einen Augenblick lang wortlos und beobachtete den aufsteigenden Rauch: »Könnte ich bitte etwas Wasser haben?«

Der Kellner war verschwunden.

»Und außerdem, wen gab es sonst noch, außer der Frau des Freundes?«

»Die Schwester eines anderen Freundes.«

»Mollig«, fügte Nadia erläuternd hinzu und stand auf, um den Barmann um ein Glas Wasser zu bitten.

»Drei Frauen, vielleicht auch vier. Sie haben also die Qual der Wahl.« Fast schüchtern griff sie nach dem Glas Wasser: »Hat er sich jede zweite Woche mit ihnen getroffen?«

»Gut möglich.«

»Da war er ja ganz schön beschäftigt.«

Bitterkeit schwang in ihrer Stimme.

»Ich weiß, mehr dürfen Sie mir nicht sagen. Auch die Zeitungen berichten von nichts. Zum Glück. Stellen Sie sich mal vor, die hätten die Angewohnheiten Valerios entdeckt.«

»Wir haben alles unter Verschluß gehalten. Die Gefahr war groß. Glücklicherweise haben die Freundinnen Valerios Interesse, größtes Interesse daran, Stillschweigen zu bewahren.«

»Die Leute würden sich zu sehr amüsieren.« Sie schaute sie fragend an: »Ist es etwa nicht so? Sexgeschichten deprimieren denjenigen, der sie durchlebt, aber erheitern die Außenstehenden. Gott weiß warum.«

»So mancher behauptet, daß das, was die Massen erregt, die Verkörperung der Sünde sei.«

Als sie auf die Straße hinaustraten, wirkte die Frau weniger attraktiv als noch einige Minuten zuvor. Im Licht des Nachmittags, das nach dem Regen intensiv strahlte, kamen die feinen Falten am Hals und zwischen der Nase und den Lippen deutlich zum Vorschein. Sie ging widerwillig weg, so als ob sie gerne geblieben wäre, um sich trösten zu lassen. Vielleicht dachte sie an die anderen, die ihre intimsten Sehnsüchte mit Valerio geteilt hatten, ohne daß sie davon gewußt hatte.

Sie ging durch den Corso di Porta Vercellina davon. Von dort würde sie dann unterhalb der Mauern des Gefängnisses San Vittore mit seinen gepanzerten Wachtürmen und den Wachen mit den Maschinengewehren entlanglaufen.

In ein paar Stunden, nach dem Abendessen, würde sie sich neben den Geometer der Gemeinde, der von nichts eine Ahnung hatte, ins Bett legen; sie würde so tun, als ob sie schliefe.

»Armes Wesen«, sagte Ambrosio mitfühlend.

»Ich denke an ihren Mann«, schloß hingegen Nadia.

Mit der Blütenkünstlerin – wie Ambrosio sie nannte – trafen sie sich vor dem Kaufhaus Standa in der Via Lorenteggio, wenige Schritte von der kleinen Villa des Zahnarztes entfernt. Nadia hatte sie angerufen. Mit demselben Ton in der Stimme wie einige Stunden zuvor, als sie mit Roberta Arcuri telefoniert hatte.

Ines Mainardi näherte sich dem Wagen und grüßte sie mit der Hand, als ob sie alte Freunde wären. Sie lächelte wie jemand, der nichts zu befürchten hatte. Nadia überließ ihr den Platz neben dem Commissario, der den Wagen anließ, langsam nach rechts abbog und in Richtung Via Donati fuhr. An den Straßenseiten Reihen moderner, achtstöckiger Wohnblocks mit Beeten und Gärten.

Er hielt neben einer Schule. Einige Jungen spielten Fußball, zwei junge Frauen schoben ihre Kinderwagen vor sich her, ein alter Mann mit einem weißen, schwarzgescheckten Hund spazierte den anderen Gehweg entlang. Auf dem Kopf hatte er einen grünen Hut aus imprägniertem Leinen, wie ihn die Fischer tragen.

Mittlerweile war das Licht weicher geworden. Auf dem Asphalt sah man noch Spuren des Gewitters, am Himmel kleine Wolken.

Sie wirkte ein wenig nervös: »Nun?« Sie duftete nach Maiglöckchen.

»Ich wollte Ihnen eine Nachricht überbringen«, sagte Ambrosio, »um von Ihnen eine andere zu erhalten. Ein einfacher Tausch. Rauchen Sie?« Er reichte ihr das Päckchen Muratti.

»Ein Wechsel.«

»Gewissermaßen. Valerio ist mit einer Nadel, der großen Nadel einer alten Spritze, erstochen worden, so wie jene, die die Ärzte früher benutzten, um Probepunktionen durchzuführen oder Flüssigkeit aus dem Körper zu ziehen.«

»Sein Vater war Arzt.« Sie steckte sich eine Zigarette in den Mund.

»Eben. Er ist tatsächlich mit einer Spritze umgebracht worden, die seinem Vater gehört hatte. Er bewahrte sie in einem Glasschränkchen in der Wohnung in der Via Casnedi auf.«

»Die habe ich nie gesehen.«

»Wissen Sie, ob Ihr Mann jemals in der Via Casnedi war?«

»Wo liegt diese Straße?«

»In der Città degli Studi, in der Gegend um die Piazza Piola.«

»Ziemlich nahe an den Tennisplätzen der Via Feltre.«

»Mehr oder weniger.«

»Dann ist es nicht ausgeschlossen, daß Bruno mal dort war.«

»Sind Sie sich da sicher?«

»Ich ziehe es vor, meinem Mann nicht allzu viele Fragen zu stellen.«

Ihr Rock rutschte nach oben, so daß er die Oberschenkel freigab.

»Neulich, am Dienstag, als wir mit ihm gesprochen haben, erwähnte er einen Ihrer und Valerios Freunde, einen gewissen Ermes, und fügte hinzu, daß dieser Typ ... dieser Ermes ganz den Eindruck machte, als hätte er ein Faible für Valerio gehabt. Sie haben ihm geantwortet, daß das unmöglich sei, daß Sie ihm nicht glaubten.«

»Bruno ist oft bösartig, rein zu seinem Vergnügen und zum Vergnügen der anderen. Für eine gute Pointe wäre er sogar bereit, seine Mutter zu verleumden.«

»Sie haben zugegeben, daß auch Sie ihn kennengelernt haben, diesen Ermes.«

»Flüchtig.«

Sie zündete sich mit dem Feuerzeug, das ihr Ambrosio reichte, die Zigarette an.

»Warum wollten Sie mich noch einmal treffen, Commissario?« Sie strich ihm leicht über die Hand, die das Lenkrad führte. »Doch sicher nicht, um mit mir über die erotischen Neigungen des Tennispartners von Bruno und Valerio zu sprechen.«

»Also gut. Das letzte Mal, als wir uns gesehen haben, sagten Sie mir, daß Sie, Ihr Mann und Sie, ein Alibi hätten. Erinnern Sie sich?«

»Das stimmt.« Sie blies den Rauch zum Autofenster hin, das bis zu Hälfte heruntergelassen war.

»Ein Alibi für den Abend und die Nacht des vergangenen Sonntags. Sie haben mir aber nicht gesagt, welches. Welches Alibi, Signora?«

Sie war weiterhin in ihre Gedanken versunken, den Blick auf die Jungen gerichtet, die auf der anderen Straßenseite dem Ball hinterherrannten.

»Ich weiß lediglich, daß Sie am Nachmittag in die Galleria gegangen sind, ein Ort, der Ihnen nicht gefällt, und später dann in die Via Brera, um sich eine Gemäldeausstellung anzusehen.«

»In der Galerie Ponte Rosso.«

»Dann sind Sie zurückgekehrt.«

»Wir haben aber nicht zu Hause zu Abend gegessen.«

»Nein?«

»Am Sonntag habe ich nie Lust zu kochen. Wir sind in die Via Madonnina, ins Cestino gegangen.«

»Kerzenschein auf den Tischen, Risotto mit Kalbshaxe.«

»Sympathisch, nicht wahr? Bruno hat wie immer zuviel

getrunken, so viel, daß lieber ich gefahren bin, als wir uns auf den Heimweg machten.«

»Um wieviel Uhr?«

»Mitternacht. Wir hatten das Auto in der Via San Marco stehengelassen. Teuer, dieser Parkplatz.«

»Kennt man Sie im Restaurant?«

»Wir gehen oft hin. Glauben Sie mir nicht?«

»Da ist eine andere Sache, die ich gerne überprüfen möchte. Eine Sache, von der wir eben erst erfahren haben und die den ganzen Hergang des Verbrechens kompliziert. Wußten Sie, daß Ihr Freund Drogen nahm?«

Sie drückte die Zigarette im Aschenbecher aus und zog sich den Rock zu den Knien hin.

Sie blickte schweigend drein.

»Sie wußten es, nicht wahr?«

»Es ist besser, wenn wir darüber sprechen«, warf Nadia ein, »so bräuchten wir nicht Ihren Mann zu belästigen.«

»Valerio nahm sie, weil er das Gefühl hatte, sich damit in eine Art Tarzan zu verwandeln.« Sie wurde melancholisch, schüttelte wehmütig den Kopf, und auf ihrer Wange bildete sich ein kleiner rosafarbener Fleck: »Diese Besessenheit von ihm, um jeden Preis anders wirken zu wollen, als er war, machte mich traurig.«

»Inwiefern anders?«

»Herausragend in allem. Auf den Tennisplätzen, am Steuer seiner Autos, am Ruder des Bootes. Stärke begeisterte ihn. Für ihn war das Bett ein Ring, um Rekorde zu brechen. Auch die Weltmeister verwenden Aufputschmittel, nicht wahr? Sogar die Radfahrer.«

»Wollte er, daß auch Sie ein bißchen von diesem Zeug schnupften? Haben Sie ihm seinen Wunsch erfüllt?«

»Ich hab's probiert. Nur …«

»Was ist passiert?« fragte Nadia neugierig.

»Statt mich in einen Rausch der Begeisterung, der Leidenschaft zu versetzen, hat mir dieses verdammte Pulver eine derartige körperliche Leistungsfähigkeit gegeben, daß ich mich auf den Staubsauger gestürzt habe, der in einer Ecke in der Küche stand, und die ganze Wohnung geputzt habe.«

Ambrosio beobachtete sie mit verdutztem Gesicht.

»Meinen Sie, daß ich Ihnen ein Märchen erzähle? Es ist die reine Wahrheit. Ich habe die Wohnung geputzt.«

»Statt sich zu lieben?«

»Nein, danach selbstverständlich. Aber in Eile. Ich wurde von einer unglaublichen Putzwut gepackt, und wie. Ich bin mit dem Staubsauger sogar durch die Abstellkammer gefahren, hab' mich nicht mal angezogen.«

»Nackt?«

»Nackt. Zum Schluß habe ich mir dann die Seele aus dem Leibe gespuckt.«

Sie schloß die Augen und umarmte mit nach vorne geneigtem Kopf ihre Knie. Kurz darauf setzte sie sich auf und lehnte den Nacken gegen die Kopfstütze. Sie öffnete die Augen und atmete tief durch, als hätte sie das Geständnis große Mühe gekostet.

»Wann ist es Ihnen passiert, dieses ... Abenteuer?«

»Vor längerer Zeit. Von da an hat mir Valerio dann lieber Champagner angeboten. Den trinke ich sehr gern. Er stimmt mich heiter. Und das schadet ja nicht.«

»Vor zwei oder drei Jahren?«

»So genau erinnere ich mich nicht mehr.«

»Er jedoch hat weitergemacht. Es ist nicht so, daß er damit aufgehört hätte?«

»Das kann ich Ihnen nicht sagen. Er schien mir immer gleich, manchmal vielleicht ein wenig phantasievoller als sonst. Aber im Grunde genommen war er es ja schon immer gewesen, ziemlich überspannt, sagen wir mal. Um ehrlich zu sein, hatte ich den Eindruck, daß ... na ja, ist nicht wichtig. Jetzt ist er ohnehin, armer Teufel ...«

»Den Eindruck, daß ...?«

»Daß ich ihm nicht viel bedeutete. In der Tat, nach allem, was passiert war, frage ich mich, warum wir uns überhaupt noch trafen, warum wir die Rolle der verfluchten Verliebten weiterspielten. Vielleicht war es eine Art Rebellion. Zumindest für mich. Vielleicht wollte ich Bruno bestrafen, seinen Egoismus, sein Desinteresse. Ich stellte mir vor, was er mit den Nutten machte, zu denen er ständig ging. Genau das gleiche, das ich mit Valerio anstellte. Richtige Tiere.« Sie wandte sich an Ambrosio: »Ich habe furchtbare Kopfschmerzen. Ich hoffe, Sie brauchen mich jetzt nicht mehr. Kann ich gehen?«

Sie stieg aus dem Wagen, die Handtasche über der Schulter, die Schuhe mit den flachen Absätzen, das amarantrote Kostüm mit dem Rock, der über den Knien endete. Sie lief anmutig inmitten der gelben Blätter, ohne Eile.

Niemand hätte vermutet, daß diese noch junge, nicht große, dunkelhaarige Frau soeben ein erniedrigendes Verhör hatte über sich ergehen lassen müssen, derart unangenehm, daß sie es nie mehr vergessen würde.

Bevor er wieder losfuhr, wartete Ambrosio, daß Ines Mainardi, nachdem sie an der Schule vorbeigegangen war, nach rechts abbog und hinter den Bäumen der Piazzetta verschwand.

Sie hatte sich kein einziges Mal umgedreht.

Fast überraschend war der Abend hereingebrochen, die Straßenlaternen brannten: Alle hatten Eile, der Verkehr in den Alleen war chaotisch, die Busse rasten vollgestopft mit Passagieren vorüber.

»Sie reden und reden, aber aussagen tun sie dabei recht wenig.«

»Es ist einfach ein absurdes Verbrechen, ohne Motiv. Oder mit zu vielen Motiven.«

Ambrosio fuhr und dachte an die Geliebten Valerio Biraghis; im Gedächtnis sah er ihre blassen Körper vor sich: keine Schnappschüsse von gefälligen Frauen steckten mehr in diesen Umschlägen, sondern Unterlagen einer Abhandlung aus der Kriminologie.

»Zu viele Motive, Ihrer Meinung nach?«

»Der Ehemann, der sich für den Ehebruch rächt, die eifersüchtige Frau, die den untreuen Geliebten ermordet. Dann fügst du noch das Kokain hinzu: Sex und Drogen.«

»Viertens«, fuhr Nadia fort, »der Reichtum des Opfers. Wir dürfen nicht vergessen, daß er sein ganzes Vermögen der Ehefrau hinterlassen hat.«

»Die allerdings ein unanfechtbares Alibi besitzt.«

»Man kann ja auch einen Killer beauftragen, Commissario.«

»Nein, das glaube ich nicht. Tut mir leid, zu kompliziert. Für einen Mord gibt es gewöhnlich einfache Motive. Die Schwierigkeiten kommen erst hinterher. Wir sind gezwungen, die Indizien in Beweise, in sichere Beweise zu verwandeln. Der Staatsanwalt möchte auf beiden Ohren schlafen, und die Vorschriften lassen nichts im unklaren. Das heißt also, mit äußerster Vorsicht vorgehen. Das war der Rat eines meiner alten Vorgesetzten: Vorsicht, Ambrosio. Er trauerte den vergangenen Zeiten nach. Ein Nostalgiker.«

»Redeten die Zeugen damals?«

»Nicht deswegen. Es war eher so, daß die Polizisten überzeugender waren, Vorschriften und Regeln auf ihrer Seite hatten. Stell dir mal vor, wir könnten jetzt die vom armen Valerio geschossenen Fotografien verwenden, sie den Ehemännern unserer Treulosen zeigen ...«

»Was für eine verzwickte Geschichte, Commissario.«

»Das kannst du wohl sagen. Weißt du was? Wenn uns auch die bürokratische Prozedur das Leben schwermacht, ziehe ich es doch vor, mit den neuen Methoden zu arbeiten. Es ist letztendlich viel befriedigender, die Schuldigen zu erwischen.«

»Werden wir den unseren finden?«

»Vielleicht nicht.«

»Was dann?«

Er hatte plötzlich Lust auf ein Glas Weißwein und ein *tramezzino* mit geräuchertem Lachs.

»Werden wir unsere Verhöre weiterführen.«

Sie begann wieder, wie immer, in ihrem Notizbüchlein zu blättern.

»Auf der Liste stehen jetzt Daria Danese und ihr Bruder Ermes.«

»Was glaubst du denn, wo ich dich gerade hinfahre, meine Liebe.«

»In die Via Cernaia.«

Wie schön die Stadt doch war, trotz des Verkehrsgewühls. Das Gewitter hatte die Luft erfrischt, der reine Himmel hatte das tiefe Blau des Papiers, in das einst der Zucker gewickelt war, die Lichter funkelten in der Dämmerung, ein leichter Wind trug die Blätter vom Foro Buonaparte davon. Die Neonreklamen der Geschäfte, das blendende Licht der Scheinwerfer und das Hupen der Autos ließen Ambrosio nach und nach wieder Mut fassen.

»Glauben Sie, daß wir ihn nicht finden werden?«

»Wen?«

Sie schaute ihn völlig verblüfft an.

»Den Schuldigen. Oder die Schuldige. Denjenigen, der mit soviel Genauigkeit diese große Nadel derart zu benutzen wußte, daß sie zwischen die Rippen des armen Biraghis hineinglitt, wie Professor Salienti sich ausgedrückt hat.«

»Das habe ich doch gesagt, daß es eine seiner Geliebten gewesen sein könnte.«
»Was hältst du davon, einen Sauvignon zu trinken?«
Sie hielten an einer Bar in der Via Montebello.
»Sie haben Glück mit den Parkplätzen, Commissario. Dieser Typ mit dem Ford ist im richtigen Moment weggefahren.«
»Schmeckt nach Melone, findest du nicht?«
Er hielt das Glas gegen das Licht und mußte plötzlich an die Champagnerkelche denken, die die nackten Frauen in der Wohnung am Largo Rio de Janeiro in der Hand hielten, dort, wo Professor Biraghi seine Patienten untersucht hatte, sein Sohn hingegen ...
Das Leben – dachte er – hat immer auch eine komische Seite.
Komisch?
Sie erschien an der Wohnungstür. Aus ihrem Gesicht sprach weder Unruhe noch schlechte Laune. Über den Jeans trug sie einen grünblauen Pulli mit Zopfmuster.
Sie bat sie in das Zimmer mit den Lotusblütentapeten, der Tisch war übersät mit Büchern und Prüfungspapieren. Sie setzten sich in die Korbsessel und sie, Daria Danese, auf den Stuhl neben dem Tisch, den sie als Schreibtisch benutzte, um die Hausaufgaben ihrer Schüler zu korrigieren.
»Unsere Ermittlungen gehen weiter, aber wir haben noch keine klaren Vorstellungen über die Beweggründe für den Mord. Wir wissen nach wie vor nicht, warum Valerio umgebracht wurde, ohne Streit, ohne daß in der Wohnung etwas Kostbares fehlen würde. Umgebracht mitten in der Nacht. Als wir am Montag morgen den Leichnam gesehen haben, schien es, als ob er noch schlafen würde, die Verletzung war fast unsichtbar, und im Papierkorb lag ein mit Blut befleckter Wattebausch.«
Sie verlangte keine Erklärungen. Sie blieb reglos sitzen, ihre

Brust hob sich auffällig, sie hatte keinen Lippenstift aufgetragen, zwei blonde Locken fielen ihr über die Schläfen.

»Möchten Sie wissen, wie er umgebracht wurde?«

»Mit einer Spritze, nicht? Ich habe es in der Zeitung gelesen.«

»Eine dieser großen Spritzen, wie man sie heute nicht mehr verwendet. Sie hatte seinem Vater gehört. Er bewahrte sie in dem Glasschränkchen bei sich zu Hause auf. Sie haben sie nie gesehen, scheint mir.«

»Nein.«

»Trafen Sie sich am Largo Rio de Janeiro?«

»Das habe ich Ihnen neulich schon gesagt, erinnern Sie sich?«

Sie stand auf, ging zum Klavier, nahm eine Metallschachtel und setzte sich dann wieder auf den Schemel.

»Möchten Sie ein Zigarillo?«

Die Stimme mit dem französischen Akzent erinnerte Ambrosio an das Mädchen mit dem Regenschirm an der Straßenbahnhaltestelle in der Via Vincenzo Monti. Und an den Regen in Mailand.

»Sie trafen sich immer am Largo Rio de Janeiro, am Sonntag nachmittag. Erinnere ich mich da richtig?«

»Haargenau.«

»Sie gehen nicht gerne ins Kino, am Sonntag«, sagte Nadia und lächelte ihr beipflichtend zu. »Ich auch nicht.«

Er zündete Daria Danese ihre Davidoff an, dann seine eigene.

»Haben Sie sich vergangenen Sonntag gesehen?«

»Sagte ich es Ihnen nicht bereits? Nein.«

»Haben Sie zusammen zu Abend gegessen?«

»Nein. Valerio mochte lieber in aller Ruhe fernsehen und etwas im Sessel sitzend essen, mit dem Tablett auf den Knien.«

»Wir haben in der Küche keine schmutzigen Teller gefunden.«

»Er war ordentlich. Das Geschirr wusch er ab. Er aß nur ein wenig Käse, Schinken, Obst ... trank ein Glas Champagner. Ein spartanischer Genießer.«

Ambrosio hob den Blick und betrachtete das Gemälde mit den Unkrautjäterinnen, die im Wasser des Reisfeldes standen.

»Und Sie, Signora, was haben Sie am Sonntag abend gemacht?«

Sie strich sich mit der linken Hand leicht über die Brust, um ein bißchen Asche vom Pullover zu wischen.

»Ich habe Musik gehört. Und dann habe ich den Aufsatz eines Psychoanalytikers über den Zusammenhang zwischen Farben und Noten gelesen.« Sie stand auf, wählte aus einem Stoß Büchern, die auf dem Klavier lagen, ein hellgrünes aus.

»Hören Sie sich diesen Satz an: ›Jedes Instrument Stimme. Und jede Stimme Strudel, beunruhigend durch überraschende Wirbel, die sich mit Farben füllen (die Farben anstelle der ›Gefühle‹). Mozart entpuppt sich als Perlenkaskade auf einem Spiegel. Wagner als purpurrot ...‹ Ich finde das wunderbar.«

»Gibt es jemanden, der bestätigen könnte, etwa Ihr Bruder, daß Sie den Abend und die Nacht des vergangenen Sonntags hier in Ihrer Wohnung waren?«

»Ermes.« Sie legte das Buch auf das Klavier zurück. »Ich weiß nicht einmal, wo er war, am Sonntag. Ich habe allein gefrühstückt. Nachmittags bin ich zu Hause geblieben. Ermes sagt mir nie, wo er hingeht und was er macht. Es interessiert mich auch nicht. Ich bin schließlich nicht seine Mutter.«

»Also Sie ...«

»Ich habe kein Alibi. Sie müssen meinen Worten glauben. Im übrigen, mal ganz objektiv betrachtet: Erscheint es Ihnen logisch, daß ausgerechnet ich Valerio umgebracht haben soll? Warum? Im Grunde genommen war ich ihm dankbar, daß er mein Freund war, in dem Ihnen bekannten Sinne. Mir war das recht, so wie es war.«

»Ehrlich?«

»Ich habe nie das Bedürfnis gespürt, mich in ihn zu verlieben. Eine vergebliche Mühe. Mir reicht der Schmerz, den ich tief in mir trage. Nein, diese zwei Stunden am Sonntag nachmittag, alle zwei Wochen, waren mir gerade recht.«

»Keine Liebe?«

»Eine einfache therapeutische Sitzung.« Ein Lächeln überflog kaum merklich ihr Gesicht.

Durch das Fenster sah man auf die schwarzen Ahornzweige.

Sie schwiegen. Er wußte nicht, ob jetzt der richtige Moment war, um ihr die Frage zu stellen, deretwegen er in die Via Cernaia gekommen war.

»Liebe als Therapie?«

»Sex«, antwortete sie knapp.

»Wissen Sie? Ich hätte nie gedacht, daß Valerio Drogen nahm.«

Da war er endlich, der Satz, den er zurückgehalten hatte. Es schien, als hätte er ihn mehr für sich selbst ausgesprochen als für die anderen.

»Ich auch nicht.« Nadia schüttelte mit enttäuschtem Gesicht den Kopf.

»Wer hat Ihnen das erzählt?« Sie führte das Zigarillo zum Mund und schloß einen Augenblick lang die Lider.

»Wir haben herausgefunden, wer ihm das Kokain besorgte, ein kleiner Dealer. Haben Sie je seinen Namen gehört? Er heißt Diego. Ist so ein Typ«, schloß Ambrosio, »mit schwarzem Schnurrbart. Aber vielleicht zog es Valerio vor, daß Sie nichts darüber erfuhren.«

»In der Tat, er hat nie über Rauschgift gesprochen.«

Sie schien nicht im geringsten irritiert oder unruhig. So als ob die Nachricht sie kalt gelassen hätte.

»Vielleicht wußte Ihr Bruder davon.«

»Er hat mir nichts gesagt. Ich habe ihn nie gefragt, ob ... ich bin ja noch nicht einmal auf diese Idee gekommen.«

»Wenn Sie sich sahen, am Sonntag, haben Sie da manchmal das Gefühl gehabt, daß er überdreht sei, ein bißchen euphorisch.«

»So wie jemand, der beschwipst ist?«

»Ungefähr.«

»Na ja, wir tranken beide, wenn's darum geht. Commissario, ich bin nicht von vorgestern, ich bin Lehrerin, spreche mit meinen Schülern über Marihuana oder Haschisch. Die Auswirkungen sind einem Rausch recht ähnlich, sie nehmen die Angst, mildern ein wenig die Depression ... ich weiß alles zum Thema. Ich weiß auch, wie ich sie warnen kann, damit sie nicht in Versuchung geraten, damit sie nicht Opfer einer verhängnisvollen Falle werden, aber ...«

»Aber?«

Ambrosio schaute sie an. Sie stand auf, legte den Zigarettenstummel auf ein Zinntellerchen und setzte sich an den Tisch. Ein Schatten flog über ihr Gesicht. Dann setzte sie sich wieder auf den Klavierschemel und schlug mit dem Daumen eine Taste an. Der tiefe Ton breitete sich schwer im Raum aus.

»Da läßt sich wenig machen. Da hat unsere Schwäche die Hand im Spiel.« Sie blickte ihn an. »Wir sind schwach, verstehen Sie?«

»An was dachten Sie vor einer Minute, bevor sie die Taste anschlugen?«

»An meine Mutter.«

Ambrosio fiel mit einemmal die graue Villa auf dem Land in der Umgebung von Cantù ein, die Villa Luigi Morettis, mit der von Zypressen gesäumten Allee.

»Wissen Sie, was es bedeutet, mit einem Menschen zu leben, der von Angst erfüllt ist, mit jemandem, der nicht spricht, der dich anschaut und schweigt, verzweifelt inmitten seiner Einsamkeit? Mein Vater hätte am Abend gerne gelesen, in seinem Zimmer Musik gehört, aber dann machte er das Radio aus, goß sich Whiskey ein und ging sich ein Eimerchen mit Eiswürfeln holen. Ich fand ihn schlafend auf dem Sessel, am Fußende des Bettes. Mein Mutter betäubt von Tabletten. Zum Schluß ist sie eingeliefert worden.«

»Ist sie in der Klinik?«

»Es sah so aus, als ob es ihr endlich besserginge. Aber eines Tages ist sie in den dritten Stock hinaufgegangen und hat sich hinuntergestürzt. Niemand wäre auf diese Idee gekommen. Ich hingegen ...«, sie schlug noch einmal die Taste am Klavier an, »ich habe immer gewußt, daß es so enden würde.«

»Ihr Vater?«

»Er hat weitergetrunken. Er wußte ganz genau, was er tat, er war kein unbedachter Mensch. Das war er wirklich nicht, ich schwöre es Ihnen.«

Das Licht des Leuchters, der mit seinen funkelnden Kristallklunkern von der Deckenmitte herunterhing, reichte gerade aus, um das Zimmer schwach auszuleuchten; Daria Danese streckte den Arm aus und griff nach dem Schalter der Majolikaschirmlampe, die auf dem Klavier stand. Das weiche Licht, ein zartes Gelb, unterbrach diesen quälenden Moment.

»Wenn mir Valerio die Tür aufmachte, war er immer guter Laune, er wartete auf mich, hatte sich soeben geduscht. Mach es dir bequem, sagte er mir. Ich hatte nie das Gefühl, daß er gereizt sei.« Sie schlug die Beine übereinander. »Er verstand es, aufmerksam zu sein. Ich fühlte mich wohl mit ihm, inmitten dieser sonntäglichen Ruhe. Kennen Sie *L'enfant et les sortilèges* von Ravel? Zwei Jahre hat er gebraucht, um es zu komponieren. Wir haben es uns angehört, wir beide eng aneinandergekuschelt ...«

»Sprach er über sich, über sein Leben?«

»Fast nie.«

»Und Sie, über das Ihre?«

»Er wußte noch nicht mal über meine Mutter Bescheid. Es schien mir irgendwie nicht angebracht, es ihm zu erzählen.«

»Welche Meinung hatte Ihr Bruder von Valerio?«

»Es interessierte mich nicht, sie kennenzulernen. Andererseits hätte er mir auch nichts gesagt.«

»Sind Sie da sicher?«

»Er hält sehr auf seinen Ruf als Skeptiker. Er mag es, daß ihn alle Welt für einen Genußmenschen hält.«

Sie rutschte ein wenig auf dem Schemel und deutete dabei auf eine Wand.

»Er lebt dort drüben, hinter dieser Wand. Ich kenne ihn weniger als viele meiner Schüler.«

»Ihr Bruder hat entschieden, nicht zu heiraten. Warum?«

Sie erhob sich und strich sich mit den Handflächen über die Jeans, als ob sie feucht wären.

»Er hat viele Freundinnen, und im Grunde ist er ein gutaussehender Mann, nicht? Und doch habe ich nie erlebt, daß er an einer von ihnen ernsthaft interessiert gewesen wäre.«

»Und sie? Die Freundinnen?«

»Die schwirren immer um ihn herum. Wenn die wüßten, was für eine Katastrophe er als Ehemann wäre. Unordentlich, unverschämt. Die müßten unsere Haushälterin fragen. In welchem Zustand sie sein Zimmer oftmals vorfindet, und was für Ansprüche er hat ... nie ist er damit zufrieden, wie sie die Hemden bügelt. Er meckert sogar an den Socken herum. Ein abgefeimter Langweiler. Und dennoch, bei der Arbeit beschreiben sie ihn als tüchtig. Er versteht es, überzeugend aufzutreten, das schon. Da gibt es überhaupt keinen Zweifel.«

»Haben Sie jemals von einem gewissen William gehört, einem Fotografen, der mit der Frau Valerios zusammengearbeitet hat?«

»Ja, allerdings kenne ich ihn nicht persönlich.«
»Hat Valerio ihn erwähnt?«
»Er hat mir einmal eine Reportage mit Modellen in Abendkleidern gezeigt.«
»Fotografien?«
»Eine Zeitschrift, die bei ihm auf dem Tisch lag.«
»Dieser Fotograf hat mir von Ihrem Bruder Ermes erzählt.«
»Er ist immer inmitten von Mannequins, Werbeleuten und Fotografen, ein Haufen Halbverrückter.«
»Wann kommt er normalerweise nach Hause?«
»Ermes? Der hat keine Uhrzeit.«
»Kommt er bei Ihnen vorbei, um Ihnen guten Tag zu sagen?«
»Kommt darauf an.«
»Worauf?«
»Auf seinen Appetit. Er kommt, um mich zu fragen, was ich in der Vorratskammer habe, schaut meinen Kühlschrank durch.«
»Er lädt sich selbst zum Abendessen ein.«
»Sie haben es erraten. Manchmal geht er enttäuscht wieder heim, nach drüben.« Sie deutete auf die Wand. »Wenn er will, dann kann er es selbst ganz gut, er ist viel begabter als ich. Darin ähnelt er unserem Vater. Der sagte immer: Wenn ich nicht Ingenieur geworden wäre, wäre ich gerne Koch geworden. Um diese Zeit wäre ich schon längst die Nummer eins bei Maxim's, wollen wir wetten? Armer Papa.«
»Wenn er nicht zu spät kommt, würde ich gerne mit ihm sprechen«, sagte Ambrosio, und Nadia: »Hört man das von hier, wenn er kommt?«
»Heute ist Freitag. Normalerweise fährt er übers Wochenende weg. Eine wahre Manie von ihm. Wenn er den Fernseher anmacht, hört man es.«
Ambrosio blickte auf die Uhr: es war Viertel vor sieben

abends. Man hörte das Geräusch des Aufzuges, dann klingelte es, ein kurzer, heller Klingelton.

Sie erhob sich unter Anstrengung. Im Vorraum knipste sie eine Lampe an und öffnete einem Mädchen mit einer Windjacke die Tür. Sie kam fast sofort wieder zurück, begann in den Blättern auf dem Tisch zu suchen, nahm eines davon heraus und ging in den Vorraum zurück.

»Eine meiner Schülerinnen. Entschuldigen Sie mich.«

Kurz darauf begann im Zimmer nebenan, jenseits der Wand, plötzlich eine ohrenbetäubende Musik loszuschlagen, um dann abrupt wieder aufzuhören.

»Ermes«, bemerkte die Frau. »Gehen Sie sofort zu ihm hinüber, daß er Ihnen nicht entwischt.«

Sie warteten auf dem Treppenabsatz vor einer Tür ohne den Messingklopfer, wie Daria Danese einen an der ihren hatte; auf einem Schildchen stand dort in Kursivschrift der Name ›Ing. Attilio Danese‹ eingraviert. An der Tür des Bruders war lediglich ein schlichtes »E« aus Bronze oberhalb des Guckloches festgeschraubt.

Er kam nach einer Minute, sagte kein Wort, trat beiseite und ließ sie eintreten. Sie kamen in ein ziemlich großes Zimmer, dessen Wände in grellem Weiß gestrichen waren und das ein blauer chinesischer Teppich schmückte. Ein Sofa in blaßblauem Samt stand im Raum, und an der Wand hing das Gemälde einer Frau, die mit einer Tunika bekleidet war. Der Hintergrund war goldfarben mit Sternen und Sternzeichen.

Nadia blieb stehen und schaute es sich an.

»Das ist eine Kopie, keinen Pfifferling wert«, sagte er. »Setzen Sie sich bitte. Wie komme ich zu der Ehre? Waren Sie bereits bei meiner Schwester?«

Ambrosio setzte sich in einen Armstuhl aus dem achtzehnten Jahrhundert, der mit leicht abgewetztem, karminrotem Samt überzogen war. Nadia nahm ihm gegenüber in einer

Ecke des Sofas Platz. Auf der rechten Seite stand eine kleine Leiter aus Nußbaum, die als Bücherregal diente. Auf den vier Stufen lagen alte Kunstbände, außerdem teilweise schwarz angelaufene Gegenstände aus Silber.

»Alles Dinge, die meiner Mutter gehörten«, erklärte er, während er sich neben Nadia niederließ. »Sie hing sehr an ihren Nippsachen. Sie sind zwar scheußlich, aber ich möchte sie nicht wegwerfen.«

Auf einer Konsole im Empirestil stand der Gipsabdruck einer Edeldame mit gelockten Haaren. Ihr Blick war abwesend.

»Paolina Bonaparte«, merkte er an.

Man hätte es für die Wohnung eines Astrologen halten können oder eines Schauspielers. Das helle Weiß der Wände hob die alten Möbel und die verschiedensten und ungeahntesten Gegenstände zusätzlich hervor. Und dennoch stimmten die Gegensätze, statt eine unbehagliche Atmosphäre zu schaffen, ihren Beobachter irgendwie heiter, bemerkte Ambrosio, während die Wohnung der Schwester an verlorene Behaglichkeit und verstorbene Personen erinnerte.

»Ja, wir waren bei ihr. Unsere Ermittlungen gehen weiter, wie Sie sich gut vorstellen können, Signor Danese. Jetzt haben wir allerdings einige neue Einzelheiten, wenn der Tod Valerio Biraghis auch nach wie vor dunkle Stellen aufweist.«

»Tatsächlich?« Vielleicht fragte er das, um nicht unhöflich zu wirken.

»Wir wissen mit Sicherheit, daß er mit einer alten Spritze neben dem Brustbein getroffen wurde. Auf diese Weise ist die Nadel ins Herz eingedrungen, hat es dabei durchbohrt ... Haben Sie diese Spritze jemals gesehen? Sie gehörte seinem Vater.«

Ermes hielt ein Vergrößerungsglas in den Händen, dann legte er es an sein linkes Auge an: es wurde zu einem grauenerregenden Auge.

»Ob er wohl sehr gelitten hat?«

»Nein, überhaupt nicht. Abgesehen von dem kleinen Schmerz, den ein Stich hervorrufen kann. Wir wissen, daß die Verletzung desinfiziert wurde. Im Papierkorb lag ein mit Blut befleckter Wattebausch.«

Er legte das Vergrößerungsglas auf den rechteckigen Tisch, der vor dem Sofa stand, und griff nach einem eigentümlichen Silbergegenstand: eine Wäscheklammer, die um ein Vielfaches größer war als üblich, um mindestens fünfzehn Zentimeter. Sie mußte wohl zum Zusammenhalten von Ansichtskarten, Rechnungen und Briefen gedient haben. Er wog sie in der Hand.

»Er wußte nicht, daß er zwei Stunden später sterben würde.«

Er hob die Augen, nahm den Blick von der Klammer und heftete ihn auf Ambrosio.

»Ohne es zu merken?«

»So steht es in dem Befund des Gerichtsarztes.«

»Wie hat man ihn gefunden?«

»Im Schlafanzug, zusammengekauert, unter der Bettdecke.«

Die Wäscheklammer hatte er gedankenverloren neben dem Vergrößerungsglas abgelegt. Der Mann saß mit übereinandergelegten Händen unbeweglich auf dem Sofa.

»Möglich, daß er gar nicht gelitten hat?«

»Professor Salienti redet niemals unüberlegt daher. Ich kenne ihn seit Jahren. Ich vertraue ihm.« Er blickte ihn an.

»Es war ein ruhiger Tod«, bemerkte Nadia. »Aber warum wurde er auf diese Art umgebracht?«

»Das fragen wir uns seit Tagen, ohne eine vernünftige Antwort darauf zu finden. Auch Ihre Schwester hat keine Vorstellung über die Beweggründe für den Mord.«

»Was hat sie denn damit zu tun.«

»Vielleicht habe ich mich nicht klar ausgedrückt«, sagte Ambrosio. »Ihre Schwester, genauso wie die Ehefrau oder die anderen Freundinnen, die wir verhört haben, vermag uns keinen Hinweis auf ein Tatmotiv zu geben. Am Anfang dachte ich, in Anbetracht der Angewohnheiten des Opfers, daß es sich um ein von Eifersucht motiviertes Verbrechen handeln würde, oder von Haß ...«

»Haß?«

»Jemand, der ihm den Zusammenbruch seiner Ehe anlastete.«

Er griff wieder nach dem Vergrößerungsglas.

»Halten Sie es für ausgeschlossen, daß ein cholerischer Ehemann ihn auf diese Weise bestraft haben könnte?«

»Im Moment schon. Ihnen kann ich es ja sagen, weil Sie Bescheid wissen, Signor Danese: Weder der Zahnarzt noch der Schreibwarenhändler stehen unter Verdacht. Vor allem wußten sie noch nicht einmal, daß Biraghi mit ihren Ehefrauen intime Beziehungen unterhielt. Das trifft auf den Schreibwarenhändler zu. Der Zahnarzt hingegen zahlte es, wenn überhaupt, der Ehefrau mit gleicher Münze heim. Abgesehen davon, daß alle beide unumstößliche Alibis haben.«

Er bewegte das Vergrößerungsglas hin und her, als wäre es ein Weihwedel.

»Vielleicht müßte man in Cantù nachforschen. Er hatte ein Verhältnis mit seiner Sekretärin.«

»Ein braves Mädchen, das arme Kind.«

»Sie hat seinetwegen ihren Verlobten verlassen.«

»Einen Arzt.«

»Ich wußte davon, aber ich habe ihn nie gesehen.«

Das Vergrößerungsglas lag jetzt wieder auf dem Tisch.

»So gesehen haben wir es bislang mit zwei Ärzten zu tun: dem Zahnarzt und dem Verlobten einer seiner Geliebten.«

Nadia wandte sich an den Mann: »Glauben Sie, daß dieser Arzt ...«

»Keine Ahnung, beim besten Willen ...«

Die Strahler an der Decke und die Lampen mit den Schirmen aus plissierter, rosafarbener Seide rechts und links des Sofas tauchten den Raum in ein weiches Licht. Abgesehen von der Leiter aus dem siebzehnten Jahrhundert gab es keine Bücherregale.

»Wo schlafen Sie?«

Mit dem Daumen deutete er auf eine Glastür mit gelben, rosafarbenen und blauen Scheiben: »Das ist die ganze Wohnung. Es gibt nur noch ein anderes, kleineres Zimmer mit einem Bett. Zudem ein Bad und eine kleine Küche.«

»Haben Sie jemals von einem gewissen Diego Lanzi gehört?«

»Lanzi?« Er schloß halb die Augen. »Nein, glaube nicht.«

»Einer mit einem Schnurrbart, Sizilianer.«

»Nein.«

»Kennen Sie eine Frau mit Namen Françoise?«

»Französin?«

»Ja.«

»Hat sie etwas mit den Möbelhändlern aus Cantù zu tun, mit den Gesellschaftern Valerios?«

»Sie war mit einem von ihnen verheiratet, mit Lucillo Moretti.«

»Valerio hat mir davon erzählt. Die beiden haben etwas miteinander gehabt, scheint mir.«

»Wußten Sie das, oder nicht?«

»Na ja, nachdem ich die Schwäche Valerios gut kannte ... nichts von Bedeutung, eine flüchtige Bekanntschaft.«

»Der Sizilianer mit dem Schnurrbart und Françoise arbeiten zusammen.«

»Ja, und?«

»Sie verkaufen Möbel.«
»Das wußte ich nicht.«
»Und zudem besorgte dieser Lanzi ihm Kokain. Denn Ihr Freund nahm Rauschgift.«
Er sagte kein Wort.
»Jetzt sagen mir nicht, daß Sie das nicht wußten.«
Er seufzte. Dann blickte er ihn wieder voll an, indem er den Kopf hob und die Arme verschränkte: »Hätten Sie eine Zigarette?«
Er reichte ihm das Päckchen und das Feuerzeug.
»Na ja, ich habe es mir gedacht.«
»Was brachte Sie auf diesen Gedanken?«
»Es gab Momente, in denen Valerio zu überschwenglich war. Zu sehr, nach meinem Geschmack. Dieser Optimismus, den er an den Tag legte, manches Mal ... so übersteigert. Im übrigen sind es ja viele, die ... schnupfen.«
»Haben Sie mal mit Ihrer Schwester darüber gesprochen?«
»Hätte ich das tun sollen? Daria ist erwachsen, sie weiß mittlerweile alles über das Leben.«
In der Stille des Abends vernahm man das Gurgeln des Wassers in den Heizungsrohren. In der Ferne hörte man die Stimme eines Kindes, das sang. Dann die Sirene der Ambulanz in Richtung Via Fatebenefratelli.
»Ihre Schwester ist eine Frau, die vom Pech verfolgt ist«, sagte Nadia.
»Da haben Sie recht.« Er drehte sich zu ihr hin, ohne zu lächeln. »Was die Männern anbelangt, ist sie es bestimmt gewesen.«
»Sie hat uns von Ihrer Mutter erzählt, nicht wahr, Commissario?«
Er legte sich eine Hand über die Augen.
»Meine Mutter ...« Die Stimme versagte ihm, ganz plötzlich. Er atmete tief durch, als ob er keine Luft bekäme.

Ambrosio betrachtete das Päckchen und das Feuerzeug, die beide auf dem Sofa neben ihm liegengeblieben waren.

Er begann zu zittern, seine Schultern zuckten.

Ambrosio erhob sich und ging zum Fenster, das auf den Garten führte. Sein Blick fiel auf den Ahornbaum, das schwarze Gitter, das Licht der Straßenlaternen. Nadia strich mitfühlend über eine Hand des Mannes, der noch immer am ganzen Leibe zitterte.

Die Tränen rollten ihm über die Wangen.

Da hatte Ambrosio verstanden.

10. Kapitel

Hast du es nicht verstanden?

Hast du es nicht verstanden?«

Nadia wirkte müde. Aber vielleicht kam der Schatten unter den Augen, der in dem grellen Licht der Straßenbeleuchtung der Via Cernaia sichtbar wurde, nicht von der Anstrengung. Wenn man jung ist, hält man viel aus, und wie. Es waren die Emotionen dieses Abends, sagte er sich und entschied, sofort ins Büro zurückzufahren. Er verspürte das dringende Bedürfnis, besser gesagt, eine atemlose Spannung, die Untersuchung abzuschließen, Entscheidungen zu treffen, alle Teile, die sie in den fünf Tagen gesammelt hatten, wie in einem Puzzle zusammenzusetzen. Er hielt ihr den rechten Wagenschlag auf und ging um das Auto herum zum Fahrersitz.

»Was habe ich nicht verstanden?«

»Daß das, was man über ihn hört, die Bosheiten, die über ihn gesagt werden, über seine sexuellen Neigungen, nicht aus der Luft gegriffen sind.«

»Er ist es, Commissario?«

»Sieht mir ganz danach aus. Keine Frauen, weder Verlobte noch Geliebte. Mit dem kleinen Satz über seine Mutter hast du ihn völlig aus der Fassung gebracht.«

»War das falsch? Habe ich einen Fehler gemacht?«

»Im Gegenteil.«

»Aber das wollte ich doch nicht. Es war mir gar nicht bewußt.«

»Du hast seinen wunden Punkt getroffen.«

Das Polizeipräsidium war gleich um die Ecke, am Ende die Leuchtschriften des Palazzos der Mailänder Zeitungen*.

»Jetzt wissen wir, daß die Schwester den Platz der Mutter eingenommen hat. Er kann sich wie ein unmündiger Junge benehmen. Immer damit beschäftigt, in Form zu bleiben. Massagen, Sauna, Tennis, Schwimmen, Parfums, Freunde.«

»Auch er hat kein Alibi. Als Sie ihn gefragt haben, wo er am Sonntag abend nach dem Essen war, hat er geantwortet, daß er mit einigen Freunde unterwegs gewesen sei, ohne jedoch näher anzugeben, mit wem und wo.«

»Erinnerst du dich? Er hat geantwortet, daß es ihm gefällt, einfach so mit dem Auto herumzufahren, ohne Ziel, wie früher, als er noch Student war. Damals benutzte er das Fahrrad.«

Nach einer kurzen Pause fuhr er fort: »Mir fiel seine Begründung dabei auf: auf der Suche nach anderen Freunden. Er hat das völlig ruhig gesagt, als ob es die natürlichste Sache von der Welt wäre.«

»Commissario, als Sie ihm eröffnet haben, daß Valerio Kokain nahm, hat er ...«

»In dem Moment ist in mir der Verdacht aufgekeimt, daß auch Ermes, genauso wie Valerio, den Dealer mit dem Schnurrbart, diesen Diego Lanzi, gut kenne. Willst du den Beweis?«

Sie schaute ihn erwartungsvoll an.

»Tränen in Strömen. Unaufhaltsam.«

»Er tat mir leid.«

»Er ist chronisch depressiv. Wie seine Mutter. Er kam nicht dagegen an.«

---

* *Verlagshaus ›Corriere della Sera‹, Via Solferino.*

»Er verging vor Selbstmitleid. Irre ich mich?«
»Die Angst hatte ihn gepackt«, sagte Ambrosio.
»In diesem Moment wird er wohl seine kleine Dosis schnupfen.«
»Klein?«
Während sie die Stufen der Freitreppe hinaufgingen, fielen Ambrosio die Worte Ermes' über den Verlobten Mirellas wieder ein, den jungen Arzt am Krankenhaus in Como. Keine Ahnung, beim besten Willen. Als wenn er gesagt hätte: Rechnen Sie nicht mit mir, entscheiden Sie selbst, ob ...
»Wir müssen mit De Luca darüber sprechen.«
Seine Gedanken waren bereits woanders.
Der Inspektor stand auf und wedelte mit einem Blatt: »Staatsanwalt Barbero hat Sie gesucht, außerdem der Polizeipräsident, der allerdings inzwischen gegangen ist.«
Seit Jahren fragte sich Ambrosio, ob De Luca ihm gegenüber unbewußt von sadistischen Anwandlungen geplagt war. Das lag nicht an dem, was er sagte, sondern an dem angriffslustigen Ton, in dem er es sagte.
»Was wollten sie?«
»Die üblichen Dinge, glaube ich.« Ein ungeschickter Versuch, dem Ganzen die Schärfe zu nehmen.
»Ruf mir mal Gennari.«
Alle beide standen sie jetzt vor ihm. Er setzte sich an den Schreibtisch. Plötzlich fühlten sich seine Beine müde und schwer an. Kurz zuvor hatte er nichts davon bemerkt.
»Ich habe die Garage Biraghis in der Via Ampère bis ins kleinste durchgestöbert.«
»Stand das Auto drinnen?«
»Der Saab. Ich habe etwas in einem Geldbeutel aus Krokodilleder gefunden, der unter der Fußmatte auf der Fahrerseite versteckt lag ...«
»Und was?«

»Drei Tütchen.«

»Und du, Gennari?«

Er hatte plötzlich Lust auf ein eiskaltes Glas Cordon Rouge, vielleicht sogar mit einem halben *tramezzino* mit Kaviar.

»Dieser Lanzi ist gut bekannt, gehört zu den einschlägigen Kreisen, zählt aber nicht viel, das vorletzte Rad am Wagen. Er hat allerdings einen beachtlichen Kundenstamm.« Er hob die Hand in Augenhöhe. »Alles wichtige Leute. Hat ein sauberes Strafregister. Seine Freundin ist Garderobenfrau in einem Nachtclub in der Via Marconi.«

»Und der Range Rover?« wandte er sich an De Luca.

»Den benutzte er nur im Sommer. Ich habe ihn in der Garage in der Via Tasso gefunden, wo die Ehefrau wohnt. Von oben bis unten durchsucht. Nichts Interessantes, ausgenommen...« Er warf Nadia einen Blick zu. »Eine deutsche Zeitschrift, in der anstelle der Frauen ein Haufen nackter Männer abgebildet sind.«

»Ruf mir mal den Staatsanwalt an, wenn er noch da ist. Und du, Gennari, wirst morgen früh ins Krankenhaus nach Como fahren und Dottor Angelo Crippa – schreib dir den Namen auf – dazu überreden, hier zu mir ins Büro zu kommen.«

»Soll ich ihn mitbringen?«

»Wenn er lieber mit seinem eigenen Wagen kommen will, um so besser. So brauchst du ihn dann nicht wieder nach Como zurückfahren. Der junge Dottor Crippa wollte die Sekretärin unseres Casanovas heiraten, bevor Biraghi sie ihm wegnahm.«

Gennari starrte ihn mit einem eigenartigen Blick an. Er schien verlegen.

»Commissario, ich muß Ihnen gestehen, daß...«

»Na los!«

»Vorgestern ist mir einem Lokalreporter des Corriere della Sera gegenüber das Wort Casanova herausgerutscht. Und er: Casanova, warum? Die haben Antennen, diese Schurken.«

»O Gott«, sagte Ambrosio nur. Seine Laune war ihm schlagartig vergangen.

»Heute morgen stand allerdings nichts davon im Nachrichtenteil.«

»Ich beschwöre euch«, er schaute ihn ernst an, »paßt bloß auf, daß ich nicht die Geduld verliere. Diese Sache mit den erotischen Vorlieben Biraghis muß strikt geheim bleiben. Habe ich mich klar ausgedrückt?«

Dann nahm er den Telefonhörer ab: »Nichts Neues, Dottor Barbero.« Die Stimme mit dem Piemonteser Akzent des Staatsanwalts stimmte ihn immer heiter, weil sie ihn an den seligen Erminio Macario erinnerte. »Vielleicht Montag oder Dienstag werde ich in der Lage sein, Ihnen einen Bericht zu schicken, wenn nicht gar endgültig ...«

»Mit dem Arzt aus Como, Schweigen auf der ganzen Linie. Du weißt von nichts.«

»Weiß alles nur der Commissario, habe verstanden.«

Es lag nicht in der Absicht des Inspektors, den Geistreichen zu spielen, und das wußte Ambrosio nur zu gut. Nadia schaute auf ihre Fingernägel und versuchte, das Lächeln zurückzuhalten, bis Gennari das Zimmer verlassen habe, um wieder an seinen Schreibtisch zurückzukehren, der neben dem von De Luca stand.

»Ich würde dann auch mal nach Hause gehen, Commissario.«

»Das war ein schwerer Tag. Wir sehen uns morgen früh.«

Eine halbe Stunde später ging er weg, nachdem er noch einige Akten aus der hellblauen Mappe überflogen hatte. Er nahm sich vor, sie in zwei oder drei Tagen durchzuarbeiten. Er würde jetzt in die Via Solferino gehen und sich dort aufs Sofa legen. Später würde er dann am Largo Treves etwas essen – gegrilltes Gemüse, Erdbeerkuchen, ein Glas Traminer. Oder vielleicht nur ein wenig Prager Schinken, eine Scheibe Caprice de Dieu, einen grünen Apfel. Dabei würde er von der Terrasse über die Dächer schauen.

Emanuela, immer noch an der Riviera, hatte nicht angerufen. So bestellte er im Rigolo statt des Gemüses eine Goldbrasse mit schwarzen Oliven und trank einen Verdicchio di Matelica dazu, herb wie seine Stimmung.

Die Nacht verlief ruhig. Gegen sechs Uhr morgens wachte er mit dem Gefühl auf, im Traum einen großen und gespenstischen Mann gesehen zu haben, der hinkte, weinte und wie ein Besessener schrie. Um sieben nickte er wieder ein.

Das Klingeln des Telefons weckte ihn auf. Die Worte Emanuelas, die er so gut hörte, als ob sie neben ihm gewesen wäre, hatten ihm Lust gemacht, unter der Dusche zu singen. Und auch noch während er sich rasierte. Wenn er die Stimme Frank Sinatras gehabt hätte. Statt dessen sang er völlig falsch. Francesca hatte es ihm immer schon gesagt.

Ein wunderlicher und windiger Morgen. Er ging in die übliche Bar.

Zwei Stunden später trat Gennari ins Büro und sagte: »Er sitzt bei mir, Commissario. Er hat mich nach dem Warum und Wieso gefragt, aber ich habe kein Wort verlauten lassen. Der kleine Dottore scheint mir ziemlich mies gelaunt.«

»Ich sage dir Bescheid, wenn du ihn zu mir schicken sollst.«

Nadia hielt ihr Notizbüchlein bereit. Sie hatte sich umgezogen. Sie trug ein jetzt rostbraunes Kostüm. Am Jackenrevers steckte eine Brosche in Pfauenform.

Gennari trat in Begleitung eines mageren, kleinen Mannes ein. Sein Kopf war fast kahl. Er hatte sich nicht rasiert. Im

Gesicht eine runde Brille mit einem Metallgestell. Er hatte keine Krawatte umgebunden und trug einen leichten Pulli. Er durfte kaum mehr als dreißig Jahre alt sein.

»Tut mir leid, daß ich Sie bis hierher habe kommen lassen müssen. Es war mir leider nicht möglich, sonst wäre ich gekommen. Uns drängt leider die Zeit.«

»Im Krankenhaus warten sie auf mich«, sagte er bestimmt, ja, ein Hauch von Groll schwang in seiner Stimme.

»Ich werde Ihnen einige Fragen stellen, dann können Sie wieder nach Como zurückfahren. Übrigens, sind Sie mit Ihrem Wagen gekommen?«

»Normalerweise benutze ich ein Fahrrad. Er hat mich hierher begleitet«. Er zeigte auf Gennari.

»Aber den Führerschein haben Sie schon, nehme ich an.«

»Ja, und auch einen Gebrauchtwagen.«

»Gut, Dottore. Sie wissen, warum ich Sie habe herbestellen müssen.«

»Ich ahne es. Sagen Sie es mir.«

»Wir verhören alle, die Valerio Biraghi gekannt haben oder mit ihm Umgang hatten.«

»Ich hatte keinen Umgang mit ihm.«

»Aber gekannt haben Sie ihn schon.«

»Flüchtig gesehen.«

»Das Mädchen, das Sie zu heiraten gedachten, war die Sekretärin Biraghis, jenes Mannes, der am vergangenen Sonntag ermordet wurde. Und nicht nur die Sekretärin, nach dem, was wir herausfinden konnten. Biraghi war reich, elegant, führte ein aktives Leben ...«

»Er war ein Schuft.«

Seine Wangen röteten sich.

»Mirella war nicht die einzige Frau, mit der er sich, drücken wir's mal so aus, regelmäßig traf.«

»Ich habe nicht das geringste Interesse, etwas über ihn oder sein Leben zu erfahren. Er war ein durchtriebener Schuft, das kann ich Ihnen sagen.«

»Verstehe, Dottor Crippa, aber ich muß seinen Mörder finden. Haben Sie die Zeitungen gelesen?«

»Ja.«

»Er ist mit einer alten Spritze umgebracht worden.«

»Es heißt, sie gehörte seinem Vater.«

»Genau. Seit Montag bin ich dabei, die Alibis der Frauen und Männer zu überprüfen, die ihn gekannt haben. Und die eine ausreichende Wut auf ihn gehabt haben könnten, um ihm diese Nadel zwischen die Rippen zu jagen. Da ist es normal, verstehen Sie?, daß ich wissen möchte, wo Sie am Sonntag waren, auch zu späterer Stunde.«

»Ich habe nicht die geringste Lust, Ihnen zu erzählen, was ich am Sonntag abend gemacht habe. Ich möchte nur schnellstmöglich ins Krankenhaus zurückkehren, wo man auf mich wartet.«

»Das werden Sie.«

»Ganz abgesehen davon, daß es äußerst unerfreulich ist, dem Chefarzt sagen zu müssen, daß mich ein Kriminalinspektor abholt, um mich zum Polizeipräsidium nach Mailand zu begleiten. Äußerst unerfreulich.«

»Würde ich nicht sagen.«

»Es wird noch damit enden, daß ich mich an einen Anwalt wende.«

»Das können Sie jederzeit tun, Dottor Crippa.«

Er legte die Hände auf die Armlehnen des Stuhles, war drauf und dran, aufzustehen.

»Mirella hat uns alles erzählt.«

Ambrosio sprach leise. In seiner Stimme schwang eine Mischung von Vorsicht und Herausforderung.

»Alles? Da gibt es nichts zu erzählen. Außer, daß sie ein

naives Ding ist. Sie hat sich von der Illusion, ein anderes Leben als das unsere führen zu können, verleiten lassen. Wissen Sie, was mein Vater von Beruf war? Lastwagenfahrer. Ich bin dank vieler Kilometer Arzt geworden. Dank einer Million von Kilometern.«

»Mirella ist ein braves Mädchen. Ich war in Cantù, in ihrer Wohnung.«

»Sie ist nicht mehr das Mädchen, das ich kennengelernt habe.«

»Da irren Sie sich«, sagte Nadia. Er drehte sich nach ihr um, zwei Finger am Brillenbügel. Er hatte ein ausgeprägtes Kinn, fuhr sich mit der Hand über den Kopf, durch die wenigen, kurz geschnittenen Haare.

Er starrte Ambrosio an: »Nachdem ich gelesen hatte, daß er umgebracht worden war, habe ich sie angerufen.«

Dann, fast als wenn er von Angst ergriffen worden wäre: »Kann ich jetzt gehen?«

»Sobald Sie mir gesagt haben, wo Sie Sonntag abend gewesen sind. Und mit wem. Wenn Sie hingegen fest dazu entschlossen sind, einen Rechtsanwalt heranzuziehen, werden Sie drüben mit dem Inspektor warten müssen. Ich werde Sie dann verhören, wenn der Anwalt hier ist. Vielleicht am Nachmittag.«

»Verdammt ...«, zischte er. »Ich habe keine Lust und auch nicht die Zeit, so lange zu warten, bis sich ein Anwalt hierher bequemt. Abgesehen davon, daß sich der einzige, den ich kenne, mit Mietrecht beschäftigt. Das kann man sich dann ja vorstellen.«

»Sind Sie am Sonntag in Como geblieben?«

In der Stille hörte man das ferne Klappern einer Schreibmaschine.

»Sind Sie nach Cantù gefahren?«

Er fuhr sich mit der Hand über den Mund, und Ambrosio

bemerkte einen Schweißtropfen, der sich auf seiner Stirn oberhalb des rechten Auges gebildet hatte.

»Ich bin hier gewesen.«

»In Mailand?«

»Ja. Kann ich etwa nirgendwo hinfahren? Como liegt nicht einmal fünfzig Kilometer von Mailand entfernt.«

»In Begleitung?«

»Ein Kollege.«

»Wie heißt er?«

»Ich habe keine Lust, ihn in diese dumme Geschichte hineinzuziehen.«

»Wenn Sie, wie ich mal annehme, sich nichts vorzuwerfen haben, wird der Name Ihres Kollegen außerhalb dieses Zimmers bestimmt nicht fallen. Das kann ich Ihnen versichern.«

Er seufzte.

»Er heißt Fumagalli, war mein Studienkollege.«

»Sie sind also nach Mailand gefahren. Um wieviel Uhr?«

»Den Nachmittag habe ich in Como verbracht, in einem Café.«

»Sie haben das Auto genommen und sind hierher gefahren. Um wieviel Uhr waren Sie in Mailand?«

»Nach dem Abendessen, um neun oder ein bißchen später. Wir sind um halb acht am Abend losgefahren, und es war viel Verkehr.«

Er schnaubte, fuhr sich mit der Hand über die Stirn.

»Mein Kollege, der Fumagalli, hat eine Freundin hier.«

Er suchte sein Taschentuch und wischte sich damit über die Stirn.

»Wo ist dieses Mädchen, wo wohnt sie?«

»Gegenüber dem Bahnhof Lambrate. An dem großen Platz, ich weiß nicht, wie er heißt.«

»Sind Sie auch zu dem Mädchen gegangen?«

»Nein. Das heißt, ja, aber ...« Nachdem er sich das

Taschentuch wieder in die Jackentasche gesteckt hatte, zog er es nun heraus und steckte es dann in die Hosentasche. »Na ja, er hatte von Como aus angerufen, und wir trafen uns vor ihrem Haus.«

»Wer fuhr?«

»Er, ich habe die beiden begleitet.«

»Als Sie vor dem Bahnhof Lambrate ankamen, was haben Sie da gemacht?«

»Sie ist heruntergekommen.«

»Sind Sie vor dem Haus stehengeblieben und haben sich unterhalten, oder ...«

»Ich haben sie nach ein paar Minuten allein gelassen. Sie wollten in ein Lokal gleich dort in der Nähe gehen. Ich habe es vorgezogen, mit der U-Bahn wegzufahren.«

»Wohin?«

»In die Stadtmitte. Ich bin in Loreto ausgestiegen, dann in die andere Linie umgestiegen und bis zum Dom gefahren. Ich habe mich an ein Tischchen neben der Galleria gesetzt und habe ein Eis gegessen, wenn's erlaubt ist.«

»Und dann?«

»Bin ich dort ein wenig herumgelaufen. Ich habe an der Statale studiert, Mailand kenne ich gut.«

»Sie haben also gewartet, daß die Zeit verging, um wieder nach Cantù zurückzufahren.«

»Richtig.«

»Wo trafen Sie sich?«

»Vor dem Haus des Mädchens, um Mitternacht herum.«

»Sie haben also noch mal die U-Bahn genommen, um nach Lambrate zurückzufahren? Um wieviel Uhr?«

»Erinnere ich mich nicht mehr genau, aber sicher nach elf ... es wird so halb zwölf gewesen sein.«

»Welche Linie haben Sie genommen?«

»Die rote, und ich bin in Loreto ausgestiegen.«

»Sind Sie in Loreto in die grüne umgestiegen?«

»Nein. Ich bin lieber zu Fuß gegangen, sonst wäre ich viel zu früh dort gewesen.«

»Sie sind das ganze Stück von Loreto bis Lambrate zu Fuß gelaufen?«

»Ja und? Ich gehe gerne zu Fuß, vor allem in der Nacht.«

Er wirkte aufgebracht.

»Um wieviel Uhr haben Sie sich mit Ihren Freunden getroffen?«

»Kurz nach Mitternacht.«

»Wußten Sie, daß Valerio Biraghi nahe dem Bahnhof Lambrate wohnte?«

Er biß sich auf die Lippe.

»Wußten Sie es?«

»Ja, natürlich.«

»Was ist natürlich?«

»Daß ich, als Mirella nichts mehr von mir wissen wollte, keine Ruhe gefunden habe, sie angefleht habe, sich eines besseren zu besinnen. Ich habe das Geschwätz, das ironische Lachen, die dummen Bemerkungen der Leute nicht ausgehalten. Ich ... ja, ich ... weiß nicht so genau, was ich suchte, auf was ich hoffte ...«

Nadia brachte ihm ein Glas Mineralwasser. Er trank es mit geschlossenen Augen auf einen Zug.

»Wie haben Sie die Adresse Biraghis herausbekommen? Hatte Mirella Sie Ihnen gegeben?«

»Sie scherzen wohl? Ich habe sie aus dem Telefonbuch.«

»Und so sind Sie in die Via Casnedi gefahren.«

Das war keine Frage. Dottor Crippa drehte das leere Glas langsam zwischen den Fingern.

»Sind Sie hingefahren oder nicht?«

»Jetzt werden Sie denken ... ja, natürlich bin ich hingefahren. Ist doch normal, oder? Ich fuhr Samstag morgens hin, so konnte ich ... ich ging vor diesem Haus auf und ab, in der Hoffnung, ihn herauszukommen zu sehen. Statt dessen ...« Er schüttelte den Kopf. »Ihn vielleicht sogar zusammen mit Mirella zu sehen. Ich konnte nicht schlafen, in der Nacht.«

»Fuhren Sie jeden Samstag nach Mailand?«

»In den ersten Monaten legte ich mich auch sonntags am Hauseck auf die Lauer. Einmal habe ich ihn mit einem Jeep heimkommen sehen. Er war in Begleitung eines Mannes.«

»Sind sie in den ersten Stock hinaufgegangen?«

»Nein, sie haben sich vor der Haustür verabschiedet. Er hat mit dem Schlüssel die Tür aufgeschlossen, und der andere ist in Richtung Via Ampère davongegangen.«

»Woher wußten Sie denn, daß er im ersten Stock wohnte?«

Er stellte das Glas auf Ambrosios Schreibtisch ab. Seine Hand zitterte leicht. Es wäre Ambrosio nicht aufgefallen, wenn er nicht auf jede kleine Einzelheit geachtet hätte: Bereits in anderen Situationen war es ihm passiert, tief im Innersten zu spüren, ja, fast körperlich zu fühlen, daß ihm die Wahrheit nun nicht mehr entgleiten konnte. Es sei denn, daß er einen Fehler beginge.

»Hatte Mirella es Ihnen gesagt?«

Er nahm verstört die Brille ab. Mit dem Taschentuch putzte er die Gläser.

»Ich habe in der Portiersloge nachgefragt, eines der ersten Male, die ich hingegangen war. Mirella hat davon nie etwas erfahren.«

Er setzte sich die Brille wieder auf.

Ambrosio zog das Foto mit der Spritze aus der Schreibtischlade. Die Metallteile ließen sie stabil und schwer wirken.

»Wissen Sie, wie lang sie ist? Etwa zwanzig Zentimeter. Dazu kommt dann noch die Nadel mit ungefähr zwölf Zentimetern Länge.«

»So etwas habe ich noch nie gesehen.«

»Das ist die Mordwaffe.«
»Das sagten Sie bereits.«
»Solche Nadeln sind heute nicht mehr im Handel. Der Vater Biraghis benutzte sie.«
Er reichte ihm die Fotografie zurück. Seine Hand zitterte immer noch.
»Wie fahren Sie nach Como zurück, Dottor Crippa?«
»Mit dem Zug, von der Piazzale Cadorna aus.«
»Soll Sie der Inspektor zurückbringen?«
Er schüttelte verneinend den Kopf und schluckte hörbar. Er erhob sich. Die Jacke mit den viel zu langen Ärmeln, die zerknitterten Hosen, das nicht ganz saubere Hemd, das unter dem Pullover hervorschaute, gaben ihm ein erschöpftes und zugleich strenges Aussehen.
»Ich gehe dann.«
»Haben Sie jemals auf Mirella vor ihrem Haus gewartet?«
»Nein.«
»Warum nicht?«
»Das hätten sofort alle gewußt.«
»Haben Sie sich jemals eines Detektivs bedient?«
»Wissen Sie eigentlich, wie viele Einwohner Cantù hat?«
Er schien verblüfft über diese Frage.
»Aber Sie haben sie angerufen?«
»Ich wiederhole es Ihnen nochmals: Als er gestorben ist, habe ich sie angerufen.«
»Und vorher?«
»Manchmal, am Anfang. Dann habe ich irgendwann gemerkt, daß es völlig sinnlos war.«
»Sie werden angerufen und dann den Hörer aufgelegt haben.«
»Nein.«
»Vielleicht gar nach Mitternacht, um herauszubekommen, ob jemand bei ihr war, oder um seine Stimme zu hören ... ist

es nicht so? Antworten Sie mir, na los. Dann können Sie gehen.«

»Halten Sie mich für einen dummen Jungen?«

Er ging grußlos hinaus.

»Was hattest du für einen Eindruck von ihm?«

Nadia nahm das Glas vom Schreibtisch, blieb mit dem Notizblock und dem Glas darauf in der Hand nachdenklich stehen.

»Er ist voller Bitterkeit.«

»Auch Wut«, sagte Ambrosio.

»Man merkt, daß er aus ärmlichen Verhältnissen kommt.«

»Biraghi hat ihn gedemütigt.«

»Wie seltsam«, murmelte Nadia.

»Stell das Glas hin und setz dich. Was ist seltsam?«

»Die beiden haben etwas gemein.«

»Der junge Mann und das Opfer?«

»Sie tun mir leid.«

»Wunderst du dich?«

Einen Moment lang blickte Erregung aus den Augen Nadias, wie ein Anflug von Zärtlichkeit.

»Erst habe ich mich nur gefragt, wie ein Mädchen in meinem Alter sich mit einem alten Lügner zusammentun und den Jungen, der sie geheiratet hätte, verlassen konnte. Doch eben habe ich mir dieselbe Frage gestellt: Wie hätte sie denn auf die Idee kommen können, jemals die Frau dieses Typen zu werden?«

»Kurz, sie haben dir leid getan.«

»Ja, alle beide. Aber warum?«

»Hast du die Hände des jungen Dottore gesehen?«

»Nein.«

»Die meines Freundes Cassinari waren so. Aber er war ein Künstler.«

»Künstlerhände, wie meine Mutter sagt.«

Sie erhob sich.

»Oder Chirurgenhände«, meinte Ambrosio, während er an die zwanzig Zentimeter lange Spritze mit der langen Stahlnadel dachte.

Sie ging mit dem Glas in der Hand zur Tür. Es gefiel ihm, sie zu beobachten, wie sie mit ihrem Gang, der an eine Schülerin der Tanzschule erinnerte, hinauswippte.

Die Fotografie der Spritze lag auf dem Tisch. Keine Fingerabdrücke – erinnerte er sich. Benutzt und wieder ordentlich in das Glasschränkchen in der Via Casnedi zurückgelegt. Die Verletzung, das kleine Löchlein, wie es Professor Salienti beschrieben hatte, sorgfältig desinfiziert. Wie oft hatte er sich Augenblick für Augenblick die Bewegung vorgestellt. Und noch vor dem verhängnisvollen Stich den Griff zum Instrument, das dem Vater gehört hatte und das Valerio seinen Freunden vorführte und womit er bisweilen sein ungewöhnliches Spiel trieb.

Jemand hatte Valerio vor Mitternacht angegriffen und die Wohnungsnachbarn hatten weder einen Schrei gehört noch Stimmen, die auf einen Streit hätten schließen lassen. Niemand hatte auch nur das geringste bemerkt.

Er legte seinen Notizblock neben das Foto, schrieb eine Liste von Namen herunter, alles Personen, die am Sonntag um Mitternacht zur Spritze gegriffen und den Mann aufspießt haben könnten, den sie für ihr verlorenes Seelenheil verantwortlich machten:

Geometer Arcuri
Schreibwarenhändler in der Via Vallazze
Fotograf Hunter
Ermes
Arzt

Mit einem Bleistift strich er die Namen des Geometers und des Schreibwarenhändlers durch. Dann fügte er einen anderen hinzu:
Daria
(Sie behauptete, nie in der Via Casnedi gewesen zu sein, sie trafen sich jeden zweiten Sonntag nachmittag in der Wohnung am Largo Rio de Janeiro.)
Er radierte den Namen Darias wieder aus.
(Sie hatte ihm nichts vorzuwerfen, ihm, Biraghi. Im Grunde kam er ihr ganz gelegen. Mit ihm fühlte sie sich nicht schuldig, dem verstorbenen Ehemann gegenüber. Wie hatte sie doch ihre Rendezvous bezeichnet? Einfache therapeutische Sitzungen.)
Und wenn sie gelogen hätte?
Valerio hatte die Wunde, nachdem er mit der Spritze durchbohrt worden war, desinfiziert. Oder sie wurde desinfiziert. Von demjenigen, der ihn erstochen hat. Oder derjenigen.
Jemand wie der Arzt aus Como hätte den Rivalen nach in Monaten, ja in Jahren angestauter Wut angreifen können und ihm zum Schluß, nachdem er seinem Zorn freien Lauf gelassen hatte, helfen können, die Wunde zu desinfizieren.
Er stellte sich den gedemütigten, jungen Mann vor, wie er sich vom Zorn überwältigt auf den Mann stürzte, der ihm die Frau genommen hatte.
Ein Comic.
Er riß die Seite vom Notizblock herunter, warf sie in den Papierkorb und griff wieder nach der blauen Mappe mit den Akten, die seit Tagen auf seine Unterschrift warteten.
Eines nach dem anderen, Giulio, wiederholte er in Gedanken. Eines nach dem anderen.
In Wirklichkeit dachte er seit Montag morgen, daß das Ende Valerios vorsätzlich gewesen sei.
Und wenn hingegen ...
Auch die Möglichkeit, daß das Verbrechen nicht vorsätz-

lich gewesen sein könnte, war ein Aspekt, den man überdenken mußte.

Das Klingeln des Telefons ließ ihn zusammenfahren. Mit einem Handgriff verschwand der Aktendeckel in der Schreibtischschublade.

Eine Frauenstimme. Er erkannte nicht gleich, wer es war. Eine erregte, verhaltene Stimme, sie war ihm nicht neu. Dann, plötzlich, das französische »èr«.

»Signora Danese?«

»Entschuldigen Sie bitte, wenn ich Sie störe.«

»Was ist passiert?«

»Mein Bruder ist gestern abend, nachdem Sie mit ihm gesprochen haben, nicht mehr zu mir gekommen und ...«

»Sie haben mir selbst gesagt, daß er gewöhnlich das Wochenende außerhalb der Stadt verbrachte.«

»Ja, aber wenn er weggefahren wäre, hätte er mir Bescheid gesagt.«

»Waren Sie bei ihm?«

»Ja.«

»Haben Sie die Schlüssel?«

»Natürlich. Ich war vor kurzem in seiner Wohnung, und er war nicht da. Das Bett im Schlafzimmer ist unberührt. Er hat heute nacht nicht dort geschlafen.«

»Dann ist er also gestern abend weggefahren.«

»Was hatten Sie für einen Eindruck von ihm?«

»Weniger fröhlich als sonst«, log er sie an. »Haben Sie nachgesehen, ob sein Wagen noch da ist?«

»Deswegen mache ich mir ja Sorgen. Das Auto ist gegenüber geparkt, ich kann es vom Fenster aus sehen.«

»Haben Sie keine Garage?«

»Doch, am Ende des Hofes, und er, Ermes, benutzt sie sonst, weil er an diesem Auto hängt. Er pflegt und hätschelt es ... er nennt es das Monster.«

»Was ist das für ein Auto?«

»Ein alter Morgan.«

»Schwarz?«

»Woher wissen Sie das?«

»Er ist ein junger Mann mit viel Geschmack«, versuchte er die Erregung der Frau zu mildern.

»Wo er wohl hingefahren sein mag? Das ist noch nie vorgekommen, Commissario.«

»Da wird eine Frau ihre Hand im Spiel haben.«

»Das glaube ich nicht. Er hat viele Freundinnen, aber Ermes hat sich nie einwickeln lassen. Seiner Ruhe wegen, nichts anderes. Er hätte mir gesagt: Ich verschwinde bis Montag, Schwesterchen, kein Wort zu irgend jemandem. Genauso hätte er mir gesagt.«

»Warten wir den Vormittag ab. Am Nachmittag komme ich zu Ihnen. Gehen Sie in der Zwischenzeit ein wenig aus, machen Sie ein paar Besorgungen, lenken Sie sich ab.«

Ein schwarzer Morgan also.

Er rief Nadia, De Luca und Gennari.

»Du, De Luca, fährst eiligst nach Cantù und bringst mir Mirella her. Ich möchte sie so schnell wie möglich sprechen. Und du, Nadia«, er blickte sie an, »gehst in den Corso Garibaldi zu unserem Amerikaner, und zusammen mit ihm und Gennari klapperst du die Lokale in der Via Palermo und Umgebung ab, um einen gewissen Arturo zu suchen, seinen Freund.«

»Was mach' ich denn mit dem Fotografen?«

»Den laß vorerst außer acht, vorausgesetzt, daß er euch hilft, Arturo zu finden.«

»Und diesen Arturo, sollen wir den hierher bringen?«

»Ich brauche seine Zeugenaussage über den Abend des Sonntags. Wenn es auch letztendlich eine Enttäuschung sein wird. Aber das macht nichts.«

»Sie wollen wohl dem amerikanischen Fotografen Dampf machen.«

Gennari hatte auf seine Art die Wahrheit erraten.

Als die drei hinausgegangen waren, legte er den Nacken gegen die Sessellehne und zog in aller Ruhe die erste Zigarette des Tages aus dem Päckchen.

Während er selbstvergessen dem Rauch nachschaute, klopfte es an der Tür.

Es war ein Polizeibeamter mit einem gelben Kuvert in der Hand. Professor Salienti vom gerichtsmedizinischen Institut hatte wie immer Wort gehalten.

Die toxikologischen Analysen des Blutes Valerio Biraghis hatten ein positives Resultat erbracht. Die Spuren von Kokain waren offenkundig. Er faltete das Blatt wieder zusammen. Er war fast fröhlich gestimmt.

Er mußte an Carla denken, die Witwe. Sie müßte jetzt zu Hause sein, in der Via Tasso.

Sie antwortete mit ruhiger Stimme: »Ja, Commissario. Die Staatsanwaltschaft hat die Leiche freigegeben. Er wird am Montag morgen in der Familiengruft auf dem Friedhof Monumentale beigesetzt.« Sie machte eine Pause. »Dürfte ich Sie etwas fragen? Wie weit sind Sie mit den Ermittlungen?«

»Sie gehen weiter, Signora.«

»Ich wollte Ihnen dafür danken, daß Sie gewisse Einzelheiten über sein Leben nicht publik gemacht haben.«

Die Glockenschläge von San Marco erinnerten ihn an die Wohnung in der Via Cernaia, gleich dort um die Ecke. Er zog erneut den blauen Aktendeckel mit den ganzen Schriftstücken aus der Schreibtischschublade.

Etwas später traten De Luca und das Mädchen mit den roten Haaren ein.

Die Jeans, die Mokassins, die rosafarbene Bluse und der

graue Pulli verliehen ihr ein rührseliges Aussehen. Der Pulli hing viel zu groß an ihr. Ihr Blick hatte nichts Weiches an sich, ganz im Gegenteil.

»Ich muß Sie sprechen, nachdem ich Dottor Crippa vernommen habe.«

Sie setzte sich verstört ihm gegenüber.

»Angelo? Wann?«

»Vor kurzem.«

»Ist er hergekommen?«

»Ich habe ihn in Como abholen lassen.«

»Was hat denn Angelo mit dem Ganzen zu tun?«

Die Haare umrahmten ihr ovales Gesicht und betonten seine Anmut und Zähigkeit.

»Ich habe erfahren, daß er am Sonntag abend hier in Mailand war.«

»Unmöglich.«

»Entschuldigen sie, aber warum unmöglich?«

»Er ist harmlos. Vielleicht manchmal unverschämt und lästig, aber mit dem Verbrechen hat er nicht das geringste zu tun.«

»Um Mitternacht war er ganz in der Nähe der Wohnung Valerios, in der Via Casnedi.«

»Das glaube ich nicht.«

»Er hat es zugegeben. Er war zusammen mit einem Kollegen in der Stadt, den Sie vielleicht auch kennen. Er heißt Fumagalli.«

»Sie waren zusammen auf der Universität. Ich habe ihn aus den Augen verloren. Wenn er mit diesem seinem Freund zusammen war, wird Ihnen Fumagalli gesagt haben, daß Angelo nicht zu Valerios Wohnung gegangen ist.«

»Sie sind nicht den ganzen Abend zusammen gewesen. Ihr Ex-Verlobter ist für ungefähr drei Stunden alleine gewesen. Das ist nicht wenig. Da haben wir das Verdachtsmoment.

Meines und das meiner Mitarbeiter.« Er schaute De Luca an: »Ich brauche dich einstweilen nicht mehr.«

De Luca ging mit einer gewissen Erleichterung aus dem Zimmer.

»Was hat er in diesen drei Stunden gemacht? Können Sie mir das sagen?«

»Mit Sicherheit hat er niemanden umgebracht. Dessen bin ich mir ganz sicher.«

Sie senkte den Blick, dann hob sie den Kopf wieder und versuchte ruhig zu wirken. Im Morgenlicht hatten ihre Augen die Farbe von Muskatellerweintrauben.

»Hat er Sie angerufen?«

»Wann?«

»Gestern, vorgestern, in den vergangenen Tagen ...«

»Ich habe es Ihnen bereits gesagt, wenn ich mich recht entsinne«, ihr Ton war bewußt aggressiv gewählt, »warum wollen Sie das wissen?«

»Ihr Ex-Verlobter hat Sie x-mal angerufen. Er rief Sie auch nachts an. Er hat Sie ununterbrochen angerufen, um zwei, um drei, Sie nahmen den Hörer ab, und er hing schweigend am anderen Ende. Erinnern Sie sich, oder nicht? Warum haben Sie mir das nicht erzählt?«

»Ich hatte nicht das Gefühl, daß es nötig sei.«

»Das war es aber.«

»Diese Telefonate bedeuteten mir nichts. Sie störten mich lediglich.«

»Aber sie zeigten, daß er immer noch in Sie verliebt war.«

»Das ist mir völlig gleich.«

»Vor einer Stunde habe ich ihn so verstanden, daß er nicht auf Sie verzichten möchte, es nie gewollt hat und daß er seinen Rivalen haßte. Verstehen Sie nun, warum er mitten in der Nacht anrief?«

»Da bin ich aber neugierig.«

»Er vermutete, daß Valerio bei Ihnen schliefe. Er war sich dessen mehr als sicher.«
»Statt dessen irrte er sich, der Idiot.«
»Er hätte gewollt, daß er den Hörer abnehmen und antworten würde. Aber dann er hörte nur ihre Stimme, und in gewisser Weise war er enttäuscht. So nährte er seinen Haß, seine Hilflosigkeit.«
»Mich interessierte nur Valerio.«
»Welche Chance hatte er, daß Sie zu ihm zurückkamen?«
»Keine.«
Ihre Stimme war so leise, daß sie mehr einem Seufzer glich.
»Diese Gewißheit hat ihn davon überzeugt, daß die einzige Lösung jene sei, den Rivalen verschwinden zu lassen, ein für alle Male.«
»Ich hätte mich ihm bestimmt nicht in die Arme geworfen, das wußte er nur zu gut...« Sie verharrte mit geöffnetem Mund. »Das hätte er sich denken müssen, wo er mich so gut kennt.«
»Wußte er es? Und woher? Haben Sie es ihm gesagt? Antworten Sie mir, haben Sie keine Angst. Ich verstehe Sie. Ich bin nicht gegen Sie.«
»Ich weiß, daß Angelo niemanden umbringen würde, er ist kein Mörder. Er ist ein Junge, der eine Menge Opfer gebracht hat, um studieren zu können, sich eine Stellung zu schaffen, um...«
»Mit Ihnen eine Familie zu gründen, Mirella.«
Sie senkte den Blick.
»Ja.«
»Dann haben Sie ihn enttäuscht, und er war nicht mehr der gleiche Junge wie zuvor. Ich glaube, daß das alles nach und nach passiert ist. Valerio ging recht geschickt mit Ihnen um. Er war ein intelligenter und sensibler Mann. Die Frauen gefielen ihm, sie haben ihm immer gefallen.«

Während er sprach, wurde ihm bewußt, wie mitleidlos, ja fast schon gemein er war. Aber es galt unbedingt herauszufinden, was am Sonntag um Mitternacht herum geschehen war, um jeden Preis.

»Er war nicht der Richtige, aber ...« Sie legte sich die Hand über die Augen. »Ich schaffte es nicht, auf ihn zu verzichten. Ich schaffte es einfach nicht.«

Er schaute sie fest an, ihre Augen waren feucht: »Er fehlt mir.« Und sie brach in Tränen aus.

Ambrosio wartete, daß sie sich wieder beruhigte, dann fragte er sie: »Möchten Sie einen Kaffee?« Bei ihrer bejahenden Kopfbewegung ging er aus dem Zimmer. Er durchlief den Korridor bis ans Ende, wo die Kaffeemaschine stand. Irgendwie hatte er Gewissensbisse dem Mädchen gegenüber.

»Als er bemerkte, daß sich zwischen Ihnen beiden etwas verändert hatte, wird er sich nach dem Grund für soviel Gefühlskälte von Ihrer Seite gefragt haben, könnte ich mir vorstellen.«

»Er hat mich gequält, das ist wahr. Ich erklärte ihm, versuchte zumindest, ihm zu erklären, daß die Arbeit schuld daran sei, und auch die Gesundheit; ich fühlte mich nicht gut, hatte keine Kraft, die Beine trugen mich nicht mehr, und das entsprach ja auch alles der Wahrheit. Er, der arme Kerl, kaufte mir Vitamintabletten. Dann ...« sie putzte sich die Nase, »dann habe ich zugeben müssen, daß ich nicht mehr das gleiche für ihn empfand, und er, als ob er es immer geahnt hätte: Das wird wohl nicht wegen diesem Typen sein, diesem Süßholzraspler, doch wohl nicht seinetwegen? Ich schlage ihm die Fresse ein, diesem Typen, schrie er.«

»Er wurde gewalttätig?«

»Mit Worten, ja ...«

»Dann haben Sie ihm vorgeschlagen, sich für einige Zeit

nicht zu sehen, so drei oder vier Wochen, um sich ein wenig über alles klar zu werden ...«

»Hat er Ihnen das gesagt?«

»Nein, aber das machen alle so. Das ist nichts Neues. Und als Sie ihn verlassen haben und er erfahren hat, daß Sie mit Valerio zusammen waren ...«

»Klatschen alle, in Cantù. Im Büro und ...«

»Ja, das kann ich mir vorstellen. Da haben dann auch die Telefonate angefangen. Und die nächtlichen Anrufe.«

»Die Hölle.«

»Die Telefonate und die Briefe«, wagte er sich weiter vor.

»Zwei Briefe. Ein netter und einer ...«

»Wie?«

»Voller Beleidigungen. Valerio gegenüber. Der damit doch gar nichts zu tun hatte.«

»Was werden Sie jetzt tun? Werden Sie zu Ihrer Familie zurückkehren?«

»Nein, ich glaube nicht. Ich schaffe es nicht, mein altes Leben wieder aufzunehmen, so als ob nichts geschehen wäre.«

»Hat Valerio dem Wohnungsbesitzer das Geld überwiesen?«

»Er hatte die Bank damit beauftragt.«

»Haben Sie ein Konto bei derselben Bank?«

»Ja.«

»Das Vermögen Valerios erbt die Ehefrau. Wir haben das Testament gefunden.«

Sie drehte sich zum Fenster hin.

»Und die anderen, die anderen Frauen?«

»Häuser, Geld und alles andere geht ausschließlich an die Ehefrau.«

Sie wirkte erleichtert.

»Er wird am Montag morgen auf dem Friedhof Monumentale in der Familiengruft beigesetzt. Der Leichenwagen fährt am Leichenschauhaus ab.«

Sie ging mit dem Pappbecher in der Hand auf den Schreibtisch zu; dann stellte sie ihn mit soviel Schwung darauf, daß er überschwappte und einen Kaffeefleck, so groß wie eine Hundert-Lire-Münze, auf der Kristallplatte hinterließ.

Ambrosio hob den Telefonhörer ab. Es war Nadia, die ihn vom Zimmer der Inspektoren aus darüber informieren wollte, daß sie vom Corso Garibaldi wieder zurück seien.

»Während ich einen Zeugen verhöre, bleiben Sie, Mirella, mit der Inspektorin Schirò hier. Ich muß Ihnen gleich noch eine letzte Frage stellen.«

Gennari trat ein und führte einen schwächlichen, dicken Kerl am Arm. Er war unrasiert, hatte Triefäugelchen und trug einen schmutzigen Regenmantel, der ihm viel zu eng war.

Bevor sie hinausging, wischte Mirella mit ihrem Taschentuch den Kaffeefleck weg.

»Wir haben ihn auf einer Bank neben der Kirche San Simpliciano gefunden. Er heißt Viganò.«

Er ließ sich erschöpft in den Armstuhl fallen.

»Viganò, jawohl, Signore. Wie der von den Brillen.« Der Dickwanst deutete mit dem Daumen erst auf das rechte, dann auf das linke Auge. »Aber wir sind nicht verwandt.« Er war nicht im geringsten beunruhigt darüber, daß er einem Commissario der Mordkommission gegenübersaß.

»Haben Sie jemals was mit der Justiz zu tun gehabt?«

»Ich nicht. Meine Mutter.« Es hatte den Anschein, als belustige ihn die ganze Sache.

»Kennen Sie einen Fotografen mit Namen Hunter?«

»Natürlich kenne ich den. Der William ist ein Klick-Künstler. Ich geh' gern einen mit ihm heben. Auch weil er nicht aufs Geld schaut.«

»Am Sonntag abend haben Sie sich in einem Lokal in der

Via Palermo getroffen. So hat es mir jedenfalls unser Fotograf versichert.«

»O Gott, wie soll ich mich denn daran erinnern?«

»Strengen Sie sich an.«

»Für mich sind alle Tage gleich. Ich mache keinen Unterschied zwischen einem Tag und einem anderen, zwischen einem Dienstag und einem Donnerstag. Das interessiert mich nicht die Bohne.«

»Am Sonntag abend haben Sie gemeinsam einen getrunken, sagt der Fotograf.«

»Ich erinnere mich, daß er bezahlt hat, und, mit Verlaub gesagt, wir haben ordentlich gesoffen.«

»Wieviel Uhr war es da?«

»Ich hab' doch keine Uhr. Wozu, meinen Sie, brauch' ich denn eine Uhr, Chef?«

»Trinkt auch am Morgen«, erläuterte Gennari, »nur, damit wir uns richtig verstehen.«

»Warum? Ist das verboten?«

»Überlegen Sie gut: An jenem berühmten Abend, sind Sie beide da bis Mitternacht zusammengewesen?«

»Mitternacht war's bestimmt nicht.«

»Warum? Ich höre.«

»Weil ich den ganzen Tag unterwegs bin, eine Bank hier, ein Rotweinchen da, und am Abend bin ich hundemüde. Dann kann es passieren, daß ich in der Nacht wach werde, ich hab' meine Bedürfnisse, mit Verlaub gesagt.«

»Woher wissen Sie denn, daß es nicht Mitternacht war?«

»Wegen der Glocken. Sie sind meine Uhr.«

»Was arbeiten Sie?«

»Das ist wohl 'n Witz. Welche Arbeit ich mache? Aber das wissen doch alle, daß ich seit Jahren in Rente bin. Invaliditätsrente.«

»Und vor der Pensionierung?«

»Eis, Eistorten, Gefrorenes, Kekse. Ich fuhr mit dem Dreiradwagen herum.«

»Sie bringen Ihren Freund in Schwierigkeiten.«

»Ehrlich?«

»Das Alibi.«

»Ist jemand umgebracht worden?«

»Eben genau am Sonntag um Mitternacht.«

»Der William ist groß und dick und auch, mit Verlaub gesagt, ein bißchen dümmlich. Aber ein Mörder ist der nun wirklich nicht.«

»Mörder haben kein Gesicht nach Maß«, wandte Ambrosio ein, »... ich habe welche kennengelernt, die konnte man für völlig anständige Personen halten.«

»Das ist ja Klasse!« Eine unbezähmbare Heiterkeit überkam ihn. »Das sagte meine Mutter auch immer: Hab' ich etwa das Gesicht einer Mörderin? fragte sie. Alle sagten ihr, nein, nein, daß sie das Gesicht einer echten Mamma hätte. Doch sie«, vor lauter Lachen schaffte er es nicht, den Satz zu Ende zu sprechen, die Augen voller Tränen, »sie hat den Kopf meines Alten mit einer Flasche Barbaresco kaputtgehauen.« Plötzlich machte er ein trauriges Gesicht: »Die Flasche hatte ich mit nach Hause gebracht, verdammter Mist.«

Er tippte sich wie ein Rekrut mit ausgestreckter Hand an die Stirn.

Unentwegt murmelnd ging er auf wackligen Beinen davon. Ein Bär im Regenmantel.

»Nur eine einzige Frage«, beruhigte Ambrosio das Mädchen mit den roten Haaren, »aber ich will die Wahrheit wissen.«

Sie stand vor ihm und nickte zustimmend mit dem Kopf. Im Raum war ein säuerlicher Geruch zurückgeblieben, der sich mit Rauch vermischte. Ambrosio öffnete die Fensterflügel.

»Hat er Sie jemals geschlagen?«
»Angelo?«
»Wer denn sonst? Er hat Sie geschlagen, ich weiß.«
Sie schwieg und atmete die frische Luft tief ein.
»Sie brauchen keine Angst zu haben«, sagte Nadia, die neben ihr stand.
»Aber man könnte sich dann falsche Vorstellungen machen.«
»Hat er Sie geschlagen oder nicht?«
»Eine Ohrfeige. Nur eine.«
»Wann?«
»Als ich ihm gesagt habe, daß wir uns trennen müßten.«
Als sie eine Stunde später an dem Tischchen in der Bar gegenüber dem Polizeipräsidium saßen, fragte ihn Nadia: »Ist das denn so wichtig, daß er ihr eine Ohrfeige verpaßte?«
»Reine Nervensache, das ist alles.«
»Haben Sie jemals einer Frau eine Ohrfeige verabreicht, Commissario?«
Er trank einen Schluck von seinem Bier.
»Eine kleine Ohrfeige? Klein, ganz klein.«
»Nein.«
»Möglich?«
»Ich schwöre es dir.«
»Ah«, schnaufte Nadia und biß in ihr mit Lachs belegtes *tramezzino*.
»Trinken wir das Bier aus und gehen in die Via Cernaia.«
Sie empfing sie wortlos. Ihre Augen waren ungeschminkt. In der rechten Hand hielt sie eine Zigarette, die nicht angezündet war.
»Nichts.«
Sie nahm die Brille ab und wischte sich mit dem Finger über das linke Augenlid, so als ob es sie jucken würde.
»Haben Sie sich telefonisch bei jemanden umgehört?«

»Das habe ich lieber bleibenlassen.«

»Ich habe den Morgan auf der Straße gesehen. Das ist ein Sammlerauto.«

»Meinen Sie?«

In dem kleinen Apartment Ermes' roch es nach Pinien, als hätte jemand ein Deodorant versprüht.

»Wann ist die Haushälterin gekommen?«

»Gestern morgen.«

Ambrosio bemerkte auf dem Tischchen neben dem Bett ein antikes, gebundenes Buch, mit einem ledernen Buchrücken, im Jahre 1732 *avec Approbation et Privilège du Roi* gedruckt. Er blätterte es durch.

»Ist Ihr Bruder religiös?«

»Nein, soweit ich weiß.«

»Haben Sie dieses Bändchen über die heiligen Schriften schon mal gesehen?«

»Ich dachte, er lese nur Romane.«

»Haben Sie einen Keller?«

»Ja.«

»Einen Dachboden?«

»Auch.«

Sie führte sie ziemlich verblüfft in den Keller und unters Dach. Die Portiersloge war wie jeden Samstag morgen geschlossen, der Hauswart und seine Frau fuhren immer aufs Land nach Opera.

Im Keller standen einige Truhen, zwei Nachttischchen und ein Kohleofen. Unterm Dach Spinnweben, ein Haufen Zeitschriften vom Automobilclub Touring, die mit einem von Motten zerfressenen Bettvorleger bedeckt waren.

»Glaubten Sie, er hätte sich hier drinnen versteckt?«

»Gehen wir in die Garage. Haben Sie die Schlüssel?«

»Die hat er. Ich brauche sie nicht.«

Die Eisentür war petrolgrün angestrichen. Um sie zu öffnen, mußte man sie auf der Schiene von links nach rechts schieben. Die anderen Garagen lagen etwa zehn Meter weiter, wo der mit Kieselsteinen gepflasterte Hof eine Biegung machte. Ein Teil der Garagenmauer war mit Efeu bewachsen.

Er berührte die Schiebetür leicht und die Tür, die nicht verschlossen war, glitt wie erwartet über die geschmierte Schiene. Sofort spürte Ambrosio ein heftiges Herzklopfen, wie nach einer im Laufschritt zurückgelegten Steigung.

Das Licht breitete sich in der leeren Garage aus. In der Mitte ein Ölfleck, dann ein Stuhl, ein langer und schmaler Tisch, der mit Engländern und Zangen voll lag.

Rechts, in der Ecke zwischen den Wänden, der Umriß eines Mannes im Hemd, der bewegungslos an einem Strick hing. Die bläuliche Zunge hing ihm in einer furchterregenden Fratze aus dem Mund heraus. Der Strick war um das Heizungsrohr gewunden.

»Ermes!« schrie die Frau.

Auf dem Boden lag unter den Füßen des Toten ein umgestürzter Hocker.

Nadia trat an ihre Seite und nahm sie bei der Hand.

»Bring sie nach Hause und ruf Gennari und die anderen.«

Sein Magen war völlig durcheinander. Übelkeit und ein Gefühl von Schwäche.

Gennari fand später in der Seitentasche der Jacke, die auf dem Boden auf einer Zeitung lag, eine handgeschriebene Notiz für Daria. Sie lautete: Verzeih mir, Daria. Ich muß immer an Mamma denken. Ich komme nicht dagegen an.

Sie war nicht unterschrieben.

Der Hof mit den Kieselsteinen war voll mit betriebsamen Leuten.

»Commissario, meinen Sie, daß das etwas mit dem Verbrechen in der Via Casnedi zu tun hat?« fragte ihn der Untersuchungsrichter.

»Keine Ahnung.«
Das war die reine Wahrheit.
Dieser unerwartete Tod hatte ihn überrascht. Mal ganz abgesehen von der Übelkeit, abgesehen von der Beklemmung, die ihn wie ein quälendes Fieber ergriffen hatte.

Es war unvorstellbar, daß Nadias Satz vom Tag vorher, vom Abend vorher, den Mann derart aufgewühlt hatte ... Was hatte Nadia noch mal gesagt? Ihre Schwester hat uns von Ihrer Mutter ...

Er ging in den ersten Stock zurück.
Nadia saß schweigend neben der Frau, die krank aussah.
Er reichte Daria Danese die Notiz ohne Unterschrift.
»Es ist seine Handschrift.«

Der Brief, der am Freitag abend an der Piazza Cavour eingeworfen worden war, erreichte ihn mit der Post am Montag. Er war an ihn persönlich adressiert.

Er lautete:
Lieber Commissario,
ich weiß, daß Sie mich verstehen werden und dafür sorgen werden, daß Daria und die anderen glauben, ich habe aus dem Leben scheiden wollen wie meine Mutter, weil ich an Depressionen litt. Ich habe versucht, mich auf die verschiedensten Arten abzulenken; mein Arzt weiß das nur zu gut. Sprechen Sie mit ihm, ich schreibe Ihnen seine Adresse unten auf.

Ich habe versucht, so zu leben, daß mich die Angst nicht überwältigte. Ich habe mich behandeln lassen. Dann kam sie wieder, sie kam immer wieder.

Ich habe Valerio gern gehabt. Er war ein wahrer Freund. Die Frauen waren für ihn nur Ablenkung. Auch er litt, und wie. Er mochte mich gern. Aber er verstand mich nur bis zu einem gewissen Punkt.

Am Sonntag abend bin ich zu ihm gegangen, weil ich schrecklich unglücklich war. Ich mußte mich aussprechen. Wenn meine Mutter dagewesen wäre. Kurz vor Mitternacht bin ich bei ihm gewesen. Er wollte gerade ins Bett gehen. Er war über meinen Besuch überrascht. Dann bot er mir zu trinken an. Ich war völlig überreizt. Ich mußte ihm unbedingt einige Dinge sagen, auch, daß ich ihn gern hatte. Er hat mich mißverstanden, und um alles ins Lächerliche zu ziehen, ergriff er die Spritze und tat so, als würde er sich verteidigen. Ich weiß nicht, was in mir vorgegangen ist. Irgendwann überkam mich eine große Enttäuschung über sein Verhalten, eine Art Wut. Ich hatte das Gefühl, daß er nicht verstehen wollte. Als ob ich ihm rein gar nichts bedeuten würde. Kurzum, ich habe ihm die Spritze aus der Hand gerissen und einen unbezwingbaren Impuls verspürt: Ich habe sie ihm in den Brustkorb gestoßen. Das war nur ein Moment. Sie ist wie nichts eingedrungen, in Herzhöhe. Ich habe sie sofort wieder herausgezogen, habe ihm auch geholfen, den Stich zu desinfizieren. Ich habe ihn angefleht, mir zu verzeihen, zu vergessen.

Wir bleiben Freunde, entgegnete er mir, bevor er die Tür schloß.

Lieber Commissario, ich bin davon überzeugt, daß Sie den Zeitungen nichts von alledem berichten werden. Wozu sollte es auch gut sein? Und ich werde sowieso nicht mehr da sein.

Er war unterschrieben mit: Ihr Ermes. Und darunter stand: Grazie.

November 1998
Nr. 92001 · DM 16,90

Ljudmila Ulitzkaja

MEDEA UND IHRE KINDER

Ende April beginnt für Medea Mendez, geborene Sinopli, die »Familiensaison«. Von überall her kommen die Nachfahren des alten Griechen Sinopli auf die Krim. Medea, seit langem verwitwet und kinderlos, ist zur Urmutter des Familienclans geworden, die im stillen über das wilde Treiben der jungen Menschen wacht. Und auch in jenem Sommer wird Medeas Haus zum Schauplatz der Leidenschaften.
»Das Buch ist großherzig, tragisch, durchtrieben und amüsant, ... die Kritik wird es als Erzählwunder preisen.«
DIE ZEIT

Julie Harris

DER LANGE WINTER
AM ENDE DER WELT

Im Jahre 1926 unternimmt der 24jährige Robert Shaw den Versuch, mit seiner Maschine einen Rekord im Alleinflug aufzustellen. In der Nähe von Anchorage gerät er in einen Sturm und stürzt ab. Fernab von jeglicher Zivilisation wird der schwerverletzte Pilot von einem Eskimostamm gefunden und gesund gepflegt. In der Trostlosigkeit einer Wüste aus Eis und Schnee lernt Shaw, sich mit dem angeblich »primitiven« Volk zu verständigen, und entdeckt hier, am Ende der Welt, die wahre Bedeutung von Leben, Liebe und Mut.

November 1998
Nr. 92 006 · DM 16,90

Mit der Welt
auf Buchfühlung

Im November 1998 bei BLT

Ljudmila Ulitzkaja
MEDEA UND IHRE
KINDER
Nr. 92001 · DM 16,90

Jack Dann
DIE KATHEDRALE DER
ERINNERUNG
Nr. 92002 · DM 18,90

Olga Kharitidi
DAS WEISSE LAND DER
SEELE
Nr. 92004 · DM 16,90

Gloria Vanderbilt
ICH ERZÄHLE ES NUR DIR
Nr. 92005 · DM 16,90

Julie Harris
DER LANGE WINTER AM
ENDE DER WELT
Nr. 92006 · DM 16,90

In Vorbereitung

Januar 1999

Peter Landesman
MEERESWUNDEN

Laura Joh Rowland
DER KIRSCHBLÜTEN-
MORD

Rosita Steenbeek
DIE LETZTE FRAU

William Elliott Hazelgrove
AUF DER SUCHE NACH
VIRGINIA

März 1999

Christoph Geisselhart
DIE ERBEN DER SONNE

Swain Wolfe
DIE FRAU, DIE IN DER
ERDE LEBT

Brigitte Schwaiger
EIN LANGER URLAUB

Jean Vautrin
DAS HERZ SPIELT
BLUES